海之陆道

潘志光 著

图书在版编目(CIP)数据

海之陆道/潘志光著.--福州:海峡文艺出版社,2020.9
ISBN 978-7-5550-2390-6

Ⅰ.①海… Ⅱ.①潘… Ⅲ.①长篇小说－中国－当代 Ⅳ.①I247.5

中国版本图书馆 CIP 数据核字(2020)第 181307 号

海之陆道

潘志光　著

责任编辑	蓝铃松
出版发行	海峡文艺出版社
经　　销	福建新华发行(集团)有限责任公司
社　　址	福州市东水路 76 号 14 层　　邮编　350001
发 行 部	0591－87536797
印　　刷	福州报业鸿升印刷有限责任公司　邮编　350028
厂　　址	福州市仓山区建新镇建新北路 151 号
开　　本	787 毫米×1092 毫米　1/16
字　　数	250 千字
印　　张	15.75
版　　次	2020 年 9 月第 1 版
印　　次	2020 年 9 月第 1 次印刷
书　　号	ISBN 978-7-5550-2390-6
定　　价	68.00 元

如发现印装质量问题,请寄承印厂调换

⋙ 作者简介 ⋘

  潘志光，男，祖籍福州，1963年4月生于南平，福建省作家协会会员。曾在闽北山区的政府机关和武夷学院工作多年，2013年至今在厦门海洋学院工作，副研究员。主要研究行政管理学，业余时间从事文学创作。曾发表小说、散文、报告文学等一百多万字，其中，长篇小说《龙脊洲》获闽北"新华杯"改革开放三十周年三十本好书奖，长篇小说《黑水谣》被列为海峡原创长篇精品。

序

陈毅达

  我与潘志光相识多年，一直是好朋友。年轻之时，我们同在当时建阳地区机关内，我从事文化工作，他从事教育工作。后建阳地区改为南平市，我们一同又从建阳搬迁到南平工作。青年时代的朋友来往密切，中年之时就各忙各自，往来就少了，特别是我在南平工作两年之后，就到福州工作，志光偶来福州出差，会联系一下，小聚小聚。再往后，志光调到武夷学院从事办公室的行政工作，相互联系就非常少了。直到有一次他突然寄来了出版的第一部长篇小说，我收到后吓了一大跳，认识这么多年，我们之间或许什么都谈过，独独记忆之中从未交流过一点文学，我真不知志光私下藏得很深，居然还有如此文学情结，默默地摆弄起小说。志光出版了第一部长篇叫《龙脊洲》，是写他熟悉的故乡因库区建设移民搬迁的故事，一出手就是一部20多万字的长篇，我才知道这家伙明显对文学怀有巨大野心，居然敢玩长篇。几年之后，我调任省城，因为工作需要，我又重回闽北，志光已加入了省市作协，成了南平市作协的常务理事，我们见面机会又多了起来。此时，他又开始了第二部长篇小说《黑水谣》的创作，仍是不声不响，等到出版之后再告诉我。他小气到连一本都没送给我，我没读到，大致听他说写的是闽北设区市搬迁的故事。我调回省文联工作后不久，志光也调到厦门海洋学院，他也不告诉我，我后来还是听共同的朋友说的。前几年，我到厦门，我与志光终于又有了几次相见，但见面之时，彼此已进入知天命之年了，所以喝酒聊天，感慨过往，也是无所不谈，就是没谈文学。我私下有想，可能是到海滨之城，生活阳光灿烂，志光也许不再有文学之想，做文学创作这份苦差了，因此，我以为他已然停笔，就没太在意。一直到去年十月我又到厦门出差，他到我下榻的宾馆来看我，喝着正宗的武夷岩茶，他终于没忍住，如实坦白，他正在创作第三部小说。这家伙，就是这么连续文学"犯案"到第3次，才终于向我这个作协主席彻底交代，才把钟情文学初心不改，包括创作这第3部小说的原因、初衷、主题、构想等，一一招了出来。

  今年五月，志光给我打了个电话，说正在来福州路上。见面之后，告知说新作《海之陆道》正与海峡文艺出版社签约准备出版，然后才扭捏提出想让我为之作序。想到他3次如此对我文学"偷袭"，我就不想答应。当然，关键还是如今我们都是世故之人，因为与他太熟，属于"不好下手"，说好说坏都不是的考虑。但面对一份三十多年的友情，我也还没老道到知道应该如何推却，最后就只好认了，"勉为其难"了。

志光的《海之陆道》题材很好，以"海上丝绸之路"为背景，又有"脱贫攻坚"的时代内容，特别有意引入大量"海"的元素，努力书写新时代，塑造时代新人，反映伟大时代精神；书写的故事也很有时代新风貌，笔触伸向当今养殖业新潮——工厂化养殖，智慧渔业管理等，这些都涉及高科技前沿知识和时下新兴业态；小说的情节构思设计也不错，让故事发生在一个海边小山村，因为一座高山，阻碍了交通，阻碍了山村发展，小说主人公陆道，从不利中发现有利因素，带领村民展开了一场充满智慧的脱贫攻坚战。陆道从破除交通瓶颈约束入手，借助各方力量打通隧道，然后利用葫芦山这道天然屏障，把海水引到山上，实现陆上的工厂化养殖，实现了山、海元素的有机融合；在新人塑造方面，志光也下了大工夫，把对生活细腻的观察和感悟，力求真实可信地体现出来。特别是主人公陆道的塑造，具有新人形象的气质。在小说语言上，志光仍是用他常用的质朴文字来表达，老老实实地叙述，读起来有一种亲切感和贴近感。当然，不足也是明显存在，因为志光主要是从事业余文学创作，所以，在情节构思上、在语言表叙上、在表现手法运用上，整部作品略显粗糙，还可做进一步提升打磨。

这么多年下来，志光潜心于创作，始终坚守着文学的初心，先后创作出版了3部长篇小说，如此的创作态度和文学追求精神，实在让我感到不容易。不过，知道了我与他这么多年的朋友关系，大家也应该明白，我为他写下这篇东西，我也"不容易"！

是为序。

2020年8月15日于榕城

（陈毅达，中国作协全委会委员，福建省文联党组成员、副主席、省作家协会主席，其他长篇小说《海边春秋》获第十五届"五个一工程"优秀作品奖和2019年度中国好书奖）

内容简介

陆道是省里到闽南沿海偏僻山村挂职的村书记，面对没有村财收入的"空壳村"，农民大量外出打工，被镇里判定为不适合人居的尴尬山村。陆道曾经困惑、迷茫，但最终找到一条适合下阳村发展的道路。他从改善交通状况、打通隧道入手，虽历经坎坷。但最终完成了被世人认为不可能实现的壮举。

书中穿插了陆道与女企业家耿丽丽的爱情故事，情节跌宕起伏，故事精彩纷呈有较强的可读性和艺术感染力。

目 录

一　陆道与禄到 …………………………………… 001

二　我的第一书记 ………………………………… 013

三　我的下阳我的村 ……………………………… 028

四　错位的情感 …………………………………… 040

五　海魁考察之行 ………………………………… 077

六　艰难的隧道工程 ……………………………… 101

七　老少恋　两岸情 ……………………………… 132

八　平山与海昌的风波 …………………………… 176

九　重返大学校园 ………………………………… 202

十　下阳的复兴 …………………………………… 221

一、陆道与禄到

东海之滨的这个小村落,叫涂坑村,看名字似乎是山里的一个村,但又切切实实地坐落在海边,历史文化底蕴深厚,与我们故事主人公故事发生的村落,似乎有许多类同之处。这个村面积不大,仅有十三四平方公里,却生活着一千多人口。虽然都是中原的移民,但早已没有北方人的生活气息了。这里人居多讨海为生,人均耕地面积不足半分。计划经济时代,因为粮食不够吃,这里许多人流落到闽北一带讨生活。因此人口下降了三分之一,直至改革开放后,人口才陆陆续续回流了一些。但陈姓家族因为家风好,谁家有困难,都会相互帮衬,成为较为和谐一族,因此,很少人愿意流落他乡,陈姓也逐步成为本村的第一大姓。

改革开放四年后,陆道就出生在这个村落,只是他很幸运地没有遇到饿肚子的悲惨年代,他的爷爷又是本村德高望重的读书人,在村里很受人尊重,陆道的童年除了家里稍穷些,没受过什么苦。

陆道本不姓陆,原姓陈,名禄到,家中排行老二,哥哥陈福来只长他一岁半,却早早辍学在家务农,一是家里穷,需要人帮忙干农活,哪怕只是放放牛;二也是福来实在太木,不是个念书的料。所以爷爷要他不念书去放牛,他倒高兴接受了。陆道念书时就不一样了,一是家里搞了个碾米厂,生活大为改善了,二是陆道聪明伶俐,功课很好,自然继续念下去。爷爷甚至还想让陈福来也继续去上学,可福来死活不干。陆道四岁时,妈妈又生下妹妹喜鹊。

家里似乎越来越有生机了,陆道也越来越喜欢这个妹妹,常常和她一起嬉闹。爷爷常常看着他们,捋着白胡须,念叨道:"再添丁一个就好。"没人在意他的念叨,老人家总希望子孙满堂,谁去揣摩他有什么特殊的想法?当陆道七岁时妈妈又为他生个弟弟时,他又看到爷爷眉飞色舞地说:"齐了,齐了。"陆道还不明白咋回事,爷爷却很痛快地劝他母亲去镇上结扎。毕竟超生了三个,再罚下去家里要倾家荡产了。大家都不明白这疯老头到底咋想的,当年坚决不

让陆道妈妈去结扎，现在又这么紧逼着陆道妈妈去做结扎手术。

当陆道小弟弟满月时，爷爷又一手操办满月宴，陈家大摆筵席，场面比长孙福来出生时还气派。爷爷眉飞色舞地向满座宾朋拱手作揖道："各位乡邻乡亲，承蒙各位今天来捧场，小孙子取名陈寿延，我陈家福禄喜寿终于全有了，大家等着瞧这陈家兴旺发达吧！要不老天会这么齐全地恩赐我陈家这个福禄喜寿？你们瞧这个个出落的，一定都有出息。大家放开吃喝吧！同喜，同喜！"

陆道的爷爷是这个村陈氏家族最高辈分的长者，年轻时又当过私塾的先生，有文化，尤其毛笔字写得好。这个村谁家有个红白事，定会找陈老先生定个吉时良辰，需要时，老先生也会挥笔写红联、白联，老先生从不要报酬，因此在村里威望很高。在家里更是爷爷说了算，陆道的爹好像只有干活、生孩子的份，陆道的娘从小就是个童养媳，在家说不了三句话。陆道其实还有个叔叔，早年没成家在一起吃大锅饭似乎也顺理成章，后来有了小婶婶，接着又有了小侄女，自然就有了磕磕碰碰的事，可爷爷在，谁敢说分家的事啊？一家子就这么一起过着，说不上多么和睦美满，可也没多大风浪，只要爷爷在，这个家就散不了。

陆道的哥哥福来虽是长孙，但老实木讷，也不爱念书，爷爷就觉得他长大也不会有多大出息，甚至有时公开表示不喜欢这个长孙。而陆道从小聪明伶俐，爷爷教的古诗，陆道七八岁就能背百余首，从小学一年级开始，陆道一直是班级，甚至是年段第一名，最不济也退不到十名以外。爷爷常在人前夸陆道天生就是块念书的料，将来必成大器。

陆道初中要到镇上去读了，爷爷舍不得只有十三岁的宝贝孙儿，独立生活，竟然在镇上租了一间房子，以老迈的身体照料着陆道的生活。陆道初始不以为然，后来有同学讥笑他，说他会念书却是生活低能儿，陆道就有点不自在了，千方百计哄爷爷回村里，自己要搬到学校当寄宿生，还威胁爷爷说，他若不走就不好好念书，爷爷只好百般牵挂地走了。谁知爷爷走不久，陆道被同学影响，也去游戏厅打起了游戏，成绩也一落千丈。爷爷着急了，又要来陪读，他坚信这孙子将来必成大器，他不能放弃。陆道见爷爷又来了，心里发毛，虽然以前爷爷在这时，陆道是饭来张口，衣来伸手，可爷爷一双眼睛成天盯着自己，浑身不自在，似乎自己是为爷爷活着，和爷爷没说上两句话，陆道就扭身跑了。爷爷都快急哭了，只好找到班主任帮忙。

陆道班主任姓陆，好像叫陆忾机，他这名字连爷爷这个乡绅也念不清楚，没人问他为何叫这名，只是知道他是福州知青。陆道初始很不爱听他的数学课，他那口浓重的"虎纠"腔听起课来可费劲了。他上解析几何课，会说成解释子和（huo），把同学们笑得前仰后合。时间久了，大家也习惯了。陆老师还是很和善的，他待学生们好，学生们也信任他。

陆老师见陆道爷爷来，很客气地让座倒茶，可老爷子愣是不肯坐，只是一个劲求陆老师帮助找到孙子。陆老师笑道："老人家，您先别着急，来，喝口水，您放心，他一定会回来的。"

其实，此时陆道就在门外，他跑街上溜达一圈，也想去找陆老师说说，让他出面劝爷爷不要再来陪读，听到爷爷与陆老师说话就没敢进去。陆老师耳尖，听到门外动静，他拉开门，把陆道拽到房里，要求他跟爷爷认错。爷爷却要求他跟陆老师道歉。陆道嘟囔道："反正都是我的错，对不起了！"陆老师说："那你先出去一下，我跟你爷爷说几句话。"

陆忬机转身和蔼地对爷爷说道："老人家，请这边坐。我也早想和你沟通一下。前些日子，我被市里抽去出中考数学卷子，回来就发现陆道这孩子学习成绩下滑得厉害，正想好好找原因，好好抓一下。但您别着急，这孩子基础好，抓一下应该就能很快赶上。您想啊，他现在这么怕您来，是不是给他很大的心理压力？有心理压力，学习又怎能赶上？因此，我建议您先回去，让陆道继续住校。您放心，生活上有何困难，有我呢。再说，您这么护着他，溺着他，他能长大成熟吗？他将来上了大学，终究要离开您的，我想您总不希望，您的孙子学习拔尖了，生活上却是个低能儿吧？"

爷爷频频颔首："陆老师说的对，只是那不得给您添麻烦了？早听陆道说您对他很好，真不知如何感激您啊！"

陆忬机笑笑："老人家客气了，这是我们当老师应尽的职责，如果您放心，就先回去，回头我再找陆道谈谈。"

爷爷一步三回头叩谢离去，陆道就在门口等候，也不知他是否听到他们之间的对话，总之，陆忬机一喊他就到了。

陆忬机摸摸陆道的头，温和问道："能告诉老师为什么这段学习退步了？"

陆道羞涩回道："贪玩。"

"玩什么呢？"

"游戏机。"

"你自己去？"

"和班上同学。"

"他们叫你去的吗？"

"是。"

"我知道班上那些人叫你去,你想过后果吗?"

"想过,但就是想玩。"

"我理解,别说你这年纪了,我也想玩呐,周末我也和同事、朋友打麻将。但请你记住了,玩,要有资本,有资本玩,是对自己一种奖赏,否则,那是消磨时光,是在消耗自己的青春,你知道什么叫'玩物丧志'吗?将来的某一天,你将后悔。你爷爷希望你将来能考上一个好大学,光宗耀祖,出发点是好的。你纵然没想过要光宗耀祖,难道不希望自己有个好的未来?对你来说,目前没有更好的选择,只有认真读书,将来考上大学了,才能实现这个理想。"

"老师,我懂了,我发誓,我再也不去游戏厅了。"

"不是都不让你玩,我说了,玩必需有资本,有条件的玩。我看这样行不?你每天作业完成了,就到我这,跟我儿子一起玩,我家也有很多游戏,好吗?"

"好,谢谢老师。"

从那以后,陆道果然没再去游戏厅,但他也没去陆老师家玩游戏。陆道学习成绩很快又挤入了年段前三名。陆道这转变过程应该说陆老师功不可没,当然也因为爷爷回去了,他就没那么叛逆。陆老师每天都检查陆道的作业,也时常喊陆道来家里打牙祭,说他待陆道像亲生儿子也不为过。陆道已经很懂事了,这一切他都铭记心里。他不知道陆老师想要什么,但他只能用学习成绩来回报。倒是陆道的爷爷对陆老师又感激,又崇拜,提了好多晒干的海货,一定要陆老师收下,陆老师拗不过老爷子,收下东西,却回了老爷子两条烟,并申明老爷子不收他也不收。这么着,以后就有了几次送东西来往,两家也就有了像亲戚一样的密切关系。

陆道后来在这所乡镇中学念完初中,以第一名的成绩考上县一中,三年后又以高分考上了中国海洋大学。但无论到哪他都和陆老师始终保持联系,啥话就爱跟陆老师说,心底深处他就是把陆老师当成自己的爹,而陆忤机确实也把陆道当成自己的孩子一样看待,只是谁也没点破,陆道依然亲切地叫陆老师。

他们的关系后来有些风波曲折,那是在陆道考上大学那一年。陆道念高中时就有同学议论他名字很俗,特别是知道他们几个兄弟姐妹以福禄喜寿起名字,更是笑得前仰后合,他们说看见这几个字就想起农村办婚丧的场面。大红大绿啊,你知道死人睡的棺材叫啥吗?叫寿材,还有死人穿的鞋子叫寿鞋……哈哈哈!陆道当时从尴尬到愤怒,头发都有竖起来的感觉,却又无以反驳。考上大学时要迁户口,陆道觉得这是个机会,恰好一个同学的父亲在派出所工作,陆道干脆把原来"禄到"的名字干脆改成现在的陆道,他觉得在前面挂个陈姓碍手碍脚的，干脆连陈的姓氏也不要了。

　　这一切本来看似平淡无奇，问题出在陆道大一那年的初夏，陆道同宿舍最好的同学李子阳，计算机课程学得很烂，在陆道帮助下，计算机等级考试居然通过了。那天，为了感激陆道，李子阳提出要请陆道喝啤酒，两人来到一个排档，要了一大盘的各种烧烤，啤酒从初始各人只要两瓶喝到每人四瓶。陆道酒量稍好，喝这点啤酒还算不了啥，可李子阳就不行了，可碍于是自己请客，不好说结束不喝了，硬着头皮又喝了一瓶，就有点微醉了。他确实很感激陆道，不单是这次计算机等级考试，平时好多功课也是陆道帮助辅导，甚至都是陆道直接帮助做了。李子阳是本地人，家境又很好，父亲开了一家贸易公司，虽说不上规模宏大，可也堪称富豪了。李子阳也常常把父亲的凯迪拉克偷偷开到学校显摆，周末也会带陆道去他家"恶补"几餐。但李子阳就是不爱念书，真不知他当时是如何考上中国海大的。陆道还有个疑问，他这样的公子哥儿，怎么就不谈恋爱？带个女朋友去兜风总比带个同性带劲吧？每回陆道问及这问题，李子阳总潇洒地挥挥手说娘们哪有哥们好玩？陆道想他是不是被女孩子纠缠怕了，因为陆道知道李子阳当时和一个所谓校花有过一段故事，后来不知啥原因两个人分道扬镳了，他也不好打破砂锅问到底，只是李子阳邀请他好多活动他都拒绝了，他知道他陪不起。

　　离他们七八米远的另一张桌子，两个女生模样的人突然尖叫起来，身边站着一个似乎已经很醉的男人，手里还握着一瓶啤酒，摇摇晃晃指手画脚地说着什么。两个女生见状欲走，其中一个女生却被那醉鬼一把拽住胳膊，那女生再次尖叫。李子阳说那俩女生一定也是我们海大的，我们去看看。走近前，李子阳试图拉开那男的手，说："哥们，有事好说，欺负两个女孩子算啥爷们呀！"

　　那醉鬼斜乜着眼："你是……是哪根葱啊？老子的……事……事，你管得着吗？……"

　　李子阳本身就是脾气很火爆的人，又喝了酒，哪受得了这气啊！他也青筋暴起吼道："老子今天就管定了，你怎么着？"

　　那醉鬼举起手中的空酒瓶，恶狠狠地往李子阳头上砸去，陆道见状大叫一声，瞬间把李子阳推开，可自己头上却重重挨了一记，顿时血流如注，人也慢慢瘫倒在地上。

　　一惊一乍中那醉鬼似乎醒了，见状撒腿就跑，李子阳也顾不得倒在地上的陆道，赶紧追上，可那帮有五六个人之众，李子阳哪抵挡得了，一伙人胡乱挥舞着，然后钻进一辆轿车，一溜烟跑了，李子阳隐约记住车号尾数为378，车型是黑色

尼桑小轿车。

满脸是血的陆道，被120救护车送到医院急救，在ICU病房抢救了四个多小时，才苏醒过来。除了头上缝了七针，还有中度脑震荡，所幸无其他大碍。李子阳一直在陆道身边寸步不离，他知道陆道这一记是为他挨的，因此，他除了陪伴左右，也预付了陆道住院的所有费用。

这个地段属海大派出所的辖区。那两个女生也确实是海大的。她们随即向学校保卫处报了案，保卫处和派出所联合行动，根据李子阳提供的线索，很快就把犯罪嫌疑人抓获归案。

学校保卫处要为他们申报见义勇为奖。现在的问题是李子阳是见义勇为毫无疑问，但他没受伤，陆道只是为李子阳挡了一下酒瓶子，没有直接和歹徒搏斗，是不是见义勇为行为？就算两人都是见义勇为，谁该摆前面？保卫处把这些问题端给派出所讨论时，派出所所长哈哈大笑，他觉得海大这些知识分子成堆的地方，总是有些迂腐，把简单的问题复杂化了，这是两人共同的见义勇为行为，干嘛要分谁是否直接与歹徒搏斗？干嘛非要在算人之间分个主次？……最后，算人都报上，算人都被评为见义勇为积极分子，并获得五千元奖金。李子阳表示一分不要，全给陆道，他觉得自己要这笔奖金良心将受谴责，毕竟受伤的是陆道，而且是为自己挡的。而陆道觉得自己独得这笔奖金也于心不忍，况且李子阳已经把药费都出了，自己独占奖金，至少心里不爽。那打人的歹徒是个打工的穷鬼，东拼西凑也只能拿出两千元，李子阳也全给了陆道，陆道坚持不要，他怎能独占这奖金呢？俩人争执不下，陆道突然就说："那咱俩就都不要这笔钱，捐给儿童福利院吧！"

李子阳惊愕了好半天，他原本以为陆道平时很节俭，应该很需要这笔钱，毕竟陆道来自农村，家中兄弟姐妹多。他从没见过陆道穿过可以叫得上牌子的衣服。陆道能有这想法让他惊讶，也让他佩服。他甚至眼眶有点潮湿，他握住陆道的手轻声说道："好，我答应你，等你伤养好了，我们一起去儿童福利院。"

陆道毕竟是重伤住院，学校照例要通知家长，而且这次是学校出的路费。陆道爷爷虽已老迈，但听说孙子受伤了，坚持要来，是陆道的妹妹喜鹊陪来的。老人家看到陆道头上裹着厚厚的纱布，先是一阵嚎哭，当知道孙儿并无大碍时又转悲为喜。他平时也常看报，知道见义勇为的含义，他为孙儿骄傲啊！

不管怎样，来了就要看孙儿的伤情如何，从床尾的病员卡片，以及护士站所登记的一切资料，全都是用陆道的名字。爷爷初始以为孙儿被紧急送到医院救治，匆忙中名字写错了，情有可原，因此他还很温和地给护士说："我孙儿的名字不是陆道啦，你们怎么连姓也给偷了？是陈禄到，是福禄喜寿的禄，到来的到，这名字有讲究呢，是这样的，他哥哥叫……"他不知道护士们是否在听，但他愿意不厌其烦地讲，他觉得孙儿是他的杰作，包括他的名字，虽然他并不知道鲁迅笔下有个祥林嫂，他总是觉得讲述这些让他心中充满了快意。

当班护士坚持说她们对名字是经过认真核对的，不会错的，有疑问让他去问当事人，老人家想起孙儿床头上一本书也写着"陆道"，顿时一股火升腾出来。他急匆匆返回病房，进门就吼道："你的姓呢？为什么名字改得乱七八糟？"

陆道还在迷迷糊糊昏睡，在一旁的李子阳听得一头雾水，急辩道："爷爷，怎么啦？我们哪有弄错名字啊？这些都是我一手办的，不会错的。"

爷爷跺脚叹息道："唉！他不叫这名字，他叫禄到，不是陆道，是陈禄到，嗨，给你说不清。"

陆道被吵醒了，逐渐听明白他们说的意思，他怎么给李子阳使眼色，李子阳也没明白陆道的意思，就干脆站一旁不说话。陆道等爷爷冷静下来才解释道："爷爷，这是我的笔名，我平时都用原来名字的。再说，名字只是个符号，有必要看那么重吗？"

爷爷又瞪大眼嚷道："谁说不重要？这事关祖宗问题，事关我们家风水问题，陈家福禄喜寿都要有，怎么就在你这断了？你不会用笔名取代所有签名吧？看看你床头那本《海洋经济学》，那上面写着谁的名字？"

陆道皱了一下眉头，不知是真头疼还是觉得爷爷难缠，闭上眼不说话，爷爷似乎也觉得不该在孙儿生病时闹腾这事，也不再说啥。他和陆道的妹妹待了四天就回去了。而陆道是后来才知道爷爷曾经去找陆老师理论这事。

陆道毕业前夕，学校保卫处曾向学校领导申请，要求让陆道留校工作，保卫处马处长认为而今年轻人中像李子阳、陆道这样有正义感又敢于担当的人真不多了。人事处按程序报批同意后回复给相关部门，马处长兴冲冲地把这好消息告知陆道，不曾想陆道头摇得像拨浪鼓。留校是多少人梦寐以求的好事啊，陆道这小子咋不识相呢？而陆道只是轻描淡写地解释说，他还想读书，既然经济学院保研推荐他，他就继续读研，马处长见陆道态度坚决，也不好再勉强。陆道研究生成绩也很优异，导师本想让他继续读博士，但这一次他没听老师的，他报考了公务员考试，还是很顺当地考到福建省海洋与渔业厅工作。

陆道的爷爷从青岛回来后直接去找了陆忭机，气势汹汹地责问道："我原以为你是个善良而有爱心的老师，原来你是个伪君子，你凭什么让我孙子跟你姓？你经过我同意了吗？祖宗的姓能随便改吗？"

陆忏机一头雾水，但知道老人家肯定误会了。事实上，他根本不知道陈禄到改名为陆道，这事本与自己无关，可他又不好冲老人家发火，还客气地给陆道爷爷倒水让座，这反倒让陆道爷爷误会更深了，直觉得陆忏机理亏才这样。陆忏机一直等老人家平静下来了，才慢慢地解释道："老人家，您误会了。其一，陈禄到改名我根本不知道。其二，天底下姓陆的人多了去，您怎么就认为是跟我姓呢？也许他有自己的想法和用意。其三，我真觉得您犯不着为这事生这么大的气，其实，名字只是个符号，许多名人、伟人、文人不是都有自己的名号吗？您知道，毛泽东不是也叫毛润之吗？"

老人家又急道："他们怎么叫跟我无关，但他总不能把祖宗的姓都丢了吧？我陈家就出这么一个有出息的，我不能让他这么任性。陆老师，就算不是你授意他改姓，也求求你，劝劝他，他毕竟最听你的。"

陆忏机听着心里老大不舒爽，什么叫就算不是他授意的，本来就与他无关，他自己有儿子，犯得着吗？但面对七八十岁的老者，他怎么也不能发火，于是，他仍耐心劝道："老人家，您放心，我会好好劝劝陈禄到的，再说，您老人家也别纠结于这等小事，他姓啥叫啥永远都是您的孙子，谁也抢不走。放心回去吧。"

陆忏机好歹把老人家劝回去了，尽管他对年轻人要改名不持什么反对意见。如果他儿子要这么改，他也不会反对。陆忏机虽然也是五十多岁的人了，但还是很能接受年轻人的思想。这也是陆道喜欢和他交流的根本原因。

陆忏机送走老人后，真给陆道打了电话，询问改名的前因后果，陆道有点满不在乎回道："名字就是个符号，有那么重要吗？我班上好多人都改名了，况且，我以前的名字多俗气呀！我觉得全世界起的最好的名字就是电影演员丁一的名字，好听又简单……"

陆忏机没耐心再听陆道喋喋不休的解释，他打断陆道的话："我只想问你，你改名陆道和我有关系吗？"

陆道连声解释："没关系，没关系，真没关系，尽管我尊敬老师，甚至有些崇拜老师，但也不至于那么世俗，非要跟老师姓，这只是个巧合。怎么啦？老师。"

陆忏机没好气地回道："没啥，问你爷爷去吧！"然后就把电话挂了。

陆道明白，一定是爷爷找陆老师麻烦，误认为自己改名与陆老师有关。心里想着该怎么跟爷爷解释呢？甚至怎样让爷爷去跟陆老师解释，他真不愿意自己的恩师对他存有偏见。

那一年的寒假来临前，陆道各科考试都结束了，自我感觉每门都优秀，虽然成绩尚未公布，这种感觉上大学时就有，不会有多大差错，因此他心情不错，自己一个人上街，想为爷爷，还有陆老师，带点啥礼物。尽管他囊中羞涩，但他不想约上李子阳，以往和他在一起的任何活动几乎没有陆道买单的份。要是让李子阳知道了，兴许他会下手很重的给爷爷买个什么礼物，因为李子阳知道陆道与爷爷感情很深。可现在陆道口袋里不足四百元钱，他必须要坚持四天的伙食，还要留够回去的车票钱，尽管只是硬座票，他也从未躺过卧铺。

  陆道没敢去万达广场、万象城这样的高档购物场所，那些地方的东西肯定售价不菲。他听说现在有个仓储式批发市场，物价便宜，只是离学校远。陆道计算一下时间，估计来回得四个小时，下午没课，于是，他倒了四趟公交，到了这个人山人海的批发市场，花了七十多元钱，为爷爷买了个充电取暖手炉，为陆老师买了一条烟。不曾想他回到宿舍时李子阳正在等他，陆道的床上还放着一包鼓囊囊的东西。李子阳尽管等了陆道许久，但没任何抱怨，依然笑吟吟地对陆道说："我等你半天啦，请你出去吃饭，快走，我都饿了。"陆道犹豫着："我刚从外面回来，好累，你自己去吧。"李子阳哪里肯依，架起陆道就往外走："今天你去得去，不去也得去。"

  陆道就这样被李子阳挽着、拽着来到校大门附近的汤代尔大酒店。以往李子阳邀陆道吃饭常在排档或小酒店，今天怎么到如此高级的场所？汤代尔可是五星级国际大酒店，消费价格不菲自不必说，关键是要预订，这里越是高级的酒店生意越是火爆，一般情况临时是订不到包间的。汤代尔酒店还颇具特色，集聚了全国各种名菜，犹以各地汤包集聚盛名。也显现了此地经济的繁荣。

  陆道和李子阳进入汤代尔大酒店牡丹厅时，发现一片漆黑，片刻后突然响起生日快乐歌，一把把花瓣撒向陆道，他们齐声喊起："学霸生日快乐。"随即陆道头上被按上一顶生日皇冠帽。李子阳跳上一张椅子，高声喊道："我宣布，学霸、英雄陆道君的生日晚宴现在开始。"现场一片欢腾，陆道被人抬着高高抛起，似体育明星获得金牌时被人抬起的礼遇，这真吓着他了。从小到大他哪经历过这场面！桌上他不断被人敬酒，不喝不行。尤其几个女生野蛮地直接摁着他往嘴里倒。陆道虽有些酒量，也经不起这轮番轰炸式的灌酒，李子阳也担心这样会出啥问题，也赶紧制止那几个太闹的女生。现场气氛一下冷却下来，显得有些尴尬。这下倒让陆道觉得不好意思了。此时他虽有些微醉，但尚有理智。于是他缓缓站起有些激动且有些深沉地说道："我长这么大，从没有过过如此隆重的生日，印象中吃过爷爷给我两个水煮蛋，我舍不得吃，留一个给爷爷，还千方百计哄着他把蛋吃了。小时候就一个感觉，穷，饿。今天能在这过

这么奢华的生日，我能不感慨吗？我真感谢同学们的盛情，尤其感谢我的好友，我的兄弟——李子阳。谢谢了，我敬在座的各位同学，干了！"

"干了，干了！"现场气氛又无比热烈。那天，喝了多少酒，花掉多少人民币，没人知道，他们只是看见李子阳满不在乎地丢给服务员一张卡，甚至公开说出密码。这公子哥儿啊，从来不在乎钱。据说，他爹从不限制他花钱。他侠肝义胆，好打不平，极讲义气。同学聚餐、party、ktv，花钱的地方，从来都是他掏钱，在同学中极有人缘，可就是不爱学习，天知道他当时怎么考上海大的。几次选班长，他都是高票，可每次他都拒绝。他说他没资格当班长，其实他也不想当班长。每次他都要向辅导员推荐陆道当班长。确实他学习成绩平平，如果没有陆道帮忙，他可能成绩会很烂。所以他很感激陆道，也很愿意在经济上帮陆道一把，但又怕伤了陆道的自尊，所以每次他都要考虑以什么方式帮陆道，才能让陆道不伤自尊的接受。马上要放假了，他知道陆道现在手头紧，却又想给家人带点啥，尤其是给他爷爷。他想起这次陆道住院他爷爷来看孙子时穿得很单薄，会不会是老人家没衣服穿？难道老人家或他的家人不知道北方要比南方冷许多吗？他突然间想出可以让陆道接受他资助的一个办法。

他那天在沃尔玛超市看中一件呢大衣，本想买给他父亲的，但看来看去又觉得款式太老气了，父亲毕竟才四十五岁，不如把这件呢大衣买下送给陆道的爷爷。于是买下衣服后，迅速拆封，剪掉所有商标，然后找到陆道如是说，我给我老爹买了件大衣，哪知他嫌这大衣太老气了，就不想要，可已经拆封，商标也剪了，商场也不让退了，扔了也可惜。我倒觉得这件大衣，适合你爷爷这年龄穿，要不你回去给你爷爷吧！陆道将信将疑看着李子阳不吭气。李子阳满不在乎地说，你看不上，那我就扔了吧，陆道见李子阳真要拿去扔，又赶紧拦住说，别扔，我带回去就是了。李子阳放下大衣，随即转身出门偷偷乐了。

陆道虽然对李子阳的话半信半疑，可对李子阳的炽热真情从不怀疑。既然是人家不要的权且接受吧。

陆道那年寒假回家，心情好极了！大学生回家过年与民工回家过年心情类似。民工们带着一年劳作后丰收的喜悦，回家杀猪宰羊过大年。大学生们则热衷于同学间的串门、聚会。陆道自然也不例外，除了陪爷爷外，陆道自然要和辜一天、林梅英等几个青梅竹马的发小常在一起相聚。

辜一天、林梅英、陆道，还有一个小不点豆福，他们四个人从小一起长大，年龄也分梯次，辜一天老大，梅英其次，陆道老三，小不点豆福老四。四个人虽然没有举行什么结拜仪式，但俨然像四个亲兄妹。陆道小时候会念书，虽然小学时跳了一级,但还是比他们低了一届。小不点豆福小学六年级就随父母进城了,以后再没联系。辜一天和林梅英小时候也没特别亲密,虽然辜一天对林梅英疼爱有加,家里偷来吃的东西,总是留给梅英吃,而梅英却又常常偷偷给陆道吃,真的就像亲弟弟一样疼爱,但他们之间谁也没有向谁表白。辜一天从小爱画画,村里所有能画画的墙都留有辜一天涂鸦的画迹,他也为此没少挨过大人们的批评,甚至挨打,可辜一天就是不改,他父亲见他如此喜欢画画,就为他请了一个老师指导,后来辜一天如愿考上了中国美术学院,林梅英则考上了南京理工大学。陆道和他们的联系就渐渐少了,也懒得写信,陆道也是后来才有了手机。但那时还没有微信,只是偶尔发些信息。后来有了微信,手机的功能强大到让人离不开,有人说,手机把钱包干掉,把电视干掉,把报纸干掉……手机起码替代了生活中几十个原先必须有的事项,也让人们愈发觉得离不开手机了。谁知道将来手机还开发出其他什么功能呢?

　　陆道是大三时才有了自己的手机,是李子阳资助的,初始陆道不愿意接受,他说送给他手机他也用不起,李子阳说不用你交话费,购这款手机送两千元话费,足够你用到毕业了,陆道虽然也希望有一部手机,无奈家境贫寒,不敢奢望,对李子阳的方方面面帮助,陆道只能铭记在心。

　　这年春节,陆道回家最开心的两件事:一是爷爷似乎原谅了他的改名行为,从没再问起他是否把名字改回来了。或许老人家因为给他买了一件大衣很喜欢,心情大好忘了。总之,爷爷的心情好极了,脸上常泛着红光,爷爷本来身体很不好,因为糖尿病,高血压几次住院,甚至有一次都下了病危通知,陆道差点要赶回来,可陆道妹妹喜鹊以后又来电说爷爷好些了,叫他不要来了。陆道后来才知道,是爷爷清醒些时,让喜鹊告诉告诉陆道不要来,怕耽误陆道的学业。爷爷就是这么个既开明,又保守的可爱老头。陆道始终跟爷爷的感情最好,而他那有点木讷的爹,陆道除了叫他爹,实在说不出别的什么感觉。爷爷的健康,给了陆道很大的慰藉。二是他高兴地看到辜一天和林梅英走到一起了。以前陆道只是感觉出辜一天对林梅英特别地宠爱,特别地殷勤,他当然知道辜一天喜欢林梅英,但林梅英似乎对辜一天,不冷不热,辜一天对她关心,宠爱,她不拒绝,但也没表现出感激之情似乎觉得辜一天该做的。以前连陆道都看着别扭,心想林梅英怎么这样啊!是人都不应该这么木吧?有时候,他都为辜一天叫屈。其实,他当时真的想都没想过林梅英对他有别的感觉,就只觉得林梅英像个姐姐一样呵护自己,他对梅英也像姐姐一样爱护尊重。只是他不知道林梅英对他似乎有特别的情感。其实,林梅英也是很纠结的,毕竟陆道比自己小,而且似

有不解风情式的幼稚。后来他们俩先考上大学，陆道跟他们联系少了，也不知道他们之间发生了什么，这次看到他们俩走到一起，陆道自然是很高兴。

春节期间农村人的习惯，都会相互请客，几乎整个春节都在吃请中。但陆道更多的是和辜一天和林梅英在一起。辜一天的父母已调到镇里，在这个村也就没家了，春节期间辜一天几乎都在梅英家里。梅英老爹初始对这个未来女婿是看不习惯的。辜一天留着长发，蓄着胡子，似乎不这样就不像是搞艺术的，但他见女儿接受了，也不好再反对。辜一天除了外表形象让老人家看不习惯，但对老人家蛮孝顺的，家里的重活也全都承担了，还时常买些老人家爱吃的，陪老人家喝上两盅，慢慢地讨得未来岳父的欢心，因此老人家高兴时也"阿天，阿天"亲热地叫着。陆道看到他们一家其乐融融，有时心里也会酸酸的，但不管怎样，从心底真诚为他们祝福。

春节短暂相聚后，陆道几乎没再与他们联系，直至辜一天毕业后到福州大学工艺美术学院任教（该校办在厦门）才给陆道发了一条信息，告知他的近况，并希望陆道得空去看望他。而陆道回校后似乎更发狠地念书。毕业时，是留校当保卫干部还是继续读研究生，他选择了后者。三年后研究生毕业，学校又希望他读博或留校任教，他又出人意外地考取福建省海洋与渔业厅当了公务员。当然这其中也有他爷爷的意愿，希望他回家乡工作。这样，他在海洋与渔业厅一待就是三年多时间。每天都是机械地和文字打交道，或者就是不停地下乡、开会，他自己也没想到机关是这么一种波澜不惊，平淡无奇的生活。好在工作的第三个年头就给他一个副主任科员安慰奖。更多的时间他关注的是他的股票，只是他不知道改变他一生命运的就在这一年出现。

二、我的第一书记

陆道凌晨三点才上床，辗转反侧了一两个小时才勉强入睡。昨晚酒喝得多，茶水也喝得多，精神也亢奋，所以难以入睡。

昨晚高中同学聚会，陆道的老同学林兴辉给他挂电话说他们的同学耿丽丽来了，大家一起聚聚。林兴辉是福建杰泰安保公司的董事长，早年陆道上大学时他就去当兵，在部队就有良好的表现，很快就提拔为班长，不久后又提干当了排长。因为头脑机灵，又很忠诚豪气，所以转业时，部队首长就推荐他到福建省委当了主要领导的贴身警卫员，这一干就是八年，自然就有了很丰厚的人脉资源。后来有许多单位想要他，但他却选择了自主创业，他利用自己干警卫的经验和所积聚的人脉资源，招募了一大批退伍军人，创办了杰泰安保公司。公司里的员工大部分都是退伍军人，基础好，执行力强。他们平时训练几乎照部队的纪律要求，常态化、制度化的训练，在安保行业中形成一道亮丽的风景，有了自己独特的风格。林兴辉还聘请了一些老将军做顾问，成立了武术协会，以进一步提高他队伍的实力。他还很舍得投入，高科技的安防设备，他眼都不眨，总是抢先配备。因此，他的公司竞争力很强，安保事业做得风生水起，只经过短短几年的发展，公司规模不断发展壮大，而今已有了十多家分公司，在省内外都颇有名气。一般他们有共同的同学来，都是由林兴辉安排接待，吃大户嘛，是大家的共同心理。本来林兴辉安排吃饭，也不关陆道的事，酒喝高了，话就多了，他说他昨天抛售一只股，一把便赚了一万多，耿丽丽便起哄说，那你该请客啊。陆道瞟一眼耿丽丽，马上很豪爽地宣布："我晚上请大家去k歌，给面子呵！"但眼神一直瞟着耿丽丽，看她作何反应。高中时陆道就对她心仪已久，只是当时她根本没把陆道放在眼里，陆道从来也不敢对她有非分之想，只是有一次被人哄骗，晚会时给耿丽丽献了一次花。献殷勤人太多了，耿丽丽自我感觉也越来越好，心思也没放在学习上。其实，她也知道自己基础差，参加高考也无非走个过场，终究要名落孙山的。第二年她也没勇气去复读再考，基础实在太差

了，就早早参加工作了，而这看似再普通不过的一份工作却改变了她一生的命运。陆道顺风顺水考上了中国海洋大学，从本科到研究生一直在中国海大就读，毕业后又考取到省海洋与渔业厅工作。

他们高中同学虽然很多同在省城工作，但也不常聚在一起。陆道对耿丽丽的近况也不太了解，只是今天难得一聚，陆道有点兴奋。歌厅狂欢到凌晨一点，谁知陆道去买单时却被告知今晚的单已被一位女士买过了，而晚上在场的只有耿丽丽一位女性，肯定是她了。陆道回头看一眼耿丽丽，眼神中说不出是感激，还是抱怨她不给面子。耿丽丽只是淡淡地笑笑："你们拿工资的，还是省点吧。"陆道似乎要挽回点面子，又极力邀请大家去宵夜。直至两点多了，陆道才疲惫地回到宿舍，但满身的烟味、酒味还是让他强打精神去冲了澡，不曾想洗完澡却越来越清醒，直至天快亮时才迷糊睡去。

设置在七点半的闹钟被陆道摁了两次，第三次响起时，陆道突然翻身而起，糟了，昨天下班时人事处通知他，今天一上班就要去找刘作新副厅长，具体啥事也不说，陆道也不好再多问。

陆道简单用冷水扑把脸，拎起外套就冲到楼下拦的士。上班高峰期啊，拦了好几部也没空的，好不容易坐上了，又像蜗牛爬一样，到刘副厅长办公室，都已快九点了。这位新上任不久的副厅长见陆道大冬天头上冒着热气，气喘吁吁的，温和笑笑，招呼陆道坐下，倒了杯热水，笑道："堵车吧，理解。其实你不用这么赶的，反正我都在办公室，今天也没别的活动安排，随时找我都行啊。来，喝水。"刘副厅长的亲切和蔼让陆道放松许多，不像他人所说这位新上任的副厅长非常严肃认真吧。其实，刘作新自从没当一把手，风格确实改变了许多。副职就应该是副职的做派，至少他自己是这么认为的。

"小陆呀，也许你已经知道今天找你来的目的，本来呢，人事处给你谈也就罢了，后来我想这次派你去，毕竟代表厅里，省委高度重视，省委组织部明确要求派去担任村党支部第一书记的一定是思想觉悟高，能力强，有培养前途的年轻干部。我们在厅里也认真筛选了一下，认为你还比较合适，你年轻，有活力，有朝气，有思路，没有家庭牵挂，又是共产党员。还有一个重要因素就是你是海昌人，熟悉那里的生态环境，人脉资源等，有利于开展工作。所以呢，人事部门就推荐了你，希望你能愉快地接受这个任务，不要辜负了组织对你的期望。当然嘛，你下去做出成绩了，自然不用担心回来给你合适的位置。还有，厅里也会在资金、物资等方面给予支持。放心，三年很快过的，这也是你不可多得、独当一面的锻炼机会呀。顺便说说，那里曾经是我工作过的地方，有什么困难和需要跟我说，我会尽力帮你协调解决，只是你既是下去锻炼，我不希望陷入太深的人际关系中。"

陆道几乎没有插话的机会，此前他确实听说有个下派村支书的名额，当时只是想厅里年轻人多的是，不太可能会摊到自己头上。这种下派的干部哪次不是要求思想觉悟高，工作表现好，有培养前途的干部下去？实际上刚才刘副厅长说的最核心的一句话就是他没家庭牵挂，一般这种情况都是派单身汉去的，还有，回到家乡工作，不是本来还要回避吗？现在倒成优势了？至于什么待遇啊，前途啊，没人多去考虑，现在这事突然临到自己身上，陆道真不知该如何回答。思虑良久，他才弱弱地说一句："能让我考虑一下吗？"

宋副厅长笑笑："当然可以，但你最好尽快答复，组织部追得急。这样吧，你晚上考虑一下，明早给我答复。"

陆道很感激地点头答应："明天一定给您回复。"

陆道第一个给老师陆忤机打电话，多年来，他已经形成一种习惯，遇到大事总爱问陆老师。

陆忤机听明白陆道的意思，笑问："你不想去的原因，主要怕那里信息闭塞影响了你炒股？那你想找什么理由不去呢？"

陆道天真回道："不去的理由随便说，身体不适啦，女朋友不同意啦，尽管我还没有女朋友，可他们又怎知道呢？总之，我不想去可以找到很多借口的，当然我也担心，领导会因此对我有看法。"

陆忤机说："那你觉得领导对你有看法会产生什么样的后果呢？"

陆道说："还能有什么影响，不进步，不提拔呗。"

陆忤机叹一声："那你还考虑什么？就不去呗，安心炒你的股。"

陆道听出陆老师似乎不悦，换一种语气说："陆老师，我也不是对自己的前途自暴自弃，只是觉得三年太漫长了，我甚至不知道我去了该干些什么，能干些什么，这让我感到迷茫和害怕。"

陆忤机说："你觉得三年就很漫长？你念大学四年觉得长吗？如果你真正想下去做点实实在在而有意义的事，只怕你会觉得三年时间太短了。当然，你如果只想下去镀金，那也许三年是太长了，但请记住那是没有多少含金量的。"

陆道说："陆老师您意思是我该去？"

陆忤机说："我不太清楚你现在工作的状况怎样，是不是马上有提拔进步的机会，如果不是，我觉得你应该抓住这个机会，到基层实实在在做一番有价值、有意义的事。当然，我不是说你在机关干就没价值、没意义，至少你在机关所

做的事不是以你个人意志为转移的，况且现在机关啊……人浮于事，官僚腐败，多少总有这些现象吧？唉，这个不说，我也无权评判，总之，我建议你去，去基层锻炼几年，只有好处，不会有坏处的。"

陆道似乎也丢却了纠结，愉悦地回复陆忏机："好，听老师的，我去。"

陆道第二天并没去厅里当面回复刘副厅长，只是给人事处江处长发了条短信，只有六个字"服从组织安排"。然后一头扎进股市里，他要把股票尽量处理了，只留部分成长性好的做长期投资。他担心要去的地方没信号看不到实时行情，无法操作，但他确实有些舍不得当前的火爆的行情，无奈啊！

陆道以为人事处江处长会把他的意见转达给宋副厅长，因此，第二天既没去刘副厅长办公室回复，也没打个电话向刘副厅长汇报，直至下午下班前刘副厅长亲自打来电话询问他怎么决定，他才结结巴巴地说他服从组织安排，最后才嗫嚅解释说他以为人事处会转达他的意思。刘副厅长显然有些不高兴了，只是轻轻地"哦"一声就把电话挂了。这让陆道心中有些忐忑，他确实在埋怨自己处事太不成熟了。

陆道走的那天，厅里还是给他安排了个小型的欢送会，主要是处里的几个同事，还有人事处的一个副处长参加一半就走了。大家晚上一起吃了餐饭，本来只是例行的，陆道席间突然有些伤感起来，这个群体很温暖，处长素来都像老大姐一样关心自己，甚至好几次要给自己介绍对象，虽然因为各种原因没有介绍成，但总能感受到那种关心，那种温暖。现在要脱离这个群体要三年之久，而且要去偏僻的海边山村，独自一人承受那份孤独，那份寂寞，哪能不伤感呢？所以当他拿起一个大杯要敬大家时，真的掉泪了。他一再感谢大家对他的关照，也一再请求大家要去看他，不知不觉中喝醉了，以致怎么回家也不懂。第二天，厅里派车送陆道走，可司机给他打了十多个电话也没人接，直至司机到他宿舍用力敲门，他才懵懵懂懂地出来开门，见到驾驶员小吴才猛然想起今天要出发。他迅速穿好衣服，顾不得洗漱，提起箱子就往楼下跑，所幸行李前几天就已收拾好，听小吴说单位里要为他送行的人都已散去，就不去单位直接乘车往海昌去了。路上，陆道不停地给相关人发信息致歉。

省城离海昌有两百多公里，陆道他们临近中午才到海昌维多利亚大酒店。这是一家新建不久的四星级酒店，豪华气派自不必说，关键设计理念独特，很吸引人眼球，整个酒店设计成一艘万吨巨轮，本身酒店就坐落在海边，他们刻意把海水引入陆地，使酒店恍若是停在码头上的一艘巨轮，通往酒店的旱桥，也刻意挖了个桥洞，引进海水，给人感觉这酒店就建在一艘万吨巨轮上，其实这酒店完全是建在陆地上的，酒店规模也不大，客房也就一百多间，配套设施很齐全，有游泳池、网球场、酒吧、KTV等，只是受条件限制，绿化少了些。酒店虽然只评了四星级，但条件与五星级没什么差别。

陆道根据通知到酒店前台办理入住手续，岂知服务员说："您是陆科长吧？您的房间已安排好了，我带您去。"行李生也过来帮忙把他行李推到他的房间。

陆道进了房间就很不自在了。这里的房间布局与平时人们所说的总统套房几乎无异，豪华的令人眩晕，陆道惊异地问服务员："你们是否弄错了？我哪住得起这样的套房？我报销是有标准的。"

服务员答："没有弄错，是我们董事长亲自交代的。"

陆道更加狐疑："你们董事长？你们董事长是谁？我根本不认识，怎么会这么安排？我还以为县委组织部安排好了，就随你们上来了。"

服务员优雅笑笑："您就住吧！请别为难我们好吗？要不董事长会批评我们没安排好的。"

陆道想想也是，服务员这么安排一定是有人吩咐过的，何必为难她们？但他心里装着个闷葫芦，到底谁会这么安排的？这辈子还没住过套房，别说这准总统套房了。因此他饶有兴致地把这准总统套房仔细观察一遍：套房的总面积有一百平方米左右，进门即是一个豪华的令人晕眩的客厅，厚厚的伊朗进口地毯，让人踏进房间就有飘飘欲仙的感觉，顶上的吊灯，五彩斑斓，或许有上千个灯泡；客厅中央围着一圈欧式风格的真皮沙发，正面是一个古典式的壁炉；客厅左边为主卧，大床有两米宽，横竖睡都行，床上还撒了不少玫瑰花瓣，主卧卫生间内还有豪华按摩浴缸；客厅右侧另有一个房间，不知是当书房还是警卫房，电脑也是超高级的一体机……陆道正看得着迷，服务员来喊他去餐厅吃饭，陆道还在云里雾里，到底是谁在安排？只好机械地跟着服务员来到二楼餐厅。

包厢里已经有两个人等着，高个子，戴眼镜的年轻人见到陆道立即起身热情握着陆道的手说："您就是陆科长吧？欢迎，欢迎！我们是县委组织部的，昨天接到电话，说您要来，我们就在县宾馆订了房，谁知耿董事长半路打劫了，把您安排到这来了。"

陆道始终在懵懂中疑惑，虽然听到耿董事长，脑中闪过耿丽丽，但又瞬间否定了，不可能吧，前几天同学聚会，压根没人提起耿丽丽是董事长。

个子小的年轻人向陆道介绍说："这是我们组织部的林副部长，在这恭候您多时了。"

林副部长瞪一眼年轻人，似乎责怪年轻人多嘴，然后转向陆道赔笑道："我

们也刚来一会儿，你们一路辛苦了，鄙人林式辉，请多关照！"

陆道机械回道："不辛苦，让你们久等了，不好意思！"

他们相互寒暄客套着，陆道心里总觉得别扭，他们为什么对自己这么客气？本来自己下来挂职，更多的是需要他们的关照，客气的理当是陆道自己，他们这么隆重地接待，难道有什么目的？

门口传来一阵熟悉的风风火火声音："在哪一间？按我电话上点的菜单，赶快准备上菜。"

当耿丽丽的身影出现在门口时，陆道吃惊得说不出话来，愣怔半天才结结巴巴问道："你……你怎么……怎么会在这？"

耿丽丽很得意地说："我怎么就不能在这？按当今流行的话说，我的地盘我做主。"

林副部长插话道："这个酒店就是我们耿董事长的。"

陆道惊讶的目瞪口呆："这酒店……这酒店你开的？你前几天……前几天不是和同学们在一块，没听你说……怎么今天就……"

耿丽丽挥挥手，打断陆道的话："知道你会问这些，大家先入座，服务员催促一下上菜，呀！都快一点了，抱歉！路上紧赶慢赶还是迟了。"

耿丽丽转身对陆道扮个鬼脸："知道你有很多疑惑，以后你自然会明白的，咱们先吃饭。"

耿丽丽风风火火地安排着座位、酒水等，似乎她来了，就没林副部长什么事。席间，陆道感觉出她似乎对这个林副部长根本没当回事，或者是他们之间太熟悉，就有点太随便，刚上一道菜，耿丽丽就对林副部长嚷道："林式辉，我老同学以后可要你多关照呵。来，陆道，我们一起敬林副部长一杯。"

陆道被动起身端起杯子准备敬酒，突然想起刚才林副部长明明介绍自己叫林式辉，怎么耿丽丽刚才叫林式辉呢？耿丽丽大概看出陆道的疑问，就笑着解释道："我们与林副部长是老朋友了，大家都随便啦！他是因为一位老同志开会时，误把他名字念成林式辉，这个绰号就在圈内传开了，反正林副部长也不生气，对吧？来，我们干了这一杯，为我们今后合作愉快，哦，不，为你们今后合作愉快，干杯！"

林副部长起身纠正道："怎么就与你没关系啦？你是介绍我们认识的'媒婆'，怎么就半路脱逃呢？再说你是大企业家，陆书记来我们县里挂职当村支书，你们是老同学，你不支持他一把？"

耿丽丽瞪了林副部长一眼："就你多事，人家陆书记都没开口，你倒替他先说了。不过，老同学，如果真需要我出点微薄之力，愿意效劳啦！"

陆道虽然旅途劳顿，且昨晚未睡好，但还是很感动地说道："我初来乍到，就受到你们如此盛情款待，实为感动啊！我满饮此杯，以表谢意！"

耿丽丽打趣道："怎么这么文绉绉啊？前几天看你跟同学在一起，挺豪放的，陆道，不要客套，大家都是好朋友，以后来县里，这地方就是你的驿站，随时来住来吃，都对你免费开放。今天你第一次来，让你享受一下'总统'待遇，以后就不一定喽。"

陆道也打趣道："这么说，我也敬耿董事长一杯，小生先谢了！"

耿丽丽亲昵地拍一下陆道的肩膀："又来了，别酸了，有啥需要告诉我，把这当自己的家。"

这话说得让陆道鼻子有点发酸。前几天聚会他没给大伙说自己要去挂职当村支书，唯独告诉最要好的同窗林兴辉，当时那神情似乎有些悲凉，林兴辉也很同情地拍拍他肩膀说："西出阳关无故人，你自己珍重啊！"陆道当时就想掉眼泪，只是太多人的场合，只能克制，总觉得自己这次下来挂职是个悲凉的壮举，不曾想刚来这就得到如此关心和温暖。但他始终不明白耿丽丽怎么知道自己要来这挂职？又怎么知道自己今天到？通知上明明写着到县政府宾馆报到，半路上又接到电话说改为维多利亚大酒店了，这个耿丽丽到底是哪一路人物啊？

午宴到下午两点半才结束，陆道困得眼皮直打架，回到房间倒头便睡，直至夕阳西下时醒来。看看手机又有几个未接电话，都是同一号码，想必有啥急事了，回拨过去才知是平山镇里派车来接他了，赶紧收拾下行李，匆匆跟总台打个招呼，便走了。反正耿丽丽说过吃住免费，自己也结不起那总统套房的账。

镇里本来四点半有安排个座谈会，陆道没接电话自然就取消了。陆道直接被接到食堂，镇党委吴副书记早就等候那了，解释说张书记出差了，委托他来接待，陆道说，他迟来已经很不好意思了，哪敢再劳张书记大驾。可陆道刚落座，手机又响了，又是耿丽丽的大嗓门："到哪去啦？电话也不接，总台说你退房了，晚上叫上阿友、小瘪三几个高中同学聚聚，又找不到你了。"陆道说："我已经到平山镇报到了，谢谢同学们。"耿丽丽说："才十多分钟路程，我派车接你去。"陆道很坚决回复："今天不行，这里已经安排好，我第一次来哪能就这么脱逃呢？改日我请同学们吧！"耿丽丽没再坚持，但陆道心里不明白，曾经冷若冰霜，像个骄傲公主的耿丽丽，现在却如此的热情、奔放。与从前认识的耿丽丽判若两人，耿丽丽真是一本让他读不懂，或是读不透的书。

陆道在镇里住了一晚，第二天就被他挂职的下阳村村主任柳海生接到了下

阳村。刚来村里有些无所适从，但不久，第一个来看望陆道的还真是铁杆哥们林兴辉，着实让陆道有些感动。陆道来下阳村一个星期左右，林兴辉就开着一部越野车，带着大包小包，有吃的、有用的，直接找到下阳村。虽然此前跟陆道打过电话说要来，可没说具体什么时候来，到村里找陆道还真费了一番工夫。

陆道正在村里废弃的原木材加工厂转悠，心里想着这木材加工厂为什么才运营几年就倒闭了呢？难道现在就再没利用价值了吗？虽然厂房内处处缠上了蜘蛛网，有些板壁和木柱已经开始腐烂，但整座工厂占地面积挺大，应该有十余亩，厂房建筑面积也有两千多平方米，除了生产区的部分设备被拆除，生活区里的宿舍、厨房、厕所都还在，如果要办个相类似的厂，真的可以很好地利用。

从厂里往回走的路上，陆道才收到林兴辉的信息，告知陆道他已经在村部等他了。下阳村的移动通讯信号非常弱，只有在村部周围才有时强时弱的信号，手机没有信号是常事。陆道刚来时，就曾到县移动公司交涉过，希望他们鉴于下阳村特殊的地理位置，多装几个基站，可移动公司认为在下阳投入这么多经费建基站不上算，整个下阳村手机用户就很少，大多数人觉得反正也接收不到信号干脆不用手机了，移动公司见下阳村只有几个用户，他们无论如何不肯再投钱建基站了。因此，整个下阳村只有村部一个功率不大的一个基站，接打电话成为令人头疼的一件事。

林兴辉虽然是开着他的路虎来，但到村部还是得拎着沉沉的一大袋东西，在村部门口不耐烦地踱着方步，见到陆道来，毫不客气地擂了陆道一拳，嚷道："我以为你失踪了，正要报案呢，我打了三十多个电话，全是无法接通，说，你干啥去了？老实交代，否则，晚上饶不了你。"

陆道任他发一通脾气，温和笑道："我就知道你会来看我，但没想到会这么快，你干嘛拎着这么重的东西踱方步，不会把东西放下？"

林兴辉又来气了："放下！放哪儿？这一袋全是吃的，你这什么村部？门口连一处坐的地方也没有，东西往哪放？"

陆道知道林兴辉的脾气，直率，义气，但又很急，让他等这么久，着实难为他了。于是，他接过林兴辉手上的东西，笑着拍拍林兴辉的肩膀："难得你这么大的董事长亲自来看我，感动呐！走，我们进屋说。"

林兴辉擂一拳陆道，看来气消了很多，看到陆道住的地方调侃道："不错呀，享受套间待遇，只是这也太乱了吧！"

陆道解释道："原本是我住宿和办公在一块的，但他们来开会时，确实感觉我房间太乱了，不好意思，只好再开个门，我和村主任一起办公，这间专门住的。"陆道边说边去叠被子，又去收拾中午未刷的碗筷。林兴辉下意识的皱了一下眉，哼道："怎么这么窝囊啊，你看看，像不像个狗窝？"

陆道反击道："你能不能留点口德？你这是在骂我是狗。"

林兴辉意识到不小心说重了，赶紧赔笑道："我不是骂你是狗啦，只是形容你这窝，哦，不，住的地方像个狗……咳，不说了，我给你带了这么多东西，本来算是慰劳你的，现在算是赔罪了。"

陆道边收拾边笑道："发什么神经，解释这么多，赶紧的，一块收拾，我还想晚上我们就在这弄吃的呢？"

林兴辉又调侃道："贵村就没有个饭店啥的，我请你啦，我给你带的这些东西，还是你留着以后慢慢吃。"

陆道盯着林兴辉："你请？你啥意思啊！到我家门口羞辱我，我的地盘我做主。村里是有一间小饭店，别说没啥菜，做不出啥花样，也不自由啊，在这，你可以剥了衣服，我们晚上赤膊上阵，坦诚相见，一醉方休。"

林兴辉无奈地应道："好吧，那你别把我带来的东西，全吃光了，我要让你以后吃这些东西的时候，念着我的好。"

陆道说："这些东西既然你送给我了，就由我来支配。不过，我会一直念着你的好啦！对了，我这可没好酒啊，红星二锅头，你喝不喝？"

林兴辉瞪大眼："你自己一个人也会喝酒？就喝这个？"

陆道轻描淡写地说："喝呀，为啥不喝？不过，我是把这玩意当药喝，而且我只能喝这酒，不然我要倾家荡产了。"

林兴辉一脸诧异："把酒当药引子？啥毛病呀？"

陆道开着午餐肉罐头，漫不经心说道："啥毛病没有，就是经常睡不着，夜晚窗外的蛙鸣越叫得欢，愈发显得寂静、冷清，也就愈发烦躁，翻来覆去的睡不着，干脆起来灌上几口二锅头，把自己整晕乎了，勉强睡一会儿，但经常半夜醒来。折磨的够呛。"

林兴辉说："你这是心事重，心静了，闹市你也能睡着，你信不？走太急，痛的是脚，想太多，累的是心。我知道你心事很重，多与人说说，一直憋在心里会憋坏的。"

陆道瞪他一眼："说得轻巧，在这，我跟谁说？找青蛙说？"

林兴辉指着自己的鼻梁："我呀，今晚就当你的垃圾桶，想倒的全倒出来。"

陆道笑道："先当个酒桶，酒到七八成，不倒也得倒，干杯。"

林兴辉很夸张地抗议道："不会吧？陆书记，你就这么招待我？泡面、午

餐肉、榨菜，我带来的酱牛肉，还有培根？你也太抠门了吧？"

陆道哈哈大笑："刚才还说别把你带来的东西都吃光，让我念你的好，口是心非了吧？对了，我这还有一包花生米。"

林兴辉一脸哭相："我的大爷，我今天算是栽在你手里了，将就，将就，反正我就一餐，让你在这继续享受孤独，享受泡面，哼，你这抠门的阿爸贡。"两人正要端起酒杯，门外传来轻轻敲门声，陆道似乎知道是谁来了，迅速套上T恤去开门，然后愉悦地说道："这么迅速！谢谢银花。"

银花说："也没啥好菜，随便弄两个，有需要再说。"

陆道说："够了，以后再给你结算，谢谢。"

陆道从装菜的塑料桶里掏出一盘蒸鱼、一盘猪耳朵，还有一小锅炒面线，放在林兴辉面前，说："这下不算亏待你了吧？我的董事长。"

林兴辉搓搓手，夹起一块猪头肉往嘴里送，嘟囔道："这还差不多，不然不会有下一次来看你啦。"

其实，陆道刚才在路上就偷偷给平时寄餐的店主银花发了个信息，没有得到回应，以为银花也接不到信息，所以没敢说，所幸银花的店离村部不远，勉强还有信号。

他们用茶杯喝酒，不知不觉两人就喝了大半瓶，舌头就有点大了。林兴辉眯着眼问陆道："耿丽丽来看过你吗？"

陆道有点警觉，却又故作惊讶道："她怎么会来看我？你为何会问这个问题？"

林兴辉哈哈笑道："你装蒜吧，谁不知道你当年对耿丽丽情有独钟？狡辩，你说没有，快要毕业那年的新年晚会，她唱歌只有你上台给她献花，还是红玫瑰，那你啥意思？你敢说你当年对她没感觉？"

陆道仿佛被人揭了疮疤似的浑身不自在，但解释道："我是在宿舍说过，耿丽丽形象气质不错，也不否认当年对她是有好感，可去给她献花，是我上了同宿舍扁头哥的当，他说，如果我敢去给她献花，花由他买，我就随口说，有什么不敢的，哪知他就是想看我的笑话，让我留下一辈子的话柄。"

林兴辉说："这叫啥话柄？敢爱敢恨才是爷们本色。不过，我告诉你，现在是人家对你有好感了，哈哈，角色互换。"

陆道瞪一眼林兴辉："什么角色互换，你不会也想看我笑话吧？"

林兴辉说："不是看你笑话，是现在又存在客观可能性了，你大概不知道耿丽丽后来的故事吧？"

陆道回应："我只知道她很早就嫁人了，其余说来听听。"

林兴辉只顾着喝酒吃菜，老半天也不吭声，他想看陆道的反应，是否很感兴趣，哪知陆道也不追问，反倒他自己急了："你这人总是不愠不火，真难想象你当年怎么会有勇气给人家送花，你真不想听？"

陆道还埋头吃着面线，抬头看一眼林兴辉："你又不说，我想听啊！"

林兴辉摇头道："服了你了，真沉得住气。耿丽丽二十一岁那年就嫁给台湾的一个富商，你猜那男人几岁？五十三了，大了整整三十二岁，耿丽丽都跟那富商子女差不多大了，这就是有钱人的魅力。只是这一对老夫少妻只持续了六年，那老头就因脑溢血去世了，留下万贯家财，耿丽丽又与富商前妻的两个子女打了一场官司，所幸她与富商也生了一男一女，因此，她也分到相当一部分遗产。其实，她虽然嫁给台湾富商，却大部分在大陆经商，你知道那个大仁金塑品公司吧？那就是她的。当然了，人家现在是集团公司啦！开发房地产，建宾馆，开酒店，事业风生水起，现在是我们海昌台商协会的会长，一个大红人呀！据说书记、县长都高看她一眼，可谓如日中天，你，不感兴趣？"

陆道抬头望一眼林兴辉："人家风生水起，如日中天，跟我有什么关系？"

林兴辉斜眼指着陆道："喂，哥们，你这样可就没劲了，我可是好心劝你要抓住这机会。再说，人家对你可是有感觉的，你不觉得那天晚上她唱《想说爱你不容易》是唱给你听的？陆道，这年头，还是实际些，人家有经济基础，你将来筑牢上层建筑，才子VS佳人+富婆，绝配呀！"

陆道佯装生气地说："什么乱七八糟的，你这叫乱点鸳鸯谱，人家现在这层次，这条件，能看上我这村干部？"

林兴辉急道："什么呀？人家一'二锅头'还能找怎样的？哦，我呸，我这臭嘴，二锅头也好喝，这娘们还真是风韵犹存呢。要不这样，你不好意思主动出击，我来牵个线，搭个桥，创造些机会，OK？"

陆道故意装作很不屑的神情说："好了，你别多事了，一切随缘，喝酒。"

林兴辉很认真地说："你别不当回事呵，机会稍纵即逝，人家身边也有很多追求者，我是觉得你们俩有基础，又都到这年龄了，你跟我同岁，我儿子都上小学了，你还悠哉游哉，再不抓紧就会从金牌王老五，掉到银牌、铜牌，甚至到瓷牌了。"

陆道哈哈大笑："你杜撰的吧！有瓷牌一说吗？你二十三岁就结婚，不嫌害臊？可以树为早婚早育的典范了。"

林兴辉也笑道："瓷牌，就算我的发明创造，二十三岁结婚，我骄傲，我

自豪,害啥臊?为我们陆书记早日摆脱王老五队伍,为耿陆联姻干杯!"

陆道怒嗔道:"疯子,疯子,想喝就喝,尽在胡说八道,小心我抽你!"两人正嬉闹间,林兴辉手机响了,他接起手机:"喂,正说你呢,儿子睡了吗?喂……喂……喂,喂,喂。"

林兴辉把手机往陆道床上一扔,怨道:"你这什么破信号嘛!你就没想过改变一下这糟糕的通讯状况?"

陆道更显愤怒:"怎么不想?你还只是今天,我天天在这受气,跟移动公司联系过,他们嫌我们用户太少,不肯为我们加装基站,现有楼顶这个功率又太小,没招。"

林兴辉笑骂道:"笨,你干嘛要在一棵树上吊死,你不会去找电信公司?再不济,找联通也可以。而今通讯是竞争的时代,只要有市场,都有人愿意承接。"

陆道说:"问题是用户太少,人家就不愿意装,而村民们又因为没信号,就干脆不用,恶性循环呀!"

林兴辉拍手道:"找到问题症结了,这样,你负责动员村民使用电信公司189系列套餐,我帮你联络电信公司。实话跟你说我妹夫就是县电信公司的经理,只要有一定的用户,这事包在我身上。"

酒逢知己千杯少,话不投机半句多,是不是他们的真实写照?两人喝完一瓶二锅头,又让银花送了两扎啤酒,两人似醉非醉。从天未黑喝起,喝到天亮了,两个人才歪在陆道床上呼呼大睡,直至第二天中午才醒来。林兴辉饭也不吃,说是下午要赶回省城,陆道也不再挽留。

林兴辉第二天就打来电话说,他妹夫答应电信公司将尽快上门办理相关业务,就当精准扶贫项目,不在乎有多少用户。陆道听后高兴得差点跳起来,毕竟这是到下阳村挂职以来落实的第一件实事,现在总算有了眉目。

过了一个星期,仍不见电信公司派人来,陆道就有点着急了,打电话给林兴辉又不接,心想,办成一件事也没那么简单,不能在这坐等,还是去县里跑跑。于是,他坐上下午唯独的一趟班车,先到平山镇,要去城里必须要转车。如果有小车直达县城,三十一公里,再难走的路,一个多小时总够吧,可陆道两点出发,几经辗转到县城已经快六点了,电信公司肯定下班了,又能找到谁呢?这该死的林兴辉,电话又不接,陆道只好抱着试试看的心理叫了一辆"奔奔跳"三轮载人摩托赶到电信大厦,时间刚好是六点过五分钟,看到陆陆续续下班的人群,陆道赶紧逆流冲进办公大楼,不曾想门房大爷追着要陆道登记,陆道喊一声:"大爷,我出来补登记,来不及了。"然后就跑得无影无踪了。

还好，四楼的局长室兼经理室（电信局、电信公司一套班子，两块牌子）门正开着，只是办公室里没有人，陆道心想门开着，一定人还在，等了五六分钟，才看到搞卫生的阿姨从卫生间出来，一打听才知道，方局长（或是方经理）上午去市里开会了，问她啥时候回，那阿姨回答说："我哪知道啊，我只是搞卫生的。"陆道想想也是，走人吧，门卫大爷说不准现在还候着要他填写访问单呢，反正心情沮丧透了。

陆道刚要转身下楼，差点跟一个三十多岁的中年男子碰个满怀，正想说声"对不起"，心想会不会是方局长啊，因此冒昧地问道："请问您是方局长吗？"

那人盯着陆道看一会儿，回答道："我是，你是？"

陆道兴奋地说道："我是兴辉的同学，我叫陆道，我是……"

对方没等陆道说完笑道："陆书记，哈哈，知道，知道，请到办公室坐。"

方局长一边泡茶，一边说道："其实，我也知道，你这次来的目的，是为你们村装基站的问题吧？实话说，我们已经向市局打报告了，如今的办事效率哪有那么快啊！你们耐心等待吧。"

陆道不解地问道："这么小的一个项目，也要报往市局？"

方局长撇撇嘴角："没办法，你们那交通不便，地形复杂，我估计在你们那解决这个问题，怎么也要十几二十万，超过十万的项目都需市局审批。"

陆道点头示意明白，然后岔开话题说："我跟兴辉打了一下午电话，他没接，也没回，也不知啥情况。"

方局长说："今天他有特殊情况，他老娘昨晚摔了一跤，现在还在医院抢救呢。这不，我上午正在市里开会，接到电话会没开完就赶去医院了，我也刚从医院过来。昏迷了一晚上，吓死人了，不过现在没事啦！"

陆道吃惊道："怪不得不接电话，那我的赶紧去医院探望一下。"

方局长说："不必啦！现在已经稳定了，再说，在ICU病房里，你也看不到，这样，我打个电话，你跟林兴辉说。"

方局长接通电话："喂，小蕾，哥还在医院吗？你让他接个电话。"

陆道接过方局长电话："喂，兴辉，你辛苦了。这样的大事你怎么也不告诉我一声啊？我现在马上去医院看望老人家，你等着。"

方局长瞪大眼："我只是想让你跟兴辉通个话，不是跟你说，你去了医院也看不到吗？老人家现在还在ICU病房，是不能探视的。"

陆道说："不管怎样，我得去医院，哪怕只是看看林兴辉，就劳驾你陪我走一趟，我毕竟不熟，谢谢啦！"

方局长苦笑着摇摇头:"你呀!真是急性子,工程项目刚跟你透个口风,你就上门追了;说了去医院看不了病人,却偏要去。我还想在办公室处理些文件呢。"方局长边说边收拾东西,然后搭着陆道的肩,走向楼梯,俩人似乎很熟悉的样子。

海昌县立医院门口,也像社会上的一个市场,餐饮店、水果店、花店等应有尽有。陆道想总不能空着手去看望老人家吧。于是先到一家水果店,虽然知道病人现在啥也吃不了,陆道还是要了一个果篮和一箱牛奶。店主人说:"花篮要吗?本来这也是配套的。"

陆道惊奇问道:"要这样配套?没听说呀?"

店主人说:"这花篮有寓意呢,比如这康乃馨,就有祝福他人早日康复之意,我们还会给您配上健康祝福语,当然先生您要是不愿意多花钱,我们这也有打折的花篮,您瞧,这个也有康乃馨,只需二十元就够了。"

陆道傻愣愣地问道:"为什么?哦,这花看起来是已经不新鲜了。"

店主人凑近神秘说道:"不瞒您说,这住院的达官贵人,有相当身份的,每天探视的人都很多,病房里的花篮都摆不下了。就在前几天,听说是发改委的主任住院,房间里花篮、果篮堆成山啦!他家属通知我们每天都回收几十个花篮或果篮,还有牛奶、蛋白粉等等。实话跟你说,这个花篮我都卖三次了。我看你也是实诚人,这样吧,这果篮你就给个五十元,花篮送给你啦!"

陆道轻蔑笑笑:"果篮我要,但花篮还是要个新鲜的吧。"心里却想,这是什么事啊!这社会万象在小小的医院也会有体现。难怪有人说,买茅台的不喝茅台,喝茅台的不买茅台。如今连这小小的果篮、花篮也成为特殊的流通货币了。

林兴辉虽然一夜没睡,但似乎精神依然很好,可能因为老娘没大事了。见到陆道来,很高兴地抱抱,然后捶打一下陆道肩膀:"我都跟子平说了,不用来,来了也看不到。你还非要来,而且还买这么多东西,如此见外,不像兄弟啊!"

陆道却说:"正因为是兄弟,关键节点上才要露脸。"

林兴辉转身对妹妹说:"小蕾,妈一时半会儿也不能从ICU出来。我先带我同学去吃个饭,回头给你打包好吃的呵。你先守在这,看医生有啥吩咐。我回来替你。"

林小蕾撅撅嘴:"等你回来我早饿死啦!方子平,你给我到门口买个盒饭,爱疯就疯去。"

电信局长方子平从来不敢对夫人说个"不"字,他对林兴辉扮个鬼脸说:"你们先去，我先完成'慈禧太后'的懿旨，随后找你们。"

　　谁说吃饭不是工作的延续？三个人喝了十八瓶啤酒，方局长豪言壮语就来了："陆书记，你放心，兴辉交代的事，我没有不办的，你只要打个报告来，剩余的事情我来。"陆道感动得敬了方子平一大杯，又借口上卫生间偷偷把单买了，不然他知道林兴辉是不肯他买单的。

　　方子平没有食言，不到一个月就派人到下阳村装了基站，不但解决了手机通话断断续续的问题，也解决了宽带问题，手机上网有保障，陆道不再觉得夜晚的漫长和寂寞。从最容易解决的"通讯"入手，不但让陆道有了小小的成就感，也增强了往下走的信心。

三、我的下阳我的村

　　下阳村坐落在葫芦山背面，每天不过午是看不到太阳的，不知是因为下午才见到太阳，还是见到太阳时，已经快要下山了，所以才有"下阳"一说。但和后来的议论说下阳村阳气没落，阴盛阳衰，应该只是个巧合，并无必然的关联。而今下阳村的现实是，村里闪动的不是老人，就是妇女，还有就是不多的几个小孩。离这不过百里的东山县有个著名的"寡妇村"，那是因为当时村里的男人都被国民党抓了壮丁，而现在的下阳村妇女们都是有男人的"活寡妇"。绝大部分男人都出外打工了，留下的这些妇女、儿童、老人们就被戏称为386199部队，柳海生又被大家笑称为这支部队的党代表洪常青。海生听了不笑也不恼，只是每天干着自己该干的活，无喜，无悲，机械麻木地重复着昨天的故事。

　　两年前柳海生被选为下阳村村主任，半年前他又兼任下阳村党支部书记，而这一切的幕后导演，其实就是公开的导演，就是柳海生的三叔柳公英。

　　那个时期，经济发达或是稍微富裕一点的村，村主任的竞选是非常激烈的，摆酒席、发红包是公开的。没人界定这是否属于贿选，也没人探究参选者是为名还是为利，只是下阳村的村主任选举太异乎寻常，只有一个候选人，没有竞争对手，居多是委托投票，当选者没有兴高采烈的场面，也没有发表任何就职演说，就这样，柳海生心不甘，情不愿，稀里糊涂当上了村主任。

　　当村主任前，柳海生很少去过村部，他也不知村主任要干些啥，可他真要想干些啥的时候，却又没钱干。按规定村干部是有工资的，有时候还可以造各种补贴，可柳海生别说从村部领过一分钱，还常常倒贴上饭钱，纸张钱等，他心中确实常常怨恨三叔让他背上这么一个有名无实的累赘子。

　　秋末的一天晚上，柳海生正在自家院落垒砌残墙，刚走的那场强台风虽然有葫芦山挡着，但还是卷走了一些树，刮倒了一两面墙，所幸房子是石头砌的，顶住了这超强的十四级狂风，海边的村落几乎每年都要接受几场台风的洗礼，而且现在台风似乎越来越勤，越来越猛了。只是下阳村在海边的山里，有葫芦山的护佑，已属幸运，受台风影响不大。

柳海生不爱交往，自己能扛过去的事，绝不找人帮忙。他一个人拌砂浆，挑砖块，默默地干着，连自己的媳妇也不愿喊来搭把手，他不仅仅是个性如此，这些年，他心里也憋屈。

村部通讯员夏大爷气喘吁吁地跑来说，让他十分钟后到村部听电话，是镇里吴副书记挂来的。柳海生有手机，但常不开机，也不常带身上，镇领导虽然很恼火，可他们又能说柳海生啥？工资几年没发他了，别的地方村干部手机话费有报销，柳海生啥都没有，最根本的一点柳海生不怕被撤职，甚至还盼着有这一天。村里的通讯员都是雇年事已高的老人家，只是村部后面有一块菜地，可以让通讯员种，夏大爷至今也没领到过工资。下阳村被动着，柳海生更是被动着。

电话里吴副书记告诉他，给他们村派来了党支部第一书记，请他明天上午到镇里去接一下，柳海生大概觉得这是个好消息，因此很爽快答应了，他直觉得当这书记好窝囊。

下阳村没有人有小汽车，只有几户人家有摩托车和小四轮货车，柳海生自己有一辆125CC的老旧幸福摩托。村里也没钱雇车，他也只好开着摩托去接。想想新来的第一书记应该有许多行李，于是他又叫上卷毛吴东东，村里就数他们俩最铁，摩托也是相约着买的二手车，吴东东是外来户，十多年前倒插门到下阳村时，谁也不认识。他妻子柳叶是柳海生的堂妹，但他们走得近，关系铁，不是因为这层关系，而是两个人性格太相近了，两人都很内向，别看卷毛头发卷，胡子卷，粗犷的像个外国人，可性格腼腆的像个大姑娘，没说两句话就脸红。这性格柳海生就喜欢，这村里本来能说得来话的就不多，吴东东虽不善言辞，但不影响他们俩成为好朋友。吴东东本来会一门祖传绝活，善于修复各种古迹、古董，他父亲带他干这活，修复的古迹几乎看不出痕迹。而今会这活的人越来越少，也因这活计也越来越少了，原本这周边还有一些被"文革"时期破坏的古庙等也修复得差不多了，吴东东后来也转行当了泥瓦匠。有一天，两个灰头土脸民工模样的人找到吴东东，抱着两个被损坏的青花瓷瓶，出高价要吴东东修复，吴东东很迟疑地看着他们俩，到底他们要搞啥名堂？但他确实也经不起这高价活的诱惑，修复这两玩意凭他的技术看不出痕迹，他是有把握的，先揽下这活再说吧。三天后，这两个家伙很满意地把货取走了，并且口口声声说以后一定再找他合作，吴东东与他们合作了几次，就听说这两个家伙是盗墓贼，吓出一身冷汗，万一被牵扯到牢里这一生就完了。恰好此时有人给他介绍到下阳村当上门女婿，他毫不犹豫就答应了。他当时总担心着自己被那两个盗墓贼连累了，有机会走当然巴不得，况且吴东东都快三十岁了，这在农村已是大龄"王老五"。吴东东聪明，不干修复古董的活，做漆线雕活才学几天就一样做得漂亮。和柳海生成为好朋友后，他们俩就合伙做漆线雕生意，虽说不上做得风生水起，可在下阳村也算个小康大户了。因此柳海生对村支书、村主任毫无兴趣，甚至有些厌烦，如果不是三叔柳公英压着，他早就不想当了。柳公英却固执地认为，下阳村的掌门人必须是柳家人，毕竟这个村四分之三人姓柳。

尽管柳海生事先知道下来挂职的是个年轻人，但见到陆道时还是有点吃惊，怎么是这么个毛头小伙子啊！他能管好下阳村的事？好歹也是三千多人口的大村啊！但转而一想，管它呢，毕竟自己可以脱身了，因此他很热情地把陆道的行李装到吴东东的摩托上，自己载着陆道直奔下阳村去了。

下阳村村部在村东头的池塘边，是二十世纪八十年代末盖的两层小楼。据说，当年下阳村在沿海村落中算有钱的，毕竟还有几片山林。当时这村部也还算盖得气派，可现在滞后了，而且年久失修，早已没有当年的风采了。墙皮剥落，许多地方房顶漏水的厉害。柳海生事先虽有听说要来个下派村支书，但没太放心上，没有专门收拾个房间给陆道住。为了给自己解围，他只好解释说："陆书记，也不知道你喜欢哪个房间，所以事先没有收拾好，你看中哪一间，我马上叫人给你腾出来。"陆道说，随便，哪里方便就住哪。事实也是，格局都一样，他何必刚来就得罪人呢？让柳海生去调吧。

柳海生反正不想干了，就把村支书和村主任两间都腾出，让陆道一间办公，一间住宿。陆道坚持只要一间，柳海生就顺他意了，只是在邀请陆道平时吃饭安排在他或吴东东家里时，陆道拒绝了，他坚持自己安排，嘴上说不想添麻烦，实际上他不习惯。

简单收拾完睡觉的地方，陆道带来的行李几乎没打开，不是累了，实在是没心情啊！这就是自己要待三年的地方吗？条件差点也就罢了，在这寂寥的山村，这三年怎么度过啊？

池塘里的青蛙鸣的厉害，益发显得这海边的山村是那样的空寂，池塘里的蚊虫似乎也遇到了久违的客人，成群结队地围在陆道身边，似乎奏着欢迎交响曲。陆道用带来的一把折扇，不断驱赶着，可热情的蚊子们，哪肯罢休呀！陆道在和蚊子们斗智斗勇中度过第一晚的不眠之夜。

村东头紧邻着村部的房子就是柳公英的家。当年，盖村部时柳公英是村党支部书记，村部选址时他也给自己划了一块，是否按正规手续批的，有否交钱只有他自己知道。他在村里一言九鼎，没人敢说他，反正没人告也没人查。他之所以会在六十二岁那年，急流勇退，一是下阳村随着几片山林砍光了，越来越没有油水了；二是确实自己也年纪大了，身体也不好，干这村支书越来越不得劲了。村西头的寡妇林恩梅，最近也常无端地冲他发火，尤其是她的儿子，更是看他不顺眼，到她家母子俩都没好脸色看。自己老了，而她儿子（村里人都议论说是他儿子，哦，不，是他们俩的儿子）却大了，懂事了，也听到风言风语，如何还会待见他！现在村里也穷了，没啥油水带给他们家。柳公英自己有一个儿子，一个女儿，林恩梅这个最小的儿子纵使是自己的亲骨肉，他也不敢相认。总之，下阳村越来越不好玩了，卸下书记这担子吧，让年轻人去干，但不能落在柳家人之外。村里大部分有能量的人都去外面讨生活了，只有柳海生和吴东东还在村里合伙干着漆线雕生意。柳海生虽是亲侄子，老实却不怎么听话，许多事上很执拗，对这村主任毫无兴趣，多次动员好不容易才答应参加村主任竞选，柳海生当时想也许竞选不上，对三叔也有个交代。他也不想像三叔当年那样，当书记那么霸道，在村里没有好人缘。谁知，村主任竞选时，他竟然没有竞争对手。下阳村太穷了，没人愿意回来当那个破主任。后来，三叔又把书记的担子撂给他，柳海生百般不愿意啊！他不会漆线雕手艺，吴东东就是希望他多出去跑业务，可村主任、村书记的帽子箍着他，不敢走远，不敢走久。几次请辞报告又没批准，经不起劝说几句，他又只好在岗位上磨蹭着。现在有人来顶替，岂不是天大的好事？他把这个好消息第一时间告诉了三叔，不曾想，三叔会有如此强烈的反应，恶狠狠骂他没出息，只看到眼前几片钱，柳氏家族两千多号人就指着你给他们当家作主，你却心甘情愿把权力拱手相让给外人。柳海生任由三叔骂着，不解释，不反驳，看三叔气消差不多了，就打个马虎眼走了。

被蚊子围攻了一夜的陆道，不仅困乏，也饿得难受。昨晚柳海生是邀请他去家里吃饭，他以身体不适为由，拒绝了，他确实没心情，半夜也曾想去泡个碗面，看看落满灰尘的电热水壶，真不想去洗，终究还是打消了吃面的念头。现在起床去村里转转吧，兴许有早餐店可以满足一下饥肠辘辘的肚子。

离村部只有几十米的地方，果然飘着一面破旧不堪的三角旗，上书"正宗沙县小吃"，陆道吃惊之余又觉得有些好笑，都说沙县小吃无孔不入，走遍中国，甚至走向世界，不曾想会走到这个海边小山村。但经营者是否是沙县人，就不好说了。如今哪个品牌响，哪个品牌不被仿冒呢？不就是个花生酱拌面，用硼砂打出的扁肉吗？这福建人叫扁肉的玩意，大江南北都有。北方人叫馄饨，西南人叫抄手，江西人叫清汤，广东人叫云吞……多得去了。但如今沙县扁肉拌面叫响，大家就趋之若鹜，不正宗也要挂个正宗的牌子，又有谁去考究呢？其实，陆道此时最想吃的是闽南人最喜爱的面线糊，或是厦门的沙茶面，那味道真是久违了。

陆道来得太早，店是开了，可水还在烧，哪有早餐吃啊！去村里转转吧。下阳村本部呈狭长布局，大约有两千人口，周边还管辖四个自然村。陆道从村东走到村西竟然走了十多分钟，这是山坳中难得的一块小平原，房子，农田，菜地交错散落着。但村里几乎没有一条好路，除了主干道是青石板铺就，其余大部分是土路。因为没有太多石头资源，大多房子还是土墙构造的，也就是这地方还能适应用土墙搭房子，毕竟葫芦山挡住了强势的台风。农田里种植的居多是水稻，很少看到其他经济作物。这里虽说是山村，但也属于沿海，如此落后，真令陆道吃惊。

陆道走了一圈，心想小吃店水也开了，肚子早就造反了，走到小吃店，陆道没想到的是老板娘真就煮了一碗热气腾腾的沙茶面。陆道刚才只是随口问一声有没有沙茶面，老板娘明明回答没有，怎么就变出一碗来呢？陆道饿了，也不再客气啥，正想拿起筷子吃，一个精神很矍铄的老者，拿着个烟斗，笑吟吟地坐在他对面，很和蔼地问道："你就是新来的小陆书记吧？"

陆道很吃惊地反问道："您认识我？"

老者笑道；"早听我侄儿说啦！盼着你来呀，省城来的大学生，哦，不，听说还是什么研究生，一定能干，点子多，我们这老百姓穷怕了。"

陆道谦恭回道："哪里，哪里。您是？"

老者笑道："看我老人家这记性，忘了自我介绍，我叫柳公英，是……"

陆道惊喜地站起握着柳公英的手："您就是柳老书记呀，我在村部墙上看到您的大名，心想着去拜访您，不曾想这么快就碰上您老啦，荣幸，荣幸！"

柳公英拱手道："哪里，哪里，理当我先拜访你，这个村穷啊！我在这几十年也没能改变这贫穷落后的面貌，就指望你年轻人能给这里带来活力，不知陆书记有什么想法？"

陆道说："我初来乍到，情况不熟悉，哪有什么想法，待调查了解后再说。前辈有何指教？"

柳公英说："指教不敢，我给你说一下村里的基本情况，大概你会感兴趣吧？这个村说大不大，说小也不小，人口有三千多人，这里是村本部，还有四个自然村，有十二个村民小组，居多人都姓柳，据说是我们的祖辈为了躲避台风，当然也有躲避土匪的原因，落荒逃难到这，繁衍生息，到我们这一代，人丁已经很兴旺了。如今姓柳的就将近有两千人口，这个村世代都务农，也有少数人去海边捕鱼，这里直线距离看似离海很近，实际上盘山弯弯绕绕也得走上半天。这里靠海虽有些滩涂，但台风一来，养殖场都被刮得无影无踪，因此不适合养殖。

农民也就靠卖点粮食、柚子、橘子，还有绿笋。说起来，我们这柚子还很出名，个大，水分多，也甜，只是交通太不方便，运输成本太高。工业，这地方适合搞工业吗？谁会来投资？这些年，村里青壮年大部分都出去打工了，剩下就是老人、妇女和儿童了。你看我这店，稀稀拉拉，一天也做不了多少营业额。哦，对了，以后你要吃点啥，随时来，小店没啥好招待的，你就别客气，你看我光顾着说话，影响你吃早餐了，这面临时做的不地道，你将就吃着，以后有机会给你做正宗的沙茶面，得空再聊。银花，你帮陆书记这面热一热，我有事先走了。"陆道要起身相送，被柳公英摁住。心想这老头还挺健谈的，毕竟是老支书了。

银花要把面端去热，陆道客气阻拦道："不用热，你给我加点汤就好了，确实是有点糊了。"

陆道看银花有些犹豫，就问："怎么啦？没有也没关系。"说着就狼吞虎咽吃起来。

银花解释道："陆书记，你难道吃不出来？那是用沙茶酱临时煮的，早上你来问有没沙茶面，我公爹在里间听到了，就特意吩咐我做了这碗沙茶面，没有沙茶汤了，要不，我给你加点高汤吧。"

陆道摆手说："不用，你看我都快吃完了，好吃。"陆道确实好饿。

银花说："陆书记，我再给你来份别的什么吧？"

陆道嘴里鼓着面嘟囔道："有吗？随便来点什么都可以。"

不知是山里人朴实，还是对陆道特别，又端来的这份扁肉、拌面，特别瓷实。天哪，陆道依然三下五除二装到肚子里，但显然肚子吃撑了。

陆道吃完起身要付钱，银花说："我公爹特别交代了，你第一次来，哪敢收你钱啊！看你吃得高兴，我们也高兴。"

陆道说："你不收钱我下次怎么敢来呢？不来你这我又去哪吃呢？唉，你是不是笑我特别能吃啊！实话说我昨晚就没吃饭，所以一大早就出来找吃的了，过瘾，真过瘾！看来，以后要肚子饿了，再来吃，感觉不错。"

银花笑笑，两个小酒窝搭上一对水灵灵的大眼睛，竟然十分好看。陆道看得有点走神，心想，村支书的儿媳大概也百里挑一吧。

银花执意不肯收陆道钱，陆道就说："要不这样，我每个月有九百元的下乡伙食补贴，都放你这，你要是觉得不够，我再补……"

银花问："你要吃得很好？可这也买不到好菜呀。"

陆道说："你误会了，你们煮啥我就吃啥，实话告诉你，我也是农村出来的，不娇贵，不挑剔。"

银花说："你又不是天天都待在这，这900元哪吃得完。我跟我公爹商量后再答复你吧。"

陆道客气告辞，心情舒爽许多，不再像昨晚压抑的整晚无法入眠。心想是否回去补一觉呢？不对呀，第一天下来就蒙头大睡，给人什么感觉？至少先回去整理好带来的行李，生活安定了才能安定自己的心。

陆道连续几天在村部没看到一个村干部的影子，柳海生自从那天接完他，就再没有出现过，打他电话也不接，是不是他误会啥了，他应该清楚他还是下阳村党支部书记，而陆道自己明确只是挂职的第一书记，是有年限的，至少，柳海生也还是下阳村的村主任，他怎能就这样撒手不管呢？

第四天傍晚，柳海生终于出现在村部。陆道有些惊异，但毕竟自己刚来，又是晚辈，自然不敢发火。因此，他仍然很客气地给柳海生倒水让座，很放松地问道："最近忙啥啦？好几天都没看到你的身影。"

柳海生似乎也对自己几天不出现有些歉意，尴尬地笑笑："我跑了趟外地，抱歉，事先没给你说。"

陆道摆摆手道："没关系，不过我确实有些事想跟你商量，你看，我也来三四天了，村两委干部，除了你，我还没见过谁。所幸来的第二天，就见到了老支书，好像是你叔叔吧？他给我介绍了村里的一些基本情况，他可是我们下阳的活地图呀！不过，我们是不是也开个两委扩大会，全体党员也参加。你觉得什么时间合适？"

柳海生苦笑一下，半天才慢悠悠说道："不是什么时候开，恐怕开不起来。"

陆道瞪大眼问："为什么？开个会就这么难？"

柳海生说："村干部中，四分之三都在外面打工，要他们回来开个会，得负责他们的往返车费和误工补贴。他们可能还不乐意呢，因为他们知道村里没有钱，这些所谓的误工补贴等也只能先欠着，至今为止，村里欠村干部的工资和各种补贴不计其数啦。实话给你说吧，我已经两年多没领过工资了，反倒是，我贴了村里好几千元钱，诸如接待，买个红纸贴标语啥的，上个月村部的电费还是我垫支的，不知这个月……"柳海生偷瞄一眼陆道，想看他作何反应，可陆道似乎没在听柳海生说什么，只是喃喃自语说道："怎么会这样，怎么会这样……"

陆道确实在走神，知道来这履行这岗位难，殊不知这么难，刚来就这么给你个下马威。其实柳海生说的他都听见了，也许这个月就该自己去交电费了，否则他该过黑灯瞎火的生活啦。

陆道问柳海生："村里没有任何企业？难道一点村财收入都没有？"

柳海生似乎对企业这名词都很陌生，反问道："企业，什么企业？村里有个碾米厂,是早年办的,现在发包出去,每年的承包金是八千元,这倒会兑现,可区区八千元,交上来不到一个时辰就被抢光了。这也能叫企业?"

陆道问:"难道就再没有别的创收了?"

柳海生说:"村里有几片果园,早年还能收点承包金,这两年柑橘价格上不去,而且我们下阳交通太不方便,运输成本高,有的承包果农懒得去采摘,宁愿任其烂在枝头上。也有的还会顾及到来年的收成,雇人去采摘,但果实归采摘人,贴饭贴工钱,亏大了,所以承包金也交不上来。"

陆道瞪大眼:"为什么?我记得有的地方搞乡村旅游,采摘果实的人要按市场价,甚至比市场价更高付钱给果园主,在这怎么会颠倒过来呢?"

柳海生欠欠嘴角,似乎有点笑陆道缺乏常识,但随后还是很认真地解释道:"陆书记,在交通便捷的地方,人们去果园采摘,享受的是那采摘的过程,不在乎水果的价格。再说,这些地方不担心水果卖不出去,价格再放低些,终归能卖出去吧?而我们这交通运输成本如果超过了水果的价格,谁做这赔本生意?如果当年的果实挂在枝头上就会影响来年的结果,因此,那些果农不得不请人把果实摘了,总是期盼来年会有个好价格。可交通问题不解决,何时是个盼头呢?这座大山为躲避台风给我们带来了庇护,但又阻碍了交通,真不知该爱它还是恨它。"

陆道若有所悟地点点头:"是呀,那天你带我进山,好悬呐!那盘山路转得我头晕。平时两辆车能交汇吗?"

柳海生说:"至少有一辆车要倒出好远,相对开阔点才能交汇。盖这村部时,运砖运水泥的车和村民有过好几次摩擦,差点都盖不起来了。现在遇有刮风下雨,班车就只停在我们半山腰的大布岚自然村。塌方、溜坡时常发生,没有司机不怕的。曾经有一年我们与外界隔绝了一个多月,塌方太严重了,老百姓多么盼望有一条好路啊。"

陆道沉吟片刻道:"看来,阻碍我们下阳发展的最大瓶颈问题就是交通问题了。"

柳海生附和道:"是呀,是呀!这个问题解决了,我们下阳就有希望啦。"

陆道继续问道:"我们有卫星云图吗?"

柳海生一头雾水反问道:"啥叫卫星云图?"

陆道解释道:"就是由卫星拍摄,从空中看我们下阳的鸟瞰图。"

柳海生更是云里雾里:"什么鸟……图?"

陆道这才意识到,有点对牛弹琴了。这东西恐怕镇里也未必有,县里土地、规划部门也许有。于是转身问道:"我们一般的地图总有吧?"

柳海生努努嘴："那墙上挂着的不就是我们海昌全县行政区划图？喏，我们下阳在这。"

下阳在地图中太不起眼了，加上行政区划图没有标清山形地貌，什么大山挡住了下阳出口就看不清楚了。陆道虽然有些许失望，但总是觉得找到问题的症结，心里还是得到极大的安慰。至少，他明白下一步工作应该从哪找突破口。

送走柳海生，陆道感觉有点饿了，去银花那里对付一口吧。

陆道刚走到银花店门口，就听到柳海生的声音，顿觉好生奇怪，难道他？

柳公英似乎听到了陆道的脚步声，陆道刚进门就高声喊道："小陆书记呀，我还正想让海生去村部请你呢！刚来就这么投入工作，令人敬佩呀！来，来，这边坐，你看饭菜都凉了。你来这几天，一直想给你好好接风洗尘，一是这两天为家里的房子忙碌着，二是这山旮旯地方也买不到什么好菜招待你。今天我好不容易腾出时间去了一趟镇里，买了一些菜，也就这样了，请别嫌弃，今天呀，我们一醉方休。"

柳海生站在一旁尴尬地笑笑："我也是刚刚路上被我叔召唤过来的。"

陆道拱手道："你们太客气了，我哪敢嫌弃啊！谢都来不及。"

柳公英拿出一瓶金门高粱酒，说道："这瓶750毫升，也就是一斤半，今天咱爷仨把它灭了，不过我老人家了，你们可得让着点，来，满上。"

陆道偷偷皱眉，以他的酒量，这一瓶的平均数他都难以承载，别说让了，看柳公英的架势，今天是放不过他了，他只好机械地应承着。

酒过三巡，柳公英拉开话匣子："小陆书记，不瞒你说，我当年当这个村支书，也有雄心壮志，也想改变这山村的落后面貌，可难呀！最大的问题就是路。从前我们的先辈为了逃避台风和土匪躲到这山旮旯里来，殊不知给我们现在的发展带来多大的困难，真是此一时彼一时呀！我很赞同现在四处都在刷的一条标语：要致富先修路，是这么个理啊！你看我们这出产的一些东西……"

柳海生打断柳公英的话："叔，行了，你都说好几遍了，这些话我下午也跟陆书记说过，他知道的，我们喝酒吧！"

柳公英显然对柳海生打断他的话不高兴："你知道个毬，你看我把这担子交给你，你都干了些啥？"

柳海生大概是酒后壮胆，居然大声顶撞道："我是没干啥，可这有什么条件让我干？我至今也没领过村里一分钱工资，我早都不想干了。"

柳公英突然很惊讶地看着柳海生，似乎有点不认识这个侄儿了。自从哥哥去世，他也确实看柳海生像自己儿子一样，柳海生大部分也是对自己言听计从。他也知道柳海生当初并不乐意接自己的班。尽管今天柳海生对自己态度不恭，可他说的也都是事实。这下阳村虽穷，也不能把当家人拱手让给外姓人，目前还留在村里的柳姓人也只有柳海生能担这个担子。因此，他压住火，拍拍柳海生的肩膀说："海生，我知道你不容易，坚持了这么久，确实你们很艰难，可柳家在这的户籍人口也有两千多，尽管大部分人都出去讨生活了，但根脉在这，总得有人为他们撑腰说话吧！你就忍忍。你叔叔老了，不能帮你做啥了，好在小陆书记来了，不管怎样，他是省里来的，以后总算我们下阳村在省里也有了天线，小陆书记啊，以后我们这个下阳就靠你了，来，我敬你一杯。"

陆道虽然有些晕眩，但神志还是清醒的，他端起酒杯说："柳叔，要敬，也该我敬您，我来这人生地不熟，全都仰仗你们了，你们放心，我一定会尽力去争取些资金，这三年能做到啥程度，我心里没底，但我一定会尽心尽力的，这杯酒我干了，你们随意。"

柳海生本来似乎满肚子怨气，他原本真想好不干了，但此时好像也被这氛围感染了。他也端起杯表明态度："陆书记，以后有用得着我柳海生的地方，你就吩咐，我以前在村里真不知要怎么干，也不想干，你来了，有了主心骨，我们就跟着你干。"

陆道还真有些为自己感动，那么烈的金门高粱，那么满满的一大杯白酒，居然也敢往嘴里倒，柳公英竖起大拇哥连连夸道："好酒量，好酒量！"

柳海生居然也端起杯子，陪着陆道把一大杯白酒干了，只是没坚持多久，就到后院吐个稀里哗啦，而后就失踪了。

陆道勉强支撑了一阵，也不知吃了啥。总之不久就趴在桌面上，后来的事他真不知道了。

柳公英见陆道醉的厉害，自己也没能力去送陆道，只有靠银花了。银花在灶台上收拾，听公公说让她去送陆书记，就老大不乐意。可这半夜三更能喊谁来帮忙？只好硬着头皮扶起陆道往他宿舍方向走，可完全失去意识的陆道几乎整个人都赖在银花身上，两个人慢慢移动着，好在村部不远，好不容易把陆道扶到房间，放到床上，陆道却"哇"的一声吐到银花身上，银花傻愣了一阵，随即也"哇"地哭出声来，她不知该如何是好，自己也差点吐了。看到门边有桶和毛巾，她也顾不上这毛巾啥用途，就到楼下水龙头旁先把自己擦洗干净，然后再提桶水老大不情愿地帮陆道擦几下就关灯回了。不曾想回到店里见柳公英居然还在那坐着，见银花浑身湿漉漉的，就问道："你怎么啦？这小子没对你怎么样吧？"银花仍气呼呼的不吭声，柳公英就认为一定是陆道借酒欺负自己儿媳妇了。他没好气地要起身找陆道算账，银花把他摁到椅子上说："你就别给我多事了，你瞧他那个熊样还能欺负人？"柳公英不解问道："那你这身上?"银花气呼呼回道:"是他吐啦。"柳公英不再问啥却借着酒劲把银花拽到怀里,也不顾银花身上湿漉漉的,不停上下摸索着,银花麻木地不挣扎,不反抗。从她还未进这个家门前这个故事就发生了,她是哭过,闹过,可有用吗?那是柳公英在她家吃饭时惹下的祸,但柳公英却也因祸得福。下阳村的习俗,每年春节期间,准确说应该是正月里,邻里、亲戚、朋友都会相互请客,一直要闹到农历正月二十一,标志年货吃完了才结束。柳公英在银花家里吃饭那天正是农历二十一,银花爹娘把家里所有的好东西都拿出来待客了,因为他们请到了下阳村的一号人物柳公英。银花他爹也一直想能批到一块宅基地,柳公英若点头,没有解决不了的事。他们从傍黑喝到深夜,柳公英喝倒一拨又一拨的人,可他依然精神抖擞。银花娘生病一直没有起床,银花爹敬了两碗家酿米酒,就趴下打起呼噜。炒菜、烫酒、热菜、热汤,一直都是银花一个人在张罗着,而柳公英的目光,也一直在银花身上搜寻着,二十岁姑娘成熟的身子,一直在酒后的柳公英面前晃来晃去,撩拨起他难以抑制的冲动。陪酒的客人都走了,银花的爹在边上打着呼噜,银花娘在楼上的房间不知是醒着还是睡了。淫性大发的柳公英直接到厨房把正在洗碗的银花摁在一张长凳上,一张充满酒气的臭嘴紧紧堵着银花的嘴,银花也从激烈的反抗中,逐渐瘫软,后来或许还有些主动的配合,但事情过后,银花还是哭了,而且哭得很伤心。哭声也惊醒了银花娘,她虽然行动不便,但还是慢慢挪移到楼下,一看那场景便明白了一切。柳公英有些害怕,也有些狼狈,刚听到楼梯口的动静,连短裤都没穿,套起外裤,抓着外套就跑了。银花母女抱头痛哭了一场,冷静下来的银花,居然恨恨地吐出几个字:"我要告他。"银花娘似乎吓坏了,赶紧制止说:"闺女,我们告不倒他的,有苦往肚里吞吧!"银花哭了一阵抬头咬牙说:"不能就这样便宜了他。"银花第二天找到柳公英,把家里需要解决的问题如数摆给他,如果不答应,就告他。柳公英初始还以为银花只是吓唬他,不曾想她还这么有心计,直接把粘有柳公英精斑的她的小内裤,在柳公英面前晃了晃。柳公英脸色开始发绿,他知道这厉害,公安部门只要做出这鉴定,他就插翅难逃了。他安抚银花道:"放心,小宝贝,这些条件我都答应你。还有,我家老二虽然腿有些不利索,但其他都还好,二胡也拉得漂亮,你要是愿意,给我当儿媳妇吧。"银花当时一口回绝了。妈的,陪了老子还要陪儿子,当我啥东西啦?可是,后来给老娘说完这事,她娘居然认为这是因祸得福,是大好事,下阳村多少姑娘想给柳公英当儿媳都没这福分,况且,你现在也不是黄花闺女了,还是答应了吧。银花后来带着一种不情愿勉强答应了柳公英,但必须满足她提出的所有条件。柳公英还算讲信用,她爹想要的村口三号宅基地批了,银花娘住院落下的三万多元债务,柳公英以给他儿子定亲礼金名义，一次性付了。这样，柳公英顺顺当当地摆平了自己酒后惹下只差一点的牢狱灾祸，又为儿子娶了媳妇。银花知道家里的状况，对爹对娘都是一个回报，况且自己也算嫁入下阳村的"豪门"了。尽管她对柳公英公子的小儿麻痹症百般看不顺眼，可事到如今也无奈了，外人眼里也只认为银花贪图柳家的权势和名利。

　　柳公英的二公子柳海龙其实模样也长不差，人也还算聪明，还拉的一手好二胡。只是从小就有小儿麻痹症。柳公英也为他花了不少治病的钱，虽有所好转，但左脚还是不利索，柳海龙或许因为自己残疾感到自卑，从小就孤僻，不太爱和人说话，初中毕业他就不上学了。柳公英也没再勉强他。柳海龙成天把自己关在房里拉二胡，他也没啥志向要考什么艺术院校，拉的二胡曲都是些悲伤发泄的曲调。后来柳公英就把他托付给自己在广西当兵时的战友，让他在一个公园里开发的苗家寨娱乐项目里拉二胡，一年也能挣上个三五万元。一年中偶尔回来一两趟，但不管柳公英还是柳海龙似乎都很满足了。尤其是柳公英为柳海龙娶了房漂亮的媳妇，柳海龙脸上的笑容渐渐多起来，柳海龙曾经想把银花接到广西生活，他认为他有能力养活他们这个家，无奈柳公英反对，银花也不愿意。他们都认为广西落后且遥远，柳海龙在广西无房，也称不上什么事业有成。柳海龙当然无力辩驳或坚持，但也舍不得丢弃这份工作，毕竟不知道自己除了拉二胡还会干什么。

　　银花对公爹从初始的怨恨，到后来的依赖，甚至开始有些喜欢这位在下阳村德高望重的老支书。在这里，柳公英一言九鼎，没有不怕他的人；在这里，柳公英呼风唤雨，没有他办不成的事。银花有时候会自觉不自觉中，为这个既是公爹又是情人的威严老头，烫上一壶酒，甚至陪他喝上一杯。柳公英最爱的就是自己家酿的红酒，只是她很没酒量，一杯红酒脸上便现出红晕，此时的她，也最娇羞可爱，惹得一向严肃的柳公英，也会涎着脸凑到银花脸上啜上一口。银花要么娇羞地跑开，要么就被柳公英摁在身下……银花还为这个公爹堕过两次胎。后来银花的儿子小乐出生在寒秋时节，柳海龙春节期间回家过，时间上吻合，也不知小乐是柳公英的儿子还是孙子，面相怎么看都像。因此，柳公英这有悖常伦的"扒灰"，也没有引起世人的怀疑。

四、错位的情感

　　陆道昏睡了一整天，勉强起来想找点东西吃，可宿舍里除了方便面再没有别的可吃的东西了。他真不好意思再去银花那里，他知道昨晚吐了，房间里依然一片狼藉，散发出一股难闻的腥味，但他不知道竟然吐了银花一身。勉强起来打扫了房间，就到户外透透气，从村里绕了一圈，觉得清醒多了。恰好碰到柳海生和吴东东俩人背着大包小包往吴东东家赶，就好奇地问，你们这背着啥呀？柳海生满头大汗，用袖子擦擦脸，神秘笑笑："做玩具的材料。"

　　陆道好奇问道："做玩具？你们会做玩具？是生产销售，还是自娱自乐？"

　　柳海生见陆道很认真地发一连串问题，也不得不认真地解释："这东西吧，对小孩就是玩具，对大人，也要懂点艺术，懂得欣赏，那就是艺术品。"

　　陆道愈觉好奇却又故作轻松地捶一下柳海生的肩膀说："什么东西搞得这么神秘呀？"

　　柳海生说："你有兴趣就跟我们去看看喽。"

　　陆道说："好，正好我也没啥事，就去看看吧，来，我帮你拿一袋。"

　　柳海生客气一下，把一个小袋递给陆道，他确实累了。

　　吴东东家建在一座小山的半山腰上，独门独院，前后院都被挖得挺开阔的，俨然像个小庄园，院落很杂，种些花草树木，鸡鸭成群乱跑。后院是个菜园子，当季的各种蔬菜瓜果，大部分都有，农村应有的各种农具、工具、生活用具几乎都有，足见主人会过生活，像个品味不高的农家乐。院子的客厅，没有沙发、椅子，倒是站立了几个橱柜，里面摆满了各种塑像，有圆形、方形、三角形，中间图案有风景的，如鼓浪屿、阿里山、武夷山等；有动物的，除了十二生肖的动物，也有鱼、鹅、猫等，带宗教色彩的，有观音菩萨像、释迦牟尼、弥勒佛，也有耶稣、圣母玛利亚等。吴东东真是手巧，什么花样只要有样本，都能做得出，只是看起来，还比较粗糙，缺乏专业的训练，只是简单的模仿，艺术品位也不高。院子中间是个工作台，周边只留个小小的过道，几乎没有可以坐的地方。陆道好奇地看着这些雕像，突然间恍然大悟地说："我明白了，这就是你们说的漆线雕吧？呀！这真的好精致，好漂亮！真正的艺术品。差点被你们蒙了，柳主任，你把它们说成玩具，实在是贬低了这东西的价值啊！"

柳海生也笑笑说："那是跟你开玩笑啦！我们做这东西所花费的心血，远没有做玩具那么简单，你看这些所经历的工序，差不多可以写一本书了。"

陆道睁大眼："有这么复杂？"

柳海生笑道："你知道这漆线雕主要材料是什么？"

陆道摇摇头，却有着很想知道的表情。柳海生开始很起劲地介绍了："你看那堆旧砖块，就是主材料。首先要把这些旧砖打磨成粉，然后用筛子筛，要一遍一遍地打，不断地筛呵，必须要像面粉那样精细，然后拌上桐油，搓成条，根据需要搓成多大、多长的条，这过程需要极大的耐心，接下来就是大师的活啦，根据设计制成各种各样栩栩如生的艺术品。只是我们目前设计能力有限，品种不多，人手也不够，产量极低。"

陆道问："这些艺术品是谁设计的？"

柳海生说："这些都是订单者提供的，我们照样品加工，可以说我们现在只是手工作坊式的被动加工，从来没有我们自己创意的东西。"

陆道说："我有个同学在福州大学工艺美术学院任教，设计这些作品，他在行，哪天我带你们去拜访他，我想，他会愿意给你们提供帮助的。"

柳海生拍掌道："那敢情好，我们应该要有自己的东西，不能只是这样小打小闹，做些加工活，陆书记有没兴趣和我们一起干？"

陆道说："我对这行完全门外汉，再说，我也不可能长期待在这。不过我会尽力给你们提供帮助。"

柳海生感觉陆道并没有对漆线雕有多大兴趣，确实他们也认识不久，邀他加盟有些唐突，于是，尴尬笑笑："那就多谢陆书记帮助。"

陆道似乎感觉到柳海生的情绪变化，也怕柳海生产生误会，想缓和一下气氛，他拍拍柳海生的肩膀，用很友善的表情说道："要不，你看这样行不？你们以村办企业的名义，注册一家公司，按出资额占比股份，村部出场地，如果可能也出一部分资金，让村民们集资，这样既解决办厂的资金问题，也解决村民们就业问题，带大家共同致富不好吗？"

柳海生好像并不兴奋，满脸忧愁地说道："村部穷得叮当响，哪有钱投入啊？再说，去哪找现成场所？"

陆道说："资金嘛，我想办法要点，还是有可能的。至于场所，村东头不是有个木材加工厂，长年废弃岂不可惜？装修改造后，应该可以利用。还有，我建议海生当法人代表，当然也就由你出任董事长喽！最好总经理也由你兼，公司规模也不大，没必要设太多岗，雇太多人。建议东东当你副手，负责生产、技术把关，相当于总工程师啦！哈哈！我嘛，愿意当你们顾问，但不要薪酬。"

柳海生摆手道："我当不了董事长，还是陆书记你来吧，我可以配合你，跑腿的事，我还行，当领导，做决策我可不行。再说，早些年，村里也办了几家小企业，比如，您刚才提到的木材加工厂，还有碾米厂等几家，可时间不长大都夭折了。我们再办，会不会……"

陆道说："跟着市场导向嘛，计划经济时代这些厂有它存在的理由，现在市场经济运行模式，该退出就退出。你现在这产品市场有需求，就得抓住机会，不可错过呵！至于谁当董事长，你就别谦让了，我刚才说过我不适合当的理由。我也只是给你个建议，你们也可以自己注册个公司先试行，如果村里要介入，那可要认真开会讨论了。我只是想，如果是村办企业，可能会享受到一些政策的扶持帮助，还有我向有关部门讨要点钱就有名目了，总不能要来的钱放到私人口袋去吧？"

柳海生似乎听明白了陆道话中用意，朝陆道竖起大拇指说："书记就是站得高，看得远，就按书记意思办，我们分头准备。不过，村里要开个两委会可没那么容易，大部分两委干部都在外面打工。"

陆道说："现在只是提个由头，要做的事情还很多，春节再来开会讨论，那时候大部分人不是都回来过年了吗？"

柳海生点头称是，但又急切地说："书记啥时候带我们认识一下你同学吧，你看我们现在只能被动地做些加工活，成不了气候，干了没劲，我们就应该有自己的产品。"

陆道也竖起拇指："有志向，做企业就该有这种大气，小打小闹，只能永远给人打工，我明天就带你们去。"陆道随即就电话联系了他的老同学辜一天。双方约定明天下午在厦门见面。

陆道问："你们全部产品就这几样吗？有没有其他什么想法？比如，你们的产品最想表现生活中什么内容？"

柳海生啥愣了好久，不知是听不明白陆道的话，还是不知道如何回答。

陆道似乎也明白，自己的表达方式不适应于柳海生这样的群体。于是，他转换一种方式问道："我是说你们想生产的产品如何更能让市场接受，也就是说可以在市场上卖得更好。比如表现闽南民俗风情的，可能一些文化人或是有附庸风雅人士会愿意收藏；如果是表达宗教信仰的，如佛像之类，可能一般家庭就会有人愿意买。闽南这地方，信仰佛教还颇多，你们给个方向，就好让我同学设计。这样吧，海生，你明天随我去一趟厦门，当面和我同学聊，这个行业我是不了解。"

柳海生支吾着不作答。陆道有些生气了，好心为你们搭桥怎么这么无动于衷啊？柳海生知道陆道心里不爽，赶紧赔着笑脸道："书记你别生气，我不是不愿意去，只是我明天要把这批货送到莆田，客户急着要呐。"

陆道没好气地说："那你怎么不早讲？我都跟我同学约好明天在厦门见面了。要不这样，明天我们一早出发，先陪你去莆田，我们也顺便去考察一下市场，然后下午就赶到厦门，这样就两不误，你看如何？"

柳海生说："这样好是好，只是从我们这山旮旯里出发，赶到莆田恐怕都要下午了。"

陆道迟疑片刻问："我们这村里就没人有小车？"

柳海生说："村东的柳三弟倒是有，不过只是个柳州五菱小四轮，那车也敢开出去？"

陆道说："只要车况好，没关系。他肯借吗？"

柳海生瞪大眼："你要自己开？"

陆道反问："不行吗？他不肯？那让他自己陪我们跑一趟也行。"

柳海生咧咧嘴："哪有什么不行的？那是我堂弟，我只是觉得陆书记开这样的车去有失身份。"

陆道笑道："咳，我现在什么身份？一个村支书，有专车算不错了。"

第二天一早，他们就出发了，就为了去完莆田能赶到厦门，陆道虽然有三年的驾龄，林兴辉的车他也常开，可面对这弯弯曲曲的狭窄山道，还是有些紧张，坐在车上的柳海生似乎比陆道更紧张。他虽然很怀疑陆道的车技，却又不敢说，只是不断跟陆道说："慢点，慢点，来得及。"陆道也不理柳海生的唠叨，依然全神贯注在颠簸不平的山道上驾着破旧轻飘的小四轮。出了山道，俩人的衣服都差不多湿透了。其实，现在已经是夏末了，在北方有些地方都快下雪了，但闽南依然很热。毕竟过了最危险的山道，陆道舒一口气说道："这路不修，下阳村要改变落后的面貌，难！"

柳海生应道："谁说不是呢？这两年虽然也有客商来我们村考察办厂，主要是我们山上还有些资源，可这些客商一看我们这弯弯绕的山路，都吓跑了。"

陆道盯着柳海生："难道你们都没动议过要修这条路？"

柳海生无奈地说："怎么没议过？还专门请了专家来实地考察过，如果就原路拓宽，意义不大，可取直，那工程量又太大了，炸了葫芦山，要用多少吨炸药？还有，老辈人都觉得有葫芦山挡住，才有下阳的好风水，哪能轻易炸了？最佳的方案就是挖一条隧道穿越葫芦山，但修这条隧道最少也得投资一千万以上。可谁又愿意来投资？找不到回报点呀！"

陆道不说话，可他明白柳海生说的意思，确实谁又愿意投下一千多万而不求任何回报。下阳村还没有这样的魅力，博得什么企业家或慈善家的青睐。没听说下阳村有在海外的商人、实业家等成功人士，愿意出钱帮下阳村解决这个瓶颈。

去莆田办事一切顺利。他们下午三点就赶到厦门，辜一天看到陆道开的车，果然发笑："这就是陆书记的专车啊？不过载人载货两方便呵。"

陆道捶一下辜一天："我现在是村支书，哪来那么多讲究，有车就不错了，听说你买了台路虎，可否让我享用两天啊？"

辜一天爽快地挥挥手："你在厦门期间，我小弟和路虎归你使唤。"

陆道瞪大眼："嚇，都配了专职驾驶员了。"

辜一天豪放笑笑："哪是什么专职驾驶员，我工作室的助手，小弟。不瞒你说，我被抓了两次酒驾，第二次就没那么幸运了，我五年内开不了车。为什么？我驾照被吊销了，哈哈！不开更好，放心喝酒，晚上喝啥？白的、红的，或是啤酒，你任意挑，我工作室里一半是作品，一半是酒瓶。哈哈！"

陆道也哈哈大笑："你这老酒鬼，还是终日沉在酒缸中，不过搞艺术的人嘛，总有点……"

辜一天收起笑脸："总有点什么？放荡不羁？哈，林梅英也这么说我，可我就是我，谁也改变不了我，随她去吧。"

陆道惊讶道："怎么？你们又……不是说要结婚了吗？"

辜一天挥挥手："结婚？我恐怕这辈子都不会结婚。孔夫子说的对，世上唯小人和女子难养也，做个快乐的王老五不好吗？"

陆道遗憾地摇摇头："你呀！就是狗改不了吃屎，一身坏毛病，其实梅英真的很好，温柔贤淑，去哪找这么好的女人。再说，你们从小青梅竹马了，就这么说完就完了？"

辜一天说："那还能怎么样？是她要分手的，又不是我愿意的，分就分吧，我也解脱了，喝酒去。"

陆道拽住辜一天的手说："等等，你刚才说你也不愿意，是吗？如果你有个态度，愿意改变自己，我就找梅英谈谈，毕竟我们都是一起长大的同学。"

辜一天疑惑地看着陆道："这有用吗？你也知道她这人脾气和我一样犟。"

陆道说："还没试试，你怎么知道没用？以我的诚心，和你改变自己的决心，相信会有好结果的。哎呀！你看光顾着说我们的事，都忘了这次来的主题了，来，我给你介绍一下，这是我的搭档，我们下阳的村主任柳海生，我们这次来的目的，电话里已经给你说了，海生，你把你们的想法跟辜老师说说。"

辜一天摆摆手："别急，你们先住下，我已经给你们订好酒店了，也在那吃饭，其他事明天慢慢说，阿强，你把车开出来，你那小四轮就别开了。"

陆道愣了："住下？我们晚上要赶回去的，答应今天就还车的。"

辜一天急了："那怎么行？我们还有好多话说，无论如何住一晚，明天再走。"

陆道看一眼柳海生，似乎在问：行吗？柳海生也明白陆道的用意，马上说，我给我堂弟打个电话，不一会儿，柳海生就笑眯眯说，没问题了。

辜一天开心说道："就是嘛，哪能一来就走，晚上我们好好喝两杯，只不过你那小酒量，没劲！"

陆道说："我们又不是来拼酒的，正事还没说呢，真要拼酒量，你是我这搭档的对手吗？告诉你，人家就是靠酒量拼上村主任的。"陆道偷偷冲柳海生做个鬼脸，同时也惊讶自己现在说鬼话也不脸红了，他只想用这招吓住辜一天。

倒是辜一天脸上的表情有些尴尬，他既不敢表态晚上应战，又不愿轻易表态服输，都说村干部、乡镇干部喝酒如神仙，哪里隐藏个高手，也说不定，还是悠着点吧，别把自己卖了，于是，他哈哈笑道："喝酒开心，比拼啥？我知道这个柳主任不一般，走。"

陆道知道辜一天酒喝多后的花样，常常是又哭又闹，虽然他酒量不错，可也架不住他那种神喝。也不知他哪学来的花样，把白酒、红酒、啤酒掺在一起，一口气喝了，叫"三中全会"，把一杯白酒沉在啤酒中，谓之"深水炸弹"。凡此种种，总要把自己搞出点状态，要嘛哭，要嘛笑，陆道领略几回伺候的艰辛，所以他真怕辜一天喝醉了，才抬出柳海生吓唬辜一天。

所幸辜一天没使牛脾气，晚餐陆道也只是喝了点葡萄酒。他还是希望辜一天能认真和柳海生说说漆线雕的设计问题，哪知一说这事，辜一天就很不以为然，不就是设计些小玩意吗？要什么样的尽管说，但要明天说，陆道知道他也没心思说，因此就没坚持。

辜一天看出陆道沉默中的不高兴神情，赶紧又拍拍陆道的肩膀说："你放心，兄弟的事就是我的事，明天让他把设计要求告诉我，我定然会设计出令他满意的款式。今晚呢，你就陪我喝喝酒，聊聊天，我们俩可是好久没在一起聊天了。"

柳海生也感觉出自己在场的不便，赶紧起身说自己吃饱了，你们慢慢聊，我就先回酒店了。辜一天只是淡淡地挥挥手，没有起身要送的意思，倒是陆道觉得过意不去，坚持要送柳海生到门口，然后安慰道："你别往心里去，他那人就这样，但心不坏，明天再说，早点休息。"

柳海生说："书记放心，我不在意，你们好好聊，别喝多了。"

陆道回到桌上时，见辜一天把俩人的酒杯都倒满满的，很无奈地摇摇头，看来辜一天今天不醉不痛快了，舍命陪君子吧。

其实，陆道误解了辜一天。柳海生走后，辜一天并没有坚持要喝酒，只是很想和陆道说话，陆道也知道辜一天正在失恋中，最想谈的就是林梅英了。于是，他主动问道："你真和梅英分手了？真是她主动提出的？"

辜一天好久没答话，再次缓缓抬起头时，陆道看见辜一天脸上挂着两行清泪。陆道是真没想到这个平日里看似放荡不羁的男人也有多情的一面，他递过一张餐巾纸，安慰道："我知道你心里不好受，什么情况说出来会好受些。"

辜一天好久没说话，只是自己一个人默默地喝着酒，依旧尽情地淌着泪。陆道抢过他酒杯，说："你能不能不再喝，好好说话，你不说我可走了。"

辜一天看着陆道，良久才问道："禄到，你恋爱过吗？"

陆道愣怔许久，不知如何作答，在辜一天不断逼问下，他才嗫嚅道："好像……好像接触过，但没恋过，更没爱过。"

辜一天摆摆手说："你没爱过，你不懂爱。"

陆道说："我是不懂爱，但我知道梅英，那是多么善良、贤惠的一个姑娘。想当初，你、我、豆福，还有梅英，我们四个人一起上山砍柴，下海摸螺，一起打赤脚上学。那时候，你最像大哥哥，我们中间哪个人有困难你都会出手帮助，大家也都会围着你转。你从小爱画画，梅英爱慕你的，也是你的画画天分，每次你画一个作品出来，总是她第一个夸奖。我们四个人中你和梅英会走到一起我们都认为是顺理成章的事。虽然梅英没有天生丽质，但也白净端庄。我记得她是为了你，放弃了自己的专业，以研究生的身份考取集美的一所小学任教，这说明她多在意你？我想你们俩出啥情况，一定是你的问题。"

辜一天慢慢抬起头，把面前的一杯酒干了，长叹一口气："谁说不是呢，我就是个混蛋。"

陆道抢下辜一天手中的杯："你就别再喝了，快给我说说，到底怎么回事？"

辜一天缓缓说道:"我的工作室有个女助手,是一名大四的学生。她总是很好问,在学生中算不上出类拔萃,但经常带着问题来找我,也顺便带些茶叶之类的小东西。她说她叔叔是在安溪搞茶企业的,以后我需要茶叶她包了。我也没太在意,反正那些小东西也不值啥钱。生活上她也慢慢表现出越来越关心了,带个快餐,帮我洗衣服之类也成为平常事了。初始阶段我也由着她,学生嘛,帮老师干点活,效点力,正常。可是后来她常常深更半夜了,也不肯走,总是要我提醒了,她才不情愿地离开。"

陆道插嘴:"等等,这些情况,梅英都没察觉?还有你,你什么感觉?你要是不喜欢她,她会有机会靠近你?"

辜一天一时语塞:"这……我承认……我承认,我也喜欢,毕竟,她年轻漂亮。"

陆道说:"那你就娶她不就结了。"

辜一天急了:"那怎么行?那怎么一样?"

陆道笑了:"那你还想吃了碗里,又看锅里,鱼和熊掌兼得?"

辜一天一脸的茫然、委屈和无奈,不知做怎样的辩解,能让陆道理解自己的心情,可毕竟是自己做错了事,也许一切的辩解都是徒劳的,因此他干脆喝着闷酒,不说话。

其实,陆道是明白辜一天心情的,只是故意调侃、刺激他。辜一天和林梅英青梅竹马,感情深笃,他们俩谁都不愿意轻言放弃这段感情,一定是辜一天这小子太伤梅英的心了。而辜一天也知道这次自己玩大了,梅英来真的了。以前总觉得搞艺术的人嘛,有点风流韵事、浪漫逸闻不算啥,可梅英这个工科女,那就认真了。好几次梅英在辜一天的宿舍里见到这个叫杜曼华的女学生,心里就隐隐不太舒服,凭女人第六感官直觉,林梅英就知道这女人不是个省油的灯,可对女学生与老师之间的正常交往,她也说不了啥。直至有一天,俩人终于玩出火,林梅英才下决心离开辜一天。

杜曼华的叔叔确实在安溪有一大片的茶山,自己也有一个规模不大的茶厂。以前生产的茶叶也只是简单的包装,委托别的茶企搭售,或是直接就卖茶青。她叔叔还有个山庄,就建在他家茶山脚下。说是山庄,其实是建在山下,面对着一小片湖,或者说是一个鱼塘吧。这山庄规模不大,环境倒优雅。一般是杜曼华叔叔用来接待客人用的,平时居多是她叔叔一帮狐朋狗友在这赌博喝酒,山庄很少对外营业。杜曼华很早以前就劝过她叔叔,要把茶产业做大,要有自己的品牌,搭售或者卖茶青永远都没出息。再说,现在事业未起,就花天酒地,迟早会败了家产。杜曼华这个叔叔,性格倔强,我行我素,没见他会听从谁的话。

他这片茶山，这份家业，不是祖上留下来，是他当年去柬埔寨闯下的。他自己说在柬埔寨开中餐馆，可他不会煮菜也就罢了，从未听他说过跟餐馆、甚至跟菜有关的事，倒是有时酒喝高了，时常显摆自己在互联网方面，在手机运用方面的天才，有人怀疑他在柬埔寨从事诈骗活动。但他能及时收手，真是他的明智，是他的幸运。也许正因为这些钱来得容易，所以他也不珍惜，成天花天酒地，宴请狐朋狗友。置了一片茶山，建了一个山庄，算是他最聪明的选择。可置了家产，不精心经营，迟早也要坐吃山空的，杜曼华叔叔直至前段亏空太多，手头紧张才接受了杜曼华建议，决心做自己的品牌，好好做一番事业。

杜曼华邀请辜一天为他叔叔设计整体包装形象时，辜一天很不以为然，总是推脱很忙，过一段再说。他觉得为杜曼华叔叔设计，不好开口收费，但似乎不值得为他免费设计。直到放假前的一个星期六，杜曼华再次提出请他去安溪度周末，顺便参观考察她叔叔的茶厂，辜一天想想本周末没啥大事就答应了。

安溪这个名曰"月牙泉"的山庄，小到只有四间客房，因山庄门口有个形似月牙的湖而得名。其实所谓的湖，不过是口鱼塘而已，但这口鱼塘有活水，水质清澈，养出的鱼，鱼肉清甜，没有土腥味，较一般养殖的鱼，确实质量高很多。当然，这活水是山泉水，水质寒冷，鱼生长期相对较长，效益就差了。反正杜曼华叔叔不想赚什么大钱，有朋友来夸奖这里鱼好吃，他就很知足了。虽然他口头答应了让辜一天来设计包装和品牌策划，但杜曼华和辜一天来时他并没露面，依然和他的狐朋狗友花天酒地去了。

杜曼华和辜一天到达这山庄时，只有一个日常管理的阿姨，她说山庄里也没啥好东西了，我给你们煮碗面吧。可是端上桌时，辜一天才发现面里除了几根青菜，其他啥也没有。桌边倒放着一包榨菜，显然是早餐剩下的。辜一天勉强就着榨菜吃了半碗那不咸不淡的青菜面，就回房休息了。

杜曼华小心翼翼地陪着辜一天吃了一小碗面，看着辜一天不高兴的脸色，赶紧也跟着到客房。但俩人半天都不说话，其实，杜曼华早就说要请辜一天到外面酒店吃饭，只是辜一天自己不肯，他说他累了，不想出去，山庄有啥随便吃点，哪知道会寒酸到这种地步啊！

杜曼华找个借口溜出，偷偷骑上一辆电动车，到城区买了一些酒菜，提到房间。辜一天在百无聊赖地翻转着电视节目，显然还在生气中。杜曼华放下手中东西，先给辜一天泡上一杯自家生产的绿茶，很讨好地说道："老师，这是我们家生产的，老师你品一品，看看如何包装一下。"

辜一天终于发火了："包什么装？你觉得这主人真想要认真做这事？"

杜曼华赔着笑脸："老师，对不起！我叔叔那人就那样，有酒喝，天塌下来也不顾，可他确实答应过要把自己的茶叶好好包装上市，我这才邀请你来的，谁知……"

　　辜一天想想确实也不能都怨杜曼华，以前也听她说过她叔叔不务正业，所以也让他不太上心为他做这事。这次既然来了，好歹也为他们留下点东西。不过这样也好，不会有啥压力，随便设计下，简单。这样想来，他不但端起杜曼华泡的茶，还主动叫杜曼华把酒开了，他确实没吃饱，那面也太难吃了。杜曼华买来的东西，还算丰盛，鸡鸭猪牛各种卤味几乎都有，只是那瓶五粮液估计是从他叔叔那偷来的，管它呢，俩人你一杯，我一杯，不知不觉就喝了大半瓶。辜一天本来就好酒，但酒量也不是很好，他也根本没把杜曼华放在眼里，一个小女子吧，能有什么酒量？因此很放松地喝，哪知会喝大了呢？酒是真是假不论，但杜曼华后来确实在自己的酒里兑了白开水，或许她的用意只是因为怕酒不够喝，当然她也知道以她的酒量是陪不过老师的。辜一天喝到晕乎时也看不清杜曼华喝的是酒还是水，到后来起身都站立不稳了。杜曼华赶紧上前去扶，辜一天似乎整个人的重心都压在杜曼华身上，杜曼华强忍着辜一天沉重身躯的压迫，慢慢挪动着把辜一天架到床边。当辜一天重重地把自己摔到床上时，依然没有松开勾在杜曼华脖子的手，于是杜曼华也一同滚上了床上，杜曼华没做任何的挣扎和抵抗，一切都那么自然地进入他们的云雨状态。当辜一天从杜曼华身上下来时也许只有几秒钟时间，就传来了辜一天如雷的鼾声，辜一天真醉了吗？

　　杜曼华起身穿好衣服，没有离去。她望着床上这个才华横溢，却又不拘小节的男人，没有悲伤，没有欣喜，更没有怨恨。她喜欢这个男人，甚至有些崇拜这个男人，她心甘情愿为他做任何事情，包括献出自己的身体。可她知道她有一个"准师母"的存在，也知道他们之间感情深笃，因此她真没敢想过，要对"准师母"取而代之。自己的行为是勾引老师吗？可刚才是老师主动要自己的呀！他喝醉了吗？可刚才他能麻利地脱衣服，甚至解除她身上的"武装"时，都显得那么娴熟，不像喝醉了呀。杜曼华蜷缩在沙发上在胡思乱想中也渐渐进入了梦乡，可是，辜一天卷成一团丢在地下的裤子口袋里传来了急切的响铃声，响了好久，杜曼华迷糊中正要去掏那手机，铃声又断了。可一会儿又响起，杜曼华本能地接起手机，刚"喂"了一声，就差点吓得没丢掉手机，电话里传来很严厉的责问声："你是谁？辜一天呢？"

　　杜曼华结结巴巴嗫嚅道："我是……杜曼华，老师他……他在……洗澡。"

　　林梅英声音提高了八度："他在洗澡？那你在那干嘛？你们在哪儿？"

杜曼华依然吞吞吐吐回道:"老师他……他有点喝高了,我……我不放心,就留在这……照顾他。"

林梅英依然咄咄逼人问道:"他喝醉了还会洗澡?你们到底在哪儿?是不是去开房了?"

杜曼华赶紧辩道:"没有,没有,师母您别误会,我们是到安溪出差了,我们各自有房间,只是老师他喝醉了,我才留下照顾他的。"

林梅英似乎火气未消:"那你叫他接电话,洗澡?那叫他等下给我回话。"

杜曼华搁下电话,愣在沙发上半天回不过神来,眼前发生的一切像做梦似的,摇摇头、拍拍脸感觉又是真的,可怎么收拾眼前的局面?叫醒辜一天吗?然后怎么对他说?不说这事能瞒住吗?杜曼华在迷糊中又听到了第二次铃响,可实在没有勇气再接那个电话,可又被那个电话搅得心烦意乱,索性把手机用辜一天的衣服包起减低点铃声,任那铃声一直不停地响着。她想离开,可深更半夜在这偏僻的山庄着实让人害怕。本来打算晚上要回家住的,因此,当时也只要了一个房间,现在怎么办?杜曼华在惶恐不安中蜷缩在沙发里度过了漫长的一夜。

天亮时分,打了一夜鼾的辜一天醒来,见杜曼华还在沙发上蜷着,就扯过一床毛毯盖在她身上,不想杜曼华却也醒了,用蒙蒙眬眬的睡眼看着辜一天,突然"哇"的一声大哭起来。辜一天莫名其妙地拍着杜曼华的肩膀,很机械地说着一句话:"别哭,别哭,有话好好说,有话好好说。"可杜曼华就是哭个不停,啥话也不说。辜一天隐约中也记得昨晚对杜曼华做的事,所以,觉得杜曼华大概是因为昨晚所发生的事而伤心,因此大咧咧地点一支烟,说道:"你不是也愿意吗?况且,你也不是第一次嘛,好了,我既然来了,就会帮你叔叔设计,你放心,只是你不要再哭,哭得我心烦。"

杜曼华抽泣了一阵,抬起头说:"她昨晚来电话了,她……她好像知道我们俩的事了。"

辜一天这下傻眼了:"她……她怎么知道的?"

杜曼华战战兢兢把昨晚的事说了一遍,惊恐地看着辜一天会怎么发作。辜一天没有冲杜曼华发火,但沮丧地一屁股坐在沙发上,喃喃自语道:"这下完了,这下完了,梅英不会放过我。"

俩人许久都没再说话,辜一天连续抽了三支烟,终于发狠地掐灭烟头说:"知道就知道吧,大不了吹了。"

杜曼华依然蜷缩在沙发里一言不发,辜一天说:"走啊!我饿了,吃点早餐,帮你叔叔设计去。"

辜一天嘴上强硬，也装作若无其事，其实一整个上午他的设计都进不了状态，纸团塞了一纸篓，可就是拿不出像样的东西，杜曼华说："辜老师，算了，这事以后再做吧！还是想想怎么跟师母一个交代。"

辜一天装作满不在乎样："交代啥？她爱咋想就咋想，反正她又没证据。"

时光已近中午，辜一天挥挥手说："开路，反正你叔叔也不重视，等他急了再做也不迟。"

杜曼华"嗯"一声，又说道："那还是吃过中饭走吧！昨晚对不住了。"

辜一天又来气了："哼，我可不想再吃那清汤寡水的面，要吃你吃。"

杜曼华撇撇嘴："小家子气！人家阿姨中午特地去买菜啦！好歹给人家个面子。"

辜一天盯着杜曼华看了一阵子，仿佛在问，你还有心思吃饭？杜曼华也似乎明白辜一天的意思，就嘟囔着嘴，小声说道："不是说不管她吗？"

辜一天突然爆发了："你老实交代，你骗我到安溪来，是不是早就有阴谋了？你想取而代之？哼！我告诉你，我们之间发生的事，是两相情愿，我们没有承诺，我也从来没有考虑过我们俩会有什么将来，你就死了这条心吧。"

杜曼华面对这突如其来的一通责骂，愣了一阵，突然"哇"的一声大哭起来，这下轮到辜一天不知所措了，他任杜曼华哭一阵，然后才慢慢说道："好啦！你也别哭了，我会补偿你，再说……"

杜曼华突然抬起头："再说什么？我知道你啥意思，我是有过男人，那又怎样？关你什么事？在你眼里我就是烂货？我告诉你，我还不稀罕你，你给我滚！滚！"

杜曼华有点歇斯底里，面对眼前的尴尬局面，辜一天反倒没有起身要走的勇气，他没想到杜曼华也会这么暴烈，他真担心他走了杜曼华会出啥事。于是，他冷静地坐下，拍拍杜曼华的肩膀，说道："对不起！刚才是我太不冷静了，我们去帮你叔叔设计包装吧。"

杜曼华好半天也不言语，依然在那抽泣着。辜一天一支接一支在那抽着烟。俩人就这么僵着，过了半个时辰左右，辜一天终于耐不住了，起身拎包走人，并恶狠狠丢下一句话："我这辈子都不会求你。"

辜一天自己驾车回了厦门，但他没有回到自己的宿舍，而是直接来到梅英的学校。梅英就住在学校教学楼的一个窄小的楼梯间，大约就七八平方米，房里摆了张床，一张小桌子，似乎就很难转身了。原来这儿只是一个放工具的杂物间，是梅英哀求校长才特批的。辜一天多次求梅英搬过去和他一起住，可梅英就是不肯，她说她老爹要是知道他们还没结婚，就住到一起，非打死她不可。其实这话也是搪塞辜一天的，梅英爹虽然也看着辜一天长大，但对辜一天后来扎着马尾辫，蓄着大胡子，老看不惯，多次对梅英说辜一天靠不住，起码要对他多个心眼，梅英更不敢现在就跟辜一天同居。虽然梅英也不是那么封建保守的一个女子，他们之间也早已发生过该发生的事，只是为了梅英爹不敢明目张胆地住在一起。

辜一天没有在宿舍找到林梅英，虽然宿舍门没锁，但不见人的踪影。不大的房间里倒也收拾的干净，辜一天留心查看一下，发现茶杯下压着一张字条，一行很清秀的字跳入眼帘："我知道你会来这里，但你不必再找我，我们之间已经结束了，欠你的我会偿还，你好自为之。梅英。"辜一天这才发现似乎林梅英的东西都已经搬走了，或许她也辞职不干了。辜一天不停地挂林梅英的手机，居然回应的都是"你所拨打的电话已关机，请稍后再拨。"辜一天仍是不停地拨着，一边沮丧地坐在门口台阶上，不停地抽烟。

正是周末，学校里除了门卫，空无一人。辜一天一直待到夕阳西下，门卫老孙头认识他，劝他几回说梅英不会再来了，快回去吧，辜一天就是不肯走。他在回味着跟梅英在一起的点点滴滴，同时也在思考着怎样挽回这一切。

林梅英向学校递交了辞呈，丢掉原来的手机卡，直接回老家了。她没去思考将来怎样，只想一个人静一静。梅英她爹看出女儿的心思，煮了碗面条端到女儿面前，叹口气说："唉，别难过了，我说这人靠不住吧，你不相信。不过，凭我女儿的条件，我就不信找不到比他更好的。"

林梅英不哭不闹，也不说话，更没兴趣动那碗面条。梅英爹看女儿这样虽也难受，可又能怎样？因此待了一阵，拍拍女儿肩膀，走了。

梅英的娘患尿毒症，透析了几年，透光了家里的积蓄，最终还是走了。辜一天在此期间没少接济梅英一家，甚至还张罗着为梅英娘换肾，梅英真为此感激辜一天，但她不能容忍辜一天对她的感情背叛。辜一天为他们家所做的一切，她也没敢告诉她爹，否则以她爹那牛脾气，是不会接受的。

辜一天的老爹当时在村小当校长，虽然文化不高，官也不大，可在这村里可也算是文化人了。拿工资，吃皇粮的人总是令人羡慕的。因此，在村里总有些飘然。村里有个大情小事，他总好过问，他也确实总能道出个所以然来，村民们也爱找他，他仗义啊！哪家办红白事写个对联啥，他从不额外收报酬，也不知这点是陆道的爷爷影响了他，还是他影响了陆道的爷爷，总之，这个村民风就这么淳朴。他如果遇上有交往的还要奉上礼金，渐渐地辜校长在村里就很有威望。

虽然他不是本地人，在村里辜姓也只有一家，因此，他要在此立足也必须有个好人缘。这也许是辜校长坚持这么做的目的。梅英爹是村里的老支书，从村支委干到支书有二十五六年了，威望自然也很高。他就见不得有人说话能盖过他。他不止在一个场合多次说过，吃公家饭怎么啦，不就一个小学校长，况且他能在村里待一辈子？听说学区要提拔他啦！可不知怎么的，辜校长也在这村里当了二十几年的校长，愣是没有走。辜校长当然知道林支书对他有意见，能避让就避让，躲不过去就装怂，谁叫人家是支书，又是本地的大姓人家，怎敢跟人家掰腕子？至于两个小孩子之间常在一起玩，两个大人谁也没在意，直至俩人分别上了大学，寒暑假返乡时俩人频繁亲密接触才引起梅英爹的注意，可他实在也说不出多少反对的理由，只是说辜一天这小子靠不住。当然孩子大了也由不得爹，林梅英敬重爹其实并不怕爹，她想做的她爹反对也没用。她不想太早跟辜一天住在一起，原因是诸多的。首先她跟辜一天的生活规律根本无法合拍，辜一天是夜猫子，灵感来了，常常通宵不睡。生活随意，甚至有些邋遢，想吃就吃，想睡就睡，天马行空，不想受任何约束。林梅英是理工妹，生活严谨，极有规律，俩人这方面就很难合拍。但林梅英又是极重感情的人，和辜一天一起走过的岁月，虽有磕磕碰碰，而且接受辜一天也经历了很长的过程，她是被辜一天的执着和真诚感动的，既然接受了，就要彼此信任。在一起一段时间后，林梅英也感受到甜蜜幸福，毕竟是青梅竹马，而且辜一天挺会照顾她。虽然深爱中该有包容，但仅限于一些生活习惯上，而对爱情的纯洁是不容玷污的。林梅英以前对辜一天和杜曼华之间的关系虽有所警觉，可也说不出反对他们正常交往的理由。这次她是认定他们在一起，一定是做了背叛她的事，因此她才下决心要和辜一天分手。而且她觉得没必要再待在厦门做违背自己意愿的职业，凭她的学历和实力再考个自己满意的职业完全可能的。想当初，为了你辜一天，堂堂研究生却委屈自己的志向和兴趣，考取一所小学当老师，你辜一天没有为此感念，却又喜新厌旧，这样的人值得自己留恋？值得托付终身？因此她一气之下简单收拾一下行李，给校长发了一条辞职信息，直接回了老家。

辜一天当然也会想到林梅英会回到老家，他知道林梅英交往的圈子很窄，只能回老家。问题是他现在用什么方式能求得林梅英的原谅，他知道林梅英和她爹一样的犟脾气，不是那么轻易能得到她的谅解的。

辜一天编发了很多的短信，他知道梅英收不到，他就是想倾诉自己的忏悔，也想日后有机会再给梅英看，但他确实没有勇气面对梅英当面忏悔，毕竟自己做了亏心事。他知道如果坦诚交代自己所犯下的错误，是很难得到林梅英的原谅，她曾经很认真地说过，如果有一天他背叛了，那只有一个结果——分手。依梅英那刚烈的脾气，估计是说到做到的。但如果他撒谎，死都不承认他与杜曼华的关系，这戏怎么演？梅英会信吗？自己良心说服的了吗？辜一天想着想着脑袋都炸了。

但辜一天心里还是想，不管怎样，他总得去一趟老家，见一回梅英，得不到原谅也就此死心。

林梅英老爹虽然当了多年村支书，可在村里的房子非但说不上显赫，相比那些暴发户反倒显得有些寒酸了。那是一栋建于二十世纪八十年代初期的青砖瓦房，虽还结实，但已显老旧，相比暴发户们新建的青石红瓦独门独院的别墅当然是寒酸啦！

辜一天很熟练地走到这栋青瓦房北侧的一扇窗户下，吹了三声短哨，这是他们早年约会的暗号，可是这次他连吹了十几次也没反应。这只有两种可能，要么梅英不在家，要么梅英听到了却不理他。辜一天心有不甘地捡起一块小石子扔向二楼窗户，玻璃碰上石子再轻也会碎。随即就看到梅英探出头来怒斥道："辜一天，你想干什么？你再胡搅蛮缠，我要报警了。"

辜一天咧开嘴，讪笑道："你终于露脸了，玻璃砸碎我赔，双倍，不，十倍赔，你下来拿赔偿款。"

林梅英冷笑一声："就你那小伎俩，我也上当？快滚！否则我真报警了。"

辜一天依然傻笑着："我就不走，今晚我住这了。"

林梅英关上门窗不再理辜一天，她也知道辜一天不会马上就滚，她倒想知道他接下来还会演什么把戏。

辜一天从小在这个村长大，尽管已经离开这个村很多年了，可毕竟还有些认识的人，辜一天和他们的对话，林梅英听得清清楚楚。

傍黑时分，林梅英听到这样的对话：

"阿天，你怎么在这？进去啊！哦，跟梅英吵架了吧？这梅英也太不像话了，这么大的风，把人赶到外边，我去说她，梅英，梅英，你把门打开，让阿天进去。"

"四叔公，我没事，也不关梅英的事，我，我在这……在这等人。"

"等人呀？那你等谁呢？你爹不是调镇里了？你们两家是该商议商议结婚的事了，四叔公等着喝你们喜酒呢？那我走了，有空家里坐啊。"

"四叔公慢走，您老人家保重！"

林梅英舒一口气，本来四叔公喊第二声时她就想出来了，如果四叔公知道她躲房里不出来，还不把她骂扁了。四叔公是本村林氏家族的族长公，辜一天和林梅英春节回乡订婚时，四叔公来了，并一再夸奖他们是一对金童玉女，是天作良缘，珠联璧合。四叔公会唱南音，也挺有文化的，只是酒多时会没完没了重述着他想说的话，你要是不认真听他还不高兴。那天，辜一天和林梅英的订婚宴，虽然只摆了四桌，来的宾客并不多，可四叔公是重量级人物，他必须到场，必须要有声音。四叔公当时说了，订了婚就是铁板钉钉，不可反悔，而且要尽快筹办大婚。林梅英知道如果让四叔公知道了他们要分手，不管是她还是辜一天都会遭到四叔公的痛骂。幸好当时没有马上应答。但他没想到的是辜一天会真的在大风中一直待到现在，少说也有四五个小时了吧。不行，再这样下去，影响会更坏，她必须要把辜一天赶走。

辜一天戴着顶鸭舌帽，边上还有个便携式酒壶，一根咬了一半的黄瓜，正靠在墙根上打盹。当林梅英出现在他面前时他正在打着鼾声，似乎在做什么美梦，因为嘴角还挂着一点微笑。林梅英有点犹豫是否叫醒他，可刚好一个邻居经过打招呼的声音惊醒了辜一天，醒来时一脸的尴尬，像是个做错事的小孩，低着头，搓着手，不知所措。林梅英看他又可怜，又可笑。但依然没给他好脸色，只是轻轻哼一声，"进来吧！"转身就走了。

辜一天跟在林梅英后面，犹如第一次登门时的羞怯，与平时大大咧咧，不拘小节的风格大相径庭。梅英爹不在家，偌大的一栋房子只有梅英一个人。房子虽已老旧，但还是挺大的，三层楼合起来面积应该有四五百平方米，真不知梅英不在家时，她老爹老娘两个人怎么住这么大的房子。

梅英问："吃饭了吗？"

辜一天摇头，好像很受委屈的样子。

林梅英到厨房煮了碗面条，依然卧了两个蛋，这是辜一天第一次登门时的待遇。

在辜一天狼吞虎咽吃面条时，林梅英躲上楼了。辜一天吃完面条在楼下犹豫一会儿，最终还是鼓足勇气上楼，怎么样他都得跟林梅英好好谈谈。

林梅英听到辜一天上楼的声音头也不回，冷冷地抛一句："吃完了，你可以走了，不用刷碗，反正你也刷不干净。"

辜一天没接林梅英的话题，换下难得有的严肃认真的面孔，又近乎乞求问道："梅英，我们可以……可以认真谈一次吗？"

林梅英还是那么冷："谈什么？我们之间已经结束了，没什么好谈的。"

辜一天觉得至少梅英没再赶他走，于是，胆子大些说："那你听我说几句，你若不想听我就走。"

林梅英不吱声。辜一天就理理情绪，清清嗓子说道："梅英，我们从小一起长大，说句俗话，该叫青梅竹马，两小无猜。可今天你猜忌我，不是你的错，是我对不起你！这几天我老在想，我是矢口否认我和杜曼华之间一点关系也没有，还是坦诚交代自己的出轨行为。其实，我知道，依你的聪明，我是啥也瞒不过的。我跟杜曼华之间确实有些不明不白的暧昧关系，包括前天晚上的越轨行为，但我保证就那一次，而且以后也不会再有。"

林梅英捂起耳朵："我不听，我不听……"

辜一天虽然又再次愣住不说话，但继而心中还是窃喜的。梅英对这些敏感，说明心中很在意自己，假如这下梅英是冷漠的态度，说明她心已死了。于是，辜一天乘机殷勤地给林梅英倒杯水，然后像个做错事的小孩一样，站立在梅英身边不说话，似乎在听候发落。

林梅英趴在桌上抽泣一阵，然后抬头对辜一天说："你走吧，让我一个人冷静一下。"

辜一天觉得林梅英态度有转变，似乎看到一丝希望。确实再纠缠下去或许适得其反。他俯身在林梅英耳边说了一句从前从未说过的温柔话："那你好好休息！我给你带来了你最爱吃的北京烤鸭，还有薄饼和大葱，都是真空包装的，不用热，打开就可以吃。宝贝，我走了。"

林梅英甩开辜一天的手，怒嗔道："谁是你宝贝？快滚！"

辜一天嬉皮笑脸说："好，我滚，可你记住要吃呵！"

辜一天回去后每天都给林梅英发信息，只是这粗心的汉子，竟然忘了林梅英已经换掉了厦门卡，伤心焦虑了几天，才猛然想起自己却又忘了问林梅英的新号码。当他把这趣话说给陆道听时，自己还哈哈大笑。陆道没笑，反倒认真问道："那她知道你的号码，给你联系了吗？"

辜一天结结巴巴说："没……没呀！"

陆道又问："那你现在不担忧了吗？"

辜一天说："她说她需要一个人冷静思考一下，从她的态度看，也许，我说的是也许……她有可能回头，唉，不知道。"

陆道笑笑："但愿吧！不过，依我对梅英的了解，这事没那么简单。"

辜一天瞪大眼："为什么？难道她会为这么件小事放弃我们这么多年的感情？"

陆道喝了杯中茶，半天不说话。辜一天终于憋不住了，大声喊道："喂，你倒是说话呀！别走来走去的，烦死人。酒又不喝。"

陆道坐下依然喝着茶，看着辜一天说道："你认为你跟杜曼华的事只是件小事？你呀，跟梅英在一起这么长时间，却对梅英根本不了解，梅英是个很纯的人，她的眼里容不下沙子，你以为她就这么轻易原谅你了？告诉你，没脱一层皮，休想过这个关。"

辜一天哼一声，不屑一顾地说道："过什么关？难道要我跪着求她不成？"

陆道哈哈笑道："跪着能求成，算你有福气，只怕你跪了都难求成。"

辜一天嘴上硬，其实心里也虚，他凑到陆道面前讪笑道："你老弟有什么高招？"

陆道轻蔑笑笑："这是你们之间的事，我能有什么高招。"

辜一天摇着陆道的肩膀，貌似很恳切地说："禄到，你我这么多年兄弟，你不能在哥关键节点上掉链子，快说，你要是帮哥挽回这局面，你那个厂的所有设计我都免费啦！"

陆道拨开辜一天的手，慢悠悠说道："你我兄弟不假，我要是有把握帮你，也不会卖关子，但我可以试试帮你当一回说客。不过，梅英肯不肯回头我可不敢打包票。至于你搞设计当得怎样的报酬，这与我无关，你以为那厂是我的呀？优惠点，是你老哥给面子，我谢谢了！只是希望你以后不要不拘小节，甚至有时放浪形骸。不要过于强化自己搞艺术的身份，没有人会因为你是搞艺术的，而原谅你这种放浪行为，尤其对梅英这样纯洁的女孩，好吧，我明天就去找梅英说说，我也想我爷爷了。现在我想睡觉了。"陆道开门要走了，辜一天才回过神来："哎！你就这么说走就走了，你还是不是哥们啊？"陆道没有回应，他知道这"夜猫子"喝酒会没完没了一直纠缠着你。

陆道第二天让柳海生开回小四轮，自己一早就到汽车站坐上回老家的班车。他没给辜一天打招呼，也不想让他送，知道此时他还在梦乡中，他本来就是个黑白颠倒的人。

陆道的老家离厦门本不远，但要辗转了好几趟车。中午时分陆道终于赶到了这个生他养他，既熟悉又陌生的海边小渔村。村口的老榕树依旧毫无表情地立在水沟旁，没有长高、长胖，倒是添了很多"胡须"，是老了吗？榕树下纳凉的人陆道已经找不到记忆中的那几个前辈。好讲故事，甚至也会有模有样地说上一段评书、唱上一段南音的四叔公哪去了？还有最好下象棋的魁琪叔，棋艺不精，又好与人争斗，每天都会有他的声音，没他声音就反常了。但最经常请客的也是魁琪叔，他有退休工资啊！哪怕是一把蚕豆，或者给大家散发一圈"蝴蝶泉"牌香烟，大家似乎也就不在意他下象棋时的耍赖皮……陆道小时候常跟着爷爷到这纳凉玩耍，这里的场景历历在目，可如今那些熟悉的身影不在了，来这的人也变得稀少了，偶尔有几个陆道认识的也就是打个招呼，匆匆过了。陆道本能地直朝梅英家里走去，并没想到此时已到午饭时刻。

梅英和她爹正在家里吃饭，见陆道来，梅英爹很热情地招呼陆道坐下，然后也不问陆道是否吃过午饭，直接要梅英再去炒两个菜，自己从柜子里摸出一瓶沾满灰尘的茅台酒，显然是已经珍藏多年了。梅英爹擦着酒瓶高兴地对陆道说："禄到呀，你多久没回来了？大家都念着你呐！听说你现在在省城当官，而且还是跟我们渔民有关系的部门，叫什么来着？哦，海洋与渔业厅，对，就这名字，以后你可要为我们办点实事，小时候我就看你有出息。"

陆道红着脸说："叔，我是在省海洋与渔业厅工作不假，但我并没当官，况且我现在还到农村去挂职了。所以……所以我哪有什么权力？当然，以后要我跑跑腿，尽我之所能，为家乡父老乡亲办点事，我是乐意的，不过……可能也要等到三年后了。"

梅英爹惊异问道："你刚才说什么？你去挂职？你不会犯了什么错误吧？"

陆道赶紧解释道："没有，没有。叔，我那是被省委组织部安排下派的，哪能犯什么错误呢？我现在隔壁乡镇的一个村子里当村支书。"

梅英爹的表情有点怪异："当村支书？这个是我们这些没什么文化的大老粗们干的，你一个堂堂大学生，怎么能去干村支书呢？你看我在这个村里干了二十多年村支书了，到头来有什么出息？前几年被选下台了，他们说我老了，该靠边了，每个月仅仅拿四百元的退休生活费，而且常常还发不出来，老了，真是不中用了。"

陆道突然觉得好难再跟梅英爹解释，这不同年代的人代沟是客观存在的。好在此时林梅英正端着菜上来，为他开脱道："阿爸，你根本不了解现在的形势，人家是先到基层锻炼完，准备提拔呢。你是泥腿子书记，这辈子也就这样了。禄到呀，现在如日中天，说不准哪天回去就成为处长，将来当上厅长都有可能呢。"

陆道被梅英说得浑身不自在，红着脸说道："叔，你可别听梅英胡说八道，我现在只是副主任科员，连个官都不是，怎么可能当什么处长？还厅长呢？"

梅英爹有点迷惑："副主任科员是什么意思，不也是官吗？"

梅英抢着说："阿爸，你退休多年了，官场上的事你不懂。副主任科员就是和副科长一样级别的干部，享受这级别的待遇。副科长你懂不？不懂就别问啦！"

梅英爹拍一下梅英："这丫头，你以为你爹啥都不懂呀？镇里那个吴大头副书记就是这个级别，他还好意思说按管的人数讲，我们镇里有四万多人，他相当于部队的副军长。哈！你们猜，我们镇里的欧阳书记怎么骂他？他说呀，你就是妇科（副科）病太重了，恐怕这辈子都治不好了。吴大头呀，当时那个狼狈样，恨不得找个地洞钻进去。我平时就讨厌那吴大头，对我们这些村干部骄横跋扈的。哈哈！妇科病，有意思！哦，禄到，我可不是说你呵！"

陆道赔笑道："不介意，不介意！就是说我妇科病我也不介意，本来就是嘛！"

梅英爹说："不介意就好。我们喝酒。"说完就要装模作样把那瓶茅台开了，陆道赶紧阻止道："别开，叔，我下午还有事，再说，这酒……有年头了吧？您还是留着招待别的客人吧，我是不会品酒的人，给我喝可惜了。"

梅英爹本来就有些舍不得，这酒他开了好几回都没开成，吴大头这样的人来他是绝对不会拿出来，甚至要藏紧了，吴大头会翻箱倒柜找的。梅英爹原本要到镇里水利站工作，就是因为吴大头反对，反对的原因也就是简单到没拿好酒给吴大头喝。谁都知道吴大头好酒，起初梅英爹还只是对吴大头看不惯，听说是吴大头反对他到镇水利站工作，就与他反目成仇了，甚至有一次俩人还大打出手，反正梅英爹觉得去镇上工作无望了。

其实，这事还真冤枉了吴大头，梅英爹毕竟那年已经五十九岁了，不符合录用规定，吴大头只不过说了句实话。镇党委欧阳书记本来就与吴大头尿不到一块，他跟梅英爹的解释是吴大头反对，而不说是梅英爹年龄的原因，多一人恨吴大头他也心里舒服。后来梅英爹享受到所谓的"退休"待遇，也就不再四处申诉，或再找吴大头麻烦了。

梅英爹一边把酒放回原处，一边还是装作热情地说："要不，我们喝点别的酒，你爷爷若知道在我家吃饭连一口酒都没喝上，真不知该如何骂我小气了。"

陆道笑道："我爷爷自己就是小气之人，管他唠叨。我下午呀，想跟梅英姐聊聊天，可不能满嘴酒话，她可要赶我出门喽！"

梅英爹瞬间收起笑容："聊啥天？该不是那小子派你来当说客的吧？"

陆道有点紧张："没……没……我就是好久没看到梅英姐，想和她说说话。"

梅英又端菜上来了，连忙插话道："阿爸，你别啥事都管好不好？我们姐弟俩聊聊天你也干涉？"

梅英爹似觉没趣，擦擦嘴说道："那你们聊吧，反正我也吃饱了。禄到，回来了就多住几天，我上楼了。"

梅英冲陆道会心一笑，似乎少了一个羁绊，轻松很多。

陆道真饿了，狼吞虎咽地吃着，梅英不断给陆道夹着菜，像姐姐爱怜着弟弟那样念叨着："这是你最爱吃的青椒炒蛋，多吃点，在村里没人照顾你生活吧？瞧你都瘦了。"

陆道只顾吃着，也没看林梅英的眼神，林梅英问啥就答啥，吃了一碗米饭，还吃下梅英煮的一盆子面，似乎才安抚住肚子。林梅英见陆道吃得如此香甜，拍拍陆道的肩说："不够，姐再给你煮一碗。"

陆道用纸巾擦擦嘴，摸着溜圆的肚，不好意思地说："吃这么多都不好意思了，还吃？再说，你看这肚子，还能装下吗？你现在厨艺一级棒！"

林梅英为陆道泡上一杯茶，说："你吃得开心就好，喝杯茶有助消化，你这次来……"

陆道故作轻松地答道："哦，我是回来看看爷爷，还有家人……我爷爷最近身体不太好，听说你在这，也顺便过来看看你。"

林梅英抿嘴笑道："是顺便过来看看我？你怎么知道我在这？谁告诉你的？还有，既然你主要是来看望爷爷的，却直接来我这，不先去看望爷爷。说，是不是有人派你当说客来了？"

面对林梅英连珠炮式的诘问，陆道红着脸承认，是受辜一天之托，来和她谈谈的。

林梅英收起笑容，冷冷地说道："那你可以回去交差了，谈过，但无效。"

气氛一下凝固了，陆道不知说啥好，良久才缓缓说道："梅英，我知道我这次来是完不成说服你回心转意的任务，但我得来呀！辜一天是我哥，你是我姐，从哪一方说我都不希望你们俩分开，昨晚面对一天诚恳、乞怜的眼神，我真的无法拒绝。我也确实感受到他对你的真情留恋，毕竟你们俩有二十多年的感情经历，怎能一朝说了就了呢？你对一天的了解肯定比我多，如果他对你不是发自内心的珍惜，他为何不就此撒手，去找自己更喜欢的呢？比如，你所知道的那个杜……"

林梅英突然发疯似的捂住耳朵："我不听，我不听……求你不要再说了。"

陆道见梅英情绪如此激动，自然不敢再往下说，但心里似乎也有一番窃喜，林梅英对这名字，对这话题敏感，说明她还是很在意辜一天的。如果，她心死了，对这一切都无所谓，那才真正没必要多余的口舌，但现在似乎不是时候，陆道决定先撤，找时机再沟通。

陆道见梅英情绪也稍稍稳定些，就起身告辞说："梅英，没有过不去的坎，别把那些影响自己情绪的垃圾装在心里，快乐地生活。如果你欢迎，我改天还想来吃你做的青椒炒蛋。"

林梅英捶一下陆道："还不是你提起的这些垃圾话题？想吃随时来啦！到时我陪你喝酒。"

陆道扮个鬼脸："到时你别求饶。"

林梅英随即"哼"一声："瞧不起老姐，到时你别跪地求我。"

陆道从梅英家出来，要经过一条窄窄的巷子，这是陆道小时候到梅英家玩耍的必经之路，巷子还是那条巷子，地上的青石板路面依旧，但巷子两边的墙上不再是陆道小时候记忆中的计划生育等内容的斑驳标语，而是粉刷一新的雪白墙面，上面赫然刷着两行醒目的红色字体："中国历史文化名村、中国传统村落——涂坑村"。紧接着悬挂着的是"螺北涂山陈氏家规"共有九块牌子，分别有："去贪残、止佛事、戒下流、存坚忍、设规讲、杜侈骄、务辛勤、端蒙教、尚俭素"，还附有译文。陆道流连忘返，看了半个多小时也没看完。陈氏家族在这个涂坑村确实算是名门望族，比他高几届的学长陈望北，从小学习拔尖，从小学二年级直接跳到五年级，中学也跳了两级，十四岁便考上了浙江大学，现在美国耶鲁大学从事博士后工作。陈望北学习拔尖，似乎也乖巧听话，但人际关系交往却有缺陷，性格较为孤僻，疏于与同学来往。这好家风带出好成绩、好孩子，但不善于处理人际关系，是不是这所谓好家风的缺陷？陆道是这么想的。

陆道爷爷明显苍老了许多，特别是前两年陆道的小弟陈寿延在部队因公殉职，而且事故的责任是陈寿延自身，连个烈士也没认定，爷爷知道消息后当场昏厥过去。寿延在海昌职高就读时学习成绩就不好，后来应征入伍，在武警水电部队当了两年工程兵，也不思上进，更不爱学业务知识，在一次执行任务中，由于操作不当，造成严重事故，不但自己被埋，还连累了三个战友，两死两伤，陆道当时和妹妹喜鹊一起到部队领骨灰盒。陆道原本想瞒住爷爷，可部队早就通知了家属，爷爷自然知道了，实际上瞒是瞒不住的，只有怎么劝导、安抚爷爷。爷爷几天都没吃饭，他是没想到，实际是他"导演"的福、禄、喜、寿会是这么一种结局，好在陆道的妹妹喜鹊一直在爷爷身边照顾着，爷爷才苟延残喘地活下来。

陆道妹妹喜鹊高中毕业就上了闽南卫生职业技术学院，毕业后就回到村里开了个诊所，当然懂得一些护理知识，只是太忙，也无法一直待在爷爷身边。陆道一直觉得很愧对他们。

爷爷这两年还伴有老年痴呆症，七十八岁是高龄了，可有的老人家仍然耳聪目明，爷爷却是风烛残年。爷爷在老宅的厅堂里躺在太师椅上，陆道进来竟然不认识，说了好一会儿话，他才模糊想起，这是他的孙子，尔后又像小孩似的一把鼻涕一把眼泪地哭起来，直埋怨陆道为何这么久才来看他，陆道一直哄着爷爷说近段时间很忙，以后会常来看他的，老人家不很利索地吃着陆道从厦门带来的鼓浪屿馅饼，终于破涕为笑了。

爷爷腿脚不利索，搀着他出去散步，俩人都一身汗。陆道在心里埋怨哥哥为什么没想到给爷爷买个轮椅，但转念一想，更多的是自责。爷爷最疼爱自己，培养自己上了大学，现在有了固定收入，当然最应该是自己给爷爷买轮椅，怎么能怪哥哥呢？这么想着，陆道当即坐车到镇上给爷爷买了轮椅，电动的，把陆道三个月的工资都搭上了，把爷爷乐得合不拢嘴，这要是在爷爷没犯糊涂之前，一定会问这得多少钱？然后就会逼陆道把这轮椅退了，现在爷爷糊涂了倒好，省了为这等小事争执。

陆道那天还从镇上捎了两瓶习酒回来，毕竟此次回来的主要任务没完成。况且那天梅英主动提出要喝酒，也许酒后好说话，至少可以多套些真心话。

陆道是隔天晚上去的，而且是吃了晚饭后许久才去的，他不想像前天中午那样尴尬，多一个不速之客总是给主人家添麻烦的，虽然跟梅英可以随便，跟梅英爹就不一样了。

梅英爹去村里老人会听南音去了，家里只有梅英一个人，似乎很无聊地在翻看着手机，见陆道来，眼里放出一道光，嗔怨道："这么多天了，你都干啥了，现在才来看姐？"

陆道笑道："才隔一天呀！哪有这么多天，我得陪陪我爷爷呵！"

林梅英拉着陆道坐到客厅沙发上说："姐跟你开玩笑啦！说吧，今天想喝什么酒，吃什么菜，姐给你去做。"

林梅英自然也没忘了要和陆道喝酒的约定，她直接把她老爹埋在地下室酒窖里多年的女儿红开了。梅英爹肯定不会怪女儿，从小都是宠着、惯着，在女儿面前，好像他倒成了儿子似的，只是他后来好生奇怪，梅英从来都没主动喝酒，怎么会开了那坛多年的女儿红呢？

陆道笑笑说："我吃过了呀，不过，你要喝酒，我倒真从镇上带了两瓶习酒，你若不喝，就给叔喝。"

林梅英又嗔道:"你呀,别又好心办坏事了,他血压高,平时我都不让他喝,你还……"

陆道惊讶插道:"不会吧?前天他还要开茅台,怎么?"

林梅英说:"老人家的毛病,常态。他见到有人来陪他喝酒找到理由,当然高兴,当然他也舍不得他那瓶珍藏多年的茅台,嘻嘻!今天我把他酒窖里的女儿红开了,他肯定也会舍不得,但他不会说啥的,我们今晚把它们干掉,如何?"

陆道瞪大眼:"这一坛?你有没有搞错?这起码十斤吧?"

林梅英满不在乎地说:"应该是十五斤,管它呢,喝多少算多少,也可以明天再喝。"

陆道偷偷皱着眉说:"这女儿红是娘们喝的,我还是喝这硬酒吧!"

林梅英"哼"一声道:"是你不敢碰吧?这酒秋后算账,厉害着呐!要不你白酒,我红酒,我二比一对你如何?"

陆道瞄一眼那酒坛,没有发现有任何标识,只知道红酒类度数肯定要比白酒低。但对梅英的挑战也不甘示弱,因为他从未见过梅英很放开地喝酒,别说小时候他们在一起玩没酒喝,以前和辜一天、林梅英在一起吃饭从来她都是象征性地喝点,看不出她有什么好酒量,因此他爽快地答应了。

林梅英没有去炒菜,只是大包小包地开了一桌子吃的,足见她已精心准备了。

陆道只是当时嘴硬,习酒的度数是女儿红的三四倍,陆道只喝了半瓶多就已晕头转向,而林梅英确实也没偷懒,倒出来的一扎女儿红已经见底了,但仍然跟没喝一样。比例不公平不说,陆道本身酒量不及林梅英是肯定的,原本陆道想乘着酒兴跟林梅英说点啥,竟然现在舌头打短想说却说不出来。林梅英帮陆道泡了杯浓茶,笑道:"小样,敢跟姐拼酒量,本来想跟你倒过来交换喝,看来你也不行了,先喝点茶。"

陆道眯眼看着林梅英:"你……赖皮!这不……公平……"话未说落,就"哇"的一声吐了自己满身都是,然后就趴在桌上,在迷迷糊糊中睡去。

林梅英平时很厌恶呕吐物,但发生在陆道身上,似乎厌恶减去一半,甚至更多。她端了一盆热水,除去陆道的外衣,耐心地为陆道擦洗一遍,还强行灌了陆道几口茶,然后扶陆道到自己的床上躺下,陆道此时完全任由林梅英摆布,几乎失忆了。

林梅英似乎觉得陆道此时的样子最可爱,也许这才是陆道最本真的一面。这么多年过去了,在她眼里一直像弟弟的陆道,经过社会的淘洗,有些是在官场上熏陶,多了些世故,添了些成熟,有让她欣慰的一面,也有让她失落的一面,有时候觉得找不到陆道当年的影子了。

小时候，他们在一起玩踢毽子、扔纸飞机，在海边拾贝壳、钓鱼虾，都历历在目。那时候，陆道纯真、活泼、热情，还很义气，梅英拾的贝类，或钓的鱼虾少了，陆道会从自己的鱼篓里抓一把给梅英，仿佛他是哥哥，理应照顾小妹妹似的，梅英心里总是暖暖的。其实，更多的时候，是梅英照顾这个弟弟的。梅英家境好，老爹又是当支书的，家里东西多，就常常从家里带好吃的给陆道，也常常偷偷塞给陆道几元的零花钱。他们俩好的真像亲姐弟，可谁都没想象他们将来成为一对，包括他们自己。毕竟梅英比陆道大了两岁，看起来比陆道还高了一个头，最关键的是陆道后来到镇里上中学住校了，辜一天和林梅英则每天结伴骑车上学。

林梅英守在陆道身边看他酣睡的样子，似乎有那么一丝甜蜜，至少想起她和陆道的往事是美好的，有时候也会觉得对这个弟弟感情的超越感到心惊肉跳，虽然一再告诫自己不可胡思乱想，但仍会难以节制地浮上心头。

约莫十一点时分，陆道的手机响了，梅英怕铃声吵醒了陆道，就从陆道口袋里掏出手机一看，却是辜一天打来的，出于一种想报复的心理，林梅英接起了电话："你好！你找陆道呀？他正躺在我床上睡觉呢！"

辜一天："你是梅英？你们在一起？我知道你在开玩笑。"

林梅英忍住心中的笑，装着认真严肃地说道："谁跟你开玩笑，我发个照片给你看。"

辜一天看完手机上的照片，简直疯了，他不断地挂着陆道的电话，林梅英就是不接，挂了好几遍，她更是恶狠狠地掐断电话，心中涌起一阵报复后的快感，此时，她完全没想到此举给陆道带来的伤害。

陆道直至第二天上午八点多才醒来，见梅英披衣歪在沙发上，发着轻微的鼾声，就轻声下床，想穿衣走人。想想不妥，给梅英留个纸条吧，他正四处找笔时，梅英醒了，他尴尬地笑笑："昨晚喝大了，不好意思。"

林梅英满脸倦容，显然昨晚睡得不好，她大大地打个哈欠，伸伸懒腰说："没啥，人人都有喝多的时候，只是你兄弟昨晚不断来电，被我掐了好几回了，友情提醒你，看是否要回。"

陆道拿起枕边的电话，打开一看，二十三个未接电话全是辜一天的，然后装作很放松的样子说道："你看一天这小子也着急了，一定是想打听我跟你谈得怎么样了。"

林梅英不屑地撇撇嘴："我告诉他，别再做梦了。"

陆道惊异道:"你们昨晚通话了?你没说我……我在你这喝醉的情况吧?"

林梅英若无其事地摊摊手:"说啦!我说你醉在我的床上,他不相信,我就发照片给他看了,用你手机拍的,也是用你手机发的。"

陆道看完手机上的照片似乎被激怒了:"你怎么可以……怎么可以这样呢?你……你这是出卖了我。"

林梅英仍然淡淡地笑笑:"我只是说了实话,做了实事。况且,我们之间坦坦荡荡,又没做见不得人的事,不像有些人做了亏心事,还要装正人君子样。"

陆道当然知道林梅英在发泄愤怒,可是自己莫名其妙地卷入其中,辜一天肯定误会了,现在怎么解释?解释得清楚吗?

林梅英见陆道沮丧懊恼的样子,就过来拍拍陆道的肩膀,安慰道:"我就是气气他,你放心,他不会跟你反目的,他敢?况且,他知道我是你姐。"

林梅英说这话,陆道相信,现在林梅英对辜一天是君臣关系,君说东,臣不敢西。他和梅英像姐弟关系,辜一天也知道,只是能否让辜一天完全消除误会,他心中没底,不管怎样,都得跟辜一天回个话。

陆道一遍又一遍耐心拨着,可电话那头传来的依然是"你所拨打的电话暂时无人接听,请稍后再拨。"估计,辜一天昨晚一夜未睡,现在仍在酣睡中,陆道心中就是想我也拨他二十三遍,他若不接,可以扯平了。

聪明的林梅英知道陆道的心思,就调侃道:"既然没人接,你一直打有何用?哦,你大概是想用这种方式和他扯平的意思,那你也不用每一次都等到对方无人接听的信息,每一次响一声就好了,对方手机依然会记录你拨打的次数。"

陆道瞥一眼林梅英,似乎在问,你常用这种方式,讹辜一天吧?他觉得现在的林梅英心计复杂多了,先前单纯的林梅英似乎找不到影子了。

陆道起身想走,林梅英冷冷说道:"你不等等他的回话?"

陆道说:"我手机带着,他回话我随时可以接。"林梅英还是冷冷地瞟一眼,不说话。心里在埋汰陆道,怎么这么木呢?我在的场合,你不必费那么多口舌,不会有那么大的压力。但林梅英见陆道没明白她的意思,就不想多说。

果然,陆道刚走出林梅英家门不远,辜一天电话就来了,劈头盖脸先骂了一通陆道:"禄到,你他妈的还是兄弟吗?你连禽兽都不如,让你帮我当说客,你居然说到人家床上去了,你不怕遭天谴,遭雷劈?你……"

陆道根本听不下去辜一天后面骂的话,辜一天也不容陆道解释,陆道干脆把手机放在村口小公园的石桌上,顺势坐在石凳上,任由辜一天骂去。

陆道待辜一天骂累了,声音小点后,才平静地回话道:"一天,我知道你一定误解了，这事可能只有梅英能说清了，昨晚我真醉了。"

辜一天依然咆哮道："你还想说啥？有什么好说的？有图有真相，亏你们也会做得出来，我呸！我真想撕了你……"

陆道只好等辜一天的再一次停歇和稍稍冷静，再平和地对辜一天说道："你是否想过，林梅英为什么要主动发图片给你？她这是故意在气你，报复你！想气你，他会想气你，说明还在意你，你咋就不明白呢？"

辜一天愣怔一会儿，但仍然气呼呼地嚷嚷道："在意我？在意我还和你上床？"

陆道几近声嘶力竭地喊道："我哪有啊？天！我喝醉了，我啥也不知道。"

辜一天也喊道："你解释啥？你光着身子躺她床上，还有什么好解释。"

陆道一时语塞，只能很无奈地嚷道："我说过，我喝醉了，我啥也不知道，喂！喂！……"

辜一天已经把电话挂断了，陆道懊恼地跺跺脚，不禁有点恨起林梅英，她怎能这么做呢！

陆道第二天回到下阳村时，似乎有点不好意思再见到柳海生和吴东东他们了，自己一番好意却弄成现在这样尴尬的结果。辜一天现在怎么还会为他们设计产品样式？而出现的问题又怎么跟他们解释？陆道闷头想了一晚，觉得还是要找林梅英，解铃还须系铃人，只有她能说得清眼前的尴尬，尽管陆道对林梅英心中还是有些怨气，但还是忍着给林梅英挂电话，可梅英怎么都不接，陆道懊恼地把手机扔到床上，把自己整个身体也重重地扔到床上，晚饭也不吃，迷糊中睡着了。

陆道做了个梦，梦中自己和林梅英在海边捡着贝壳嬉戏着，突然辜一天出现在他们面前，辜一天捡起一块石头，恶狠狠地向他砸来，林梅英见状赶紧冲上前挡在陆道跟前，而辜一天的石块已经砸在了林梅英的头上，顿时，林梅英血流如注，瘫软在陆道怀里，陆道大声惊呼道："梅英，梅英……"醒来时却见银花站在门口，羞怯地问道："陆书记，你怎么啦？是生病了吗？我见你晚上没来吃饭，就把饭给你送来了，看你门没关，我能进来吗？"

陆道难为情地笑笑："不好意思，刚才不知不觉睡着了，让你笑话了，快请进！你瞧我这乱的，这边坐。"

银花说："你先吃饭吧，我帮你收拾收拾。"

陆道咧咧嘴："那怎好意思？还是我自己来吧！"

银花麻利地边收拾，边回道："干这事女人在行，你一个人在这没人照顾，真够可怜的。你也别跟我客气，既然都在我那吃饭了，我顺带帮你收拾收拾，洗洗啥，也没关系吧？这衣服要洗了吗？那我带走了，你吃饭吧，我明天再过来拿碗筷，顺便把洗好的衣服给你带来。"整个过程银花只顾说着，做着，陆道连插话的机会也没有，直至银花走到门口，陆道似乎才醒过来。

　　陆道扒了几口饭，觉得没胃口，就又坐在床上，生着闷气，这林梅英怎么这样啊？似乎与过去自己所认识的林梅英变了个样。可想着刚才的梦，就又觉得梅英又挺向着自己，想想不甘愿，还是给林梅英挂了电话，虽然响了好久，这回林梅英终于接了，但还是很冷漠的声音："怎么啦？是不是辜一天找你算账了？哈哈，你们俩都活该！"

　　陆道吼道："林梅英，你怎么这样啊？你陷我于不明不白，不仁不义中，你还在幸灾乐祸？你到底啥意思啊？"

　　林梅英仍然冷笑着："我就是要气他，报复他，谁叫你来当什么说客？送上门的炮仗不点白不点，这下终于点着了，哈哈！"

　　陆道还在吼："你把我当炮仗？你点着了还不烧死我？你这个缺德鬼！我现在跳进黄河也洗不清了。"

　　林梅英终于软下来了："放心，能有什么事啊？他如果真的还在意我，就不应该为这小事纠缠不清，你们俩是兄弟，他应该相信你才对。"

　　陆道吼得更凶了："他相信我？你都不知道，他刚才在电话里都想把我劈了。"

　　林梅英迟疑一会儿，说道："他如果还会来找我，我就会解释得清楚，如果不找我，那只能委屈你永远背这黑锅了，哈哈！"

　　陆道："你……"他正想措个什么词骂林梅英，对方已把电话挂断了。

　　陆道还在气恼着，万一辜一天这小子，脑袋打铁，真不找林梅英了，或者林梅英解释不通了，自己岂不要一辈子背负这个冤枉债？想想他觉得应该启发辜一天这傻小子主动跟林梅英联系。不过现在打电话肯定找骂，辜一天正在气头上。他也相信林梅英能解释通这个误会。因此，他想迟点给辜一天发个信息吧！这样想着，不知不觉心里又舒坦些，也觉得银花做的饭菜好吃了。然后简单洗漱完，又上床沉沉睡去，每次大醉后，他总要睡上一天一夜才能恢复。

　　半夜时分，陆道隐约听到手机铃声响，迷迷糊糊中他就随手把电话掐了，塞进被窝中，任由它响。第二天醒来才发现有十二个未接电话，全是辜一天打来的。还有一条短信："兄弟，昨晚打了十几个电话你也没接，是不是你生气了？

昨天的事是我误解你们了，刚才梅英跟我解释了，是我小心眼，你别在意啊！其实，我也知道你的为人，不可能在我们中间横插一杠，梅英是在故意气我，才演这么一出的，也是我自己浑，不该辜负梅英。虽然她跟我解释了事情的缘由，但并不代表她已经原谅了我。你知道，我跟梅英这么多年风风雨雨过来挺不容易，我理当珍惜，我真的放不下这段感情。因此，希望兄弟你继续帮我劝劝梅英，我认错，也认罚。至于你交代的设计的事，要什么？什么时候要？随时吩咐。一天拜托！"陆道看完短信心中终于放下一块石头，然后又有一丝莫名的失落。喜的是，毕竟这心结打开了，自己不必再背负着这沉重的枷锁。但他似乎也理不清他跟梅英到底是什么样的情感，是姐弟情吧，梅英跟一天在一起，自己当高兴，当祝福，怎么会有酸涩的感觉呢？咳！反正这场林梅英导演的恶作剧，已经谢幕了，与自己无关，想啥呢？好在辜一天还愿意为柳海生他们设计作品，也算自己没为这件事瞎忙。

　　陆道第二天醒来后，简单收拾一下昨晚的碗筷，正想去银花那吃早餐，隔壁房间的电话铃声响了。这电话是装在柳海生办公室，原先柳海生是说过要把电话移到陆道房间的，当时陆道认为现在大家都用手机了，固定电话无所谓，就不必再麻烦了，谁知这电话还是忽视不得的，陆道正要开门进去接，电话又停了，那是一部老旧的话机，没有来电显示功能。陆道只好关门，刚要上锁，电话又响了，抓起电话听了一阵，才知是镇计生办打来的，说是上午将有计划生育专业队的五个队员要来下阳村抓几个结扎对象，请村里配合，并要在村里用午餐，请他们妥善安排。电话里还埋怨一通说下阳村计划生育宣传做得很不够，村里显要位置没有计划生育宣传标语，要知道这是"国策"，是红线……陆道听不清这女的后面还说了什么，只是觉得这女的口气很大，应该是什么官太太吧！他也只好应承做好相关工作，可又不知以往这事咋办？

　　陆道打电话给柳海生询问，柳海生说："我也不知咋办，村里没有钱，怎么招待？还有以往刷标语的钱还欠几千块，我个人已经垫付了好多数不清的小钱，书记，我真不知道该咋办了。"

　　陆道懊恼地挂断电话，还不如不问，问了反倒添堵，难道这典型的"空壳村"真给自己遇上了？

　　柳海生似乎感觉到陆道的不快，赶紧来村部，一脸尴尬地问陆道该咋办？

　　陆道说："该咋办就咋办，饭总要安排人家吃，就安排在银花店里，四菜一汤，饭钱我出，现在该我垫了。"

　　柳海生嗫嚅着说："村口那堵老墙原先是要准备刷计划生育标语的，谁知让新农办抢先占了。"

陆道不解问道:"什么'新农办'?"

柳海生说:"这个机构的全称是'海昌县平山镇新农村建设领导小组办公室',与乡建站合署办公,一套人马,两块牌子,虽说是临时机构,据说这个牌子更硬,因为这领导小组的组长是书记亲自挂帅,分管这项工作的副书记又兼着'新农办'主任,所以到哪个村,哪个村委会都好使。你看我们村口那堵墙上标语'加快社会主义新农村建设步伐,提前实现小康目标',就是他们强行刷上去的,然后那广告公司的人拿着发票找村里要钱,不给钱就死缠烂打,最后还是从我们那抱走五尊的漆线雕抵债才了事。对了,当时'新农办'的人,甚至说希望我们整个村迁移至大布岚自然村,他们认为我们这里是不适合人居住的地方。但整体迁移上面只补助很少的一部分,这村本部四百多户,两千多人口,怎么迁?当时还要我们做方案,我没做,也做不来,做那个狗屁方案有意义吗?他们这些人来吃饭,也常是自己在银花店里吃完签个字就走人,村部至今也没钱给银花结账,所以……所以,我估计……银花不一定肯接单。"

陆道说:"以前欠的以后找机会解决吧,这次的,我自己结账。对了,刚才镇计生办那个女的叫啥?口气好粗,是什么官太太吧?"

柳海生思索片刻回道:"哦,你说的那个人大概是陈红妹吧?什么官太太,她老公是个地道的农民,老实巴交的被她欺负了一辈子。她就是那种泼辣女,火辣起来镇长也敢骂,但计划生育任务完成的好,或许还有一点点姿色,天知道她怎么被提拔到计生办主任的位置。这个人来了你可要小心点了,她一不高兴就会骂你个狗血淋头的。"

陆道笑笑:"她要骂就骂吧,我当看戏。"

柳海生说:"没那么简单,这女人怪了,她骂你,你还不能不理会了,否则,她会一直纠缠下去,书记,我可是有言在先,她如果等下会来,我可不陪吃饭。"

陆道看柳海生那害怕样,觉得有些可笑,便调侃道:"你不会是被她抓了什么把柄吧?至于害怕到那程度?"

柳海生嘟囔起嘴:"我有什么把柄被她抓的?我生两个女儿,对我们这种身份的人完全符合政策。虽然……虽然,我老娘一直希望我们再生个男的,可我们毕竟没生啊!"

陆道哈哈笑道:"看来你就是有这个想法,所以人家盯上你了,好吧,你不来就不来,我还省了你一个人的饭钱。"

临近中午时陈红妹率领几个计划生育专业队员来了,尽管柳海生跟陆道打过预防针，但陈红妹的做派还是让陆道吃惊不小，她先是指责为何下阳村计划生育的标语没有在显要位置体现？固定标语数量不足，四个严重超生的对象村委会没有负起监管责任……最后竟然责问："你们村主要领导怎么没来？柳海生躲哪去了？居然派你这个小毛孩来应付我们。"

陆道当时气得想离开，不再理这个泼妇式的计生办主任，想想自己初来乍到，不要跟镇里的人搞僵了关系，只好一个劲儿地检讨自己工作没做到位，一定改正，努力弥补。哪知陈红妹并不买账，一个劲儿地嚷道："叫柳海生来，怎么每次我来，他都要躲。"陆道为柳海生打了埋伏："呀！不巧，柳海生出差了。"陈红妹还想继续发作，有个计划生育专业队员附在陈红妹耳边耳语一阵，陈红妹这才换下一副笑脸，对陆道赔笑道："你就是新来的陆书记呀？抱歉！抱歉！怪我孤陋寡闻。不过，这柳海生也太不像话了，每次对我们布置的工作总是推三拖四的。陆书记，你可要批评批评他，这样我们怎么抓工作落实啊！"

陆道真没想到这个计生办主任的官腔这么重，真是越到基层，小鬼难缠。他一边敷衍着陈红妹，说一定按领导意见办，一边在想柳海生不愿意干这九品小小芝麻官的原因，原来基层干部有这么多苦衷呀！

陆道随即陪着他们到四个他们所说的工作对象家，这些专业队员已经熟门熟道，反倒是他们带着陆道走，可没有一个对象有在家，陈红妹又开始发飙了："怎么回事啊？是不是谁又通报消息了？我们来了几趟都扑空了，就你们下阳村堡垒户特别多。"

陆道解释说："这个村大多人都出外打工了，你不看那锁都有些生锈了，说明不是最近刚走的。"

陈红妹看看确实也不像是人刚走的样儿，就挥挥手说："吃饭去。"

陆道赶紧到边上打电话给银花，询问饭是否已准备好，岂知银花没好气地回道："没准备，想吃饭先把以前的账结了。"陆道这下头皮发麻了，如果饭都没得吃，岂不被陈红妹吞了？今天怎么啦？大家都像吃了枪药似的。他赶紧哄着银花："你赶紧帮我煮六碗面，还要加两个蛋，我保证现金给你结，至于从前的账我也一定想办法给你。"银花没表态就把电话挂了。陆道磨蹭着，过了二十来分钟才把陈红妹他们带到银花店里，所幸银花真的煮好了面，陆道赔笑道："不好意思，山里临时买不到菜，只好委屈大家吃面了。"

送走陈红妹他们，陆道虽然舒一口气，但心里直觉得憋屈，这支部书记当得真是窝囊透了，不能再继续过这空壳村的日子了。眼前总要想办法要点钱过日子，最简单、最有效的办法当然是向"娘家"要。陆道原本不想这么早走这一步棋，一是自己刚来就伸手要，二是想将来要有大项目再向娘家开口要，而不是现在这样小打小闹，可眼前日子过不下去了。

陆道到村里仅一个多星期就回到厅里，处里的老大哥、老大姐们一见到他就打趣说，才去一个星期就吃不消啦，吃不了农村苦了吧？是不是遇到什么难题了？陆道在这处里还是个小弟弟，知道他们关心自己，就吐苦道："是过不下去啦，老哥老姐们快帮我想想办法，那是典型的空壳村，没有一分钱咋过日子？"

郭副处长说："我们是有专项资金，可也不能给你过日子呀！你必须要有项目，才有我们专项补助资金的渠道，你还没去看老大姐？"陆道尴尬回道："还没。"他当然知道郭副处长指谁。

陆道来到隔壁办公室俏皮地喊一声："报告！"老大姐摘下老花镜笑道："听到你的声音，隔壁好热闹，正想忙完手上事情去看你，怎么啦？待不住了？去几天就回来了。"

陆道捋捋头皮："日子过不下去了，就到娘家求助了。"

老大姐和蔼笑道："说来听听，不过，你可别寄太大希望呵。"

陆道装着一副苦脸道："村里没一分钱，我当什么第一书记？连刷标语、电费、话费，甚至请上面来人吃个便餐，都要自己掏腰包，这日子咋过？大姐，快帮我想想办法。"

老大姐依然眯着眼笑道："你要这日常开支的钱，我可没办法给你解决，就算我个人赞助你一点，可那也是胡椒面，解决不了大问题。这样，我给你支个招，你先去找刘副厅长，你下去时不是他找你谈话的吗？向他要个三五万慰问金应该没问题，你先克服，过一段穷日子。要争取到我们的专项资金，一定要有项目，这个你自己在这待这么长时间自然也知道。我想说的意思，你们一定要有自身造血功能，不能一味地只是靠要钱，你们狠狈不说，也没有成就感，你们那不是靠海吗？怎么发展不了养殖项目？"

陆道说："我们那村靠海不假，登高处也能望见海，可真要到海边弯弯绕也得走好半天。关键是仅有的一片滩涂，养殖收效甚微，每年台风一来，都被刮得无影无踪。我们那倒是有清澈的山泉，可以试试淡水养殖，只是那水温较低，鱼类生长期就长，效益就不高，而且交通不便，运输也是大问题呀！"

老大姐沉默一阵，然后若有所思说道："人们会选择在那生存，总有优势的一面，想想看，有什么可以吸引人的地方，你先去找宋副厅长，先解决你们的过日子问题。"

陆道去找刘副厅长时，他正在办公室召集分管部门开会，犹豫着是否等他。实际上他也怕见他，毕竟自己才去了一个多星期，怕领导误会自己是逃兵。陆道正转身准备离开，可没想到刘副厅长主动叫住了他："小陆，进来，我们马上结束了。"

陆道胆怯地在沙发上坐下，结巴说道："刘厅，我……我想给您汇报一下……"

刘副厅长看陆道那表情，不禁觉得好笑，他给陆道倒杯水，笑道："别那么紧张，我知道你现在回来肯定是遇到难题了，说说看。"

陆道虽然感到刘副厅长的和蔼给了自己一些安慰，可开口要钱总还是觉得难以启齿，良久才吞吐道："刘厅，我……我去之前……虽然心里有所准备，但没想到会这么难，村里没一分钱，怎么开展工作？因此……我想……"

刘副厅长笑笑："我一猜就知道，你就是回来要钱的，你那个村我知道些情况，当年我在海昌工作时，那就是典型的贫困村。这样，你打个报告，先给你们一些慰问款是可以的，但这不是长久之计，长期靠这种等、靠、要，不是我们党往基层派干部的初衷，一定要想方设法让老百姓富起来，多为村里办些实事。当然，在这过程中锻炼了自己，锻炼了我们的年轻干部，小陆，你是好苗子，可不要辜负了组织对你的期望呵。"

陆道不断点头称是，然后掏出早已准备好的报告，讪笑道："厅长您的话我都记住了，这报告……您看……"

刘副厅长拍拍陆道的肩膀："你小子，原来早有预谋呀？"

从刘副厅长办公室出来，陆道心情开朗起来，本想和处里的同事，或者找几个同学晚上好好聚聚，但转念一想，会不会给人感觉自己是在逃避乡下艰苦生活？还是回去吧！

山村的夜晚寂寥而漫长，九点多就仿佛已经深夜了。陆道骑着柳海生的摩托进入村庄时，发动机的声音惊醒了村子所有狗的一阵狂吠，像是列队奏响欢迎曲。从这到省城不过两百多公里，但一天赶个来回，却让陆道疲惫不堪，但陆道又兴奋的没有睡意，简单泡碗面，然后在笔记本上不断涂鸦着，一边想着老大姐说的话，下阳村优势的一面在哪？用什么吸引人家来投资？靠海，避开台风，山涧水质优良，如果搞工厂化养殖，似有优势，可交通呢？谁也不愿意在交通不便之地办什么工厂。如果把二者结合起来，利用下阳村的优势，吸引人家来投资，让他们自己解决交通问题，岂不两全其美？但这步棋要走下去难度极大。如今大家都在抢客商来投资，交通便利之处竞争已经很激烈，谁又愿意把钱投到偏僻之处,还要附加修路?不行,得有附加优惠条件,土地零租金?多少年?意向投资者?陆道不断在本子上画着,不知不觉迎来了下阳村的第一声鸡叫,陆道这才感到头昏脑涨,随手丢掉笔,鞋子都没脱,就把自己扔在床上沉沉地睡去。

陆道第二天醒来时,太阳已照在脸上,宿舍的窗户没有窗帘,只是糊了几张旧报纸,风吹雨淋早已破败不堪。陆道揉揉眼,突然想起柳海生说今天要用摩托车送货。他顾不得洗漱,赶紧骑上摩托往柳海生家赶,却见柳海生已经走在去村部的路上。陆道歉意地笑笑:"昨晚回来太迟怕影响你休息,所以没把车送过来,没耽误你吧?"

柳海生说:"没有没有,我已经叫东东去送了。我是想过来跟你商量,今天镇新农办的人又要来了。他们的意思还是要我们整体搬迁至山下的大布岚自然村,每户除了免费给一块宅基地外,还补助四千元的搬家费。他们要我们组织干部入户调查,征询意见。这事咋办?"

陆道问:"除了免费提供宅基地,建房不补助吗?"

柳海生撇撇嘴:"补个球。要我说新农办那些人真是大白天说梦话,不需要入户调查,老百姓肯定不干的。你想呀,这里的老百姓本身就穷,根本出不起建房的钱,还有这村本部四百多户,两千多人口,全部到大布岚村吃什么?喝什么?大布岚哪有这么多耕地?"

陆道说:"来了总要接待,我们据理说我们的理由。"

柳海生撇撇嘴:"没钱拿什么接待?这些人烦死了。"

陆道笑笑:"面包会有的,我们过日子的钱也会有的,你现在有空吗?我们找个能看海的地方,然后商议些事吧。"

柳海生调侃道:"书记还有这雅兴?那我带你去猫儿峰吧,不远,但要爬一小段山。"

其实也就是一小段山坡,不到十分钟就到。清晨的猫儿峰,空气中透着淡淡的海风吹来的咸味,有一层薄雾,但依然看得清波澜壮阔的海面,陆道顿觉心旷神怡,他问柳海生:"你估计从这到海有多远?"

柳海生疑惑地看着陆道,仿佛在问,你问这干嘛?但思忖一下还是回答陆道:"直线距离应该不到一千米,但如果真正到海边,可能要绕上一两个小时。"

陆道若有所思喃喃低语:"这么好的风水宝地干嘛要搬呢?"

柳海生还是听到了陆道的自言自语,用很期盼的表情问陆道:"书记有什么想法?"

陆道问:"海生,你觉得我们村有什么优势?"

柳海生思索片刻:"山清水秀,空气清新呗!"

陆道笑笑:"这能当饭吃?没说到要点上。"

柳海生挢挢头皮:"还有就是老辈人说的,我们这风水好,台风不敢大肆侵犯我们。"

陆道点点头:"对,这才是我们的真正优势。你看,我们这下面也有一片滩涂,为什么没人搞养殖?就是怕台风一来被席卷而光。再看我们脚下这片地,叫什么来着?哦,赤尾坪,大部分是荒芜的地,有些耕地的主人大概也出去打工了,不种地了,如果我们在这搞个大型养殖工厂,山上的山泉水引来搞淡水养殖,山底下海水抽上来搞海水养殖,就不怕找不到我们的生路了。"

柳海生惊异地看着陆道:"书记,你不会也是白天说梦话吧?在我们这山沟沟里,谁愿意来投资办厂?前些年,有些客商想把我们的柚子推到山外,也被我们的交通吓坏了。"

陆道故意刺激柳海生:"那你的意思是同意搬迁了?"

柳海生急了:"我哪有说同意搬迁了?可我说的没人来投资办厂也是事实。"

陆道拍拍柳海生的肩膀:"既然大家都不愿意搬,那我们就要想方设法改变这个落后的面貌,改善这里交通闭塞状况。"

柳海生嘟囔着嘴:"说的容易。"

陆道没理会柳海生的小情绪,只是问他:"你明天是否有空?陪我去考察几个企业。"

柳海生直接回绝:"明天轮到我送货,是真没空了。"

陆道不再勉强,事实上他也觉得柳海生去也意义不大,只是觉得自己应该跟他通个气。他知道现在跟柳海生解释再多也无益,等自己做出方案,并且得到实施后,柳海生才会相信。

临近中午时分镇新农办来了三个人,刚到村部就不停地埋怨,这是人居住的地方吗?昨晚下了场雨,他们的边三轮摩托差点滑到沟里了,这鬼地方赶快搬迁吧!

陆道待他们埋怨够了,才微笑说道:"各位运气不好,我也是昨晚才回村的,但我是在上半夜,所以没遇到什么雨,我们这交通确实不便,给各位添麻烦了,我看大家一路辛苦,还是先去吃饭吧,我们边吃边聊。"

现在,陆道学乖了,镇里来人,一律都是煮碗面,加两个蛋,简单实惠,反正个人也承担得起。这几个人对这倒没啥挑剔,只是要陆道对下阳村的搬迁计划表态时，陆道真不知该咋说，虽然早上刚跟柳海生沟通过，可毕竟手上没有入户调查的详实数据，单凭自己口头说，老百姓不愿意搬迁是没有说服力的。于是，他似乎很诚恳地对新农办的人说："这样，我们一起到几个老百姓家，实地问问他们对搬迁的看法，也好让你们掌握第一手的资料。"

带队的小肖说："我们先前发给你们的入户调查表格呢？就你们没报，所以我们今天才又来催。唉！就你们下阳村工作最难了，工作任务又重，而且你们好像抵触情绪挺大的。要知道，我们这是为你们这里的老百姓造福啊！怎么这么不理解呢？"

陆道假意附和道："谁说不是呢？只是要整个村搬迁，这么浩大的工程，不是一时半会儿就能解决的。再说，老百姓祖祖辈辈在这生活惯了，故土难离呀！因此工作有些阻力，想必你们也会理解吧？"

小肖他们不言语，显然对柳海生他们前段工作，意见很大，难怪今天柳海生找借口不来。不过，陆道想想也深切理解柳海生，村两委的工作只有柳海生一个人顶着，没有一个两委成员帮他一把，村里又没一分钱，能怪他吗？

陆道陪他们到村东头的一户人家，家里只有一对老夫妻。陆道说明来意后，他们漠然地不做任何反应。老大爷正在编着一个竹篮子，见他们来，头也不抬，还是老大娘不冷不热地招呼着让坐。

小肖他们也不问，现场气氛就有些尴尬。陆道只好硬着头皮问老大娘："老人家，假如让你们把家搬到大布岚自然村去，你们愿意吗？"

老大娘冷漠问道："搬到大布岚去？搬那去干嘛？我们住哪儿？"

陆道看一眼小肖，看得出小肖满脸的不悦。知道柳海生他们根本就没有进行过入户宣传，老百姓甚至不知道新农村建设的事。这让陆道更显尴尬。他都不知道后面的话怎么问下去。

还是老大娘给陆道解了围："其实呢，我也听说过，要我们搬家，可说的容易，你们政府就出个宅基地，叫我们咋搬呀？我儿子儿媳在外打工，一年也挣不了几个子儿，盖一栋房子哪是那么容易的事？再说了，我们到大布岚去，将来吃啥？喝啥？"

小肖插嘴道："不是每户还补助四千元吗？"

一直沉默不语的老大爷终于说话了："小伙子，你有听说过四千元盖一栋房子的吗？我们这山村是穷点、落后点，交通也不便利，可我们在这生活了大半辈子，你说搬就搬呐？"

小肖一时无语。老大爷继续说道："我奉劝你们呀，不要再搞什么入户调查了,我敢保证百分之八九十的人是不会同意搬到大布岚的,信不信由你们。"

现场再一次尴尬。陆道只好对小肖他们说:"我看这样,你们和我都到村部商议一下,看下一步怎么走,如何?"小肖点头答应。

村部有个小会议室,但平时是没人搞卫生的。陆道手忙脚乱用抹布擦了几个位子,却又发现没有水,又想张罗着去烧水。小肖笑道:"陆书记,你别忙了,我们都习惯了,来下阳村今天还能喝上一口热面汤,这得感谢你!其实我们也理解你们的难处,只是上面催得紧,我们不得不催你们。要知道,今年下达给我们镇里的两百八十万新农村建设经费,我们下阳村的计划不报上去,这笔钱就泡汤了。"

陆道放下水壶,歉意笑笑:"我也同样理解你们的工作难处。但我想,我们能不能换一种思维方式,既然村民们都不愿意搬,为什么一定要勉强他们搬?你们对这村的定性,是交通不便,贫穷落后,是不宜人居之地,那我们为什么不可以把它变成交通便利,百姓富裕的宜居之地呢?难道改变这里贫穷落后的办法只有搬迁这一条路吗?如果你们是为了那两百八十万的经费,我就爱莫能助了。"

小肖望着陆道:"难道陆书记已有改变这山村落后面貌的宏图大略?"

陆道谦笑道:"不敢,哪有什么宏图大略?我刚来,有些情况还不了解,但我觉得我来这的使命,不是来帮助下阳村搬迁的,我希望能实实在在为下阳村做点事,请给我点时间。"

小肖说:"如果你能说服分管我们的吴副书记,甚至张书记,那我们好说。"

陆道愣了一下,问道:"就是……就是那个……好像脖子有点短的那个吴副书记?哦,对不起!我不是刻意揭领导的短处,我只是想问清楚是哪个?"

小肖止住笑:"没什么,我们私底下也会偷偷叫吴副为吴脖(无脖)。你说的就是他。"

陆道皱皱眉,他听柳海生说过这个吴副挺难说话的,陆道其实也见过他一次,只是没有太深印象。他问小肖:"非要向他汇报吗?假如我跟张书记汇报呢?"

小肖不明白陆道的用意,疑惑问道:"那不是越级汇报?不过你能说服张书记更好,反正最后拍板也是他。但愿你们有充足的理由不要搬,这个村的工作,我们……也怕了。再见,陆书记。"

送走小肖他们,陆道并没觉得舒口气,这村里的工作千头万绪不知从哪里起,要钱没钱,要人没人,难怪柳海生想撂倒不想干。当务之急,还是把自己设想的方案整出来,他希望自己的设想能得到张书记的支持,如果这方案能实施得了,就可以拯救下阳村。

五、海魁考察之行

　　要说服镇里领导下阳不搬迁，没有一个成熟的方案肯定不行。而现在首先要考虑的是如何改善交通，如何运用下阳的优势，适合办个怎样的工厂，这两个问题能否捆绑一体化考虑让陆道在脑海里苦苦思索着。他是有个初步的想法，他是想利用下阳的优势能办个吸引人的企业，借企业投资者的力量改善下阳的交通状况，当然现在他没有把握去实施这"一箭双雕"的计划，只有计划完善了才有说服人的效果，要想实施这计划，只有找耿丽丽帮助最合适，她不是说过需要她帮忙，可以找她吗？目前情况看，只有办养殖业最合适，一是可以利用下阳免遭台风伤害的优势，二是可以得到养殖业政策性的补助。不管怎样，先出去考察一下，心里才有底。

　　陆道的考察计划是，第一步要知道怎么办厂？有多大效益？因此，先去考察一下相关养殖企业自然是首选。陆道记得在厅里工作时参观过厦门的一家高科技企业——厦门新颖佳生物科技有限公司，他们进行工厂化养殖模式，取得巨大成功，央视七套还给他们做过专题报道一个只有四百多平方米的养殖工厂，规模堪称小巧玲珑，但工厂自动化程度很高，效益也是令人羡煞，年产值竟然高达三百多万元。当然他们主要的效益不是靠养殖，更多是技术性的输出，包括策划方案、设备、技术指导。简单说，卖的是母鸡，而不是鸡蛋。这种超前的运作模式，当时就得到厅领导的高度肯定。陆道从带来的名片册上找到了该公司董事长林升东的电话，表明想去考察的愿望，这个林董事长显然以为陆道还在省海洋与渔业厅工作，有官员来视察，当然高兴。

　　林董事长要派车接陆道，陆道不知是害怕自己现在不在省厅露馅，还是顾虑给林董事长添麻烦，执意不让接，自己骑着电动车到镇里，然后坐班车到县里，再坐动车到厦门，辗转了几路公共汽车到这个位于厦门海沧的厦门新颖佳生物科技有限公司，此时早已经过中午时分了。

　　林升东董事长一直在办公室等着陆道，见陆道来，高兴地引他到会客室，见里面已经坐满了人，陆道有点狐疑地看着林董事长，意思在问这架势，是不是要开什么会？林董事长笑笑解释道："听说你们要来调研，所以我把我们公司各部门负责人都召集来，想听听领导有什么指示。"

这排场让陆道有些尴尬，自己本意是来考察学习的，这架势自己说啥。他赶紧拉着林董事长到门外小声说道："林董，我不是跟您说了，我这次来只是来学习的，哪来什么指示？您这排场让我有些下不来台。"

林董事长说："唉，你就别客气了，要学习，也是听我们汇报的过程中，你先进来，听听各部门的情况汇报。"

陆道只好随林董事长回到会议室，看完公司宣传片，听完生产部经理汇报，已经十二点半了。林董事长建议先用餐，再去参观生产车间，陆道似乎意犹未尽，坚持先去看养殖车间，然后桌面就有话题交流，林董事长就顺他意，领着他参观完整个车间，又不断问这问那，林董事长把身边的一个老外介绍给陆道说："这是我们公司的技术总监华思先生，有些技术参数你可以问他。"

陆道愣了一下，心里有些发毛，自己半桶水的英语水平能和老外沟通吗？虽然念完研究生也过了六级英语，一些简单的会话倒没问题，但学术上的一些专业术语就吃不消了，好在华思先生有配个翻译，他本人也会时不时蹦出一两句中文。氛围还好，但沟通还不是很顺畅。于是，林董事长接过话题说道："陆科长，其实，你想了解的这些基本情况和技术参数，我们公司宣传册上居多都有，我们这个车间实际上只是一个窗口，是我们公司的科技研发基地，我们推向市场的是整体运营方案和技术指导服务，并非仅仅靠这点规模的养殖效益，我们这种养殖模式主要体现高效、节能、环保的理念。你刚才也看到，我们这种工厂化养殖模式要比一般的土塘养殖和网箱养殖效益高七到八倍。这个玻璃钢养殖槽大约能储存四点三顿的海水，但可以养三百五十二公斤的鱼，换一种方式算，我们每立方海水可以养到八十二公斤的鱼，而一般的土塘和网箱只能在十几二十公斤左右，顶多也不会超过五十公斤，这能体现高效吧？其次，我们利用的是循环水，经过我们技术处理，海水一直可以重复利用，而且我们是立体式的养殖，两层，三层，甚至更多层，节约了土地资源，此谓节能；第三，我们这玻璃钢槽的水是高速流动循环的，鱼类粪便和食物残渣都被及时排出，最大限度地保持水质干净和溶氧量充足，我们养殖池一般溶氧量都在百分之八九十，最低也能达到百分之五十五以上，这样鱼类极少生病，也不要施药，这样鱼类肉质就有保证，环境也能保持整洁干净，完全符合环保理念。实际上，我们这种模式的养殖模式优势远不止体现在这几个方面，自然灾害中，台风、赤潮、寒潮等我们都可以有效避免，室外就不行吧？每年冬季，鱼儿遇冷就不进食，自然就影响生长，而我们是一直在二十七度左右的恒温状态下养殖，鱼儿一年四季都在生长，自然效益更高……"

陆道听着林董事长滔滔不绝的介绍，益发感兴趣，不断拿本子记着，然后问了一个让林董事长颇为尴尬的问题，他说："林董，如此说来，你们的推广方案和技术服务应该很有卖点，现在应该取得不错的效益。"

林董事长愣了许久才缓缓说道："难呐！实话说吧，我们做得很艰难，虽然我们一直在努力坚持着，但还是没有取得实质性的突破。"

陆道瞪大眼："为什么？按你刚才说的，如此优势的项目，应该市场很抢手的呀？"

林董事长长叹一声说道："我个人分析，主要有这几个方面的原因，一是观念问题，许多人的心理，希望少投入，快回报，我们这种养殖模式，前期投入是必须的，不是简单挖个塘，放点鱼苗就可以养了。因此，有些人听说要投入这么多，心里就发毛了，殊不知，这些投入会得到几倍的回报。二是政策层面问题，本来养殖应该属于农业项目，但由于实行的是工厂化养殖，没有享受到农业的相关优惠政策，比如，我们现在的用电、用水都是按工业的相关标准收费，当然，实际的远不止这些。也希望陆科长回去后，向厅领导反映下这些实际问题，在政策层面能加大扶持力度。"

陆道尴尬笑笑，只是机械点点头，想想自己现在的本质身份也还是省海洋与渔业厅的干部，也还有机会向厅领导反映这些问题，心里也就释然些。

到公司餐厅时已经一点了。刚到门口就听到里面传出一个愤怒的声音："何方神仙架子这么大啊？让这么多人陪着他饿肚子。"

林董事长显然也听到了这话，进到餐厅，有些尴尬地解释道："这是我们公司销售部经理，也是……也是我的堂妹。"

那女的见到陆道突然兴奋地叫道："哎呀！你是陆科长，你上次来过，你还记得我吗？就是上次给你……给你买衬衫的那个……"

陆道还在回忆中，那女却撅起嘴："真是贵人多忘事，我是林紫涵啦！"

陆道这才想起前年夏初他来时没带雨伞淋了一场雨，一个小女孩后来递了一件衬衫给他，当时人多，他也没顾上换，就随手放在会议室沙发上。后来他收到一条信息，问他衬衫尺寸是否合适，他也不知如何作答，过后就忘了此事。今天猛然提起这事，他才有点隐约印象，但已经很尴尬了。他赶紧又道歉又感谢。席间又满满敬了一杯酒，林紫涵似乎消了怨气。而后一个下午都很热情地带着陆道参观这参观那，而且盛情挽留陆道住一夜。陆道因为要急着赶到下一站考察地点，所以态度坚决地要离开。林紫涵又嘟起嘴不情愿地与陆道告别了。

第二步计划就是要考察市场了。在省海洋渔业厅工作时，曾跟他的处长到过东山的海魁水产品集团。那里需要大量的水产品加工原料，因此他决定马上去一趟东山。他原想先回下阳村，邀柳海生一块去，但他当时就感觉出柳海生吞吞吐吐的，老大不乐意。自己去吧，他最不乐意做勉强他人的事了。

虽然从福清赶到东山不过两百多公里，但因陆道不接受郑董事长专车送，班车还是让陆道费了好长时间，天擦黑了才到达东山的海魁水产集团。陆道对这里半生不熟，只是在厅里工作时跟处长来过一趟，相隔也有一年多时间。但令他没想到的是就这么短短的一年多时间，这里竟发生如此大的变化，原先公司总部周边也就是三四栋房子，现在已经连片发展，一眼望不到头的都是海魁的厂房。在公司总部的边上，也矗立起一座三星级宾馆。陆道掏出手机，想给当年认识的办公室小印打个电话，但转念一想，一年多了，人家还记得我吗？如今，他还是办公室秘书吗？也许人家升官了呢！还是直接去公司总部办公室吧，好歹自己身上还揣着介绍信，不至于显得冒昧。这么想着，正要往公司办公室走去，听到背后有人叫他"陆科长"，这称呼让他有些吃惊，感觉似乎在叫自己，本能回头一看，果然是自己想找的小印。其实陆道参加工作还不足三年，至今也还是个副主任科员，上回小印这么称呼他，他就纠正过，可人家觉得不叫科长，就不知道怎么称呼。要知道他们对省厅来的，其尊重是无以言表的。其实，陆道还真是多虑了，小印怎么可能会不认识自己呢？看当时跟在自己后面的殷勤劲儿，就像清宫奴才伺候主子似的。现在，也许他还认为陆道今天也是代表省厅来检查工作的。他非常热情地接过陆道手上的包，一连串地问道："陆科长，你怎么不打个招呼就来了，早说我该去接你呀！吃饭了吗？我先带你住下吧？"这一连串的问话，陆道都没回答的机会，只是木然点点头，然后，就机械地跟在小印后面，到公司的宾馆住下。他似乎有点难为情地想解释，这次来不是代表厅里检查工作的，想想这事跟小印说也没用，就问小印你们董事长在吗？小印很热情地回答："在，在，我等下就带你去找我们董事长。本来早下班了，只不过我们董事长从来都没准点下班，这时准在办公室。"

因为是内部宾馆，小印显然和宾馆的工作人员很熟悉了，他很麻利地办完陆道的住宿手续，只是当陆道走进房间时，吓了一跳。居然又是个套房。陆道以前在厅里工作出差从来未住过套房，只是前些天在耿丽丽的维多利亚酒店才住过。他很诚恳地对小印说："你的好意，我心领了，但这套间还是免了，因为……总之，咳，我习惯了住标间。"陆道觉得解释不清是自己身份变了，还是报销不了，小印认为陆道真习惯住标间，也没再坚持。因为怕小印等，陆道只是把包放在房间，就赶紧下楼，不知怎么的，他就是不敢告诉小印自己现在是村支书，不是海洋渔业厅的干部，到底怕啥他也说不清。

办公楼就在宾馆隔壁，也看不出多么气派，走过几个并不宽敞的过道，小印就把他带到董事长办公室，与大楼不太相称的是董事长办公室可够高大上的，会议、会客、办公等功能一应俱全，宽敞明亮，布置的也很有品味。只是董事长恰巧不在，陆道还来不及细细品味，就听到背后很洪亮的声音："小陆你好啊，怎么这么久都不见你来啊？你们陈处长还好吧？来，这边坐。怎么事先也不打个招呼，我好派车去接你。"

陆道上次来时就对这位大名鼎鼎的董事长陈振魁先生印象深刻，只是当时他只是个跟班的角色，而且在集团公司待的时间很短，他以为董事长对他印象不深了，不曾想董事长对他如此热情，他原本想直接把来意和身份告诉董事长，可心想董事长会不会是因为他是省厅官员的身份，才如此热情，假如告诉董事长他现在……

陈董并未注意陆道表情的微妙尴尬，依然很热情地向陆道递烟，陆道摆手客气拒绝。陈董也不再客气，兀自抽着烟，很随意地问道："这次来什么公干？有啥好消息吧？"

陆道紧张得不知说啥好，老半天才支支吾吾说道："董事长，不瞒……您说，我这次……我这次不是代表厅里下来的，我现在一个村里挂职当村支书，这次来，主要是想了解一下，和陈董这有没有可合作的项目。"

陈董是见多识广的人物，可不会把内心深处的感觉轻易表露出来，他依然带着笑脸轻松说道："这样啊？年轻人去锻炼一下也好啊，积累点政治资本，为了将来更好地发展嘛！需要我们做些什么？要赞助吗？"

陆道明白陈董显然有些误会了。这年头，有实力、有声望的企业家，被要求赞助的，甚至直接被摊派的，时有发生。假如陆道是省厅的官员，那么陈董可能会希望得到更多层面的政策性扶持。相对而言，基层企业是弱者。陆道现在是代表村里来谈所谓的合作，理所当然被看作弱势群体。陆道也感觉出陈董似乎并不愿与他们村级企业组织谈什么合作，似乎有点碍于情面的一种应付。陆道也没生气，只是笑笑道："谢谢陈董好意！只是我今天不是来拉赞助的。记得我上次来，陈董说过你们的成品、半成品供不应求，只是原材料不足影响了效益，那现在这个问题解决了吗？"

陈董瞪大眼："小伙子记性真好！约束我们发展的瓶颈确实就是原材料不足的问题。我们的产品远销海外几十个国家，最近我们又在德国法兰克福成功上市，我们的厂房设备较几年前扩展了几倍，生产能力确实大幅度提高，可就是原材料跟不上，没办法，刚才我还和营销部人员开会，要他们采取一切有力措施，调动一切积极因素，保证生产资料供应跟上。可话说回来，要他们完全做到也难，因为我们现在生产胃口太大了。我们的成品仓库依然接近零库存状态。这么说吧，我们现在已经是全国第三大水产企业，福建是排首位的，形势很好呀。"

看得出，陈董对海魁发展前景充满自信。但似乎并没把话题引到合作话题上，或者陈董压根没觉得和他们合作有什么意义。陆道觉得该把自己原先的设想向陈董介绍一下，直等到他感觉陈董话说完了，他才谦恭说道："这样，陈董，我把我们村里正在筹划的养殖企业设想，给您汇报一下：我现在挂职的村是个海边的山村，窝在一个山坳里，三面环山。东南方向恰好有一座高山挡着，因此，每年台风对这侵袭相对而言影响较小，我们的祖先正因为躲避台风才到那里定居的。虽然那里交通闭塞，但我发现那里却是个发展海水养殖的圣地，我们村口的葫芦山挡住了来自东南方向的强台风，因此有效避免了强台风给养殖户造成的侵害。从我们村最开阔的赤尾坪到海边的直线距离只有一公里多，只要二至三个扬程便可将海水抽到我们的养殖基地，我觉得在那建个规模化的海水养殖工厂，是很有前途的。"

陈董前面都是微闭着眼睛听，后来突然坐直身子睁大眼睛问道："你刚才说什么来着……在山里办海水养殖工厂？不是养殖场？详细说来听听。"

陆道见陈董来了精神，他也起劲解释道："是这样，我上午刚刚参观了在福清的福建浩远水产开发有限公司，亲眼见识了现代化养殖工厂的规模和效益，深切感受到这种模式的光明前景。我这有从该公司带来的资料，您看看。"

陈董戴起老花镜，很认真地看起来，时不时提问些问题，可许多问题确实是陆道回答不了的，不免有些尴尬，陈董抬起头温和笑笑："没关系，你毕竟不是专业技术人员，可以理解。谢谢你今天给我提供的信息，哪天我也想去看看。"

陆道心又一沉，陈董终究不愿提与他们合作的事，只是说你们办得起来，产品有多少我们就收购多少，并没有意向与陆道他们合作办厂。后来陈董干脆起身解释道："很抱歉，我一会儿还要接见一批外商，晚上就不陪你了，小印，你晚上全权陪同，我先走了。"

陆道本能起身，很机械地送陈董到门口，老半天才醒悟过来，这是在陈董办公室，这是哪跟哪啊？自己反客为主了？小印似乎很习惯这种场面，老练地关灯、关窗等一系列麻利动作，然后很自然又很亲切地挽起陆道的手说："走，我已经订好餐了，就在我们公司宾馆餐厅。"见陆道有些犹豫，小印解释道："对不起，公司规定，一般只能在自己内部餐厅接待。"

陆道明白，显然小印误会了，赶紧摆手解释："我不是嫌弃我们宾馆餐厅，那很高档啊，上次我来就在那用餐，环境、口味一级棒！只是我今天恐怕没口福了，我想赶回去，太多事情要去落实了。"

小印急了："那怎么行啊，你已经住下了，再说现在已经过晚饭时间了，你要是就这么走了，我怎么向董事长交代啊。"

陆道此时确实没心思留下吃饭，他真后悔此次来准备不充分，只是口头向陈董汇报自己的设想，他应该把方案考虑更细、更周密些，才能说服陈董，这样哪能让陈董感兴趣他们这样村级的养殖场或是所谓的养殖工厂。他真有些坐不住了，好多事他要急着去处理，他要把这个方案设计得更加完善。他当时只是想若耿丽丽不肯投资，陈董也许会有兴趣，他要给这个项目套个双保险。

不过，天色确实已擦黑，赶回去也要辗转几趟车，何况小印盛情也难却，还是留下住一晚吧。他跟着小印，很机械地迈向宾馆餐厅，也很麻木地吃完面前的食物，因为是自助餐，他们也没喝酒，他也忘了该用杯中的饮料向小印表示下谢意。总之，他很快结束晚餐，拒绝了小印各种活动的安排，快速回到房间，急切地打开笔记本电脑，很快进入到工作状态中，唯恐白天想到的一切都忘了，他要乘着激情，把这方案做完美些。陆道天生一种个性，甚至可以说是任性，想做的事就要认真去做，并要努力做成。吃过亏，也尝过甜头。总之，他觉得改变不了，就像在厅里考核时，有人肯定他优点在于此，批评他缺点的也在于此。执着、坚定，是褒义词，他身上就有这秉性；固执、任性，不是好词，可他也时时表露出这些弱点，陆道自己也承认，他很难把握其中的度，常常任由自己个性发挥。

天将放亮时，陆道终于把自己设想中的方案形成了初稿。他伸个懒腰才感觉睡意袭人，就这么歪在沙发上沉沉睡去，直至小印七点半来敲门，他才睡眼惺忪地打开门，小印见陆道仍打着哈欠，歉意说道："抱歉，陆科长，是不是我来早了？"可看到床上的被卧具又整整齐齐，小印心生纳闷，难道……小印似乎明白了什么，心中油然生起崇敬之情。

陆道用冷水洗把脸，感觉清醒多了。他把几样简单的行李塞进包里就随小印去用早餐。小印打趣道："你这么来去匆匆，似乎比我们董事长还忙。"陆道脸微红，羞涩回道："我哪敢跟你董事长比呀？我这都是没价值的瞎忙。"

两人匆匆用过早餐，小印要从公司调车送陆道，陆道一口谢绝了。恰好边上有辆摩的，陆道挥挥手，就势坐上，然后大声跟小印告别。小印摇头，笑！

陆道回到海昌就很兴奋地跟耿丽丽打电话，说有重要事情找她商量。耿丽丽说她正在陪客商谈项目走不开，陆道就说他会等，总之，今天一定要见到她。耿丽丽似乎了解陆道的驴脾气，不达目的誓不罢休，只好告诉他，会尽快到酒店见他，让他先在酒店下榻。陆道电话上答应，但却不肯去总台登记，只是坐在大堂沙发上不停地翻看手机，好像里面有看不完的无数信息，其实，陆道在手机里下载了好多关于海水养殖的相关信息。现在手机功能的强大，足以验证人们所说的"只要怀揣一部手机就可走天下"的神话传说，手机除了拨打电话，传导信息，还可帮你引路，导航功能可以帮你找到你想去任何角落；手机可以帮你消费付款，转账；手机可以帮你炒股……难怪现在有"低头族"一说，年轻人走路看手机，坐车看手机，吃饭看手机，蹲厕看手机……简直成了手机的俘虏，没手机怎么活啊？

陆道在酒店大堂足足待了四个小时，从上午十点到下午两点一直在不停地翻看手机，连带的充电宝也快用光了电。直到耿丽丽到酒店大堂看到他在埋头看手机，他才站起傻愣愣地笑。耿丽丽问他住了没？他摇头，问他吃了饭没？也摇头，耿丽丽哭笑不得，嗔道："你咋这么傻呢？这酒店你又不是不熟悉，也怪我，没跟酒店交代好，和一个台商谈了一上午，然后又陪他们用午餐到这时候，真抱歉！阿琴，你安排个套间，小谷，你把陆先生的行李放到房间去，走，我陪你去餐厅吃饭。"

陆道摇头："我没啥行李，就这么个包我背着就好，也不想住，谈完就走；我也不饿，午饭就免了吧，我正要给你说事呢。"

耿丽丽说："说啥事也得吃了饭再说，否则我也不听。"

陆道只好乖乖跟在耿丽丽身后，到了二楼餐厅，耿丽丽也不征求陆道想吃啥，直接高声吩咐厨师长，煮一碗海鲜面，然后拉一张椅子示意陆道坐下，调侃道："陆书记，在这谈行吗？"

陆道表现得很兴奋："在哪都行，我从东山海魁水产集团回来，见到了他们董事长陈振魁先生，他对我们筹划的养殖工厂很感兴趣，而且，他们现在的水产品加工企业正面临原材料供应不足问题，也就是说，如果我们的养殖工厂办成功，根本不愁销路问题。人家现在可做大啦，都到德国法兰克福上市了，在国内海产企业排名老三呢？"

耿丽丽问："你啥时跑东山去了？也不约我一起去！"

陆道嘿嘿笑道:"你这么大老总,成天都在忙得昏天黑地,哪敢耽误你宝贵时间啊!我也只是先跑去侦察一下,嘿,不曾想收获挺大的。"陆道显然很兴奋。

耿丽丽嗔他一眼:"瞧你那得意劲,都忘了自己的身体啦,到了吃饭时间点,也不懂安抚一下自己的胃,长此以往会搞坏身体的。"

陆道嘿嘿笑道:"我都忘了吃饭这回事,被你带到餐厅来,真感觉有点饿了。"恰好海鲜面也煮好端上来了。陆道叉起一筷子面想送到嘴里,无奈太烫又放下,然后诧异问道:"咦,你咋知道我爱吃海鲜面?"

耿丽丽咪咪笑道:"你那天在省城请我们吃夜宵时喝醉了,你一个人就吃了一大碗海鲜面,那不是你的最爱?"

陆道难为情笑笑:"也许醉了,忘了,好吃。"面凉后,陆道三下五除二就把一碗面送到肚子里,还似乎意犹未尽。耿丽丽说:"我知道你还想吃,点到就好,晚上我请你吃大餐,继续说你的东山之行。"

陆道把东山之行详细说了一遍,然后打开笔记本电脑,把自己策划的初步方案给耿丽丽看,哪知耿丽丽只是扫了一眼,就把电脑搁置一边。陆道有些扫兴,耿丽丽看出陆道的情绪变化,笑嘻嘻地拍拍陆道的手说:"我晚上再好好看,你现在先住下,我也要去躺躺,中午喝了点酒,我都抗不住困了。晚边我再给你电话,你先去休息,听话,哦。"

陆道还没作答,耿丽丽已经起身走了。陆道愣在椅子上回味着耿丽丽的话,"听话"是啥意思啊?当我小孩呀?什么意见不说就走了。不对呀,这话里似乎又表达出另一层含义,耿丽丽最近几次看自己的眼神总是怪怪的,讲话的语气也老是像对弟弟那种口吻,陆道在疑惑中又感受着一种甜蜜。

兴许是昨晚一夜未睡的缘故,陆道回到房间倒头便睡。晚边时,耿丽丽挂了好几遍手机,陆道也没听到,直至晚七点耿丽丽直接去敲门,陆道才睡眼惺忪地起来开门,他伸个懒腰抱歉道:"昨晚一夜没睡,所以睡得好沉。"

耿丽丽怒中带嗔道:"电话打爆啦!还以为你出了什么事呢。"

陆道拿起手机一看,果然有二十多个未接电话,便憨厚龇牙笑笑:"睡死了,睡死了,对不起,对不起!"

见陆道憨厚样,耿丽丽忍不住扑哧而笑:"走吧,去吃饭,瞧你那傻样。"

耿丽丽的凯迪拉克很显眼地停在维多利亚大酒店大堂门口。服务生很规范地为他们打开车门。陆道第一次坐这么高级的车,第一次享受如此贵宾级的待遇,有点不知所措,他讪讪问道:"干嘛不在自己酒店吃?还舍近求远?"

耿丽丽听陆道说自己的酒店就很舒服,她瞟一眼陆道说:"满足你这个海蛮子的愿望,去海边吃最新鲜的海鲜大餐,那里的海鲜还可以自己垂钓,直接加工,多个乐趣啦!"

车子约莫开了二十分钟,就到一片宽阔的海滩。车子停下后,他们沿着一条木质栈道一直走向深海,一座似有欧派建筑风格的别致小楼就展现在他们面前。这个名为"海心悦"的休闲度假村,与别的海边酒楼、度假村相比,最大的不同点就是越过海边滩涂建在海中央。据说,这几幢建筑能抗击十七级以上台风。这是耿丽丽倾资近亿打造的"海上花园",有酒楼、客房、健身房、KTV、桑拿房、员工宿舍。周边还有好几个风力发电杆。据说通常供应自己用电绰绰有余。尽管在海上,到处花团锦簇,每个角落都能听到优雅的轻音乐,环境幽雅别致。陆道四处观望着,仿佛刘姥姥逛大观园。耿丽丽看陆道那傻样儿又忍不住想笑,她捅一下陆道:"怎么了?看傻啦?喜欢晚上就住这,让你好好感受一番。"

陆道尴尬笑笑:"啊?可别,你已经给我安排套房了,我还惴惴不安呢?在这住一晚又要多少钱?"

耿丽丽轻蔑一笑:"这跟钱有关系吗?实话跟你说吧,这也是我的地盘,你想咋样都行。"

陆道睁大眼:"这也是你投资建的?这规模应该要好多钱吧?"

耿丽丽漫不经心回道:"投资将近一个亿,目前还只是试营业,玩玩啦。"

陆道许久不作声,心想耿丽丽也难逃一般商人的浅薄与虚荣。真正有成就的商人才不会去刻意显山露水,而一般小有成就的商人,为了衬托自己在社会中的不一般地位,总要处处炫耀自己的不一般。耿丽丽见陆道半天不说话,再次捅一下陆道:"你想什么啦?干嘛又这么深沉?我们去垂钓吧!运气好还可以吃上我们自己钓的海鲜。"耿丽丽又很随意地揣上陆道的手,来到贵宾8号房,服务生很礼貌地为他们开门,然后递上装好饵料的钓竿,他们在包间外阳台上可以很自在的垂钓。陆道虽生长在海边,小时候也钓过鱼,但时间久了,还是生疏了。耿丽丽手把手教陆道:"一看你把杆的方式就特别别扭,钓鱼还要有耐心,哪有那么快鱼儿一下就咬钩的。现在可以听听你的设想了,服务生你去端两杯牛肉来。"

耿丽丽见服务生还愣着,便虎下脸凶道:"怎么?没听明白?我放在总台那牛栏坑肉桂,是茶叶,听懂了吗?你是新来的?到总台说是我要的,她们就知道了。"

陆道其实也是云里雾里没明白,只是觉得耿丽丽不该对属下这么凶,因此笑笑对耿丽丽说:"你就不会对属下说话温柔些?你看把他吓得。"

耿丽丽不以为然地说:"这些人,训他一下,以后就长记性了。"

陆道并不想和耿丽丽争执,各人有各人的套路。其实,他心里也许明白耿丽丽的某些心思?可为啥现在唤不起当年对耿丽丽心仪的那种感觉?面对耿丽丽现在的某些主动,他只能揣着明白装糊涂,他还做不到像耿丽丽对自己那样的一种随意,与她言语行为间总还存在着一种隔陌。

耿丽丽见陆道不说话,丢过一个橘子给陆道,嚷道:"喂,想啥呢?怎么不说话?啊,你的杆咬钩了,快,快收杆,还是我来。"耿丽丽夺过陆道手上的杆,却紧挨着陆道很熟练地收着鱼线,很兴奋地咯咯笑着:"这么沉,一定是条大鱼,来,搭把手,我快拖不动了。"拖出海面时,一条活蹦乱跳,足有三斤多重的大鲈鱼,把他们俩折腾得够呛,好不容易才把这家伙弄到装鱼的桶中,它还是要挣扎着跳出来。耿丽丽又大声喊道:"服务生,快来,快来,把这鱼弄到厨房去,交代厨师,鱼头部分做酸辣鱼汤,尾段清蒸,中间部分红烧,一鱼三吃,哈哈!快去。"耿丽丽转身对陆道说:"你虽不会钓鱼,但运气好,有口福,今晚要把这鱼消灭了哈。"

陆道故作惊讶道:"这么大的鱼,我们俩?要不你再叫些熟悉的人一起吃?"

耿丽丽哼一声:"没情调。"陆道见耿丽丽似有不悦,也没再吭气。本来这时陆道想说说自己的设想,见没氛围,心想倒不如不说。于是,低头把玩着手机,耿丽丽竟然恼怒地背起包就往外走,陆道也以为耿丽丽去卫生间了,因此,继续在手机上搜索着,直至服务生上了好几道菜也不见耿丽丽回来,肚子又饿得呱呱叫,想举筷又觉得不妥,主人没来这样太失礼。就拨了耿丽丽的手机,耳朵里传来的是非常热闹嘈杂的声音,显然是一个应酬的场面,同时,也传来耿丽丽没好气的声音:"你先吃吧,我现在有事。"然后"啪"一声就挂了。陆道愣了一阵,觉得有点没趣,想离开,肚子又饿得难受,干脆拿起筷子狼吞虎咽吃起来。约莫过了个把时辰,耿丽丽才带着一身酒气进来,似乎轻狂孟浪地笑道:"陆书记,这鱼味道怎么样啊?吃独食的感觉不错吧?"陆道没搭理,好半天才抬起眼皮望一眼耿丽丽说:"你喝醉了吧?"耿丽丽同样也不搭理陆道,拿起筷子顾自吃着,一边啧啧称道:"味道真不错,可惜差不多被你吃光了。"陆道大嗓门嚷道:"我还以为你不来了呢,不吃掉,浪费可惜,害我还吃撑了呢。"耿丽丽停住筷子,突然又觉得陆道那傻乎乎的样子好可爱!也完全忘记了刚才的不快。换个脸色,笑盈盈地靠近陆道嗔道:"你这傻瓜,你吃得开心快乐,我高兴,只是刚才看你一直在玩手机不愿和我说话,我才跑到隔壁去敬酒了。"

本来想我们晚上好好聊聊的,你这人呀,就是太缺乏情调,走,我带你唱歌去。我记得你上次唱张行的《一条路》蛮有激情的,我爱听。"

陆道几乎是被动地被耿丽丽拽着到了隔壁歌厅的一个包厢,耿丽丽借着酒劲拽着陆道还有自己的身体重重摔在沙发上,然后顺势依偎在陆道身旁,甚至把头靠在陆道肩膀上,酒气、香水气混合着向陆道袭来。耿丽丽啥也不说,也没有更进一步的举动,只是微微眯着眼。陆道从来还没跟耿丽丽挨得如此近,有些心神不宁。他知道耿丽丽喝多了酒,也许只是酒后的大胆和冲动,但耿丽丽秀发的芳香,一起一伏的乳房,令他不忍推开她。可他也知道一旦他伸出手,就意味着他和耿丽丽的故事即将拉开,自己能接受一个已婚且有两个孩子的女子吗?尽管耿丽丽曾是自己当年心仪的青春美少女,现在也风韵犹存,而且家财万贯,这些不能不令陆道动心,但他确实还没有足够的心理一下子就接受耿丽丽。

耿丽丽似乎幸福地睡着了,陆道可以听到她微弱的鼾声。陆道一动不动地任耿丽丽依偎着,不曾想不久自己竟然也睡着了。陆道或许是头天晚上欠的睡眠太多,而耿丽丽大概因为酒喝多了,俩人相拥着竟然睡到下半夜三点多。"海心悦"度假村里除了海啸的声音,再无其他动静。他们包厢里的灯依然若隐若现地闪着。耿丽丽先醒来要找水喝,随后陆道也醒来有些尴尬地靠在沙发上,而耿丽丽抓起茶几上的凉水壶"咕咚、咕咚"灌了一气,然后用迷离的眼神看着陆道,仿佛在问:"你小子有没不老实了?"没有丝毫尴尬,却添了几分妩媚。

陆道似乎被耿丽丽看不好意思了,嗫嚅着说道:"对不起!昨晚没睡,太困了,竟然睡着了。"

耿丽丽看着陆道那憨态,忍不住"扑哧"笑出声来,陆道一头雾水,傻愣愣地站着。而耿丽丽开启音响和屏幕,抓起话筒开始狂唱。陆道上前制止道:"你疯了,你不知道现在几点了?"耿丽丽不理陆道,依然疯狂唱着。唱完一曲见陆道郁闷地坐在沙发上,才讨好妩媚地飞一眼陆道,说:"你忘啦?我是这里的老板,我的地盘我做主,你也来一首。"

陆道刚才还睡得迷迷糊糊,哪有兴致唱歌,依然闷闷地坐在沙发上,半闭着眼,任耿丽丽疯狂唱着,耿丽丽唱累了,回到陆道身边依偎着,似乎怕陆道跑了,而陆道也依然一动不动任她挽着臂、靠着肩,仿佛没有耿丽丽这人存在。要知道这是他们第一次靠得这么近啊!酒醒一点过来的耿丽丽似乎察觉到陆道的异样,她推推陆道的肩膀,问道:"你在想什么呢?干嘛这么深沉?"陆道支吾道:"没……没想啥。"而陆道此时确实在走神,他也不知当年对耿丽丽的心仪都到哪去了？耿丽丽确实没有当年那么清纯、靓丽，两个孩子的妈妈，身材不可抵挡地有些发福臃肿，虽然她每年在美容保养上花去的钱足够陆道两三年的工资收入，但岁月这把刀可是不留情的。耿丽丽脸上化妆的痕迹太明显，这是陆道所不喜欢的，耿丽丽以前从不化妆，陆道看了很顺眼。当然陆道不是对耿丽丽类似职业式的化妆反感，耿丽丽在职场以她的身份的确需要化妆，只是他更喜欢从前耿丽丽天然去雕饰的清纯。

俩人说一会儿话，竟又迷糊睡着了，天亮时，耿丽丽大概饿了，嚷嚷着要服务员送早餐，一边歉意地对陆道说："抱歉！昨晚确实喝多了，我没乱说话吧？"陆道咧咧嘴："没有吧，我虽然没喝酒，但好困，也睡了，确实有些……有些荒唐，哦，我没说你，我没胃口，你吃吧。"然后，他背起电脑包要走，他想乘早班车回村里。耿丽丽说："急啥？好歹吃了早餐我让司机送你。"

陆道说："不麻烦了，坐班车很方便。对了，我回去便把计划书修改好，发你邮箱，还望董事长支持。"

耿丽丽突然觉得陆道变得很生分，是不是因为昨晚的事让他不高兴。她不想勉强陆道。于是，也淡淡地挥手与陆道说再见，然后让司机把陆道送去车站。陆道真说不清自己为何就突然想离开，他甚至有些厌恶耿丽丽的一些做派。他知道耿丽丽此时不高兴，因此，走时他也装出很亲昵状把手搭在耿丽丽肩上说："我有空再来看你吧！我确实急着要把这项目落实到位。"耿丽丽只是笑笑，看不出笑中的意味，陆道迟疑一会儿，似乎无趣地离开了。

陆道当然知道耿丽丽不高兴，但他心里不知怎么就升腾起很想离开的想法。他也知道如果没有耿丽丽的支持，他的项目，他在下阳村的一切想法都要落空。因此，坐上班车后，他又给耿丽丽发了一条信息，说明自己急着要赶回去的原因，同时，很盛情地邀请耿丽丽，近期能到下阳村考察。耿丽丽一直到中午时分才给陆道回了两个字"谢谢"。陆道心里像哽着一团东西，极不舒服。他说不清在意的是耿丽丽，还是耿丽丽能给他带来项目的希望。

陆道临近中午才到下阳村，没顾上弄口饭吃，就接到镇党政办电话，要他马上到镇里开会。陆道心里直嘀咕，早一个小时来电话，他就在镇里下车了，现在班车刚回头，怎么去？还是找柳海生借摩托吧，虽然，他不想再骑柳海生的"幸福"牌摩托，前几天晚上骑回来，声音比拖拉机还响，骑这弯弯绕的山道，总担心出故障。可接通柳海生电话，却被告知他出差在外，而且吴东东也和他一起去了，这下可麻烦了，在下阳村目前他只认识他们俩有车，下一趟班车要等两个小时以后，开会肯定来不及了。他突然想起去银花店里吃饭时好像有看到门口停着一辆电动车，于是，火急火燎地赶到银花店里，跟银花说明情况后，她倒是肯借车，只是担心车况不好，山路崎岖，很狐疑地看着陆道，意思是："你行吗？"陆道顾不得说啥，骑上车就走。

离镇上十六公里路程，正常骑行半个小时怎么也到了，但陆道在盘山崎岖山路上挣扎了五十分钟才赶到政府的会议室。会议已经开始，镇党委书记张福孩正在讲话，挥手示意陆道先坐下。会议是关于全国两会召开前夕维稳形势研判以及要求各村密切注视农民新动向，坚决制止"两会"期间发生农民上访现象。陆道还是第一次参加镇里这样的会议，虽然迟到了，但还是很认真地记着笔记。周边的那些参会的人，不是在看手机，就是在抽烟，尽管墙上也贴着禁止吸烟的标记，可那些村干部照样在吞云吐雾，他们似乎对这样的会议司空见惯、习以为常了。

会议结束时，张福孩主动走到陆道面前，热情地握手寒暄道："你就是下阳村新来的陆道书记吧？上次你们来时，我正好出差，早想抽时间去下阳看你，因为太忙，一直没有成行，抱歉了。怎么样？来了还习惯吗？走，去我办公室聊聊。"

陆道自然早听说了张福孩书记，但没想到这个比自己大不了几岁的张书记如此热情。

这栋办公楼建于七十年代，面上看已陈旧不堪，但当时为了防台风，主体框架都是石头砌的，还显得结实，走在二楼楼板上就不行了，一人走路，全楼听得见。张福孩在这当党政办主任时就提过要翻修的建议，由于种种原因都没有付诸实施。现在张福孩当家了，下决心要修了，但每次筹到钱又被别的项目占用了，至今还很破烂。

张福孩的办公室出奇的简陋，如果不是一个人一间办公室，还以为这只是普通干部的办公室。桌子是早年的办公桌，漆都快掉光了，大小也只有当今时兴的老板桌一半左右，沙发也是老旧的藤沙发，而且是补过的，连喝茶的茶杯都还是印着"为人民服务"的搪瓷杯，总之，给人感觉这里依然是七十年代，张福孩把陆道引到办公室时咧嘴不好意思地说道："我这很简陋，也很破旧，你这边坐，不好意思啦！不过呢，我这人挺怀旧的，实话说吧，这些都是我在这工作时，用过的，我感到很亲切，所以又搬回来用了。"

陆道也还真会逢迎："张书记是性情中人，这恋旧之情我完全理解。也许你这不经意的行为，形成您独特的风格，也形成一道独特的风景，你信不？"

张福孩突然停住了正在倒水的手，狐疑地看着陆道："你该不会认为我刻意的炒作吧？哈哈！我们这穷乡僻壤的海岛小镇，谁来炒作？再说，以我们现在的发展水平和能力差不多也只能这样，有什么好炒作的。"

陆道觉得张福孩说的也是，看那张憨厚脸也不像个炒作之人。

张福孩虽比陆道大几岁，但俩人经历很相同，都是海边农村穷苦人出身，都是靠自己努力改变自己的命运，都是走从政的道路，只不过路径不同。两人普通话中夹着闽南话，越聊越起劲。陆道也乘着张福孩情绪尚好之机，把下阳村发展工厂化养殖，甚至把要打通葫芦山隧道的大胆想法，也端了出来。

张福孩虽然欣赏陆道想法大胆，有新意，可也不禁怀疑可行性，毕竟需要不少的投资。

陆道知道张福孩的心思，这是最好的汇报机会，假如能得到张福孩的支持，今后的工作就好开展。于是，他很恳切地说："张书记，我知道您在心里嘀咕，我可能是异想天开了。实际上，我有个初步的方案，待我修改后，我发到您的邮箱，我先简要向您汇报一下：我们这个工厂化海水养殖工厂和葫芦山隧道项目实际上是一体化项目，也就是说，两个项目让同一个企业投资。在我们下阳发展工厂化养殖的依据是，下阳虽然是个山村，但临近海，海拔高度只有一百多米，把海水抽到下阳村最多需要三个扬程，投资不大；我们村里赤尾坪一带有非常广阔的用地空间，足够容下一个大型的现代化海水养殖工厂，如果一期工程投资千把万，预计年产值就可达七八百万以上；我们下阳村葫芦山是道天然屏障，这是把双刃剑，把住了我们的交通，也挡住了部台风，因此，我们这工厂也可免受台风的侵袭；我们下阳村有许多闲置劳动力，他们现在居多在外打工，据我了解，他们并不情愿外出，如果能在家门口工作当然更合他们的心意，这是我们的有利条件，不利的一面就是我们交通状况，约束了许多企业家的投资愿望。因此，我想把两个项目捆绑考虑，引进工厂化养殖项目，给他们三十年零地价的优惠，但要投资葫芦山隧道项目。本身他们办工厂如果不改善交通状况，也办不出效益，我们只能把这两个项目捆绑考虑，也许有人会很疑惑，谁会愿意投资这山里的浩大工程，回报点在哪？现在国家对养殖业政策补助力度很大，有两千平方米的养殖面积就可补助一百二十万元，最高可补助到八百万元。利用好这个政策是有吸引力的，我做个初步的测算，如果有人愿意投资，两三年就会收回成本。当然前提条件必须改善交通状况。如果把这两个项目捆绑考虑，交通条件改善了，效益自然好了，利润有可能成倍增长，对企业就有吸引力。关键是改善了我们下阳村交通状况，我们山里的柚子、橘子等水果以及其他一些山里的特产就可以卖个好价钱。一石二鸟，何乐而不为？再说这个葫芦山隧道，我咨询了相关的专家，也查询了一些资料，以农村隧道建设标准，这条总长一千多米的隧道总投资不会超过八百万元。当然这是估计，如果遇到花岗岩就麻烦了。"陆道眉飞色舞说得有些口渴，喝完一杯水，见墙上正好有一幅，海昌全貌卫星图，索性来到图前，认真查找一番后，继续说道："我们当时也是根据这个卫星云图进行测算的，你看，从下阳的寨里至平山的坑后直线距离只有一点二公里，寨里海拔高度一百二十七米，平山坑后的海拔仅六十八米，海拔落差较大，但这个直线隧道打通后，直接缩短约十公里的盘山公路，排除了多少险情啊！以前的盘山公路路窄弯多，勉强开上来了，却不敢开下去，这条盘山公路开通后，也让下阳人激动了一阵子，毕竟通汽车了嘛，可发生过四起交通事故，死了两个人，不禁又让他们忧愁起来。"陆道瞥一眼张福孩怕他听厌烦了不敢往下讲，不曾想张福孩笔记本上记得全是他讲的相关内容。因此，他也愈发有激情地、近乎像演讲一样说道："我们下阳村虽地处偏僻山里，但山清水秀、风光旖旎，按老百姓说的，风水极好。历史上，出过一个大将军，八个秀才，一个进士。过去有个顺口溜说，有女嫁下阳，幸福乐陶陶，这里物产丰富……"陆道正讲得起劲，见张福孩摆摆手就赶紧停住，带着疑惑看着他。张福孩笑笑说："实话说，我在这个镇里工作了十几年，对下阳村还是了解的，所以，这些你不必说，你就给我说说你们的设想，怎么实施？"

陆道感觉到张福孩对想法有疑惑，毕竟这项目对一个村来说是庞大的工程，自己汇报可要慎重了，不要给张书记感觉是在夸夸其谈。于是，他谨小慎微地说道："张书记，这些方案确实还只是设想，但我觉得经过努力还是有可能实现的。看起来我们用三十年的土地零地价使用权换取企业投资修一条隧道是不对等的，可毕竟企业需要隧道提高效益，况且，我也想通过个人的努力到省里相关部门争取点资金也是有可能实现的，至少我厅里已经答应会给我们资金的。这样，几方面共同努力，我觉得还是有把握的，至于村民这边的工作，我们也会进一步做好宣传和解释工作的。现在土地很多荒芜着，不及时流转，就没有效益，不用零租金我们就吸引不了企业投资，村民们也可以解决就业问题，修了这条隧道，子子孙孙都得益呀。"

张福孩点点头，但也没有表现出怎样的表情，继续问道："你找到愿意来投资的企业了吗？"

陆道腼腆笑笑："正在和一个台商谈合作意向，但不敢保证能说动她，恐怕还需要得到张书记的支持。"

张福孩瞪大眼："我？需要我做啥？"

陆道说："我现在确实也不知道具体要您帮助啥，但至少希望张书记能出面见一下那台商，以示镇领导高度重视，至于后一步工作发展到什么程度再看喽。还有，我听说镇里要我们实施搬迁计划，可来自村民们的阻力很大，能否换个思维，比如，把搬迁补助用在改善交通上，这样，几方面合力，促进这隧道能够建成，都是为了改善民生，交通问题解决了，下阳就不会判为不适人居之地，就不用搬迁了，殊途同归嘛。当然，这是我个人的想法，请张书记别见笑。总之，先谢谢张书记了。"

张福孩摆摆手："我啥都没做，谢啥？你能有这思路，不管能否实现，我都肯定，笑你啥？这样，那台商啥时会来，你通知我，我一定会安排时间见面，并请她吃饭。至于你后面那想法，我们镇里说了不算，但你这意见值得参考。"

陆道拱手作揖："那太感谢张书记了。"

张福孩拍一下陆道的肩膀说："又说谢？这也是我们镇里的事，走，到我们食堂吃饭去，不过，今天没酒喝呵！"

陆道开心说道："我就怕喝酒，正合我意。"

食堂里晚上用餐的人不多，张福孩到窗口看一眼，只剩下两个发黄的青菜和一个炸得似乎有些过火的鱼块，就歉意地对陆道笑笑："我们这食堂就这水平了，而且现在就这么两个菜，要不，我们去镇上找一家店铺吃吧。"

陆道连忙摆摆手说："不用，不用，就这样挺好的，我们都是苦孩子出生，都能吃苦。哈哈！"

张福孩见陆道说的真诚，就示意食堂师傅，除了把窗口的剩菜全打来，还另煮了个西红柿蛋汤，张福孩坚持自己付款，食堂孙师傅就不肯收，这食堂是孙师傅承包的。张福孩和孙师傅一番"讨价还价"后，孙师傅才肯收了五块钱。

俩人津津有味吃着，兴许都饿了，毕竟已经快七点了。张福孩开玩笑说："你不会认为我又在作秀吧？这是我给全镇干部立下的规矩，吃饭付费，天经地义，不能卡食堂的油，我得带头。可这个老孙头，是我们这镇政府多年的老朋友了，我也不想伤了感情，所以，才会为这区区五块钱争来抢去的，让你见笑了。"

陆道笑说："我哪敢见笑？就这小细节，足以证明张书记既有原则性，也有人情味。"

张福孩笑拍一下陆道："拍什么马屁？这个老孙头在这食堂承包多年，我离开这快五年了，他还在这，食堂承包期一轮三年，这三轮都是他中标，这老头才是有技术、有人缘呐。哪天你来尝尝他的五味炝鱼头，是我们这品牌菜啦！"

镇党政办主任小吴送来个文件要张福孩阅批，有点火急火燎地请示道："书记，我正到处找您呢，您可能下午开会调静音了，我打了十多个电话您都没接。农业局来电催了，关于组织农民大专班生员的事，我们一直没落实，今天是最后期限了，指标浪费不说，我们还要挨批呢！"

张福孩搔搔头皮说："确实，前几天，农业局的饶副局长还给我打电话说这事，我答应落实的，忙忘了。小吴，这事你跟各村布置了吗？"

小吴回答说："布置啦！可各村反应不积极，十四个指标只有一个人报名。"

张福孩转向陆道说："你那个村的柳海生，不是职高毕业吗？符合这条件呀！让他去念这个农民大专班，人家这个班免学费，包吃住，哪有这么好的事，这些农民呀，就是不爱学习。"

陆道惊异道："哪个学校会办这贴本的班，而今各个学校的继续教育学院或者是成人教育部都有效益指标的，哪会做贴本生意？我看看文件行不？"

陆道简单翻阅一下文件，恍然大悟道："哦，这是财政专项补贴的，绝对的惠农政策，好事呀，为什么他们报名不积极呢？"

小吴接话道："这些农民怕考试，不爱读书。还有一个因素如今文凭不怎么值钱了，人们不在乎啊！"

陆道突然问小吴："他们报考对象只限制是农民吗？我，可以去读这个班吗？"

小吴惊讶了许久："你？陆书记，你没跟我们开玩笑吧？我可知道你是中国海洋大学研究生毕业的，再去念农民大专班，算咋回事啊？"

陆道朝张福孩和小吴笑笑："我可也不是作秀，你看吧，文件上写着这个农民大专班分为海水养殖班和淡水养殖班，说明专业划分很明晰的。我虽然本科和研究生都毕业于中国海洋大学，但我是学海洋经济的，对于养殖我还是很陌生的，我想借这个机会学些养殖知识，这至少对我们今后发展养殖业，我不算个门外汉，反正每个村都有个名额，不存在多占指标问题吧？"

小吴确实也无法回答这个问题，只好说那我们先咨询一下举办单位——厦门海洋大学。

根据文件上留下的联系人和联系电话，小吴很快打通了电话，一番简单的咨询，答复是可以。

陆道就说："那就先把我名字报上，反正也不需要全日制，完全脱产去念，不会影响工作的，张书记，您说可以吗？"

张福孩半似开玩笑地说："你都先说报名了，再问我行不行，有意义吗？"

陆道才意识到刚才太唐突了，应该先征求一下张书记意见，再做决定。于是，赶紧向张福孩表示道歉。张福孩似乎很大度地笑笑："刚才只是给你开玩笑，别在意，你自己安排好工作，我支持你。"张福孩的语气坚定，似乎表达的是对陆道的支持，不仅仅在这件事上的支持，至少眼神的诚恳、坚定，给了陆道信心上的鼓舞。陆道连声说着谢谢。然后要告别，张福孩阻拦道："你虽然有电动车，但夜晚走那弯弯的山道总让人放心不下，你还是在镇招待所住一晚，明天再走。"

陆道犹豫道："可是，我这电动车还是借的，明天兴许还要用这车买菜呢，我答应晚上就还她的，不能不讲信用。"

张福孩见陆道说得诚恳，就说："那好吧，吴主任，你通知驾驶员小叶开车送陆书记回去，我晚上不用车。"然后转向陆道："你那电驴子放车子后备厢没问题吧？"

陆道又一阵感动："没问题，没问题，谢谢张书记。"

陆道把车送到银花店时，果然，见她一个人坐在店里无聊地翻看着手机，显然等着谁，应该是等他吧？陆道庆幸自己赶回来了。满含歉意地说道："银花，抱歉！在镇里临时有事，让你久等了。"陆道不经意间发现银花眼中竟含着泪水，又问道："你怎么啦？是不是家里出啥事了？"

银花不吭声，良久才啜嚅道："人家担心你半夜骑山道不安全，吃饭了吗？"

陆道心间一阵感动，连声说道："吃过了，吃过了。"

银花说："锅里还给你留着饭呢，要不要再吃点。"

陆道摆手说不了，向银花投去一瞥感激的目光。

陆道不知道柳海生是否看过有关农民大专班的文件，估计他是不愿意去参加的。最近他和吴东东正在赶一批漆线雕的货，两个人都忙得不亦乐乎。从平时的交流中似乎感觉他们对学习根本不感兴趣，挣钱才是王道。但转念想想让柳海生知道这么回事，一是对他的尊重，二是自己要去参加这个班学习，对他也有个交代，这么想着就冲着吴东东家走去。这个时间他们应该在加班，柳海生不会在家的。

吴东东家在村西的山上，夜里这僻静的山道让人有些毛骨悚然。陆道只用手机的微弱亮光照着崎岖不平的路，吃力地走到吴东东家门口，不料迎来了吴东东家的大黄狗"热情"狂吠，陆道吓得差点往回走，所幸吴东东听到狗叫出来看动静，手电筒明晃晃地照着陆道的脸，吴东东正想喝问是谁，陆道开口了："东东，你家的大黄狗可是个忠诚的卫士呀！有了这狗，你家可安全了，只是谁也不敢来你家了。"

吴东东听出陆道的声音："哦，是陆书记呀？快请进！是什么风这么迟还把你刮来呀？"

陆道哈哈笑道："我只感觉到海风阵阵，到你这来还真不容易，山道崎岖难走不说，还要受这大黄狗的威胁。"

吴东东满含歉意说道："真对不住了，我家大黄狗不识好人呐，书记你也不先打个电话，我好去接你呀。"

陆道搔搔头皮："我倒真忘了存你的电话号码，可海生的电话基本上是无人接听的。"

柳海生听到声音正好也走到门外，就接话道："陆书记电话我哪敢不接，是你没挂吧？我一个晚上都没听到电话铃响。"

陆道无语，良久才尴尬笑道："信息错位，我以前只是听说你从不接电话，所以懒得挂了，想必你在这，就直接过来看看。"

柳海生有点不好意思地说："我平常是很少开机，有些镇里布置任务根本无法完成。我们这个村要钱没钱，要人没人，怎么做？村里户头经常是空的，是人们通常说的空壳村。男人们，特别是村两委干部又都到外地打工了，找谁干活？干脆关机算啦！"

陆道尽管知道柳海生说的都是实话，但还是偷偷皱了一下眉头。从下午跟张福孩书记聊天过程听得出，镇里对下阳村工作很不满意，陆道感觉到自己肩上的担子更重了。

柳海生见陆道不说话，以为自己说错了什么话，本想进一步解释一下，转念一想，反正自己不想干了，何必多言？虽然自己内心深处还是尊敬陆道，但不必体现在工作上。

陆道打破尴尬说："我今晚找你们主要想跟你们商量一下，看你们是否愿意参加新型农民大专班的学习，想必你们知道这事吧？"

柳海生说："我倒是听隔壁村的村主任王新华说过，但我没去看具体文件内容，要去镇里看，麻烦。"

陆道拍拍柳海生的肩膀，笑道："难怪张福孩书记说请柳海生去开个会，比请县委书记都难。"

柳海生说："书记，你赶快建议镇里把我撤了吧！我是讲真心话。"

陆道说："我知道你讲真心话，但我刚来怎么建议把你撤了？是不是我们配合不好啊？我的工作方式方法有问题？或者就是我为人有问题了。哈哈！"

柳海生没想到陆道会联想这么多，连忙摆手说："书记你想多了，你没来之前我早都不想干了，真的与你没关系。不过我表明一个态度，只要你在这，需要我支持什么，我义无反顾。"

陆道笑道："我需要的是，你继续在位支持我的工作。"

柳海生摇摇头："说来说去还是被你绕进去了。"

陆道友好地搂搂柳海生的肩膀说："谢谢你支持我，说正经的，这个班你想不想去念？你不去，就我去。"

柳海生瞪大眼："你？书记，你没开玩笑吧？你堂堂研究生毕业，去念农民大专班，是不是他们说的炒作啊？"

陆道冷笑一声："我炒什么作？我们这种无名小辈，炒了也不会响。再说，这炒了有意义吗？我在中国海洋大学本科和研究生念的都是海洋经济，养殖这行当我仍是门外汉，我是真想学学养殖的技术，文凭对我何用？"

柳海生拍手道："书记英明！那我也跟你去念，不要入学考试吗？"

这下轮到陆道瞪大眼了："你？你真的会想去？你这个工艺美术厂放得下？还有……还有镇里不知是否同意我们俩同时去念。"

柳海生几乎不加思索地回道："这么麻烦？那我不去了。"

陆道怕柳海生误解，温和解释道："这事确实需要和镇里通气报备，虽然这种学习不是全脱产，但到学校面授期间，我们俩都去了，村里找谁呀？不过……我个人还是希望你能和我一起去学，对我多个伴，对你除了多点知识，还能拿到大专文凭。现在对村主干的要求除了年轻化，还要知识化，通俗点说，就是要有文凭。当然这个农民大专班也还是有门槛的，虽然是学校自主招生，但还是要入学考试的，你念过职高，有一定基础，一定能考上的。"

柳海生挺钦佩地看一眼陆道，不曾想这个比自己还年轻几岁的支书，考虑问题这么细致，也为刚才自己的急躁感到羞愧，但又不知如何表达，干脆说："我听书记的，你怎么安排，我怎么服从。"

吴东东也在边上附和道："是呀！是呀！我们都听书记的，进来说吧，外面风大。"

陆道说："既然海生也愿意去，我就向镇党委张书记报告一下。至于东东，你厂里两个人都走，估计也不行，你下一期参加吧，那我先走了。"

吴东东客气地挽留："书记既然来了，喝一杯茶也要，干嘛这样来匆匆！"

陆道说："下次宽松时再来，不但喝茶，也喝你的酒。哈哈！"

陆道跟镇党政办小吴征询意见时，不曾想小吴居然挺感动的。陆道初始还以为下阳村多占了指标，有点不好意思，谁知小吴竟然说谢谢你大力支持。现在的村干部对学习,甚至对文凭都不重视,都不积极报考,镇里年年都完不成任务。感谢陆书记能带好头,这无疑是个极典型的宣传事例。

陆道哈哈笑道:"我不是为了炒作故意作秀,我是真想学点这方面的知识,所以拜托你们别做什么宣传。"

小吴满口答应:"我会尊重您的意见。"

陆道和柳海生报完名,就等参加入学考试了,看了厦门海洋大学成教部网站上所发布的入学考试提纲,陆道内心深处确实有些轻蔑的感觉,但毕竟还有柳海生和他一道参加考试,也不好表现出轻视的表情,或许柳海生还觉得没把握呢,自己是否要帮他一把?于是,他关切地问柳海生:"你觉得这些考试范围有把握吗?"

柳海生皱皱眉:"我多年都没碰书了,有些题目看似简单,但我还是云里雾里的。"

陆道拍拍柳海生的肩:"没关系,有我呢,保你过关。"

柳海生高兴地说:"你真保我过关,我请你喝大酒。"

陆道纳闷:"啥叫大酒呀?喝酒还有大小之分?"

柳海生也会俏皮:"怎么没有?小酒嘛,只是随意,不在乎什么菜。大酒就要隆重了,咳!简单说,我办桌酒席请你。"

陆道开心笑道:"那你请定了。"

离考试时间还有将近一个月,陆道也辅导柳海生好几个晚上,柳海生许多仍是似懂非懂,陆道直后悔当时自己牛皮吹大了,这么好理解的题咋就教不会呢?冷静下来想想,不能以自己研究生的学识,来思考问题,换位想想,假如自己是个农民,兴许比柳海生还笨。这么想着,他换种方式,以向小学生授课的那种方式,耐心地启发,不断的鼓励,确实让柳海生容易接受多了,但柳海生也感觉不好意思了。他羞愧说道:"陆书记,我确实基础太差,当学生时不好好念,现在后悔来不及了。要不,您自己去念吧。"

陆道看着柳海生那可怜样,真是又好气又好笑,但还是忍住,以平和的心态说道:"算起来你也学了将近半个月了,你就这样放弃了?你不觉得可惜?再说,这可是提升学历,提升能力的绝好机会,你打听打听,去哪找免学费,免费提供食宿的个人提升学历的学习机会?连我都想去读,你有什么理由放弃?"

柳海生不好意思地点点头说:"唉,我知道是好机会,就是我这榆木脑袋念不进去。"

陆道安慰道："别急，你离开学校多年，对念书这档子事有了一种本能的抵触，所以，念不进去也正常。没关系，我们还有一个多月时间，你慢慢就会进入状态的。加油！"

柳海生那一个月还真像参加高考的学生一样，按他老婆说的，吃饭时捧着书，上茅厕也带着书，发了疯似的背，仿佛要把过去几十年的损失补回来。虽然柳海生念书的天资是笨些，可毕竟付出时间精力，农民大专班入学考试难度不大，因此，柳海生最终还是考上了，虽然考的分数刚刚压线，但比考到高分的兴奋多了。现实中不也是如此吗？往往是考六十分的人比考九十分的更高兴，所谓"六十分万岁"的心态，庆幸自己幸运通过了，感觉自己节省了时间精力，反正分数考多了没用。

柳海生没有食言，接到通知书那天果然叫了柳公英、吴东东等几个亲朋好友到家里聚了一次，但他不好意思说为了庆祝自己考上厦门海洋学院的农民大专班，只是说没请过陆书记到家里吃过饭，村里也没像样的饭店，只好请大家在家里坐坐。看得出来，柳海生很用心准备了，不但专门从镇里买了好多菜，还把银花请来当大厨。那晚氛围虽然热闹，但陆道无论如何也不肯多喝了，倒是头一回看柳海生喝高了，居然唱起了不清不楚的所谓"南音"，虽然大家都是闽南人，可没人听得懂，只是被柳海生头一回表现出的酒后"非常态"，逗得大家前仰后翻。看来人都有两面性，酒后可能才会呈现最真实的自己。陆道原以为柳海生老实忠厚岂不知也有俏皮可爱的一面。

陆道没怎么喝所以脑袋清醒，他想不如趁这个机会把自己想法告诉他们。因此，他突然有些严肃地问他们，你们知道我为什么去念这个农民大专班吗？柳海生和吴东东都摇头，柳海生眯着眼汕笑道："是呀！陆书记你都那个什么研究生毕业了，干嘛还去念只有我们这些农民弟兄才稀罕的这个农民大专班？"

陆道说："我只是想了解些养殖的有关知识，我想今后要在我们下阳村办个养殖工厂，让我们下阳村在外打工的人都回到自己家门口工作，也乘这个机会改善我们的交通状况。"

柳海生傻愣了一阵，突然哈哈大笑个不停，好不容易止住了，才指着陆道说："书记，你没喝多吧？且不说我没听说过养殖还有工厂，就算有，怎么会办到我们下阳村来？在这个山洼洼里也就是我们这些没出息的人姑且生存，还有谁能拯救得了这个破败的落后山村？"

陆道半天不语，他突然觉得自己想说的计划和理由那么苍白无力，也许这话不该在这场合、这时机说，但他最后还是很诚恳说道："我知道你们不会相信我的想法，可事在人为，不去努力，怎知成功或者失败？我只是希望实施这个计划能得到大家的理解和支持。"

柳公英冲柳海生吼道："海生，你怎么说话的？是你自己喝高了吧？人家小陆书记有此雄心壮志、宏伟计划我们应当高兴，积极支持才是，你怎么在这泼冷水？你个混账东西。"

陆道见气氛凝重，赶紧打圆场道："老书记息怒，不怪海生，是我没说清楚。当然，现在要说清楚也很难，我将会把实时进展情况跟大家通报。"

柳海生被三叔训一顿，似乎酒醒了许多，也意识到刚才自己的失态，赶紧向陆道道歉："书记，对不起！我刚才言语太冒犯你了，但我还是觉得书记你的计划有点……"

陆道笑笑："我刚才说了，你们有疑惑，我完全理解，实话说，我自己也没有十分的把握，我只是觉得应该去试试，来，我们喝酒，为我们下阳的明天，干杯！"

六、艰难的隧道工程

耿丽丽知道那天陆道离开时心里不爽,本想发个信息或打个电话问候一下,但自尊心又让她打消了这个念头,凭啥自己要先给他打电话?他一个大男人,这么没气度,懒得理他。可不曾想陆道真就打电话来了,约她有空时来下阳村赏美景,吃土菜,并说一定让她会有不一样的感觉。耿丽丽本来还想对陆道冷嘲热讽一番,出出心中的怨气,看陆道的态度还算真诚,就答应了。

耿丽丽的凯迪拉克开进下阳村时,不单是引来一堆围观的孩子,连许多大人也围着车子稀奇地转着,像看个怪物似的。更重要的是他们想知道来的这个大人物是来看谁?直到陆道出现在旁,他们才明白,觉得来看陆书记才属正常。

陆道见到耿丽丽笑吟吟地调侃道:"你这么高级的车驶在我们这么低级的路上,是不是太受委屈了?罪过!罪过!董事长大人海涵!"

耿丽丽嗔道:"少贫嘴,说,让我们看什么美景?吃什么土菜?"

陆道说:"等会儿在桌上我再跟你介绍什么土菜,现在我们先去看美景,不过,要爬一小段山,你介意吗?"

耿丽丽笑道:"我可不知道你这一小段是多高、多远,先爬一会儿试试看。"

陆道问:"你让司机一起去?还是……"

耿丽丽摆摆手:"带他去干嘛?我们走。"

村部到猫儿峰不过十来分钟,只是要爬一段坡,把耿丽丽累得气喘吁吁,可她心情似乎还好,没有怨言。到了猫儿峰顶上,耿丽丽用手卷起喇叭朝着大海大喊一声:"我来啦!"然后转身问陆道:"怎么都没回音?"

陆道扑哧笑出声:"你朝着大海这么空旷的地方怎么会有回音?这么简单的道理你会不懂?"

耿丽丽瞪陆道一眼:"你在说我弱智?看我怎么收拾你!"说着要追打陆道。

陆道一边躲,一边笑道:"我哪敢啊!你是堂堂集团董事长,我不过是个村支书,饶了我吧!"

俩人嬉闹一会儿，陆道才正经对耿丽丽说道："你看，我们这下面就是海，直线距离不会超过一千米，如果要把海水抽到我们这上面，最多不会超过三个扬程；再看我们后面这片平地，这里人叫它赤尾坪，大部分是荒芜的耕地，这里的青壮年农民居多出去打工了。假如我们在这建一个大型养殖工厂，既可搞海水养殖，也可搞淡水养殖，这山上的淡水，不亚于我们平常喝的矿泉水，非常适合养殖淡水鳗等对水质要求较高的鱼类。而葫芦山又是个天然屏障，挡住了台风对我们造成的侵袭和伤害。这里的劳动力成本也相对较低，我考察过福清浩远水产养殖公司，技术层面应该没问题。还有我去东山海魁水产集团也考察过，他们需要大量的水产品，可以直接给他们的加工企业提供货源。还有，我们如果实施了，还可以享受政策性补助，每平方米可以得到六百元的补助，但规模至少一千二百平方米以上。也就是说，办到这规模至少可以拿到一百二十万元以上的政策性补贴，最高可以补到八百万元呢。总之，有许多有利条件，可以在我们这边办这个养殖工厂。这是我的策划方案，你前几天很忙，没空看，你可以带回去仔细研究。当然，我们不能回避一个问题，就是这里的交通状况亟需改善，我还有另一个关于打通葫芦山隧道的方案，不知你能否接受？"

耿丽丽抬眼迷离地看着陆道："你不说怎知我接不接受？"

陆道清清嗓子，鼓起勇气说道："我咨询了相关专家，要打通葫芦山隧道，最短的距离是八百米左右，最多一千米。按农村四级公路标准建设的简易隧道，大约……应该需要投资七八百万吧！当然，如果勘探出这里的土层没有什么岩石，可能造价还要便宜些，不过……你知道，我们村里是没有能力投资建设的，因此，我想用我们三十年土地零租金，来换取这个隧道。对企业来说，交通状况与效益也是密切相关的。"

耿丽丽冷笑道："陆道，你这把算盘也拨拉得太精了吧？人家现在招商引资都是路通，电通，讯通，还有平整好土地，到你山沟沟里投资，还要贴上修路的钱，你觉得说得过去？要知道，商人永远是追求利益最大化的。"

陆道看一眼耿丽丽，发现她并未有很恼怒的神情，才又微笑着说道："你别急嘛！我话未说完。你刚才说商人永远追求利益的最大化，这话不假，谁愿意做亏本生意呢？我们先来罗列一下在这办厂的有利条件：第一，葫芦山为我们提供天然保护，你看哪个地方的滩涂养殖场，每年不遭受台风的侵袭？这份天灾人们遭受的痛苦还少吗？第二，你在山下去哪可以找到我们这么优质的水？第三，这里民风淳朴，劳动力成本低，有很好的人文环境。我们再看利益问题，我不敢说在这投资就能实现利益最大化，但至少办这个厂，我敢肯定一定是盈利的。第四，我们投资搞养殖业，能够得到国家政策性补贴。我，至少在这方面有人脉资源优势。这些，我刚才都说了。福清的那家工厂，他们一期投资五百多万，当年就实现利润两百八十多万。试想，我们如果先期投资一千万左右，不需两年就可收回成本。就算扣除投资隧道的钱，不也还是赚的吗？况且，我有把握修这个隧道能争取到上级有关部门一定的补助资金，投资办养殖工厂也可以争取到专项补助。还有，技术层面，销售层面我都考察过，不会有太大的问题。老同学，我不会设陷阱害你，当然，你若愿意来投资，确确实实是帮了我一把，你当初不是说过需要你帮助的地方，要我尽管开口吗？"

耿丽丽瞟一眼陆道，似带挑衅地问他："要我来投资可以，但你要答应我一个条件？"

陆道有点惊喜，他以为要做通耿丽丽的工作，还有很长的路要走，不曾想会这么快答应了。于是，赶紧回道："只要我们做得到，别说一个条件，十个条件也行。"

耿丽丽抿抿嘴："只要一个条件，就是这个公司成立了，你要来这当总经理。"

耿丽丽将这一军，真令陆道始料不及，他半天不知如何回答。如果直接回绝，也许耿丽丽也会直接回绝投资这个项目，那将前功尽弃；如果答应耿丽丽这个要求，首先政策不允许，也会使自己陷入不明不白的境地，或许会有人认为他所有的努力都是为了一己私利。不管怎么说，现在要先稳住耿丽丽。因此，他为自己留有余地回道："如果政策允许，我一定答应你的要求，但我希望你能认真考虑我今天跟你说的方案。走，现在我就请你去吃我们的'土菜'，不过，你可别见笑，你什么世面没见过呀，我们这山沟沟里的东西，难登大雅之堂。"

耿丽丽瞪陆道一眼："说话别老是酸不拉叽的，不爱听！先带我去再说。"

陆道很用心安排这餐饭，与其说是讨好曾经的心仪女神，不如说为了能改变下阳命运的财神的眷顾。他昨天就跟银花商量，怎样弄几个有下阳特色的菜？银花说，只怕我们这里的土菜人家看不上。陆道却说人家是否看得上，且不要管，关键是要有我们自己的特色。银花就说村西沈大娘会弄笋盒包子，还有她自己会弄糟鸭，这两道菜可以代表地道下阳特色，其他的如菜头粿、萝卜糕、五香卷等算是闽南特色，别的地方也有，不知道是何方客人？陆道笑笑也不作答，只是给了银花伍佰元钱，让她和沈大娘尽管做出来就是了。

银花在她的店里布了个小台子，虽简陋，倒也干净利落。陆道请了柳海生和柳公英作陪，只是耿丽丽一口酒也不肯喝，但对那笋盒包子却赞不绝口，连吃了四个，还意犹未尽，但其他的菜一口不动。陆道说："董事长若感兴趣等下打包带点回去。"

耿丽丽说："我是想建议去海昌县城开一家这样的笋盒包子店，一定生意红火。"

柳公英解释说："这个笋盒包子一定要用当季的新鲜笋做的才正宗，所以，这季节性太强，恐怕开不长久，董事长是有口福之人，今天碰上了这个季节。当然了，董事长岂止只是有口福，在我们老人家看来，董事长天生丽质，既漂亮又能干，真是全身上下都溢满福气呀，今天我们下阳村可真是遇上贵人了，容我几位敬董事长一杯，你可以以茶代酒，我们干了。"

耿丽丽还真没想到被一位长者将这么一军，她也赶紧往自己杯里倒了点酒，歉意说道："柳老书记过奖了，这几日因嗓子疼我都没敢碰酒，既然柳老书记这么说，我也得干了这杯酒，以表诚意。"

陆道很钦佩地看着柳公英，心想姜还是老的辣，他也赶紧端起杯子附和道："是呀！董事长一定会给我们这山村带来福音的，来，干！"

耿丽丽喝完放下杯子说道："我当然明白你们的心思。其实，我也挺喜欢这个山清水秀的地方，不过，确实偏了点，这个交通嘛，我早上领略过了，无限风光在险峰啊！"

大家都笑起来。陆道刚才还真有点紧张，耿丽丽刚才若是不高兴，就这么走了，那自己的一切设想都将成泡影，看她现在的情绪还蛮好的，似乎自己的想法满有希望的。人嘛，到底都爱听好话，尤其是女人。可这些话要是自己说，既肉麻，又虚伪，也太具功利性。柳老说的就自然，所幸今天请了老书记来作陪。

耿丽丽待大家笑完，认真说道："不过，我是商人，商人总是要讲利益的。这个项目确实有一定的风险，而且所投项目资金也不算小，我得回去和董事会成员商量一下。就算是慈善项目也要有个理由吧？为什么要在下阳做慈善，毕竟我与下阳非亲非故的，您说是吧？柳老书记？"耿丽丽对着柳公英说，却偷偷瞟一眼陆道。

柳公英接话道："董事长说得在理，我们下阳人也从来都是明事理的，不管董事长做出怎样的选择，我们都会尊重，并感谢董事长对我们下阳的关心。来，我再敬董事长一杯。"

这个午餐是柳公英主导，也是柳公英救了这个局。耿丽丽走后，柳公英对陆道说："小陆书记呀，没想到你有如此雄心大略，佩服！佩服！要不是海生跟我说，我还蒙在鼓里呢！"

陆道听出来，显然柳公英在抱怨这事没给他通气，赶紧解释道："老书记，抱歉了，我本应该早点给您汇报，只是我觉得……这个想法还不是很成熟，怕被您笑话呢！"

柳公英笑道："千万别这么说，我一个退下来的老朽，干嘛要跟我汇报？不过，年轻人就应该有想法，不像这个海生啥想法没有。而且呀！我觉得你这个想法挺好的，毕竟是省里来的，站得高，看得远，海生呀，你真的要向陆书记好好学学。"

柳海生尴尬笑笑，不知如何作答。陆道赶紧替柳海生解围："老书记可别这么说，我初来乍到，很多事该向海生学，当然更应该向您老学，尤其您的说话艺术。今天要是没有您在场，可能就会出现另一个局面。真该好好谢谢您了。"

柳公英摆摆手："好了，好了我们别在这互相客套，互相吹捧啦！还是要想办法让这董事长对我们这个项目有信心，可不能半途而废呵！对了，小陆书记，我能问一下，这董事长和你是……"

陆道怕柳公英误会啥，赶紧解释道："我们是高中同学。她是个台商，按现在时髦的话说，一个实实在在的'富婆'。"

柳公英装作恍然大悟："哦，是这样啊！我觉得她对你……我是说，她对你挺关心的，不是吗？你应该好好利用好你们这同学关系，把这项目争取落实到位，下阳人会感激你八辈子嘞！"

陆道拱手："不敢当，不敢当！柳叔，我既然来了就应该踏踏实实地做点事，我现在也是下阳人，也就是自己分内的事，以后还望柳叔您多多指导我。"

柳公英哈哈大笑："你看，你看，又来互相客套了，不像自家人说的话，我们继续喝酒。"

陆道回到村部时脑子里还在回想着今天耿丽丽为何似有不悦，虽然柳公英化解了当时的尴尬，但耿丽丽明明前面答应只要他出任总经理她就肯来投资，为何又说要回去跟董事们商量商量。虽然他不了解他们公司的内部决策机制，但应该耿丽丽是有拍板权的。也怪自己今天的论证方案太粗糙，许多数据也说不完整，不能让耿丽丽信服。这么想着就赶紧翻开笔记本电脑，他要做个像样的PPT，发给耿丽丽。但目前确实许多数据还无法求证。

四天后的一个下午，耿丽丽打来电话，约他到她办公室谈谈，陆道正苦于自己的PPT做不完整，就说现在正忙，改日一定去。耿丽丽一下就把电话撂了。陆道心里怨道，这娘们脾气挺爆的，但转念一想，毕竟是现在求人家的时候，况且，人家现在是什么人物呀？主动约自己，已是给你面子了。于是，回拨了一个电话，可响了许久，耿丽丽也不接，看来她真生气了。

陆道想，赶紧趁这机会上一趟省城，找省交通厅的陈工了解一下隧道的事。其实，对隧道建设的一些预测，他只是照着实地估摸，然后，从百度上搜索着算计出来的，当时说这事时，他自己都觉得底气不足，应该请专家，核算个相对准确的数据。

陈工是省交通厅的老工程师，现在已经是教授级高工了，虽然已经退休多年，但似乎比在职时还忙，聘他做顾问。老人家不看重钱，却重感情，好义气，两三杯酒下肚，就会跟你称兄道弟，有时候，玩起来像个老顽童。陆道还是通过林兴辉认识他的，因为都是老乡，所以，他们在省城也常在一起喝小酒，高兴时陈工也会跟他们去卡拉OK吼几曲跑调的老歌。厅里几次要推荐他到交通设计院当业务副院长，可每次考核他都没通过，说他成天抽烟、喝酒，玩起来像老顽童，哪有当领导的风范？他倒坦然，不当就不当呗！反正自己有职称，他还不稀罕呢，因此他到退休都没有一官半职。他还是那样成天乐呵呵的，依然老顽童似的生活着。

陆道到省城跟林兴辉打了电话，让他约陈工出来晚上喝小酒，林兴辉说你请客，你不会自己打电话给他？陆道笑骂林兴辉不肝胆，但要他晚上无论如何要抽空作陪。

晚上，三人到他们常去的客家餐馆，一坐下，陈工就乐呵呵地笑道："你小子准是有啥事求我，要不，从没见你请我喝酒。"陆道被说得有点不好意思，从前的确都是林兴辉买单，但他还是辩解说："人家一回来就想您老，请您喝酒，您这么将我军，我有事都不好意思说了。喝酒！"

陈工拍拍陆道："自家兄弟，但凡有事说来，我们喝酒说事两不误。"

陆道本来真不想这么早说，搞得像鸿门宴似的，看陈工如此开朗，如此好心情，就直接拉开话题，说道："那我就不客气了，您要是答应了，我等下敬您三大杯。我那个村想打个隧道，但我不知道需要投资多少所以想请您到实地勘察一下，帮我们做个方案，最好是能切实可行的，当然，您现在表不了态能否切实可行，但请您一定先帮我去一趟现场，好歹给我出出主意。"

陈工哈哈大笑："我当是什么事，你不请我去，我也还想去看看你小子，反正我现在是自由人，明天就去如何？可你得把三杯酒喝了。"

陆道豪爽地喝完三杯酒，然后转向林兴辉问道："怎么样？你去吗？"

林兴辉莫名其妙："我去干嘛？我又不懂。"

陆道笑道:"你当司机总会吧?兄弟的事你就撇这么远?"

林兴辉搔搔头皮:"可我明天公司还要开董事会呢。"

陆道拍拍林兴辉:"你就不会明天会议调整一下?反正公司你说了算。回去看老娘也应该啦!对了,阿姨现在康复的怎样了?也怪我没再抽时间去看她老人家。还有,你总不能让陈叔他老人家和我一样坐班车吧?"

陈工嚷道:"哎!哎!叫我什么了?我有那么老吗?我咋就不能坐班车啦?"

陆道看着老顽童似的陈工,赶紧改口道:"老哥,您一点也不老,但也不能让您坐班车呀?我跟您说,林兴辉的老娘前段时间刚刚摔了一下,您说他要不要回去看看,尽尽孝心,还像个当儿子的吗?"陆道就是要撺掇林兴辉和他们同去。

陈工也附和道:"这样啊?那是应该的,我们都一起去看看,兄弟嘛!"

林兴辉埋头吃菜,不说话。在中学念书时,他跟陆道同桌,可从来都是陆道左右他,可不知咋的,他现在当董事长了,也心甘情愿被陆道左右着,足见他们俩感情深厚。

第二天一早,林兴辉还是打电话来说公司有个重要招标会,但车可以随便开去。陆道只好表示理解,但意味着他还要来省城一趟。真怕时间久了,耿丽丽会以为他们没诚意了,无论如何要抓紧时间。

陈工玩起来像老顽童,工作起来却是很认真的,他不但带了个助手,还带了许多仪器。他们次日上午十点多就到了下阳村,没有休息,直接到实地勘察、测量,直到一点多钟也不肯收工。陆道帮不上忙,却又不敢离开。午饭虽然交代了银花,可都过了这个点,是让银花送来,还是再等等,看看他们是否快收工了?正这么想着,却见柳海生骑着摩托来了,看那后面驮着的东西,一定是送午餐来了。

陆道又惊又喜地问柳海生:"你咋知道我们在这?还给我们送来了午餐?"

柳海生责怪陆道:"你看你,手机也不接,把银花都急死了,这不她叫我赶紧来看看,顺便带来了午餐。"

陆道掏出手机一看,果然有十几个银花挂来的电话,但自己手机静音,竟然没有察觉。他先拉过海生介绍陈工,哪知陈工用一只眼看着测量仪,没有任何反应,才知这个老顽童工作起来原来这么投入。

约莫过了半个多小时,陈工才放下手中的活计,对陆道嚷嚷道:"饭在哪里?我饿了。"然后就毫不客气地狼吞虎咽起来,吃了一阵才问陆道:"你刚才说他是谁？哦，村主任呀！好，我告诉你，你们这隧道好打，我们判断这山基本是沙土为主，挖掘容易，但也容易崩塌，必须一边挖掘，一边就要进行顶上加固。当然，什么结构顶上加固都是必须的，只是这种结构对造价成本有利，但危险因素也并存。我估计从这挖掘直线距离不会超过八百米，总造价应该可控在八百万元以内。你们这项目估计要招投标吧？村集体项目要走这程序的，招投标什么结果也未可知。"

陆道兴奋地拍掌道："太好了！太好了！谢谢老哥！"这个预测和自己先前预估也差不多，陆道自然很兴奋。但陆道对陈工所说以村集体为投资主体的项目需要招投标又引起兴趣，如果这隧道的投资主体不是村集体，而是私营企业，是不是不需要走招投标程序？不过，他觉得现在说这想法还不太成熟，只要打这隧道有可行性，第一步目标就达到了。

陆道本来想留陈工在银花那吃晚饭，把那天招待耿丽丽的土菜也上一遍招待陈工，转念一想也不妥，陈工喝完酒总不能睡在村里破破烂烂的地方吧？不如到海昌县城招待陈工，也好安排陈工在城里住下。这么想着，陆道干脆也不带陈工去村里转转，他让海生先回去，并转达对银花的歉意和谢意！自己开车把陈工带到了城里的维多利亚大酒店。

陆道刚进旋转门，就瞧见耿丽丽在大厅沙发上和几个客人正饶有兴致地聊着啥，这使他的步伐有些犹豫。他原本想充实完善材料，做好PPT，再去见耿丽丽，现在看来只好硬着头皮先见见她了。

耿丽丽见到陆道，像是他们之间没发生过啥误会，很惊讶地问道："你怎么会在这？有客人吗？"

陆道拉过陈工，跟耿丽丽介绍："这是陈工，是省交通厅的，他可是教授级高工，还有这位……是……哦，姓胡，是陈工的助手，今天我请他们来呀，就是进一步勘察一下，我们要打通那隧道有多少可行性，好消息呀！和我原先预测的差不多。今天正好陈工来了，等下让他给你好好介绍一下情况……"陆道越说越兴奋。耿丽丽打断他的话："这样，你们先去住下来，我这还有客人，待有时间了再说。"

耿丽丽突然那么冷漠，让陆道有些失落，感觉很没趣，他有些后悔为何要带陈工来这家酒店，但既然来了，只能忍了。

安顿好陈工他们去休息，陆道赶紧打开酒店的电脑，从钥匙串上摘下U盘插上。这是他的习惯，U盘从不离身。他要尽快完善PPT材料，不管耿丽丽什么态度，他就算死皮赖脸也要纠缠着她，让她答应这个项目。

临近晚上八点，陆道还在电脑上忙着。陈工打来电话，嚷嚷道："你小子想饿死我呀？你看都几点了？"陆道这才想起还有陈工他们在这，赶紧关了电脑，招呼陈工他们去吃饭。

夜晚的海昌城还真是繁华，维多利亚大酒店左拐百余米，就是一条靠海的夜市长廊，海鲜排档有好几十家，各种应市海鲜琳琅满目。陈工可能饿得不行，笑骂陆道："你这臭小子，这么繁华热闹的地方，也不带我来，躲在房间里干啥呀？我跟你说，今晚你可不准吝啬，我要吃你、喝你个翻天。"

陆道哈哈大笑："老哥子，今晚您就放开肚皮吃喝，咱老百姓今儿真呀真高兴！您随便点。"

陈工指着一家叫"快活林"的菜馆，笑道："就这了，这店名我喜欢，我也饿了。"陈工这老顽童一生喜欢快活，抽烟，喝酒，爱和年轻人闹，心态好，身体也就健康，体检大部分指标居然也都正常，看来心态好，万事好！

三个人不知不觉喝了一箱啤酒，陆道微醉，眯着眼问陈工："老哥子，您今天说以我们村集体投资建这隧道要招投标，那如果以私营企业名义建这隧道也就不用招投标了吧？您现在担任那么多家企业的顾问，可否帮我找一家靠得住的公司来，我们定标施工。"

陈工哈哈大笑："让私营企业来投资？你喝多了吧？隧道用BOT方式建设有过，也有用BT方式，但都必须有相当的过往车辆，年收费达到建设总成本百分十七以上。否则谁愿意干？你那地方一天总共过不了几十辆车，没人愿意投资的。"

陆道一时无语。他无法向陈工解释他的计划，只好劝着他们喝酒。这时，耿丽丽终于打来了电话："陆道，在哪呢？今天接待一批重要客人，忙到现在，抱歉，都忘了给你们安排晚饭了。这样，明天我过来陪你们吃早餐，有事明天说，少喝点。"

陆道接完电话，一下兴奋起来，和陈工直接吹瓶子。陈工笑道："你小子谈恋爱了吧？瞧你兴奋的。"

耿丽丽第二天早上却没来，但在九点多时打来电话说，公司临时有事，表示歉意，请他们下午三点去她公司谈。陆道知道她忙，表示理解。他也正好把手上的材料进一步完善。只是又得把陈工凉一边了，好在老顽童还挺好说话的。

大仁金公司大楼有二十三层高，耿丽丽的办公室在十三层，几乎整层都是她用的，除了她的办公室，还有会议室，秘书办公室。那豪华的程度，是陆道没见过的，所以，当陆道走进她办公室时，就像刘姥姥逛大观园似的，东张西望，直至耿丽丽喊他，他才回过神来，冲耿丽丽笑笑。耿丽丽问他："你准备好了吗？今天，正好我们要开董事会，我第一个议题想让你介绍一下你的想法。虽然，我把投资意向在公司例会上吹过风，但最好还是能得到董事们的认可。"

陆道说："我有PPT汇报材料，我力求能表述清楚，但为了更有说服力，我想请陈工，就是你昨天在宾馆见过的那位，让他把昨天实际勘察的结果跟大家通报一下行吗？他可是为了这，专门为我留下的。"

耿丽丽点点头："请他来吧。"

陆道用十八分钟时间，图文并茂，顺畅汇报完，然后，让陈工做补充。老顽童陈工工作起来真是一丝不苟，他从专家角度，详细介绍了葫芦山的地质构造，测量的相关数据，可行性分析等情况。只是陆道觉得参会的董事们似乎没有几个有兴趣听。直至他们介绍完，有个黑高个叫阿彪的中年人站起来发问："陆先生，据我所知，现在各地为吸引客商投资，都是路通、电通、网通等，是何道理你们要我们公司去投资，还要帮你们修隧道？有这样招商引资的吗？"

陆道笑笑，镇静回答道："这位先生所说的问题，我完全理解，目前，各地为招商引资，甚至服务比这更周到。不过，我想请您注意这么个问题，实施工厂化养殖，节能环保，是今后养殖业的发展趋势，而我们下阳虽说是山村，但靠海近，关键可以回避由台风带来的毁灭性伤害；我们山涧中流出的清泉水可与一般的矿泉水媲美，非常合适养殖对水质要求颇高的鳗鲡等鱼类的养殖。关键还有一点，国家有很大力度的政策性补助。这些情况我刚才在汇报材料中都已详细汇报过。我想，这些得天独厚的条件，不是一般地方所具有的。当然，我们承认，我们地处交通不便的山村，没有能力为投资企业提供便捷的交通服务，但我们愿意以三十年的零地租，表示我们的诚意。你们若投资了这个隧道，提高了你们企业的效益，也方便了我们村民的出行，这是双赢的策略，何乐而不为呢？"

会场一阵沉默。良久，耿丽丽突然带头鼓起了掌。然后，她请秘书带陆道他们去会客室休息，等待他们会议表决的结果。

耿丽丽见与会者情绪不高，感觉到要做这项投资的压力和阻力都很大。以往的投资决策，只要理由说的充分，一般董事长提议都很容易通过。她担心这次表决会不通过，还是慎重做点工作后再交付表决。但她还是在会上说了本不想说的话："诸位，我知道你们对这项投资的顾虑和各自的想法，为什么有这项投资的动议，刚才陆先生已经和大家讲得很清楚。我不回避你们说，我们是高中同学，所以，也才有机会谈这次的合作投资。大家不要以为我意气用事，头脑发热，除了刚才陆先生说的理由外，还有一点我也跟大家通报一下，上月初，县委窦刚书记，找我去，希望我们在精准扶贫上做点贡献。虽然，我们没有具体挂点扶贫任务，但我们在海昌投资兴业，我们就有义务，也有责任为海昌人做点什么，我想，我们投资下阳，我们企业得到回报，也为精准扶贫下了力，岂不是一石二鸟，相得益彰？还有一点，刚才陆先生没说，这个隧道建设是会得到政府相关部门补助的，也就是说，我们不一定需要投资八百万打通这个隧道，至于能得到多少补助，我也不知道。但这隧道建设的甲方不应该是我们，而应该是下阳村委会，这一点我会坚持。我想，待我们进一步调研完，时机成熟时再做表决吧。"

陆道在隔壁等得有些不耐烦，因为他答应陈工今天一定把他送回去的，眼看天就黑了，他就跟耿丽丽发了个微信，告诉她自己先走了，什么结果电话联系。耿丽丽直至陆道快到省城时，才回信说，回海昌后联系她。

陆道刚到村里时茫然的每天起床后不知道要干啥，现在有了计划，找到了要走的路，却又感觉时间不够用了。他一天时间里跑了交通厅、扶贫办、民政厅，凡是有可能争取到钱的部门他都去跑，好在这几年在厅里工作，各个部门几乎都有认识的人，这本身就是很重要的人脉资源，有没结果在其次，或许有时候不经意间天上就会掉块馅饼下来。

陆道第三天才回到海昌。和耿丽丽相约见面的地点还是在她办公室。这次他们谈话的氛围有些严肃，从前那些朦朦胧胧，似亲非亲的感觉已然不存在了。耿丽丽颇含歉意地说："陆道，我知道你可能会抱怨我，昨天我没有把这个投资动议交给董事会表决，因为，我觉得时机还不成熟，也许表决的结果会是另一个我们不愿意看到的结果，那样反而会更被动。记得，你刚来时，我曾跟你表态，今后有啥困难，尽管开口。如果你现在村里需要我们支助点什么，比如，捐建一栋校舍啥的，我依然会考虑尽力支持。但你提的这项目，涉及投资太大，我不得不在董事会上表决。你也看到了昨天会上的情形，通过的阻力有多大？当然，我公司内部的有些情况你不太了解，你也没必要知道，待我逐个做些思想工作，在合适的时候，再做表决好吗？"

陆道先是不语，沉默一会儿才说道："不管怎样，我都会感激你的，毕竟你为我们努力过。"

耿丽丽喝口水，继续说道："坦诚说，当前经济形势下，居多人不太主张投资实体经济，税费压力大，成本高，效益小。而投资房地产业，或许能得到二至三倍的回报。有句话，怎么说来着？在中国投资房地产业，连贩卖武器，贩卖人口都没兴趣了。你也知道，我们在海昌的房地产业项目是很成功的，除了名仕嘉园小区是我们开发的，我们还将建造一个'海上花园'高档别墅区，可以预见这个项目成功的把握性很大，现在海昌有钱人多了，追求的也是高品质的生活，因此，应该是不愁卖的……"耿丽丽端着杯子，走动着说，却发现陆道在玩着手机，她知道这些话刺激了陆道，于是，转回话题："陆道，我知道我说这些你不高兴听，但作为老同学，我又不能不对你说这些，我不能骗你呀！不过，我劝你现在把更多的心思放在这个隧道项目的资金争取上。你上次不是说了，能从省里争取到一部分资金，只要你能立项启动，到时，我以精准扶贫的名义，资助你们部分资金，先动起来再说，你觉得怎样？"

陆道这下两眼放光："真的？那太感谢了！这样，你以捐建我们村部的名义，先给我们一部分资金，那我们就可以把这项目启动起来，然后，再到省里各部门去要点，我想这项目就有希望啦！"

耿丽丽捶一下陆道的肩膀，嗔道："瞧你美的，我还没答应给你多少，你就美成这样？"

陆道坏笑："你说可以捐建一栋村部大楼，这还能少得了？总要个两三百万吧？不过我希望董事长不要以捐建校舍的名义，一个原因是我们村小学校舍是前几年'一无二有'检查达标校，校舍不是问题，现在小学生人数不断减少，没必要建新的校舍；另一个原因呀，支援教育的资金被我们挪用了，这罪名可就大了。"

耿丽丽也笑道："不用捐资建校舍的名义我可以答应你，但你胃口也太大了吧？张口就要两三百万，我们可不是印钞公司。先给一百万，如何？要就要，不要就算。"

陆道拉下苦脸："近千万的工程，一百万怎么启动？你这么大的董事长，总要点名气吧？先给两百万如何？"陆道说这些话时，几近像小孩要钱买棒棒糖似的，耿丽丽终于看到陆道也有俏皮可爱的一面，终于笑吟吟地说："答应你吧，年轻的老小孩。"

陆道更俏皮了："有奶，我叫你娘都行。"

耿丽丽佯装怒道："谁是你的娘，给我滚！"

他们之间的那种亲近感似乎在回归。

陆道没有接受耿丽丽的吃饭挽留，直接赶回村里。他想与柳海生他们商量搭建一个筹备班子，可是，这下阳村居多的村干部都外出打工了，除了柳海生，还有谁可以安排到这个筹备班子里来？吴东东不是村干，再说，他只会干技术活，甚至有可能他不乐意。唉！下阳村要找到会干活的人可真难呀！

傍黑时，陆道感觉有些饿了，就信步走到银花店里，没告诉银花自己回来了，肯定不会准备自己的饭，想让银花煮面对付一下。柳公英和银花正吃晚饭，见陆道来，赶紧添了碗筷，柳公英拿出两个小瓶二锅头，笑道："一人一只，也不让你多喝，银花再去炒两个菜。小陆书记呀，这两天你跑哪去了？来了也不告诉银花一声，没准备你的饭，你就将就吃喽。"

陆道歉意说道："对不起！忙忘了，没有告诉银花，没事，我都能将就。对了，老书记，我正要给你汇报个好消息，那天来我们村的耿董事长，虽然没有最后决定来我们村投资办厂，但她答应以精准扶贫的名义，捐给我们村二百万元，没说限制用途，我们可以把这笔资金作为挖通葫芦山隧道的启动资金，我想，我们是否先搭个筹建的班子，可村里目前的状况，除了我和海生，哪找到什么人可以进这个筹建班子？"

柳公英端酒杯的手停在半空中，愣了好一会儿才说道："小陆书记，你要是觉得老朽还有用，我愿意为这事出点力，我来帮你找些人吧！我觉得小学的赵老师文字能力不错，也热心做些公益事情。这项工作是天大的好事，我们下阳村的老少爷们都应该出点力，只是不知道小陆书记下一步怎么打算？"

陆道说："关键是要促使这个项目立项，有名目了就好向相关部门去争取资金。我交通厅的朋友告诉我，农村道路硬化就有专项补助，但具体怎么争取我还要进一步了解。"

柳公英拍掌道："好！好！有你这么用心，我们下阳村有希望了。这样，我们俩分工，我主内，你主外，我负责让下阳村的老少爷们动起来，你去外面跑资金。实话说，我那木讷侄儿柳海生，你也别指望他能干啥大事，以后有啥具体的事让他跑跑就不错了。来，小陆书记，我敬你一杯，你来了，是我们下阳村的幸运！"

陆道谦恭捧杯，说道："老书记千万别这么说，这是我应尽的职责。说实话，我初始真没敢想您会肯出山助我一臂之力，理当晚辈敬您。"

陆道一饮而尽，抹抹嘴，继续说道："老书记呀，就在前几天，镇'新农办'的人来，要求我们要整体搬迁到大布岚自然村，我都觉得说不出不搬的理由。确实，如果我们的交通不改善，要说适合人居环境，就有些牵强。如果我们隧道能打通，万事则兴。要再吸引企业来投资，就不会有这么大的阻力，毕竟我们也有许多有利的条件。耿董事长对她公司的董事们也好交代，分两步走的策略是对的，是我太急功近利了。我们这项目如果能得到镇里张书记的支持，我们下阳不但不要搬，有可能还会得到资金等各方面的支持呢。"

俩人越说越兴奋，柳公英不知不觉又开了两小瓶二锅头，直至深夜陆道才回到村部。

陆道第二天就去镇上找张福孩，通讯员说张书记正在开会。他只好在党政办无聊地翻阅着报纸，通讯员小刘给他倒了杯水笑道："陆书记，我这报纸天天换，可从没见人看过，该给你颁发个阅读奖。"

陆道也大笑："而今确实也只有我这乡下人会看报纸了。"

俩人聊一会儿，小刘就告诉陆道，张书记回办公室了，陆道好奇问道："你咋知道张书记回办公室了？"

小刘用手指着楼上说："张书记办公室就正顶着楼上这间，我们这老房子不隔音，你没听到楼上响声？"

陆道就到楼上正想敲门，张福孩却已瞥见了陆道，热情招呼道："怎么啦？今天好像没通知你们开会呀？"

陆道说："张书记，我是专门来给你汇报工作的，能给我点时间吗？"

张福孩抬腕看看表说："我本来确实是要下乡的，推迟半个小时走，够吗？"

陆道也拱手说："谢谢！前段时间你们派来新农村建设工作组的同志来我们村调研，看来我们村的老百姓思想还是不通，工作阻力很大。"

张福孩泡好茶，递给陆道一杯，笑着说："是你思想不通，还是村民不愿意搬？我听说你自己有想法，说来听听。"

陆道顾不上喝茶，兴奋说道："张书记，你们'新农办'要我们搬迁的理由是不是说我们下阳村交通闭塞，经济发展落后，人居环境差？那假如我们交通改善了，也能吸引企业来投资了，那不是人居环境就好了，不用再搬迁了？"

张福孩瞪大眼："你想怎么改善交通环境？"

陆道继续说道："我们能不能换一种思维，记得我上次提起过，就是把用于补助老百姓搬迁的钱，来补助改善交通，都是为了改善民生，殊途同归，目标一致嘛！事实上，老百姓之所以不愿意搬，一是补助太低，老百姓新房也建不起，二是到那个大布岚村，今后的生计没有保障。我们下阳村本部有四百多户人家，要补助也需要两百来万吧？如果我们在葫芦山中段挖一个隧道，可以避开危险的盘山的小公路，实际上就是条机耕道，而且到下阳的直线距离还缩短了十多公里左右，你说下阳的交通状况是不是得到了彻底的改善？这些情况我上次也跟您汇报过。搬迁和建隧道这两项工程哪个更浩大？哪个更有实际意义？在我看来，至少目前为了下阳村的稳定也要做出这个决策。"

张福孩问:"那你现在有什么想法?这挖隧道也不是个简单的工程,就凭你们下阳村要实施这工程……这好像……好像有点……"张福孩不忍心嘲笑陆道。

陆道说:"张书记,我当然知道你要这么问,否则我也不敢今天来给你汇报了。实话说,我已经争取到两百万的启动资金,如果镇上能把这搬迁补助的资金……当然,我只是这么一说,镇里怎么决定我们都得服从。我还想跟张书记汇报的是,我前几天请了省交通厅的一位老工程师到我们下阳村实地考察了,他认为那里的工程造价不会太高,应该在八百万元以内,农村公路硬化也会有一定的补助,其他渠道如果有去争取也会有收获,我们目前就想把筹建班子搭起来。希望能得到张书记以及镇里的支持。"

张福孩沉吟一会儿说道:"你这想法倒有些大胆,也有些创意。我们现在的干部常常工作按部就班,没有创新思维,镇党委会认真研究一下。不过呢,这些新农村建设专项资金都是县上拨的,若要改变用途,肯定得请示相关领导的。先按你说的,搭起班子,积极筹备,先干起来,好样的!"

陆道原以为在张福孩这一关会有严格的考试,他带了精心准备的相关资料,答复张福孩的提问。有了张福孩支持,陆道心情舒爽,信心倍增。他谢绝了张福孩挽留吃饭,赶回下阳,他要和柳公英进一步商量实施方案。

可是,陆道刚到村里,还来不及吃饭,耿丽丽又来电话,让他下午去她办公室谈谈,不说啥事就把电话挂断了。耿丽丽现在的话对陆道就像圣旨,他可不敢怠慢,骑着还没还给银花的电驴子,立即又赶到镇上坐班车进城。

耿丽丽还是那么忙,直至下午四点了,才有空见他,但看起来耿丽丽心情不错,陆道一进门,她就递上一瓣剥好的柚子,笑吟吟说道:"找你来,还是想跟你商量,这钱怎么给法。实话说,我不想为这些钱上董事会的例会研究,你也许不知道这董事会内还有些复杂。我想从董事长基金中先给你们一百万元,这是我可以支配的,不需上董事会。明年适当的时候我再从董事长基金中给你们一百万元,这样就可以避开一些不必要的误解和矛盾。如果你同意,就把账号给我,我让财务立马给你转去。"

陆道说:"哪有什么不行的,给你添了很多麻烦,真是不好意思。也真心感谢你对我们的关心支持!我手机里就有我们村里的账号,马上发给你。"

耿丽丽笑道:"你这客气得有点让人听了不爽,实话跟你说,我此举也不单单看你的面子,前段时间,县委窦刚书记跟我说,希望我能为农村精准扶贫办点事,我觉得捐给你们修路,打隧道再精准不过了,你们下阳村落后的主要症结不就是交通闭塞吗？俗话说，要致富，先修路，这算精准吧？我呀，这下两头都有交代了。哈哈！"

陆道拍掌："董事长运筹帷幄，一举两得，实在高明。"

耿丽丽拍一下陆道："我觉得你现在越来越会拍马屁了，不过你拍在老娘身上可就拍错了，我可不吃你那套，你要是当初像现在这样会拍马屁，你可能现在就不是副科级干部了。"

陆道愣一下，但没有生气，谁说不是呢？当初机关里虽说也有几个所谓的研究生，但大都是在职混来的研究生牌子，真正全日制研究生毕业有几个？自己没把握好机会又怪谁呢？他讪笑道："董事长所言极是，我活该只是当村支书的命，好在有贵人相助，但愿呐，能救我于苦海中。"

耿丽丽似乎也感觉刚才玩笑开大了，但又不愿拉下脸赔不是，就对陆道说："我等会儿还有个会要开，你先到维多利亚酒店休息一下，晚上请你吃海鲜。"

陆道在酒店等到晚上七点，也不见耿丽丽来电话。中午没吃饭，肚子早就造反了，无聊地翻看着电视，突然，翻到海昌新闻，镜头里县委书记窦刚和耿丽丽佩戴着胸花，兴高采烈地为大仁金公司第三条生产线剪彩。窦刚在讲话中盛赞大仁金公司敢拼敢闯，响应习近平总书记"一带一路"战略思想，把市场拓展到西亚及欧洲地区，企业效益不断翻翻，而今已成为海昌的第一纳税大户。海昌作为"海上丝绸之路"的起点，应该在中央伟大战略部署中走在前列。县委、县政府也将出台更加优惠的政策，扶持帮助企业更快的发展……陆道没见过窦刚，但他明白了下午耿丽丽说的窦刚书记要她为扶贫出力的用意是真的，看来他们的关系真的不一般。

耿丽丽八点才打来电话，她说马上派司机来接他去"海心悦"海上度假村吃海鲜。陆道哭诉道："姑奶奶，我现在前胸贴后背了，能不能不去那么遥远的地方，我只想有东西往嘴里塞，就行了，哪怕就煮碗面也可以。"

耿丽丽笑骂道："农民，毫无情调。我叫酒店煮一大锅面，撑死你！"

维多利亚酒店的海昌厅，似乎是耿丽丽的专用接待厅，偌大的包间就他们两人坐着，显得好空荡。陆道顾不了许多，狼吞虎咽地吃完三碗面，才傻笑道："我两餐吃三碗不过分吧？"

耿丽丽横他一眼："继续吃啊，我说过撑死你！"然后往陆道杯里满上一杯葡萄酒，继续说道："有本事喝酒也像吃面一样？"

陆道看她一眼，果真端起杯子一饮而尽，耿丽丽看傻眼了，突然"咯咯"笑道："你这憨货，真的喝了呀？你知道这是什么酒吗？"

陆道装傻道："这不是葡萄酒吗？我现在对你唯命是从，董事长怎么说，我就怎么做。"

耿丽丽看陆道那傻样，忍俊不禁："你知道这一杯喝掉多少钱吗？这是法国原装进口的葡萄酒，生产于二十世纪六十年代，一瓶折合人民币一万两千元，以你刚才喝掉三分之一算，就是四千元。"

陆道张大嘴："啊！你为什么不告诉我？罪过，罪过！"

耿丽丽笑道："喝就喝了，何罪之有？酒开了就要喝，我刚才只不过想考验你一下，没想到你真敢喝，这么好的葡萄酒应该慢慢品才对。"

说是慢慢品，不知不觉俩人也把一瓶葡萄酒喝个底朝天。耿丽丽要再开一瓶，陆道坚决反对，他真心疼了。耿丽丽没再阻止，只是哀叹道："陆道，你大概以为我挥金如土，醉生梦死，过着奢侈的贵妇生活，这酒一万多不假，我求证过，可是，你不知道的是，这并非我买的，而是海昌一位领导送的，只因为我为这位领导的侄儿安排进我的大仁金公司当领班，这位下岗的工人，一下子工资收入增长了三倍。我不稀罕他送什么高档酒给我，但这些贪官也不会因为你拒收就廉洁了。在中国，你想在商场有所作为，要撇开官场中的恩恩怨怨，那是白日做梦。我并非说官商结合都是丑恶的，有时候商人需要掌握实权的政要支持，无可厚非。这期间有阳光的、正义的。目前，我所见到的窦刚书记，就是这么一位清官，好官。但居多的小官，又有一些实权的，没有一定的利益和好处，事难办呀！所谓小鬼难缠，还真是这么个道理。我现在一个人撑着大仁金集团公司，真觉得好累，好累！陆道，说真话，你愿不愿意辞了你那个副科级的'官帽子'跟我干，年薪你自己提，车辆我给你配，住房你自己挑。我现在就想有个有能力，又懂我的人来帮我一把。"

陆道不曾想耿丽丽依然没有放弃这个想法，目前，他只想把当前想做的事做成。自己人生中还没有树过远大的理想和目标，好不容易有这么一个想法，刚刚冒头就夭折了？于是，他思索一会儿，回道："丽丽，感谢你对我的信任，我觉得，我现在还没有足够的心理，去接受你给我安排的这一切。我倒是真诚希望你能帮助我实现我的第一个梦想，而且我觉得在下阳村兴办养殖工厂的项目是完全可行的。记得，我上次跟你说过福清的那个养殖工厂吗？他们是用水车运海水到工厂，路途遥远，运输成本高，他们尚且有良好的效益，我们直接用水泵抽不可能比他们成本更高。而且，有规避台风、劳动力廉价等方面的优势，你为什么还犹豫呢？"

耿丽丽说："你说的这些我怎么会没考虑过呢？实话跟你说，我原先不想上我大仁金公司的第三条生产线，我个人觉得国内市场已经趋于饱和，甚至出现产能过剩现象，但窦刚书记却说'一带一路'战略思想一定能给我们带来新的生机。我们目前产品已经打到巴基斯坦等国不假，但后劲不足，很快将出现饱和状态，再远能走到哪里，我心里没底。目前公司也很难再抽出大笔资金投资别的项目。况且公司内部个别董事也有不同看法，所以我只能分步走，请你理解。"

陆道叹口气："唉！家家都有本难念的经，个人何尝不是？我们都相互理解吧！要我一下决定'弃政从商'确实是个艰难抉择。实话说，我这几年从股票市场挣了一点钱，我以为我会很高兴，幸福感满满，谁知我高兴的热度没有持续一两天就销声匿迹，我的志趣好像不在这。"

耿丽丽惊讶地看着陆道："那你志趣在哪？当官？"

陆道不知怎么回答，犹豫一会儿才回道："我也说不清，好像也不完全是吧，我只是想实现自己的个人价值。"

耿丽丽摇头："读不懂你，真不知道你想追求怎样的个人价值？人各有志，我不勉强你，但大仁金公司的大门永远向你敞开着。"

陆道要用双手握住耿丽丽的手，耿丽丽非但不伸手，还嗔骂道："少来献殷勤，你有困难我帮你，我有困难你却不肯帮我，哪称得上哥们。"

陆道收手嘿嘿笑道："问题是我去帮你了，就不需要你帮我了，这是一对矛盾，不是吗？不如这次你先帮我，等我这些想法实现了，就去帮你，成不成？"

耿丽丽故作无奈叹道："唉！大概上辈子欠你的，让我这辈子要还，但我希望你这辈子欠我的这辈子就还。"

陆道涎着脸，忙不迭声回道："还，还，时机成熟就还，谢谢姑奶奶。"

耿丽丽抓起桌上的纸巾揉成团砸向陆道，佯怒道："谁是你姑奶奶，你想咒我老？"

陆道似有委屈地说道："我哪敢说你老，你当年校花的风采依旧，现在可称是海昌县花了。"

耿丽丽正经道："也不爱听这虚伪拍马屁，我想听你说实话，你怎么看我？"

陆道故作迷惑："什么怎么看你？你是想让我评价一下你？那我可说不准，我只能说我自己的个人感受。我真觉得你很能干，走到今天也很不容易，别说在海昌，就是全中国，你这年纪就有如此的成就，能有几个？只是我不明白，你这么拼命是为了什么呢？"

耿丽丽似乎觉得陆道有点故意撇开话题，也只好应道："我也不知为了啥，总觉得自己像一部挣钱的机器，不停地转。可不转又咋办？这么大一个集团，这么多人的生计，我不得扛着？我真觉得好累，好累！场面上似乎风风光光，一个人回到家里连个说话的人也没有，你能理解我心中的苦衷？"

陆道似在装傻，却又很认真地说："我当然理解，但不知怎么帮你消除这个烦恼。"

耿丽丽长叹一声，觉得没兴趣再和陆道说这些，不管陆道是揣着明白装傻，还是真不明白她的心思，再说自己就掉价了。身边虽然围着很多男人，却没有一个能纳入自己的眼帘。看中她的钱财，看中她的美貌，或许还有真的欣赏她的才干，有些确实也有实力，有地位，但没有一个能拨动她情感的涟漪。眼前这个男人没钱没地位，说不上才华，也不见得俊朗帅气，凭啥心仪于这么个"小男人"？当她起身准备结束这顿令她伤感的晚餐时，陆道似乎意识到耿丽丽的不悦，赶紧讨好似地建议："要不我们去唱歌吧？唱歌能释放不良情绪，把心中的不快都喊出来。"

耿丽丽当下回绝："不唱，情绪不好时，越唱越伤感。还不如用酒麻醉自己。你有本事把那瓶酒开了，我们一人一半如何？"

陆道迟疑片刻，温柔劝道："丽丽，我知道你面上风光，内心有很多苦楚，但靠酒精麻醉自己终不是个办法。有困难有苦恼，要勇敢面对才是。实话说，你要我去帮你，我甚至不知道我能做啥？我知道我不值得这个价。你开出如此高的待遇，我有什么资格去承载？什么勇气去接受？每个人都有自己的自尊，只是价值取向不同，所表现的自尊程度也不同。我只是觉得如果在你公司不能发挥我应有的作用，倒不如做些自己想做且有可能做成的事，可能……可能需要一个过程吧！让我了解一下你们的运作模式，至少我得知道我能做什么？"

陆道这些话似乎也让耿丽丽情绪好起来，她还是起身开了那瓶葡萄酒，倒了两个半杯，微笑着递给陆道一杯，笑道："陆道，这杯酒不为了麻醉自己，而是为了有朝一日我们能合作。我也答应，等公司缓过劲来，我就投资你那个项目，你到时也要答应过来帮我，如何？同意就干了此杯。"

陆道先喝光了酒再说道："这算个态度吧？不过，以什么方式去帮你，或者说是我们的合作，那我们再探讨。"

耿丽丽做了个OK的手势，也喝了那杯酒。俩人不知不觉中又喝光了那瓶酒。俩人都没醉，都很愉悦。

耿丽丽第三天就让财务把一百万钱打给下阳村户头上。陆道和柳公英开始了前期紧张的筹备工作。撰写立项报告，请人勘探，设计等忙得不亦乐乎。张福孩也给他们带来了喜讯,镇党委研究同意,下阳村不再搬迁,就地改善民生条件,改变交通状况并报经县里同意,用于补助村民搬迁的经费改变用途,作为隧道建设的经费。陆道更是马不停蹄地往县里、省里相关部门跑手续,跑经费。更值得一提的是陈工在此期间真帮了大忙,他力劝他担任顾问的平潭一家专门修建隧道的公司,以极低的造价中标,承包了隧道建设任务。陈工向他们表态,以那里土质,这个工程不会亏。只是他没想到会有别的意外发生。

陈工退休后被好几家企业聘为顾问,其中就有一家平潭的一家专业隧道公司,老板叫李福寿,对陈工简直言听计从,确实陈工帮了他公司不少的忙,因此,陈工介绍他这项工程时他爽快地答应了,并且对陈工开玩笑道:"这是我接过最袖珍的工程了。"

陈工不客气回道:"你别臭美,还不一定是你的,最终要看招投标结果。不过,你要真心想做,建议你认真做好标书,以最低标拿下这个工程。个人以为八百万元以内这个工程可做,毕竟工程量不大。不过,我可提醒你,这沙土好挖,也容易塌方,你们一定要边挖边浇筑加固,切不可大意。"

李福寿满不在乎说道:"放心,陈工,这种小工程我们见多了。说实在的,我们是看您面子才去投标这工程的。"

陈工似有不悦,冷冷回道:"我可没勉强你接这个工程,我是认为这个项目是能挣钱的,才介绍给你,当然你要是嫌这项目太小,不接也可以。"

李福寿看出陈工不高兴,连忙说道:"不,不,不嫌小,陈工介绍的一定得接,而且我们会做好。"

李福寿后来以七百六十八万最低价中标。陆道初次见李福寿时印象也是怪怪的。这哪像陈工说的亿万富翁啊?穿着一件不上档次的皱巴巴西装,皮鞋沾满泥土,牙齿被烟熏的全黑了,唯一能看出有点钱的就是脖子挂着一条老粗的金项链。可能他也没把一个村支书太放在眼里,跟陆道说话竟有一种居高临下,甚至带有些施舍的口吻说:"这个项目嘛,我一是看陈工的面子,二是觉得你们村里也不容易,当扶贫项目做啦!"这话让陆道听了心里别扭,但又不好当面反驳李福寿,毕竟他们中标了,再有什么变故,可真是麻烦了。但后面发生的事还真让陆道看清了奸商的面目。

葫芦山隧道的地质状况确实如陈工所料,基本上都是沙土层,好挖,但也难固定,稍不小心就会出现塌方事故。李福寿太没把这样的小工程放在眼里,所以基本上很少在工地上出现,只是派了一个没什么经验的小年轻在这里指挥施工。虽然也有监理公司在场监督,但感觉他们像同一家公司,没有尽到监理应有的职责。陆道最怕发生的一幕还是发生了。

这种小隧道不可能引进盾构机施工,李福寿也没能力引进这样的大型设备,但对这样的松软沙土层,更不宜直接用爆破的手段施工。其实,李福寿派来的这个叫李士全的堂侄也知道这个道理,所以,前期施工以机械和人工配合也还顺利,后来果真碰到一块大石头,靠人工和那些小型机械是解决不了的,如果是计算好,实行局部爆破也是正确的,问题是,工地上几乎没有一个很专业的人员,计算爆破当量时,只是大致预估,当量值大大超过,结果石头是炸粉碎了,同时也引起一大片塌方。点炸药的一个贵州民工,是个二十七八岁的小伙子,还没跑出塌方区,生生埋在土里,待同伴挖出时,已毫无生命体征。

被掩埋的贵州小伙子叫刘三俤,二十八岁,是三个孩子的父亲,最大的孩子只有七岁,最小的未满周岁还在喂奶。家属赶到时,呼天抢地,尤其是与他同岁的妻子,哭得昏倒过几次,一直靠点滴维持着生命。陆道被家属们围攻的也快晕厥过去。而李福寿却迟迟不肯露面。陆道心中窝着一肚子火,可也只能耐着性子安抚着死者家属,可他确实不知此事如何处理,只好不断催促着李福寿尽快来协商解决。

李福寿是在事故发生后的第三天才出现在下阳村,声称自己从河北马不停蹄地赶过来。事实上李福寿一直在平潭老家打麻将。他一来就把合同文本给陆道看,装出一副无辜可怜相,对陆道说:"你看,陆书记合同文本写清楚,遇到不可预测,不可防范的自然灾害,甲乙双方共同协商解决,所以这件事情不能只能由我们乙方承担责任。"

陆道据理力争:"据我所知,这起事故完全是因为你们操作不当引发的责任事故,根本不是不可抗拒的自然灾害。"

李福寿也辩解道:"怎么不是自然灾害?虽然诱因是爆破引起的,但发生大面积的塌方和泥石流却是因为这里的土层构造存在天然隐患,这不是不可预测自然灾害又是什么?我们当时要是知道这种土层构造,打死我也不会接这个工程的。"

陆道气极,他知道李福寿在诡辩,但也知道和这种人辩解下去是没有意义的。当务之急是如何解决死者问题,以及这批庞大的家属团如何安抚。于是,他忍住心中的怒火,缓和语气对李福寿说道:"李总,我们暂且不去争论这些问题,留着让更专业的人士去解释,眼前的问题是如何解决死者和家属问题,死者为大,先让他入土为安。还有这批家属总不能让他们风餐露宿吧?因此,我希望李总能否先安排一部分经费先解决眼前的问题。"

李福寿歪着头斜眼看着陆道说:"陆书记的意思,是要我们乙方承担全部的责任喽?"

陆道觉得实在很难和这么一个品味、德行都欠缺的人沟通,可自己竟然不知道该和谁商量,柳海生没啥主意,定然说不出道道,还是找老支书柳公英商量吧。眼前先摆脱这尴尬。于是,他也冷冷对李福寿说:"李总如果有诚意想解决问题,就请你先垫上,村里目前确实没有钱。至于谁该承担怎样的责任,我还是主张让更专业的人士,或者让法律来解释这些问题。"

李福寿又来劲了,依然歪着头发狠话:"听陆书记的意思是要打官司了?李某愿意奉陪。"

陆道觉得再说下去已经没有意义了,于是,直接去找柳公英商量。

柳公英正在银花店里吃晚饭,见陆道来就热情招呼陆道一块吃,陆道气呼呼说道:"气都气饱了,还吃啥饭?"

银花还是拿来碗筷摆在陆道面前,柳公英也笑着劝道:"不管怎样,饭总是要吃的,吃完慢慢说。"

陆道推一下碗筷,说:"吃不下。我还是和您先商量一下,看眼前这事咋处理?那个李福寿,简直混蛋一个!出这么大的事,却一味地往外推责任。我让他先安排一部分资金解决当前死者跟家属安抚问题,他却要跟我谈责任如何分摊问题。现在死者尸体在工地上已经放了快三天了,虽然现在天气不是很热,但已经有异味了,再拖下去会引发更大的问题。还有死者家属有来了二三十人,吃住咋办?目前他们都窝在工棚里东倒西歪,看着实在不忍心,平心而论,我觉得这些家属已经很好说话了,他们的要求也是合理的。至于怎么赔偿,下一步再协商,眼前的事情总要先解决。"

柳公英沉吟片刻,说道:"死人的事情谁也不愿意看到,但既然发生了,就要去面对。我们作为业主单位,完全推脱开责任也说不过去。我看这样,我们把村部的房间收拾一下,然后我向村民借些被子、草席等被卧具让家属们先克服住下。吃饭呢,就让银花弄些快餐送去,二三十人也好解决。我们主动承担些,相信那李福寿也不好意思不配合。等下我们一起找李总谈,你先吃饭。"

陆道深深佩服老书记的境界和谋略,他上前握住柳公英的手,连声说:"谢谢!谢谢!我怎么没想到呢?姜还是老的辣。我吃,我吃。"

有了村里的主动态度,李福寿果然也立刻转变了态度,愿意承担死者的丧葬费用,家属吃住由村里承担,尸体当天就被拉到海昌殡仪馆冰棺保存。

赔偿的谈判还是很艰难,死者家属提出八十六万赔偿金,并坚持不肯退让，确实他们找过专门律师咨询过，每一项都有理有节。而李福寿只同意支付四十三万，依据依然是合同条款中的'遇有不可抗拒自然灾害时，双方共同协商解决。也就是说他只愿意承担一半责任。陆道当然也咨询过律师，这种因为乙方操作失误引起的事故，乙方负有主要责任是铁定的事实。村里别说没有钱，有钱赔了也是冤大头。但如果问题不解决，家属们就不会走，且不说吃你一个洞，工地生产也受到极大影响。无奈之下，陆道还是请来了陈工来协调此事。

陈工了解完来龙去脉后也大为光火，直骂李福寿猪狗不如。但他同时也发现一个问题，刘三俤作为爆破组的人员操作不当，也应承担相应责任，也就是说八十六万赔偿金中死者自身也要承担一些，但这话要让律师来说，就有说服力。同时，陈工也把李福寿骂了一通，逼着他把赔偿金提到五十万。陆道也通过海昌弘正律师事务所的陈律师对死者家属说一通道理后，他们也接受了。次日就同意火化尸体，并当日就回贵州。

事情似乎解决了，但陆道心里并没感觉到轻松。一是觉得那些农民工好可怜，村里若有钱，哪怕是人道主义补偿一点，他都觉得应该；二是觉得李福寿好可恶，太势利，但念及工程未完工，还需与他继续合作，只好忍了这口气。

这艰难的隧道工程，历经了太多的曲折和磨难。八个多月后虽然贯通，但后期的扫尾工程却又因为工程款不到位又停工了。这还真不怪李福寿。除了耿丽丽的两百万，镇新农办也只拨来一百七十六万，还有尾款镇里答复说，县里没拨到。陆道通过各种关系，向省发改委、省交通厅，省扶贫办等部门打报告要的各种专项补助似乎也石沉大海，没有回音，把陆道急的吃不下饭，睡不着觉。虽然每个政府部门都在喊"能办的事马上就办"，这也仅仅是一种口号，太多的事不拖个一年半载是解决不了的。

陆道思来想去还是先求耿丽丽能否先垫付一部分，这样想着就给耿丽丽挂电话，不想对方却摁了电话，不一会儿又回了一条信息，告知在开家长会。陆道不曾想耿丽丽这个女强人也有儿女情长一面，不禁心生钦佩。中午时分，耿丽丽又来电约他下午四点在办公室见面。陆道本来有些难为情再跟耿丽丽谈及要钱的事，见耿丽丽主动约他，还是高兴去了。

他们也不过两个多月没见面，但耿丽丽见到陆道时还是很吃惊地叫道："我可怜的帅哥，谁把你折磨成这样？你怎么这么憔悴啊？"

陆道牵强笑笑："还不是那恼人的隧道，前段的事情你听说了吧？"

耿丽丽瞪大眼："什么事情？我真不知道。"

陆道沮丧说道："隧道施工时发生塌方，死人了。"

耿丽丽追问道："死人了？死了几个？那怎么处理？"

陆道把事情的原委述说完，慨叹道："真是屋漏偏逢连夜雨，本来资金就不足，又摊上这事。现在工程又因缺钱停工啦！"

耿丽丽瞬间明白陆道今天找他的意思，她也知道陆道爱面子，不到万不得已不会再找她要钱，可耿丽丽不知道这洞有多深，可也看不得陆道那憔悴的样子。思索片刻后，还是谨慎问陆道："那你打算怎么办？"

陆道半天不语，在耿丽丽不断催问下，才尴尬笑道："我能知道怎么办？你也应该知道我找你的意思。"

耿丽丽瞪他一眼："那你什么想法直接说。"

陆道抬头诚恳说道："丽丽，我真的很感谢你对我的支持，没有你前期支持的两百万，这个工程也动工不了，可现在隧道都贯通了，后续的工程却因经费原因停工了，现在成了半邋遢工程，我真的不甘心就这么半途而废，我想，你也不愿意看到这样的结果，我向省里各部门打了报告目前也石沉大海。不过据我同学介绍，年底前，将有一批项目要考核，根据我们的条件还是很有希望得到补助的。因此，我想你能不能先借我们一部分资金，待省里专项补助下来了，马上转还给你们。"

耿丽丽很意味深长地笑笑，潜台词是你有把握省里能争取到专项资金？你能争取到多少？这些问陆道想必他也回答不了，但陆道既然找她，也不能没有任何表示啊？因此她拍拍陆道的肩膀安慰道："你先别着急，待我问一下财务部，看能腾出多少资金借你们周转，现在我们去吃饭。"

陆道连声称谢，但坚持不吃饭要赶回下阳。耿丽丽似有不悦，但陆道诚恳解释道："我确实现在没心思吃饭，我要把这消息尽快带回去，我们指挥部不能散，更不能让施工队伍散了。待到工程完工验收，我请你吃大餐，好不好？千万理解啊！"

陆道所说的"指挥部"也就是他和柳公英以及村会计，柳海生也不过是挂名的。但施工队实实在在的有几十个人，他们被拖欠了太多的工资，也不愿再施工了，正准备解散队伍，只留下一人看工地。陆道赶回工地时，见他们正打点行装，赶紧阻止他们，说道："我保证你们五天之内一定拿到工资，我已经和你们李总联系过了，我们即将有一笔钱打给他们公司，李总答应先给你们发工资。请大家放心！请一定支持我们把这项扫尾工程做好，谢谢大家了。谢谢……"陆道不知为啥，突然声音有些哽咽了。这项工程凝聚了他太多的心血，品尝了太多的辛酸苦辣，如今能死而复生，怎不令他心生感慨呢？

那些施工队人员，除了几位技术人员和监理，大部分是来自四川、贵州等地的民工，他们本也不愿意离开，辛辛苦苦工作了大半年，还有将近一半的工资没拿回来，自然也不甘愿就此罢休，他们也希望完完整整地把工程做下来，拿回属于他们的所得。因此，听陆道说有钱拿，也高兴地呼喊起来。

李福寿或许被陈工骂过，怕了，或许这人本质上没么坏，总之，耿丽丽借来的一百五十万周转金，李福寿也很快提出来发了工人工资，这事本身就是甲方的责任，陆道也深感愧疚。因此，李福寿再次来工地时，陆道主动请李福寿在银花店里喝一顿酒，俩人尽释前嫌。其实，人与人之间沟通到位了，或者大家彼此都能换位思考，有些不必要的矛盾，完全可以避免的。

两个多月后，工程全部完工。但李福寿这回没同意马上将隧道交付甲方使用，工程未验收，甲方还有将近三百万尾款未付清。陆道也自知理亏，也不好再与李福寿交涉。工程未验收也不敢使用。陆道马不停蹄地在省、市、县交通管理部门穿梭来往，一面申请工程验收，一面申请专项补助。

那艰难的几个月令陆道永生难忘，跑断腿，磨破嘴不说，当孙子的滋味算是尝够了。别说有"八项规定"不能送东西、送钱，就是允许，村里也没钱送。好在海昌相关部门也很给力地帮助呼吁。终于在春节前一个月，省交通厅委托新泉和海昌交通部门代为考察的报告得以通过，四百八十六万补助款层层下达到村里，没有被截留。

陆道接到通知的那一刻，不是高兴得跳起来，而是全身瘫软在床上。这几个月背负的压力几乎让他崩溃。他只想昏睡个三天三夜。

还了耿丽丽的周转金，付了李福寿的工程尾款，尽管还略有点剩钱，柳公英提出要搞个盛大的通车剪彩仪式，但陆道摇头表示不同意。柳公英似有不悦神情，但觉得自己已退位，而且，这个工程的主要功绩当然是陆道，不好再说啥。

陆道观察出老书记的神情变化，就想找机会给老书记解释，因为当时那场合，那氛围都不适合说。

那天晚餐时，陆道带去一瓶辜一天送给他的XO，故作很放松地说道："老爷子，咱爷俩晚上把这瓶干了咋样？"

柳公英抬头淡淡说道："没来由喝啥酒？再说，也没啥菜。"

陆道依然兴致很高地说："想喝酒干嘛要有来由？好心情就是下酒菜。来，满上。"

陆道碰一下柳公英的杯子，也不管他喝不喝，自己先把一杯洋酒灌下肚，顿觉心头一阵火热。柳公英惊奇地看着陆道，不知他要演哪一出，只是略带责备的口吻说道:"干嘛要这么喝?好酒要慢慢品,这样喝也伤身体。"

陆道摆摆手:"不碍事。老书记呀,下午那场合,我不便跟你说说心里话。其实,要搞个通车庆典,我也想过,后来我想呀,搞这虚夸的东西有啥意义呢?无非是请一群人来剪个彩,吃餐饭,放几挂鞭炮,热闹一番。曲终人散后又怎样了?我们隧道是通了,但还没发挥出它应有的效益。我想,我们应该把更多的时间和精力放在招商引资上,弄几家企业来我们下阳落户,只有让我们下阳富了,我们搞什么庆典才有底气,才会精彩。我想,到时我们用数字来说话。"

柳公英似乎第一次认识陆道,很认真地看着他,良久才笑出声:"没想到小陆书记,心还挺大的。说实话,你刚来时,我觉得你们这些人无非是下来镀镀金,混个两三年,回去提个一官半职,也就那样了。不曾想,你来,真的是干了件惊天大事。下阳人祖祖辈辈下来,谁不盼着能有这么个隧道?可我们过去真的是想都不敢想呀,今天居然在你这么个年轻人身上实现了。来,我代表下阳的父老乡亲,真诚地敬你一杯。我干了。银花,炒两个好菜来。"

柳公英喝完一大杯洋酒,用手抹一下嘴角,似乎意犹未尽。他给陆道和自己的杯子各倒半杯酒,笑道:"我也老了,不胜酒力。再说,这好酒这么海喝,也太浪费了,不过说真的,我的确很感动。你一个外乡人,能如此尽心尽力地为我们做了这头等大好事,这本身感天动地。我以为你做完这件事,也该走了,如果我没记错,你时间也差不多到了吧?没想到你还能有深远的谋略,真是令人钦佩呐!来,小陆,我再敬你一杯,不过,说好了,现在只能一半。"

陆道站起身阻止柳公英:"柳叔,您随意,我干了。"柳公英早把那半杯酒倒进肚子了。

陆道感慨地继续说道:"柳叔,有您这番话,我受再多苦,有再多委屈,也值了。这隧道,也有您的一份功劳,没有大家的支持,也难有今天的结果。不过,我真的希望能看到这隧道产生实实在在的效益。我的家乡,离这也不远,是海边的一个村落,可那里的滩涂养殖几乎年年都受到台风的侵袭。我们有这么个宝葫芦,这葫芦山为我们遮风挡雨这就是福祉,就看我们怎么利用了。我们这山清水秀,文化底蕴深厚,还有合掌岩瀑布景观,有一大片的果园,这些都非常合适开发乡村旅游,水质也适合淡水鳗等鱼类的养殖。我们离海边的直线距离只有千把米,如果海水抽到我们的村里的赤尾坪,就可以搞个养殖工厂。这些资源开发利用起来前途不可限量。以前碍于交通限制,我们不敢去想,现在就不是去想的问题,而是如何去把它变成现实。至于我什么时候走,这个由组织决定,但我希望走之前能实现这个愿望,至少能做些基础性铺垫工作。"

柳公英的眼眶竟然有些湿润，良久才颤巍巍地说："小陆呀，你要是早几年来就好了。"这个几近风烛残年的老人，在下阳几十年的是是非非，恩恩怨怨中从未有过如此激动的情绪。在下阳，他也曾经豪情满怀，信心百倍地要把这个贫困村带出贫困，走向富裕。他确实也兢兢业业、勤勤恳恳为下阳人民办了一些实事好事，比如办了碾米厂，通了自来水，修了村东头的水泥路（虽然只有一段），尽管他的工作作风有些霸气、匪气，有时候为了个人私欲，也干过伤天害理的事。可以说，他在下阳毁誉参半。当他意识到自己日近暮年，许多事已无可奈何时，他把希望寄托在侄儿柳海生身上，只是那不争气的侄儿胸无大志，甚至百般想摆脱他传给他职位。但在陆道身上，他看到了自己年轻时的部分影子，那股曾经不服输拼劲、韧劲，和年轻的自己，何其相像？现在陆道也帮他实现了改变下阳交通的梦想，怎不令他感慨万分？

银花端上两盘新菜时，俩人已经有些微醉了。陆道说："柳叔，今天不可以喝太多，我明天可要进城办事，很关键呵！"

柳公英也摇头摆手："我老人家了，早喝不动了，今天高兴逞能了。哈哈！"

耿丽丽第二天接到陆道电话时，就先调侃了一番陆道："大功告成，春风得意呀！到现在才想起我也曾经为此铺过路？我原本还想你会不会也让我拿把金剪刀剪剪彩，可听说，你把隧道落成庆典仪式也取消了，你这是唱哪一出？你这连'芝麻官'也列不上的村支书，也要搞清正廉洁？"

陆道听得出，耿丽丽怨气十足，待她发泄完了才笑道："看来你对我怨气很大呀！怎么样？气出完了，可以说话了？"

耿丽丽还是没好气："我哪有怨气啊？你想说啥就说呗。"

陆道见氛围不对，不敢直接说想说的事，改口道："也没啥，只是很久没见到你，想跟你聊聊天，你哪时候方便，我想请你吃个饭。"

耿丽丽很吃惊地回复道："你请我吃饭？这可是新鲜事。准备在哪请？我可要吃大餐啊！"

看来耿丽丽情绪大有转变。陆道很诚恳说道："正因为从前都是你请我吃饭，我从未请过你，心生愧疚啊！再说，我也曾答应过你隧道开通之日要请你吃大餐，言出必信。我不搞庆典，但对你的感激之情早想表达了，董事长若给面子，就定在今晚，地点你挑。"

沟通很重要，怎么沟通更重要。耿丽丽情绪似乎越来越好了。她轻松笑道："吃啥不重要，有你这片诚心就够了，还是在我酒店吧，六点半见。"

陆道还想说啥，耿丽丽已经把电话挂了。陆道独自在那皱眉，在维多利亚大酒店他怎么买单啊？从酒店服务员到部门经理他几乎都熟悉，怎么也不会让他买单的。

耿丽丽不知是真忙还是端架子，总之，过了七点半才露面，然后笑嘻嘻的表示抱歉。这是她老一套了，陆道似乎也习惯了，不过看来，她情绪不坏，正是说话好机会。

一会儿服务生上了两份四分熟的牛排。

陆道瞪大眼："你咋知道我喜欢吃这四分熟的牛排？"

耿丽丽扮个鬼脸："若要人不知，除非己莫为。你住酒店账单中显示，你曾经点过七次牛排，都是要求四分熟的，说明你对本酒店牛排情有独钟，而且就要吃这带血的四分熟。不过呢，你喜欢并不代表别人也喜欢，不要把自己个人的喜好和意愿强加给别人呵！"

陆道辩解道："才不是强加呢，我在想，你可能自己都没发现你们酒店的牛排有多棒！好东西应该让大家来分享。我本来想你来了再点，没想到……"

耿丽丽"扑哧"笑道："瞧你那紧张样，好像做错什么事一样，你喜欢就好啦！我想吃啥自己会点。说正经的，今天找我啥事？"

陆道笑笑："好久不见，想见见你，聊聊天不行吗？"陆道虽然努力轻松，可还是不自然地脸红了。

耿丽丽心中掠过一丝甜蜜，陆道可不是嘴巴抹蜜随时可以说甜蜜话的人。当然，她也知道陆道不仅仅是像他说的那样，仅仅想见见她，说说话。其实，不论陆道今天说什么，她都会有高兴的心情去接受。昨天公司的年报出炉，业绩好的超乎自己的想象，她还不想偷着乐呢。于是，她兴高采烈地嚷道："是吗？难得你会说这话，怎不叫瓶酒呢？"

陆道啜嚅着回道："我不知道……不知道你……要喝啥？"

耿丽丽笑道："哈哈！不是说好你请客吗？酒还不能安排？"

陆道急着辩道："你这层次要喝的酒我哪侍候得起？我要瓶张裕干红你喝吗？"

耿丽丽小声嘟囔一句："小气包。"然后站起大声喊道："小杜，杜秀丽，把我放在吧台下方的那瓶路易十三拿来。"

陆道狡猾笑笑："我就知道你喝不来这平民酒，所以嘛，我没有安排。你这酒是我半年的工资，我可侍候不起。"

耿丽丽嗔道："就知道你会耍赖皮，所以也不寄希望你会请客。哼！"

陆道嬉皮笑脸道："耿董事长息怒！你看，这是我给你带来的你上次盛赞的笋盒包子，还有糟鸭。这些都是你喜欢的吧？还有呀，我们虽然没搞庆典仪式，但帮助过，支持过的人们，我们可不敢忘记，因此，我们还是在洞口立了个碑，你的芳名可是排在第一位的。说真的，没有你，就没有这隧道。这也是我今天要来向你表达谢意的主要目的。"

耿丽丽见陆道一本正经样，又忍不住想笑。转念一想，那感觉又不对。她所做的，并不为留什么芳名，只因为眼前这男人，可这人是装傻呢？还是真不解风情？不会是在利用自己吧？可她所了解的陆道不是这种人呀！他为什么总对自己不冷不热，不近不远，不咸不淡呢？

陆道见耿丽丽沉默不语，轻声问道："想什么呢？不会是我说错或做错啥了？"陆道现在确实有些小心翼翼。

耿丽丽回过神来，尴尬笑笑："没想什么，酒拿来了就开了喝呗。"

陆道按住耿丽丽的手，说："等下再开好吗？有些话酒喝高了就被认为不算数，还是喝之前先说吧！"

耿丽丽惊奇地看着陆道："什么事这么重要？那你先说吧！"

陆道在心中酝酿很久的话此时又不知从何说起，良久才缓缓说道："你不是问我为什么不搞隧道落成庆典？那我就把我的真实想法告诉你。目前隧道通了，只是方便了下阳村民的进出山，可我们花这么大的力气建成这么一个艰难的隧道，难道仅仅是为了进出山方便？隧道并没有发挥出它应有的价值作用。记得上次跟你说过的我们的计划吗？我觉得现在是实施这个计划的时候了。过去的瓶颈是交通问题，现在这个瓶颈破解了，我们还有什么好犹豫的呢？况且，我知道你们今年效益很好，应该不存在资金问题。"

耿丽丽犀利地看着陆道："等等，我先问两个问题，第一，你刚才说到我们的计划，是你的计划，还是我的计划？我们有共同策划过计划吗？第二，你是怎么知道我们公司今年效益不错，不存在资金问题的？"

陆道没想到耿丽丽如此咄咄逼人，但他克制着解释道："我觉得这是个双赢的计划，所以不必计较是你的计划，还是我的计划，不是吗？至于第二个问题，《海昌报》经常性报道你们大仁金公司今年业绩如何辉煌，这不是世人所共知嘛！"

这个解释耿丽丽还算满意。她笑道："你还算关心我们大仁金公司。不过我也坦率告诉你，要我们首期就拿出上千万资金投资这个项目也不可能。虽然今年我们公司效益不错，但我们计划加大科研和技改的投入，主业还是要保障的。不过……我可以考虑挤出七八百万，先做小规模的尝试，但你也别忘了我提的条件。"

陆道先是一愣："什么条件？"但又很快反应过来："我说，你能否别在这个问题上纠结？你若肯投资，我自然就会全身心投入，协助你们做好办厂的一切工作，我是否出任总经理有那么重要吗？据我了解，目前政策不允许我这种身份的人到企业兼职，但我们的目标是一致的，我们不存在对立或竞争。所以，在我是否会尽心尽力这事上，你不必怀疑。"

耿丽丽又有点咄咄逼人："我要的不是你协助，而是让别人来协助你。你……明白我的意思？"

陆道声音也大起来："我当然知道，我说过现在政策不允许，也许……将来……"

或许陆道后面的话，让耿丽丽觉得有让陆道加盟的希望。她也放缓语气说道："陆道，不是我逼你，目前我们公司派不出适合的人选来管理这个项目，我总不能向公司董事会报告，这个项目交给外人来管吧？"

陆道似乎理解了耿丽丽的担忧，沉思良久才叹道："唉！好事总多磨，咋就这么难呢？我理解你的苦衷，只是目前让我一下子转换身份，脱下公务员的外衣也太突然了。容我考虑一下好吗？"

耿丽丽虽然高兴陆道态度的转变，但她也清楚这对陆道是个残忍的抉择。她心里清楚，陆道本质上不是追求金钱至上的人，自己开多少工资，不一定吸引的了陆道，但她内心深处深切希望陆道能与她携手共担公司的事，她太累了。只是她也知道一时难以改变眼前这个自己所心仪的男人。于是，他放缓语气说道："既然这样，我也不为难你，但总要考虑一个两全其美的办法，我也好向公司董事会做个交代。你策划方案发给我，待董事会通过后，我先给划拨一百万做启动资金，其他根据需要，我会陆续拨给你，祝你马到成功，干杯！"

陆道没想到耿丽丽今天会如此畅快。他原以为要费很多口舌，甚至仍没把握能否说得动耿丽丽，不曾想事情这么快解决，高兴的他顺口就把一杯的路易十三灌进肚里，长舒一口气。

耿丽丽看着陆道那可爱样，忍不住笑道："瞧你那傻样，这么贵的洋酒有你这么喝的吗？"

陆道搔搔头皮，像做错事的小孩，说道："反正今天我买单，再贵我也认了。"

耿丽丽又"扑哧"一笑："谁要你买单啦，跟你开玩笑。" 反正耿丽丽今天很开心。

陆道回村后，依然把原先隧道指挥部的那些人重新召集起来，成立了一个工厂化养殖公司筹建小组。不过，这次他硬把柳海生拽上了，柳海生似乎也觉得隧道工程自己几乎没参与有些愧疚，所以也愿意参与做点服务性工作。陆道把上次柳海生办厂的相关手续，全交给海生办了。柳海生在陆道带动下也变得灵活、成熟了。注册大仁金养殖水产养殖公司的所有手续几乎都是他一个人跑下来。按照陆道跟耿丽丽协商的意见，法人代表依然挂耿丽丽。

前期的筹备工作异常顺利。然后从开工建设到厂房的初步落成，前后不过用了两个多月时间。

耿丽丽好像有点怕陆道再次生气，没有再逼问陆道辞职，继而加盟她的公司，而只是派个财务总监，其余的事就有陆道操作。或许，陆道前期的筹备，直至投入生产的过程，这个财务总监都向她汇报了，看到一切有条不紊地进行，她也就放心了。陆道这段时间虽全身心扑在这个养殖工厂上，但坚持不拿公司的一分钱补贴，他觉得坚持这个底线，将来若有什么问题就好说话了。

七、老少恋 两岸情

耿丽丽当时没有很爽快答应陆道投资办养殖工厂，确实是有苦衷的。她身边时常跟着一个穿着花衬衫，蓄着长胡子，身材彪悍的一个三十多岁的男子，一般熟悉耿丽丽的人都认为是耿丽丽的保镖，但似乎耿丽丽对他从来没有亲近的感觉，总是跟他保持着距离。虽然这个称为阿彪的男人，时时会跟着耿丽丽，也怕董事长厌烦，所以他总是不远不近地跟着。耿丽丽非常厌烦，但也只能无奈忍着。本来金叔去世后，阿彪也该回台湾了，可他却说已经很习惯大陆的生活了，希望继续留在大陆工作。实际上知情人都懂，他在偷偷恋着美丽的婶婶耿丽丽。

阿彪是耿丽丽老公张怀金的堂侄，学过武术，会几下拳脚，也不见得功夫多深。但除了这点本事，也不知道他还会啥。二十好几的人了，成天在家吃父母的，也没个正当职业。阿彪的父亲张怀远与耿丽丽的老公张怀金虽是堂兄弟，但更像哥们朋友，从小俩人就一起玩耍，一起长大。要论初始成就，张怀远要比张怀金强多了，起码他是医学院科班毕业，有了自己一项就让他挣了盆满钵满。再后来，他又转战塑料制品行业，有了自己的集团公司，张怀金的名气越来越大，张怀远对张怀金虽无妒忌之心，可也不愿意人家发达之时趋炎附势。张怀金可没闲工夫去想这些，每天都很疯狂的工作，尽管他知道这辈子挣的钱再下十八辈子也花不完，只是现在拼命地工作，不停地挣钱已经成为习惯，或是出于本能，或是把工作和挣钱当着一种乐趣。只是他没日没夜的工作，身体严重透支，本来就有的高血压、冠心病愈发严重了。

张怀金早年在海鲜市场贩卖海瓜子时一直得到黑寡妇刘秀吉的关照，毕竟刘秀吉在这个市场摸爬滚打了十几年，对这里的门道很熟悉。男人死后，她一个人拉扯着孩子，一边也还要做着海鲜批发生意。那时候张怀金刚来，海鲜市场的门道还懵懵懂懂，刘秀吉可是很热情的指点、导引，有时甚至把自己的业务分点给张怀金做。张怀金也会主动帮刘秀吉干些力气活，各自取长补短，相互帮衬中俩人渐渐产生了感情。可毕竟刘秀吉比张怀金大了八岁，而且皮肤黝黑，活脱脱的一个渔家中年妇女，况且还有两个幼小的孩子，这对张怀金来说当然是一种压力。可早年的张怀金也落魄无助，有人关怀帮助他，就很感恩了。所谓的爱情是什么呀？有人关心，有人爱护，不就是爱情吗？成家不就是老婆孩子热炕头吗？有人愿意嫁给你就算了，别再挑剔了。他们没有举办婚礼仪式，同居一年后，刘秀吉也为张怀金生了个儿子，然后俩人才去领了结婚证。虽然他们经济上已有很大的改善，但他们都没兴趣办什么婚礼。张怀金后来做什么生意刘秀吉都支持，都肯拿出自己的积蓄，只是张怀金做一个，失败一个，刘秀吉也还总是鼓励他，不要怕失败。感动的张怀金对刘秀吉又抱又啃，并发誓会一辈子对她好。张怀金的转运是在水果批发上，他押上所有的资金，还借贷了一部分，抱着不成功便成仁的心态，发狠地赌一把。按他当时说的话，如果失败了，他就准备跳海，不打算再回台湾了。但命运还是眷顾了他，让他这回大获成功，完成了他的原始积累，有了发家的资本，后来他在生意场上风生水起，一帆风顺，不到五年时间他就跻身台湾富豪行列。

张怀金认识耿丽丽是在新泉台商工业园区。耿丽丽高考落榜后，就到新泉台商工业园区应聘，凭着出众的形象和流畅的表达能力，顺利被录用为新泉台商工业园区展厅讲解员。张怀金是第二批来新泉考察的台商。当时只是听台湾朋友说对岸的福建新泉专门设立台商工业园区，为台湾投资者提供一系列的服务，更有许多优惠的政策。张怀金抱着好奇的心理，就带了集团的相关人员过来看看，不曾想这一看，却看出一段老少奇缘。

耿丽丽高中毕业那年正是十九岁的豆蔻年华，她也知道自己参加高考无非是体验一下高考的滋味，以她的基础是考不上的。所以，当她父亲让她去应聘台商工业园区招工时她欣然答应了。当时展厅需要一个解说员，耿丽丽在应聘者中几乎没对手。她有形象，有气质，表达流利，落落大方，对一个展厅解说员还能有什么更高要求，那个亲自参加招聘，戴着老花眼镜的人事科长还担心耿丽丽不安心这份工作，一再对耿丽丽说："干好了，会加薪，会提拔。"可他没想到的是耿丽丽确实只干了八个多月，不是她自己不安心，是别人不让她安心。

耿丽丽的美，有点颠覆传统的审美观念。不是鹅蛋脸，也不是丹凤眼，没有婀娜的身姿，也没有善于作意的那种娇媚。她是圆脸庞，大眼睛，一对小酒窝，剪着一头短发，说话流畅的像打机关枪，给人感觉爽快、干练、透明，清清爽爽。

张怀金那天是在新泉分管工业的常务副市长党建生陪同下，来到台商工业园区参观的。新泉市委对台办早对张怀金的基本情况了解的一清二楚，知道张怀金是个有实力的台商，这可是条大鱼，无论如何也要网罗住，于是向市委市政府打了紧急报告，要求市领导出面陪同，也向台商工业园区通报做好接待工作。

张怀金的考察队伍可谓浩浩荡荡，除了张怀金带来的财团投资顾问，会计师等一行人外，新泉陪同考察的除了市领导党建生外，市委办、政府办、对台办、发改委、经贸委、财政局等相关领导多达二十余人，也足见新泉市委、市政府高度重视了。

参观台商工业园区的第一站肯定是展厅，那里有长十米、宽六米的规划沙盘，还有整个台商工业园区的航拍鸟瞰图，当然还有各种台商入园的相关资料，高科技的成果在展厅各个角落淋漓尽致地被运用。电脑屏幕上展现的是一本书的图像，参观者用手做翻书手势，电脑也听话地一页一页地翻；跟着全景导游软件在屏幕上播放，人就如在现场，置身其境。据说这个展厅投入了三百多万。展厅是门面、是缩影，每个单位几乎都舍得花大钱把这个门面搞像样，包括负责展厅介绍的"形象发言人"，一定要颜值高，身材好，表达流畅的气质小姐。耿丽丽当时都被台商工业园区管委会看作一张名片。张怀金来，担当介绍的肯定是耿丽丽。

耿丽丽的介绍让人印象深刻，没齿难忘那是自然的事。张怀金虽然对耿丽丽印象良好，但毕竟知道自己是有身份的人，而且他已五十好几的年龄，肯定不会轻易表露什么。可谁知道张怀金会突然在展厅昏倒呢？

那天在宾馆早餐后，张怀金就感觉胸口隐隐不适，口含了几粒秘书买来的丹参滴丸，有所缓解，也没太在意，夹起公文包就匆匆出门了。到台商工业园区展厅他刚听耿丽丽介绍第一部分完就觉得心口一阵绞痛，突然就"扑通"一声倒在地上，把所有在场的人都差点吓出一身冷汗。站在张怀金身边的财团总会计师本能地要上前扶起张怀金，耿丽丽见状赶紧上前制止，并高声喊道："让他平躺，别动。"随即耿丽丽跪在张怀金身边，非常娴熟地为张怀金做胸口按压，一会儿又嘴对嘴进行人工呼吸。这样反复做了二十多分钟，张怀金也没醒过来。

救护车是在二十三分钟后到达，台商工业园区介于新泉和海昌之间，都不在新泉卫生局和海昌卫生局承诺的十五分钟救护车到达服务半径范围。二十三分钟已然算快了。救护人员采取急救措施后，就紧急把张怀金送往最近的新泉市武警医院救治。据说这家部队医院完全是民营医院了，医院在两年前就被人承包，似乎在医院内很难再找到部队的痕迹了。这家医院三年前才从市中心搬迁到现在的位置，楼房设备还好，主治医师是一个退休的老医生，也不知他从前是不是心内科专科医生，心脏骤停急救显然不是这家医院的强项，他也只是简单采取些急救措施，稍稍稳定后即被转到了新泉市立医院。医生说病发时的急救功不可没，否则病人纵使救活也会落下严重的后遗症。

新泉武警医院被人称为性病专科医院，充斥市区的各种大型广告的妇科医治，尤其是人流广告，连很多小学生都会把广告词当儿歌唱，"梦里几分钟，醒来好轻松"就是这家医院的经典广告词。当然还有电线杆、公厕等地的专治性病的广告，居多也是来自这家医院，只是没有大张旗鼓地在显要位置做广告而已，毕竟是难登大雅之堂的事。

改革开放后的新泉，经济上飞速发展，在全省有着举足轻重的地位，甚至在全国都颇有名气。但各种社会乱象也接踵而至，人流、性病成了一些民营医院的头号市场。

张怀金康复很快，一周后便能下床活动。当他知道是耿丽丽救了他，便急着要召见这位救命恩人。耿丽丽本不愿意去见这位备受新泉市委、市政府领导关注的大人物，自己只是举手之劳，做些能做也应该做的事，不足以让人家报什么恩，但台商工业园区管委会的贾主任非要她去，而且要亲自陪同去医院见这个对工业园区至关重要的人物。耿丽丽想的问题跟贾主任所想的层次当然是天壤之别，耿丽丽只是去应付，完成贾主任交代的任务，她并没想过要从这老头身上得到什么好处。贾主任肯定要抓住这个不可多得的机会，促成张怀金能来台商工业园区投资办企业。据张怀金带来的总经济师透露，如果张董事长会同意来此投资，那至少投资额会达到三亿。他们在台湾的大仁金塑品公司，加工的零部件大到飞机、汽车的配套零部件，小的也加工塑料日用品，产品供不应求。如果张怀金这个大财团能入驻台商工业园区，那今年工业园区的业绩就容易一下子纳入领导的眼帘，那贾主任的政治前途一片光明，他能不做好这篇文章吗？

耿丽丽见贾主任大包小包拎着慰问品，像是要见未来岳父母般的热情，觉得有些可笑，嘴角不经意地掠过一丝不屑。是他们欠的人情，干嘛还这么巴结？但她还是接过贾主任手中的袋子，毕竟是领导，哪能自己空着手让领导这么提着东西，会让人觉得自己没素质。贾主任也只是客气一下，还是让耿丽丽拎了。

张怀金见到自己想见的人，脸上堆满了笑容，虽然在工业园区展厅里见过耿丽丽一面，但已没什么印象。他拉着耿丽丽的手，反复表达着感激之情，完全把陪同的贾主任晾在一边。耿丽丽只是淡淡地笑道："董事长客气了，举手之劳，何足挂齿？那种情形换谁都会这么做。"

耿丽丽的回答有点像老江湖的味道，这令张怀金有点吃惊。看这姑娘年纪不大，却显成熟稳重，张怀金原先只是想对一个小姑娘说的话，现在都不知道如何说了。气氛一时有些尴尬。贾主任上前打圆场："张董事长是富贵之人，大难不死，必有后福。小耿也只是帮点小忙，董事长不必太在意。"

张怀金还是没太搭理贾主任，依然笑问耿丽丽："耿小姐怎么就会有这急救的技术呢？"

耿丽丽朗声笑道："这有什么技术呀？我只不过在学校时学过急救知识，再有一点就是我的一个闺蜜是医院的护士，曾经听她介绍过这方面的知识，所以会一点吧。"

张怀金双手合十谦卑恭敬道："那真是我张某人三生有幸，如果不是你，兴许我这下就不能站在这说话了。我想冒昧问一句，耿小姐有什么愿望？或者说……有什么困难，在我力所能及范围内，能帮你做点什么，毕竟你救了我一命，我总要表达感恩之情。"

耿丽丽率真地摇头："没有，我生活得很好，董事长不必客气。"

在一旁的贾主任着急地向耿丽丽使眼色，耿丽丽或许明白贾主任的意思，但仍然装作糊涂。

张怀金没有理会他们俩的眼神交流，只是无奈地对耿丽丽说："耿小姐真的不必客气，有些事……对我是举手之劳，或者说……小事一桩。"张怀金似乎艰难地表达这些意思，耿丽丽依然是装着听不明白。其实，耿丽丽心中不会不知道张怀金所要表达的意思，可她能表现出懂他的意思吗？

耿丽丽依然很得体地回道："董事长真的不必客气，您身体还在康复中，注意休息，我们改日再来看您。"

走出病房后，贾主任说："你刚才就势提出让张怀金来我们工业园区投资，他多半是会答应的。"

耿丽丽说："您觉得我提这个问题合适吗？我什么身份？这是你们当官人说的话，我一个小女子提这个问题岂不让人笑话？"贾主任想想耿丽丽说的也有道理，只是觉得以前怎么没发现这个二十出头的小姑娘竟然如此成熟，看来放在展厅讲解员位置上是有点大材小用了。

张怀金直后悔自己想表达的意愿没有做好充分的准备，就这么草率请耿丽丽来。这么一种说法，人家怎么表示？是真是假的客气，都会客气一下。你是想送人车？送人房？或者直接送人钱，也没有个明确的意见。想想还是叫来秘书宫秀清来商议，也许女人更懂女人。

小宫是经济管理学博士研究生毕业，当时张怀金公司招聘时，人力资源部见小宫学历高、长相清纯，就把小宫推荐给董事长当秘书。小姑娘未踏进社会，涉世未深，初始确实处理事情没头没序。张怀金也萌生了换秘书的念头，后来一次在接待美国加利福尼亚州一个客商代表团时，小宫一口流利的英语，还有对公司状况的了解及积极建议，让张怀金刮目相看，张怀金于是打消了换秘书的念头。是呀，人无完人，怎么可能要求一个小秘书面面俱到，成为多面手？人各有所长，用其长处就好了。但小宫听说要让她跟耿丽丽谈谈，面露难色地说道："董事长，可不可以换个人去谈，我……我最怕处理这种事了。"

张怀金闭目半天不语，良久才对小宫说："其实，我也知道你不擅长这方面的人情世故，只是这次随团出来的就你一个女同胞，我只是觉得你们女人之间沟通容易些，看她到底需要什么，这才好让她接受，说白了，我是想让你先跟她交朋友，然后再把交往情况向我汇报，我会告诉你下一步怎么做。这张卡里有五万元人民币，你抽空陪她逛逛商场，请她吃饭，了解她的兴趣爱好，她要什么，你就满足她什么。反正我也得在这恢复一段时间，企划部也在做策划方案，因此，有时间让你去完成这项任务，慢慢来。"

小宫似乎已经没有退路，她必须接受这个任务。但她还是有点不太明白，董事长为何如此上心，救人一命，当涌泉相报，这可以理解，以董事长的身份、实力，送个车，甚至送套房子也都在情理之中，干嘛要这么神神秘秘？要跟踪陪同，要了解兴趣爱好，要满足她需要，是不是小题大作了？但毕竟是董事长布置的任务，硬着头皮也得去做这事啊。

小宫见过耿丽丽，但不知道耿丽丽是否记得她。

耿丽丽每天上下班必经的路，小宫偷偷熟悉个遍，然后有一天装着碰巧遇到耿丽丽，用似乎有些别扭，甚至略显造作的语气说道："哎呀，这不是耿小姐吗？怎么会在这里碰到？你还认识我吗？"

耿丽丽认真看了一会儿，这才想起是张怀金的秘书，打过两回照面，虽然彼此都未说过话，但还是有点印象。于是，客气地握手道："哦，您是张董的秘书吧？只是我确实不知道您贵姓？"

小宫连忙摆手说："免贵，免贵，我姓宫。我们能在这碰上，真是有缘分啊！这样，耿小姐我请你吃饭，我们找个地方好好聊聊。"

耿丽丽礼貌地回绝道："谢谢您的好意，只是家父生病住院，我还得赶到医院照顾他，对不起了！"

小宫吃惊道："啊！你阿爸？哦，不，令尊大人，是这样称呼吧？他怎么啦？

严重吗?"小宫的样子,吃惊得有点不太自然。以耿丽丽的聪慧,很容易察觉出小宫是张怀金董事长派来,为完成"感恩"刻意安排的。耿丽丽肯定不会冒昧道破,只是微微笑笑,客气回道:"他是老病号啦!尿毒症,一个星期就要到医院透析两次,我们也习惯了。"

小宫听说过这病,也了解这病的麻烦,于是,很关切地问道:"这病确实麻烦,就不能换肾吗?"

这话貌似关心,却刺痛了耿丽丽的心,她为父亲换肾的事,四处奔波无果,还招致母亲的反对。她甚至想为父亲捐一个肾,不但母亲谩骂,也招致父亲的坚决反对。一家人为此事口角不断,耿丽丽真是伤透了脑筋。所以小宫问起这话让耿丽丽的心像被一块尖石硌了一下,那种痛,难以言喻。但她很快恢复了平静,只是淡淡地反问小宫:"换肾有那么容易吗?"

小宫也愣住,不知如何回答是好。耿丽丽乘机挥手道:"谢谢宫小姐关心,我先走了。"

小宫也只好被动地挥手说"拜拜",可又突然觉得自己想要办的事没办,耿丽丽已经走远了。

小宫把今天的经历向张怀金汇报后,张怀金突然拍手道:"好机会。从明天开始,你就到医院打听,换肾要多少钱?哪里有合适的肾源?当然也别忘了顺便去探望她父亲,多买点营养品,就说等我身体恢复些,也会去看望他老人家。"

小宫面有难色地嗫嚅道:"可我都不知道他老人家叫啥,住哪家医院。"

张怀金突然发火道:"这还要我教你?打听这事有那么难吗?这样的小事你都办不来,我把你留在身边有何用?"

小宫最怕做这种事,董事长也很少发火,突然委屈的眼眶噙满泪水。张怀金看着小宫委屈的可怜样,也意识到自己不该发火,于是,缓和语气说道:"知道让你做这事很委屈,可我现在身边也只能靠你做这事,你只要打听到能让他换肾的办法和途径,回来告诉我就行,跟钱没关系。"

小宫忍住泪水点头道:"好,我尽力。"跨出医院大门,小宫让自己的眼泪尽情流淌,甚至想找个无人之处痛哭一场。当时,她可以选择去一所大学当老师,也可以选择去科研院所工作,可毕竟张怀金出的薪酬高,父母培养自己辛辛苦苦守着一个小便当店,她真的只是想就业后有个收入高的职业,让父母安度幸福晚年,因此,她扭曲了自己的理想和抱负,当这个自己所不喜欢的秘书。她心里确实有些迷惑,董事长平时有这么强烈的报恩心理吗?耿丽丽是救了他一命,一般的礼节答谢,诸如送点礼金,买点贵重点的物品,也就罢了,承担换肾的费用，怎么也得三十万以上，虽然这对董事长只是九牛一毛，但以往也没见董事长怎么大方过，而且，平时董事长对自己呵护有加，从未对自己发火过，今天怎么啦？难道……

小宫初来时，董事长也是对自己关爱有加，从未向今天这样凶她，虽然她没有遇到董事长对人有不轨行为，也没有察觉出董事长对她有啥特殊意思，平时真的就像自己的父亲一样呵护自己。有一次，她父亲的便当店进了一批假货，心里不服，就找进货商理论，俩人言语不和竟动起手来，小宫父亲被打得头破血流，情急之下小宫父亲抄起一把椅子朝进货商的头部狠狠砸下去，这下问题大了，那进货商到医院抢救后，虽然保住了性命，却落下严重的脑震荡。她父亲为此赔付了一百多万新台币。家里的便当店也关了，一家人陷入凄凄惨惨的悲凉境地。张怀金知道后，不但到医院探望了小宫的父亲，还送了一张一百万新台币支票，见小宫家人很惊讶的样子，张怀金只好说，这是借你们的，让你们先渡过难关，但这钱无利息，也没有还款期限，什么时候宽松了再还，实在有困难就不用还了。小宫一家人虽感恩戴德，却也疑惑，为什么董事长如此慷慨出手帮助他们？虽然这笔钱也许对他不算个啥，可小宫不过是个秘书，至于让他这样付出？要说张怀金对小宫有什么企图，可从来未见董事长对她有什么不轨行为。平日里张怀金也不过像长辈一样关心她，只是偶尔问小宫谈朋友没有？当小宫告诉他男朋友还在国外读博士时，董事长也只是轻轻"哦"一声，没觉得董事长有啥特殊反应。小宫半年后把这笔钱还给董事长时他也只是淡淡笑笑："没困难了？"小宫一直认为董事长是好领导、好长辈。没往别处多想，而今天似乎让小宫感觉董事长对耿丽丽有什么想法。

耿丽丽的父亲只是在一个社区医院做着透析。这个社区医院租在一个居民楼房里，低矮潮湿昏暗。小宫好不容易打听到这个社区医院，却没想到这样简陋的医院居然人山人海，生意兴隆。这种小医院医疗水平虽不高，但收费便宜，而且还有许多政府资助的免费项目，如"三高"病人（指高血压、高血脂、高胆固醇病人）政府每年有一笔专项资金，让这些病人免费检查和配置一定数额的药品。现在的大医院，动不动就让你做CT，做核磁共振或其他高大上项目，居多为了创效益，小小感冒一下，要你个几百元，那是常事，因此小医院、个人诊所就有了生存空间。

耿丽丽的父亲也姓张，大名张王礼，可似乎没几个人知道他的大名，街头巷尾熟悉他的人居多都叫他"眼镜张"，但不知初始是因为他戴眼镜，还是因为他卖眼镜，才得这个绰号的。眼镜张初始在街道办的纸箱厂工作，没什么文化却早早架上了眼镜，而且是高度的，镜片像茶杯盖一样厚，三十好几了，依然单身一人，父母死得早，养他的叔叔巴不得他早日独立出去。后来有人给他介绍，让他去耿家当上门女婿，眼镜张早想离开叔叔家，因此，连耿丽丽老娘面都没见就答应了。虽知耿丽丽的母亲小时候在高压电变压器下玩耍时触电被截去一只手臂，好在生活尚能自理，但性格变得孤僻、暴躁。当时的眼镜张只想早点离开叔叔家，俩人认识不到一个月就结婚了。女儿降生后，这个家还算和睦欢乐，可好景不长，没多久眼镜张就下岗了，一家人仅靠耿丽丽母亲在蔬菜店卖菜的一点可怜工资，经济拮据可想而知。

　　还有两个老人家，体弱多病，好在还有两间老房子的店面租金，勉强补贴家用。耿丽丽的爷爷奶奶（本应是外公外婆，因为张王礼是上门女婿，所以耿丽丽随母姓），第一疼爱的是孙女，第二疼爱的却是女婿，而不是自己的亲生女儿。耿丽丽的母亲耿凤琴小时候就因为娇生惯养，脾气暴躁，一家人常被闹得鸡犬不宁。后来调皮的耿凤琴因为高压电被截去一只胳膊后，外向的性格，调皮的个性是没有了，但整天把自己关在房间，性格更加暴躁，经常扬言要自杀，老人家天天守着她，任由她发脾气，要什么就满足什么，就是有一点，街坊邻居都知道她的脾气，及至她二十好几也没人敢给她介绍对象。有意思的是，耿凤琴在自己家的店面卖菜，老板却不是自己，真正的老板却是一个年纪与她相仿的菜贩子。耿凤琴肯定是没能力又进菜又卖菜，当时也想与这个老板合作，但那老板看她是个残疾人，就没吭声，嫌弃之情再明显不过，耿凤琴气得差点要把店铺收回，不租给他了，但因为合同签订了三年，违约就要赔偿，只好忍气作罢。后来，老板似有同情、补偿之意，让耿凤琴在店里帮他卖菜，而且出得工资还是蛮高的，耿凤琴答应了，有了这些收入，她父母也不敢过问，她在家里也愈发横行霸道了。

　　眼镜张下岗后也在四处找生计，在工地挑过沙土，在码头扛过包，但终究因身体瘦弱吃不消而放弃。他也曾用买断工龄的钱在巷口开了间小吃店，但眼睛高度近视，做啥事都慢半拍，又雇不起伙计，坚持三个月还是开不下去了。后来，因为自己配眼镜认识了摆地摊的阿祥，知道眼镜的进货渠道，也干起了摆眼镜地摊的活。眼镜张其实手还是很巧的，他自己制作了个折叠眼镜包，摊开来当地摊摆，叠起来背着走，就可以走街串巷吆喝着卖。这卖眼镜倒给他卖上路了。他基本上卖老人家用的老花镜，价格便宜，一副眼镜不超过十块钱，这很符合老年人的消费心理，整个海昌城几乎都知道一个专卖老花镜的眼镜张，虽然利薄，但薄利多销，眼镜张也能挣到当年在街道纸箱厂上班时四五倍工资。

随之在家里的地位也高起来，耿凤琴的骂声也少了，偶尔也还会用独臂给眼镜张拎桶洗脚水，让眼镜张感动的鼻子发酸，家中也时常充满了欢笑。

眼镜张本想再积累点钱就开个眼镜店，反正现在名气也出来了，很多老人家要买眼镜一定会找眼镜张的。

耿凤琴也同意拿出点积蓄让眼镜张实现自己的梦想。眼镜张在自己居住的巷口也物色到一间店面，正想大干一番时，突然觉得腰酸背痛，初始以为只是自己太累，休息一下就好了，不曾想这症状一直持续，根本没有好转的迹象。在耿丽丽追逼下，眼镜张只好去医院做了检查，这一查，全家人都陷入恐慌之中，眼镜张患上严重的尿毒症。这毛病足以让这一家倾家荡产，而且还不一定能保住命。面对这突如其来的大病大灾，耿家人各有各的态度，耿凤琴哭天抢地地哭骂，你这天杀的，上辈子做了什么缺德事，怎么会惹上这毛病，你死了算了，别连累这一家人；耿丽丽怒斥母亲，良心被狗咬了，这种时候，没有一句安慰话，却说出如此恶毒的话；耿凤琴父母则表态，宁可把祖屋卖了，也要给女婿治病；眼镜张难过一阵后，倒也淡定了，他态度坚定地表示，放弃治疗，不拖累家人。耿丽丽当时还不满二十岁，但已经表现出比同龄人成熟很多的心智，她盯着父亲，一字一顿说道："这、事、你、说、了、不、算。"

这个家耿丽丽最小，但说话最管用，平时，耿凤琴在家里霸道一些，但对耿丽丽也是没招。每当爸爸受欺负时，耿丽丽都会挺身而出，为爸爸打抱不平。而耿凤琴对女儿的指责，要么不吭声，要么躲远点，耿家经常唱着一物降一物的猫猫戏，好在戏演完也能过下去。可这次眼镜张的大病，就不是简单的拌嘴、吵架的问题，这一大笔钱去哪筹啊？

不管怎样，眼前先治疗，做透析。初始在大医院，每周三四千元如溪水般哗哗流走，不到三个月，就顶不住了，转到现在这个社区卫生院，但每周也要一千多元。眼镜张甚至想和别人合买个透析机，在家里自己透析。总之，咋省钱就要学着咋做。但后来因价格和合作伙伴谈不拢而放弃。

眼镜张以前卖眼镜的积蓄很快花光了，店租收入有限，岳父母老两口也还会偷偷拿点私房钱补助，可耿凤琴就是不肯拿一分钱。耿丽丽想过请同学帮忙在网上发起募捐，但因此类病人甚多，收效微乎其微。

一间昏暗潮湿狭小的病房里挤进了四张床，眼镜张蜷缩在靠近窗户的最里面那张床，靠着窗外透来的微弱的灯光，正在看一份说明书。小宫提着一篮水果，走到床前，怯生生问道："请问，您是张老伯吧？"

眼镜张睁大一双躲在厚厚镜片下的浑浊双眼，迷惑地反问道："你是？"

141

小宫被这一问也愣住,不知如何回答。半天才结巴道:"我是……是您女儿……耿丽丽的朋友,听说……听说您生病了,来看看您。"眼镜张不知道这姑娘为何如此紧张?但听说是丽丽的朋友,赶紧挣扎着下床,小宫赶紧上前制止道:"张老伯,您躺着,我只是来看看,丽丽恰好不在呀?没事没事,我一会儿就走。"俩人正说着,耿丽丽推门进来,见到小宫颇感意外,疑惑问道:"你这是?"

小宫有些尴尬,毕竟事先没有跟耿丽丽打招呼,于是,闪烁其词胡乱答道:"哦,丽丽呀,你正好也来了,我,我刚好路过,就……顺便进来看看。"

耿丽丽"扑哧"笑出声,看小宫那紧张狼狈样,不忍心揭穿小宫,其实她知道小宫是代董事长来表示什么,毕竟人家是好意,因此笑笑:"宫小姐真是神通广大,连这么偏僻的地方都能找到,请坐!"

床头只有一把小凳子,小宫哪敢坐?俩人推让一番,还是小宫拽起耿丽丽的手说:"我们去外面说吧,老伯,您好好休息呵。"

外面也都是人,小小的社区医院哪有可以聊天说话的地儿。小宫说:"我们去找个茶楼或咖啡馆聊聊吧。"

耿丽丽面露难色:"我还得照顾老爸呢,至少……我得进去说一声。"其实,此时已经很无助,甚至走投无路的耿丽丽,根本没有能力拒绝任何的帮助了。

俩人打的到一家叫"正山堂"的茶楼,老板是个年轻漂亮的姑娘,与耿丽丽年纪相仿。耿丽丽介绍说:"这是我的好闺蜜米向云,这是台湾来的宫小姐。向云,你去忙,我来泡。"耿丽丽俨然像这里的主人。米向云点头笑道:"你自己随便啦!右边篮子里有一泡牛栏坑肉桂,既是台湾来的尊贵客人,你就泡了吧,我有事先走了,拜拜!"

耿丽丽回头对小宫介绍说:"这美女来自美丽的武夷山,人也美,关键是很能干,在这人生地不熟的地方,这么快就闯出一片天地,真不容易呀!"

小宫似乎蛮感兴趣地问道:"听你这么说,还有故事呀!"

耿丽丽兴奋地像在说自己的事一样,拉开话匣子:"是呀!故事精彩着呐,你看,她跟我同龄,如今真的事业有成,国内有十一家分店,还把茶叶卖到俄罗斯,哈萨克斯坦,巴基斯坦等国家。每年能卖出茶叶一万多斤,我估计也挣不少,但她从来不说。总之,女强人一个!"耿丽丽竖起大拇指,羡慕、崇拜之情写满脸上,似乎忘了家中困扰的事。

小宫看耿丽丽羡慕的样子就打趣道:"那你为什么不学她也开个这样的店?"

耿丽丽横一眼小宫说道:"你说得轻巧,且不说我没资本,确实也没她那样的智慧和胆量。你看她当时怎么选择的?别人去北漂,她选择南下,大部分人选择经济发达的深圳厦门等城市,可她偏偏选择新泉、海昌这样的三四线城市,事实证明她走对了。为什么?她避开了更激烈的竞争,找到了合适自己的发展机会。你知道吗?她现在乘着'一带一路'的东风,都把茶叶卖到了俄罗斯和中东、南亚等'一带一路'沿线国家,每年至少卖出一万斤以上,这什么概念?虽然她一直不肯告诉我,她一年能挣多少钱,但我保守估计她一年至少挣这个数。"耿丽丽俏皮地竖起三个手指。

小宫根本不懂茶叶行情,傻傻地问:"三十万?那多少?三百万?这么一个年轻小女子一年就能挣三百万,怪不得说现在大陆商机无限,台湾现在好多人都来大陆淘金了。"

耿丽丽说:"当然,这三百万也不全是她一个人挣,她还有合伙人,还有许多开支,咳!管人家挣多少钱,都说越富越小气,我除了在这喝茶不要钱,别的便宜休想占。"

小宫看出来耿丽丽对这个闺蜜还是挺有意见的,就安慰说:"人家挣钱也不容易,理解吧!你父亲最近怎样了?有好转吗?"

耿丽丽一脸愁容:"他这个病哪能好啊,只维持着罢了,要想好,除非……"

小宫其实知道耿丽丽要说什么,但还是故意问道:"除非什么?"耿丽丽突然觉得跟小宫说这有点乞怜之意,就淡淡笑笑说:"没啥,没啥,我只是随意说说。"

小宫见耿丽丽刚要拉开的正题又要止住,岂肯罢休?干脆挑开话题说:"据我所知,这个病可以通过换肾解决的,如果耿小姐有这想法,我们愿助一臂之力。"

耿丽丽很吃惊地看着小宫,似乎在问,你们什么目的?当然客套还是要的,于是,换下笑脸说道:"你们的盛情,心领了,但真不用麻烦你们,我们自己能克服。"

小宫似乎看出耿丽丽的顾虑,很放松地说道:"耿小姐,你不必客气,更不要顾虑什么。我们董事长是懂得报恩的人,你既然救了董事长一命,接受他的帮助,理所当然。再说,这点钱对他可不算什么,但对你们也许可以解决大问题。现在的关键问题是如何找到合适的肾源,剩下的事情你们不必担心,目前尿毒症唯独的根治办法就是换肾了。"

耿丽丽没有大喜,没有惊讶,表情很木然,对他们表示的帮助热情,似乎早已料到,但又觉得很无奈。她摇摇头说:"找合适肾源哪么容易?我刚提起愿意捐个肾给我阿爸,立即遭到我全家人的强烈反对,尤其是我阿爸,要以死相威胁,坚决不同意,理由可想而知,她说我只有一个肾,将来怎么嫁人?可是,在外面寻找合适肾源,谈何容易?死刑犯人不是天天都有,也不是所有犯人家属都同意捐献,愿意的也不一定匹配,当然还有车祸,或其他病因死亡的有可能会有机会,可我们当时没那么多钱呀,都不敢随便打听。我阿爸就抱着活一天算一天的心理,甚至想放弃透析。唉!我阿爸真的好可怜。"耿丽丽眼眶里噙满泪水。

小宫心生同情,安慰道:"别担心,这不,我们现在不用考虑钱的问题,只要去找合适的肾源就好,我们一起努力,你阿爸会有救的。"

耿丽丽此时真觉得没有拒绝他们帮助的理由,自己只有积极配合才对得起他们的真诚帮助。于是,她主动说:"我们到新泉第一医院去打听一下,前些日子我一个亲戚给我说有一个严重的冠心病人,他想身后献出能用的器官,让我联系他,可人家还活着,我怎么开口?他的肾能用吗?还不知道他现在是否还活着呢?先去看看吧!"

俩人急匆匆地赶到新泉第一医院,耿丽丽拨通她亲戚给她的联系电话,刚要说明来意,却被对方恶狠狠的哭腔骂了一通。耿丽丽连声道歉,脸都吓绿了。小宫知道情况不妙,也没急着问,先安慰道:"你先别着急,坐下慢慢说,来,就坐这。"

耿丽丽被小宫扶到一个石凳上,突然,就扑到小宫身上,"哇"的一声大哭起来,弄得小宫不知所措,只能拍着耿丽丽的肩膀,一直重复着安慰道:"别哭,别哭……会有办法的。"可耿丽丽哭了许久也止不住。约莫过了,二十多分钟,一个穿白大褂的护士在她们身边停住,看了一会儿,突然叫道:"耿丽丽,是你吗?你怎么会在这?"

耿丽丽抬起蒙眬泪眼,随即也惊讶喊道:"庄士芳,你在这工作?不是说你在一个乡镇卫生院工作,什么时候调上来了?好多年都没见到你了。"

庄士芳说:"是呀!我初中毕业去念了新泉卫校,毕业后就在礼泉卫生院工作,去年底刚到这,虽然是借调的,但也比总待在乡镇卫生院好。走,去我那坐坐。"

耿丽丽犹豫着:"要是你忙……我就……不打扰了。"

庄士芳一把挽起耿丽丽的胳膊:"你咋变得这么客气了,咱俩当时还是同坐的同学,他们会念书的就去考大学,我们就去念中专,毕业后去乡下工作,就很少跟你们联系了。咦,其实我们春节有见过的,哎,你后来怎么样了?考上哪个大学了？今天怎么会在这？你们吃饭了吗？"这庄士芳急性子的豪爽性格，让耿丽丽都不知先回答哪个问题，愣怔一会儿才回道："我也没考上大学，后来去了台商工业园区工作。因为我父亲病了，想来医院打听打听，不曾想在这遇到了你，你去忙吧，我再坐一会儿。"

庄士芳从包里掏出一把车子遥控锁，潇洒地摁一下，远处一辆宝马车闪了闪车灯，庄士芳挥挥手说："我忙啥，我下班了。实话说，我男朋友本不想让我干这份工作，是我觉得无聊才来这上班的，我请你们吃饭去，边吃边聊。"

小宫说："那你们两个老同学好好聊，我正好有事，失陪了。"

庄士芳大概也觉得小宫多余，也没兴趣问耿丽丽这是何许人，直接回答小宫："那好，我们就不送了，慢走。"

庄士芳把耿丽丽拉到一家叫"有理就来"的韩式料理店，这里只有稀稀拉拉的几个客人。庄士芳说："我不知道你是否喜欢这韩式料理，其实我也不喜欢，只是这里安静，好聊天。你要是没啥要求，我就点了。小姐，来一份三文鱼，两份炒年糕，两份豆芽汤，再来一碟泡菜，齐了。"

看来庄士芳对这里的菜肴熟门熟路，但还是有些歉意地对耿丽丽说："你要是吃不惯，看看菜单再点些啥。他们这里也就这样了，以后带你去吃大餐，那品种多，但没这安静。"

庄士芳在主导着一切。见耿丽丽一直不说话，这才意识到自己是不是太主观了，赶紧关切地问道："丽丽，你今天怎么会在我们医院哭呢？遇到啥过不去的坎？说来听听。"

耿丽丽此时渐渐恢复了平静，面对庄士芳的真诚，她真想吐吐心中的苦水："阿芳，我真是遇到大难题了，我阿爸得了尿毒症，已经透析了快一年了。实话说，家里快倾家荡产了，这样下去的结果，势必家难保，可能最终命也难保。我阿爸是想放弃治疗，可他才五十四岁呀！这个年龄放弃生命实在太残忍了，可我们又无能为力。要治好这病的唯一办法就是换肾，可我们家都快要揭不开锅了，哪还有钱给他换肾呀！这不，恰巧那天在台商工业园区我救了一个台湾老板，咳！其实那叫什么救啊！我无非为他做了几组人工呼吸，为他赢得抢救时间。其实这不过是个常识，我们在中学时就学过，好像以前也听你介绍过，举手之劳啦，但这老板呀非要报答，派他秘书，哦，就是你刚才见到那位，要帮助我爹换肾。我刚才呀，根据我亲戚提供的一个号码，想联系一个愿意捐器官的冠心病人，谁知电话接通我刚说了个来意，就被对方骂了个狗血淋头。原来接电话的是那个患者的儿子，那患者已经死了，他儿子说他爹就是被我们这些人诅

NO.7 老少恋 两岸情

咒死的，还不想让他留个全尸。我当时真被他骂哭了，却被你碰上了我的狼狈相，你不会笑话我吧？"

庄士芳递过一张纸巾，安慰道："丽丽，我真不知道你遇到这么艰难的坎？我怎么会笑话你呢？需要我帮助你做些什么，你尽管开口。"

耿丽丽兴奋地拉住庄士芳的手，说道："那太好了，有你帮我在医院盯着，就踏实多了。这样，你只要帮我打听到有合适肾源，我去谈。现在资金不是问题，就看我阿爸的运气了。"

庄士芳说："这事虽然复杂，但还是有机会的。放心，我一定尽心尽力帮你打听肾源。"

耿丽丽高兴得差点跳起来。不曾想，今天运气这么好，有人帮助解决了资金问题，又有线人打听肾源，她感觉踏实多了。

庄士芳真的很用心地打听肾源，只是遗憾试了好多配型都不成功，但她都不气馁，一直安慰着耿丽丽，一定会有机会的。耿丽丽也真没想到庄士芳如此肝胆义气。

张怀金休养一段身体也基本恢复了，他要回台湾，但还是牵挂着耿丽丽老爹换肾的事。于是，让小宫安排四十万钱给耿丽丽，可耿丽丽说如今连肾源都没落实，要这钱干嘛？显然情绪很低落。

小宫说："我们该回台湾了，可万一有合适肾源，没钱可怎么办？你就先收下钱，我们随时保持联系，等着你们的好消息。"

耿丽丽面对小宫留下的一箱钱，发着呆，甚至一声谢谢都没说，愣愣地看小宫走了。

两个月后，庄士芳打电话约耿丽丽，说肾源有了，但有些复杂，必须当面谈谈。耿丽丽火急火燎地赶到"有理就来"韩式料理店，见庄士芳严肃着一张脸，许久不说话。耿丽丽着急地催问："遇到啥事啦？你倒是说话呀？"

庄士芳说："这事嘛，有点复杂，所以，只能找你当面谈。我今天在医院碰到一个四十多岁的中年男子，哦，其实不是碰到，是他主动找到我的，他听说我在打听肾源，就对我神秘地说，他手上有货，有个乡下人，愿意出售一个肾，要价二十万。其实，我知道，也许那乡下人可能十万都拿不到，这些穴头很可恶。而且这是个非法买卖，一旦被人告了就麻烦了，可眼前一直找不到合适肾源，我也着急，所以想问你敢不敢接受，如果可以，就要付少量定金，让他去做配型。你看呢？"

耿丽丽根本不懂其中会有什么法律纠纷，听到非法买卖这个词心里就发毛，庄士芳问她这个问题她真不知道如何回答，但看庄士芳的眼神似乎又必须回答，她干脆抓住庄士芳的双手，撒娇道："阿芳，人家这方面是白痴，我真的什么都不懂，你就帮我拿主意吧！"

庄士芳说："我给你提一些参考意见可以，可这样的大事最终还得你自己拿主意。实话说，我此前也咨询过有此经验的人士，他们的建议是，你们和这个当事人签个协议，声明是捐赠的，当然你们私下说明是什么亲戚关系你们自己去协商，付他部分营养费，其余你们私下去谈。如果没有人刻意去告这事，也就过去了，有人揭发，你们好歹手中有个协议，到时木已成舟，总不会再把肾从你阿爸身上再挖出吧？再说能否配型成功还不一定呢？"

耿丽丽很没主意地点点头："嗯，一切听你安排，要我这下去取钱吗？"

庄士芳看耿丽丽的样子有点好笑，拍一下耿丽丽的肩膀笑道："你急啥？到时我会通知你。今晚我们吃西餐，这韩国料理我都吃怕了，要不是因为我表弟开的，我才不来呢。"

耿丽丽惊讶地瞪大眼："你表弟开的？那你上次都没说，而且还去买了单？"

庄士芳说："我表弟开的不代表是我的呀！我来，只是为了抬举他的生意，并不是想占他的便宜。哎，你是不是觉得我们这表姐弟很生分啊？实话跟你说，他开这店，我还借了十二万给他，如今看他这生意惨淡经营，我更不忍心白吃白喝。你要是有什么客户，也往这边带，多少关照他一点。"

耿丽丽马上兴奋起来："这好说呀，我们管委会负责接待的小范，可是我的闺蜜，以后可以让她把客人带过来。当然，我还有许多好朋友都可以动员一些来。不过……你能否叫你表弟也搞些中国菜，我怕……我怕有些人还真吃不惯这韩国料理。你看那天那个豆芽汤好喝吗？还有……咳，总之呀，每一个国家，每一个民族，都有自己的生活习惯和爱好，咱也不能说人家啥，只是客户是上帝，他们有自己的选择权，我们不能强制人家不是？让人多一个选择，也许就多争取一个客户，你说是不是这个理呀？"

庄士芳也兴奋地拍掌道："谁说不是呢，这话我早就对表弟说过，人家来这韩国料理不过图个新鲜好奇，要想有回头客呀，还是我们老祖宗的菜厉害，中餐总吃不腻。可我这表弟就是不听，说做中餐就破坏了这里风格和氛围，许多设备也不相同，他说中餐讲究高火猛料，到处油腻腻的，他不喜欢。不过，他也听了我一半的劝导，现在兼做起西餐来，我们晚上也品尝一下他这里的牛排，罗宋汤，如何？"

耿丽丽接道："好呀！阿芳，今天可要我请你啦！你帮了我多大忙呀！怎么说也要让我表达一下谢意，是吗？"

庄士芳捶一下耿丽丽："咱姐俩还谢谢啥？成不成就看你阿爸的造化了。不过呀，下一周这里可能就是肯德基汉堡包店了，我表弟说手续都办好了。如今这洋快餐够火了，每天麦当劳、肯德基门前都还要排队，把我表弟都看眼红了。你猜，我表弟为了加盟这个肯德基花了多少钱吗？"

耿丽丽摇摇头："这我哪知道，起码要这个数吧？"耿丽丽举起一个巴掌。

庄士芳笑笑："这个数是多少呀？估计你也猜不着，告诉你吧，加盟费就要一百五十万。"

耿丽丽瞪大眼："一百五十万？我以为……以为，只要……我都不好意思说。是我孤陋寡闻。"

庄士芳似乎很有姿态地笑笑："这没什么，俗话说，隔行如隔山，你不了解正常。我小时候也爱吃，老缠着我爸妈来吃一顿肯德基或者麦当劳，现在知道这是垃圾食品，对健康没什么好处，还容易让人发胖呢？哦，忘了问牛排你要几分熟？"

耿丽丽依然傻傻不知如何回答，只好装着很不在意地回道："我随便，穷人家孩子不讲究。"

庄士芳对服务生挥挥手："来两份七成熟的牛排，两份罗宋汤。丽丽，你要觉得不够等下再点呵。"

耿丽丽现在可顺着庄士芳，连声应道："够了，够了，晚上少吃点好。儒家还是道家人还说过午不食呢。"这一晚餐他们吃了三个小时，她们无话不说，关键还是庄士芳健谈。

一周后，好消息传来，那个捐肾者（其实是卖肾者）和耿丽丽的爹配型成功。耿丽丽高兴得跳起来，她在电话上告诉庄士芳，一切委托她全权处理，需要多少钱尽管开口，俨然她是个土豪。

庄士芳是个办事利落，却又极为义气的人，她曾自嘲像个男孩。有意思的是，她现在的男友比她小，对她很依赖，几乎啥事都听她的。她的朋友们经常看到的一幕是，庄士芳开着车，她男朋友抱着宠物狗坐在副驾上，反正给人感觉他们的性格是倒置的，该男不男，该女不女。不过他们这种性格又是互补的，反而适应他们各自的需要，庄士芳有极强的控制欲，她男友对她顺从，也依赖，他们几乎不吵架。只是庄士芳有时又觉得缺点什么，因此她男友，甚至她婆家催他们结婚，庄士芳总是找理由推脱。她对这男友像对一个鸡肋，弃之可惜，食之无肉，就这么耗着。

医院里所有的事，庄士芳全安排妥当，甚至眼镜张住进了家庭式的病房，那可是有配套厨房、卫生间，家庭各种设施齐全的病房。医生是主管业务的副院长亲自动的手术，术后没有排斥反应，一切正常。耿丽丽、眼镜张等甚至连那个"捐赠者"面都没见着，全都是庄士芳张罗。据说，处理"捐赠"协议，庄士芳还去公证处做了公证。一切都是妥妥的、顺顺的，耿丽丽一高兴，就从脖子上摘下奶奶送的一条玉石项链要送给庄士芳，那庄士芳哪肯要啊，还把耿丽丽数落了一通，说耿丽丽是门缝里看人，太小瞧人了。耿丽丽没再坚持什么，只是给庄士芳深深鞠个躬，称大恩不言谢。

　　张怀金回到台湾仅仅一个月，就再次回到新泉，声称这次来就要扎根干一番事业。贾主任他们虽然很高兴能这么快引进一家这么大的台资企业，但也深感意外，张怀金在是否入园问题上态度转变这么快。张怀金离开新泉时还只是答应考虑考虑，现在一下就决定在台商工业园区斥资三亿八千万，分三期建设，建一间汽车配件塑制品工厂，建成后，一期建成后年产值就可达两亿五千万。这可是个大项目，对新泉，对海昌，还有对台商工业园区都意义重大，为各级官员脸上多贴点金，比如，GDP增长了多少，解决了多少就业人员，增加了多少税收，两岸怎样加强了交流等等，不一而足。总之，这个题材可以做好多文章。

　　张怀金从当时的犹豫，到现在迅速转变态度，要在工业园区投资这么大规模的企业，这其中奥妙可能只有工业园区管委会贾主任一个人知道，连耿丽丽也都蒙在鼓里。因此，贾主任觉得耿丽丽不应该只是在展厅做个讲解员，她应该在更重要岗位上发挥更重要的作用。一是对张怀金有一种态度，让他有个好印象，说不准他在台湾会更好的宣传，引进更多的企业；二是耿丽丽的自身优越条件不应该埋没在讲解员的位置上。思来想去，先调到办公室工作吧。本想给耿丽丽一顶副主任的帽子，可耿丽丽又不是干部身份，"以工代干"的说法虽然已经过时，但这体制仍然约束着政府的运行机制，只要是牵涉到编制的机关事业单位，你就必须按党政机关相关条例按部就班执行，本部门休想出什么改革大招。当然贾主任还顾忌一点的是，耿丽丽毕竟长相出众，对她提拔力度太大，也会招来一些不必要的非议。还是先在办公室，职务的事以后再说。

　　张怀金这次带来的队伍虽说不上浩浩荡荡，可也足够庞大了。从策划、财务、文秘、后勤等等足足有七十多人。按他的话说，既然来了，就要干真的，抓实的。他对大陆的很多用人体制还不是很了解，或者说对有些政策还是半信半疑。促使他这么快下决心来大陆投资，当然，耿丽丽是最大的动力。但他从台湾带来了自己信任的团队，现在问题来了，这么多人吃住怎么解决？前一两个星期，住宾馆，吃包餐，毕竟刚来可以理解，可长期这样下去，公司虽不至于吃亏空了，但成本也太高了吧。张怀金原以为工业园区可以解决他们的生活问题，可这么多人，工业园区无论如何也腾不出这么多房子，供他们吃住、办公。

耿丽丽调到办公室后，专门负责对外联络和接待工作，原先管接待的小范被宣布做她的助手。耿丽丽觉得别扭，小范倒坦然，当然也不知道是否发自内心的坦然，至少表面是很配合的。

张怀金团队来工业园区半个多月了，他们自己也想方法购买了好几个住人集装箱，可是安放在园区内水电又跟不上，耿丽丽作为联络员，着急的天天催促，可是水电班的工人说，道路没跟上，水电怎么埋管，如何架设？工业园区管委会当时真没料到张怀金会这么快决定入园，虽然规划中给他们预留过八十亩地，但"三通"（水通、电通、路通）没跟上，尤其是路通，不是一两天就可以随便铺好，哪怕只是简便的道路。

张怀金团队每天在宾馆的吃住开支需要两万多元，长此以往对企业负担肯定是很沉重的。因此，耿丽丽向贾主任大胆建议把张怀金公司租用的几个住人集装箱安放在管委会办公楼右侧的篮球场上，那接通水电只是瞬间的事。一线操作人员先住在集装箱里，高管人员仍然住宾馆，这样，就大大减轻了企业的负担。管委会爱好篮球的几个年轻人没了活动场所，满腹牢骚，耿丽丽把这帮年轻人请到庄士芳表弟的店里"嗨皮"一通，年轻人没意见了，不就是个把月不打篮球吗？有这样的开心节目多几次也就过去了。关键是张怀金觉得这么快解决问题，为他们公司节省了不少钱，确实让他很感动。

接下来，耿丽丽又帮助他们在大陆注册了"大仁金塑制品有限公司。"几乎所有的手续都是耿丽丽带着去办的。有时，耿丽丽也会拽上庄士芳一起跑，毕竟庄士芳社会经验比耿丽丽丰富。但张怀金只对耿丽丽的协调能力大加赞赏。贾主任也就是笑着附和，并不知道张怀金还有什么想法。

大仁金塑制品有限公司的道路、厂房建设非常顺利，按正常计划，再有两个月便可投入试生产。耿丽丽也觉得自己这个联络员可以松一口气了。因此，他想找个方便时间请张怀金董事长到家里吃个便饭，以答谢他对父亲的救命之恩。张怀金爽快答应了。

家里条件简陋，原先，耿丽丽要去庄士芳表弟店里请的，但考虑大病初愈的父亲，只能在家床上躺着，不方便出去，总不能让父亲连个道谢的机会都没有吧？可家里狭小的客厅里最多摆个五六个人坐的小圆桌，如果张怀金多带几个人来就坐不下了。都说现在家宴是待客的最高规格，可自己寒酸的家实在出不了台面，想想还是家中坐坐再去外面吃吧。

张怀金如约来了，自己打的来，却不带一个人，这令耿丽丽十分意外。这与平时张怀金做啥事都喜欢前呼后拥的风格大相径庭。耿丽丽一家虽然知道有贵人来家做客，但张怀金真来了，还是手忙脚乱，让座、端茶、削水果，唯恐哪个环节疏忽了。张怀金看他们忙乱的样子，倒觉得过意不去。耿丽丽的奶奶走近张怀金拉着他的手颤巍巍说道："谢谢你救了我女婿一命，我这女婿就是我儿子，没有他我家就塌了，恩人呐，请受我一拜。"

张怀金慌忙放下茶杯，扶起老人家说道："老人家，万万不可，要说救命恩人，那先是您外孙女救了我，没有她我可能今天都不在了。我今天呀，就是要登门致谢的。来，老人家，您先坐下，您戴戴看，这枚戒指合适不？不合适我再给您换；还有阿姨，哦，不，大姐，我给您买了个玉佩，您看您喜欢不？张怀金每人都送了件礼物，把耿丽丽一家捧得乐翻天了，只是他们到现在也不明白，他们家丽丽是这位大佬的救命恩人是怎样的一个故事，虽然他们从前也一再追问耿丽丽，为何这位台湾商人愿意资助这么一大笔钱帮助眼镜张换肾，耿丽丽只是轻描淡写地说，人家有钱且心善，就这么简单。她觉得为张怀金做个人工呼吸，算不上什么救命恩人。所以，在耿家把张怀金视为救命恩人，也就理所当然了。

耿家人的礼物每人都算贵重，可就是没有耿丽丽的，当然谁也不会去问。张怀金喝完茶，就挥挥手道："今晚我在喜来登大酒店订了一桌饭，请大家务必赏光，容张某表达一下感激之情。"

眼镜张急道："这怎么行？张先生，让我们表达感激之情才是啊！"

耿丽丽更没想到张怀金会来这一出，惊讶叫道："董事长，我已经……已经订了桌呀！"

耿丽丽确实已经跟庄士芳说过，让她在她表弟那订了桌，而且让她晚上作陪，毕竟庄士芳比她成熟老练，可现在怎么对庄士芳说呀？

张怀金满不在乎地说道："退了，退了。退不了，就让小宫去处理。"他似乎不想听耿丽丽进一步解释，就说车已经在门口了，赶紧上车。

喜来登大酒店的四楼的新泉厅，可以容纳二十多人的宴会厅却只坐了耿丽丽一家和张怀金，而且眼镜张也没去，显得空旷、冷清。双方也只是客客套套地相互敬着酒（其实都是饮料，他们说好都不喝酒），说些客套话，不到四十分钟，就结束了这尴尬的晚宴。

耿丽丽长舒一口气。她不明白自己不过做了个简单的救人小动作，值得张怀金这么用心，用这么大的代价回报？自己在台商工业园区里所能帮助到也十分有限，这张怀金还有什么别的用意？

转眼过去两个月，原定此时钢架厂房已搭建完毕，进入设备安装调试，可是到现在工地上还是临时架的一根电线，根本无法负荷大面积施工的需要。找过电业局多次，回答都是没有用电计划，要增容必须报批，谁知道这一轮程序下来又要多久。

耿丽丽作为大仁金塑品有限公司的联络员，为了这事确实跑了多趟电业局，但都无济于事。于是，她就向庄士芳请教。庄士芳听后便哈哈大笑："你怎么这么单纯？而今办事哪有你想象的那么简单？这样，你晚上到我表弟的店里来，你找的是廖科长吧？这人我了解。实话说这人曾经和我一闺蜜有过情感纠结。这个花心大萝卜，曾经把我那闺蜜肚子搞大了，可又不肯离婚，只是想用区区一万块钱让我那闺蜜把肚子里的孩子做了就了结了。他奶奶的，还振振有词说手术费和营养费都给了还想怎么样？后来，我陪我那闺蜜去了趟他办公室，把他吓尿了，赶紧拉我们到一个咖啡馆谈判，答应给十万块青春损失费。后来，我也劝我闺蜜，这样的人不足以托付终身，见好就收，万一他要赖十万块都拿不到。这小子说话还算数，第二天，就兑现了，只是那以后我再也没见过他。不过，我想今天若约他肯定不会出来了。但你别担心，我明天带你去找他，这坏家伙怕我呢！"

庄士芳第二天带耿丽丽刚出现在电业局廖祥俊科长办公室，廖祥俊先是吃惊的说不出话来，继而看到耿丽丽似乎又明白了一切。他忙着让座倒茶后，自己先喝了口茶，说道："我知道你们今天来的意思，我真佩服你这个小耿，居然搬出这么厉害的救兵。实话说吧，现在时值盛夏，你想啊，全城的空调都开起来，我们用电额度能不紧张？你们看看吧，我这要求增容的报告还有一大摞呢。不过嘛，既然你们……嗐！得了，我就给你们开个口子吧，你们先回去等消息。"

出电业局大门时庄士芳朝耿丽丽扮了个鬼脸，笑道："看到了吧，姑奶奶一句话都没说，这小子就给办了。这混蛋就怕我坏了他的前途。其实，如果不是你遇到这事，我才懒得管他的臭事。"

耿丽丽啥也没说，很亲密地挽起庄士芳的胳膊，笑道："说吧，想吃啥？今天别为我省钱。我们去红富士旋转餐厅吃自助餐如何？"

庄士芳挣脱开耿丽丽的手："你疯了？那地方只是让外地游客看海景的，我们去那干嘛？每人三百八十八元自助餐，你觉得值？"

耿丽丽撅撅小嘴："人家不是觉得那环境好，我们可以好好说说话嘛！"

庄士芳看耿丽丽委屈的样，"扑哧"笑道："丽丽，你家为你阿爸治病已经花了不少钱了，不要再大手大脚了。那这样，我们还去我表弟那，这次让你买单，好不好？"

耿丽丽捅一下庄士芳："就依你啦！"

大仁金塑品公司建设工地的瓶颈就是电，这个问题解决了，一切进展顺利。张怀金对耿丽丽除了对救命之恩的感激之情外，又多了一分赏识和感激。没想到这小姑娘不但颜值高，办事还挺利落的。当然，他不知道这期间有庄士芳这么一个人物的鼎力相助。但耿丽丽一头短发，口齿伶俐，确实给人感觉干净利落。只是她很少和张怀金说话，本来也没啥机会，她更不会刻意找机会。不知怎么的，她总觉得碰上张怀金有些尴尬。她不觉得自己对张怀金有什么救命之恩，反倒觉得张怀金为自己的父亲付出太多，所以，她为大仁金公司很卖力地去解决一个又一个问题，以回报张怀金，没有要在张怀金面前刻意表现自己的意思。

大仁金塑品公司的生产走上正常轨道，全部产品都是通过"海上丝绸之路"出口东南亚等地，也为大仁金公司带来滚滚财源。张怀金虽然欣慰，但自己一直待在大陆也不是长久之计，这一大摊子能交给谁呢？随自己来的集团资深副总孟思文倒是管理经验丰富，能力强，也有责任心，可老孟毕竟年纪大了，一大家子又都在台湾，他愿意吗？自己也有些不忍心。阿彪虽是自己的侄子，但除了会点武功，当个保镖也就罢了，他哪懂得管理？思来想去，他想到了耿丽丽，但几个棘手的问题又摆在面前：一是耿丽丽太年轻担得起这副担子吗？二是他这个提议董事会肯定有阻力，当然只要他坚持，相信会通过的，毕竟董事会只是个形式，他这个"绝对"的董事长，没人敢反对，只是议论难免的。三是耿丽丽本人愿意接受吗？这毕竟有些唐突。

张怀金在台商工业园区边上租了一幢别墅，面积不大，三层小楼，既是宿舍，又是办公场所，而且他和集团副总孟思文、秘书小宫都在这住宿办公。财务部也设在这，只是财务人员不住在这，因此显得拥挤，一点没有大集团的做派。因为工作需要，耿丽丽也来过这，但也只是在白天。所以，那个周末的晚上，耿丽丽被约到别墅时，她还是感到浑身的不自在。

别墅里除了一位煮菜的阿姨，其他人似乎在刻意回避，本是用餐时间，却只有张怀金一个人坐在餐厅里，正在开启一瓶葡萄酒，见耿丽丽出现在门口，赶紧放下酒瓶，热情招呼道："快进来，耿小姐，这边坐。今天是周末，我给他们几个都放假了，正好我也有事想找你聊聊。我觉得还是在家里清净、亲切。虽然我们的菜没有酒店那水准，但也干净、放心。你同意我的看法吗？"见耿丽丽依然站着，张怀金问道："你不会是介意这环境吧？我们这阿姨做得几个菜我可是百吃不厌，你看这同安封肉，那是下了功夫的，肥而不腻，满口留香。可惜呀，我现在什么都高，医生警告说，太油腻的东西尽量少吃或者不吃。没口福喽！你年轻，不怕。"

耿丽丽迟疑地看一眼张怀金："那你……你还敢喝酒？"

张怀金尴尬地笑笑："今天高兴，我只喝一点点，听说你酒量不错，可以多喝点。这是正宗的法国进口葡萄酒。来，品尝一下，我刚才已经倒一半出来，醒好了。"

耿丽丽从进门起就一直很被动，她犹犹豫豫地接过张怀金递过来的酒杯，但没有直接去喝，端了一会儿，又放回桌上。张怀金看出耿丽丽的不自在，温婉解释道："小耿，今天约你到这来，没别的意思，一来感谢你为我们大仁金企业在大陆的发展所做的贡献，二来嘛，也想了解一下你今后什么打算，以你的才干，在办公室做些打杂的工作，实在屈才了。我想，如果你愿意加盟我们大仁金公司为我们企业发展助一臂之力，我将不胜感激。当然，我们为你考虑的职位和待遇，相信也不会让你失望。"

耿丽丽思虑一会儿，问道："董事长的意思是要我辞去现在的工作，到贵公司就职？"

张怀金笑道："我的意思应该表达的很明确了，我知道你的顾虑，在大陆，你现在的工作叫着'铁饭碗'，意思是旱涝保收，可是，你一年又能收多少呢？哦，对不起！我没有嘲笑的意思，我只是说事实。我付你的薪酬至少是你现在收入的十倍，当然，待遇还不止这些，前提条件自然是你愿意来。"

耿丽丽扑闪着一双大眼，不知是惊喜，还是疑惑，只是问了一句："要我干嘛？"

张怀金诡异笑笑："你猜呢？"

耿丽丽摇摇头，不说话，自然表明自己不明白。

张怀金说："现阶段，我只希望你出任大仁金的副总经理工作。当然，集团副总老孟会留在大陆工作一段时间，兼任大仁金公司总经理，也好带带你。目前，公司还有许多方面要与大陆的相关部门进一步衔接，这也正是你长处所在，因此，我们很需要你。"

耿丽丽真是耿直的可爱，她不加思索地回道："那你给我一顶外联部经理的头衔就够了，何必要副总这么大的帽子？我真的干不了副总这个位子，太沉了。我也不要那么高的待遇，我希望我得到的报酬和自己的付出是相适应的。"

张怀金还真没想到耿丽丽会觉得职位、待遇太高,有点像大陆电影中以前老干部、老共产党员风格似的。他也没听说耿丽丽是共产党员。原先,他以为耿丽丽会受宠若惊,会怀着感恩的心死心塌地为大仁金、为他勤勉工作,然后……是不是一下职位给的太高,吓着她了。他思忖片刻道:"要不这样,你先担任大仁金公司总经理助理一职,年薪二十万。这主要考虑到砸了你的铁饭碗就需要有保障,希望你不要再拒绝。"

耿丽丽犹豫了许久才啜嚅道:"我是怕辜负了董事长的期望,那我试试看吧。"

张怀金心中一阵狂喜,耿丽丽答应来大仁金工作,就意味着和自己又靠近了一步。他再次端起酒杯说道:"来,为欢迎我们漂亮能干的耿小姐加盟我们大仁金干一杯。"

耿丽丽迟疑一会儿也端起酒杯,但令张怀金没想到的是她另一只手却夺过张怀金的酒杯,往自己的杯里倒了一大半,然后,再把杯子递给张怀金,说了一句很暖心的话:"董事长,您身体刚恢复,医生再三叮嘱不可以喝酒的,您就随意喝点,我干了。"

这个举动让张怀金愣怔了许久,没有喝到酒却如喝了一杯蜜,这也让他鼓足勇气,从兜里掏出一条放了很久的钻石项链,双手递给耿丽丽,却又不知说啥好,更不敢直接为耿丽丽佩戴,良久才结巴着解释道:"小……耿,哦,是这样,上次去你家,我给你家人都送了礼物,其实,我也给你备了一份,只是觉得……觉得,怕你,还有你的家人,误会,所以,一直……一直没有给你。我是真的很感激你的救命之恩。当然,还有……我们这段时间的接触,你给我的印象很好……咳,我没别的意思,只是感激你,请收下我的一点心意。"

耿丽丽倒表现得很冷静,似乎知道张怀金要表达什么意思,没接过张怀金手中的项链,只是客气回道:"董事长,您已经帮我很多很多了,这么贵重的东西我实在不敢再收了。"

张怀金手捧着项链,一脸尴尬相。平静一会儿才说道:"小耿,这东西吧,对一般人也许认为贵重,在我看来,它只不过是件简单的装饰品。我不是想在你面前露富,显摆。你也知道,对我而言,这么个小东西算个啥呢?你就权当你加盟大仁金公司的第一个纪念品吧!"张仁金说完就把项链放在桌面上,转身走了。

耿丽丽没想到张仁金情绪变化这么快,傻愣了一会儿,不知该不该收了那项链,这贵重的东西搁这也不妥,先收起来,找机会再给董事长吧。但她不知道还给他会不会让董事长更生气？

　　张怀金四年前和发妻刘秀吉离了婚。此后，虽然许多美女趋之若鹜，很多人都想当董事长太太，可张怀金却一个也看不上。或许没有让他动心的女人，或许只是为了向刘秀吉证明，他不是因为出轨而跟她离婚的。事实上，离婚是刘秀吉先提出来。张怀金还真不是个忘恩负义的人，他感激在他最困难的时候，刘秀吉帮助了他，这份情他永远铭记在心，但随着他身份地位的变化，出席一些重要场合，看到人们的窃窃私语，张怀金心理就有些失衡。特别是他们的私生活已经到无法克服的地步。刘秀吉也坦陈："我这口枯井已经掏不出水了，你去寻找别的水源吧。我们在一起已经没有意义了，男人五十还算年轻，我不想耽误你。"

　　张怀金不说话，可心中确实觉得痛苦，他也不能靠着感恩来维系这段婚姻，可又怕人指责，自己良心也会受到谴责。就这么僵持了一段，最终两个人还是离了。吃分手饭时张怀金说："我把台中那座工厂给你吧？"刘秀吉说："工厂给我干嘛？我又不会管理。我自己还有三个冷库，足够我自己生活了，你也不用自责，这些年你对我的照顾，早也把当年的那份人情还上了。我们本来也不合适，分手也是迟早的事，绑住你的人，也绑不住你的心，这样有意思吗？"

　　张怀金真没想到刘秀吉如此开通，这又让他心里产生些许舍不得。但他最终下了狠心签字，留了一亿新台币给刘秀吉，这回刘秀吉没有拒绝。

　　刘秀吉和前夫唯一的女儿阿霞，原先在浙江义乌做小商品生意，后来认识了巴基斯坦籍留学生，两人爱的如胶似漆，难舍难分。刘秀吉总觉得巴基斯坦太穷，女儿如果要远嫁到巴基斯坦，她是不同意的。可阿霞去了一趟巴基斯坦，就再也不回来了。她说她在那边很受尊重，尽管生活苦些，但很幸福，丈夫和婆家都对她很好。刘秀吉也无奈，但一直觉得愧对这女儿。他们在那边依然做些厨具等小商品生意。刘秀吉有心想帮助下这个女儿，但看到张怀金的生意一直在扩张，也是成天四处贷款筹钱，就不好意思开口。这次是张怀金主动给的，就帮女儿一回吧。这笔钱对阿霞一定很有帮助，但去年整船货物被海盗抢劫一次后就一蹶不振，再向张怀金开口就不好意思了。虽然她最疼爱她和张怀金的儿子阿强，但她想张怀金不会对自己的亲生儿子不顾的，将来还要继承父亲的产业。但阿霞从小跟着她受苦，哪能不心疼呢？以后有机会再说吧。

　　张怀金也确实看重这个令他骄傲的宝贝儿子，十七岁就考入美国斯坦福大学，现在还在念大三，将来一定大有出息的。只是他们俩离婚后，小儿子对父亲关系就很冷淡。

张怀金没有洁身自爱的传统思想，只是生意一直很忙，也顾不上花天酒地，放纵自己。他把心思全放在工作上了。当时小宫被安排给他当秘书时，他确实也动过心思，只是后来听说小宫已有男朋友，他马上放弃了想法，而且确实觉得小宫太不解风情，不是自己喜欢的那一类。遇到耿丽丽，除了为她的美貌所吸引，耿丽丽办事的沉稳、练达，有礼有节也给他留下了深刻印象。当然他所不知道的是还有一个庄士芳在帮着耿丽丽。只是他觉得耿丽丽是自己所喜欢，而且是合适的类型。可是毕竟自己五十四岁了，可耿丽丽据说才二十二岁，三十二岁的年龄差距她能接受吗？还有她的家人，社会舆论能容下他们这"老少恋"？张怀金知道自己唯独的优势就是有钱，如果不贪图荣华富贵的人，不会赔上自己的青春的。这样想着，张怀金就有些悲观失望。

张怀金回台湾时，大仁金公司的日常工作就交给集团副总孟思文。老孟工作确实勤恳，踏实，业务能力又很强，被张仁金誉为"金不换"的助手。因此，老孟的年薪也达到了近千万新台币。说实在的，要把老孟长期留在大陆工作，张怀金不但于心不忍，毕竟老孟全家老小都在台湾，而且集团里许多工作也离不开他。可是目前却找不到合适的人选，管理大仁金公司。

耿丽丽原先还想只是偷偷在大仁金公司兼职一段时间，万一不适应，也不要丢了铁饭碗。哪知，贾主任不到三天就知道了。他很严肃地找耿丽丽谈了一次话，明确告知不能用这种方式"鱼和熊掌兼得"。他还特意声明，不是他嫉妒，是体制如此，希望耿丽丽能理解。

耿丽丽把放在包里已久的辞职报告，递给贾主任，并且诚恳说道："主任，真的很感谢您多年来对我的关照，其实，我也真舍不得离开大家，离开这个工作岗位，可现在有这个机会，我想试试。我之所以没有及时向您报告，确实我当初也没底，我不知道能否担得起这个重担，既然不容许我有更长时间的尝试，那我就辞职吧！"

贾主任本还想挽留耿丽丽，见她态度坚决，也就说了一些祝福的话，不再强留她。心想也是，这么一个黄毛丫头，工资已是他的数倍，谁不动心呀？他心里明白，张怀金雇她是另有目的的，只是他不便去挑明说。耿丽丽辞职了，他也没这个义务。

孟思文工作认真细致的风格，甚至有些刻板化的工作模式常常让耿丽丽觉得喘不过气来。比如，报表要三个人以上复核，一张发票至少要三个人以上签字等，那严苛的程度不亚于大陆的国有企业。耿丽丽只觉得太繁琐，确实影响了工作效率，可又不敢公开反对，毕竟自己刚来，不想与老孟产生矛盾。但她并没有因此怠慢工作,而是积极主动,敢说敢管。孟思文本来对董事长让耿丽丽来大仁金公司担任总经理助理一职就很不以为然,这么一个黄毛丫头能担得起这重担?可董事长的决定他从来不敢反对,甚至老孟也觉察不出董事长对耿丽丽的特殊感觉,他只懂得工作。不过,有一件事情,还是改变了孟思文对耿丽丽的看法。

大仁金公司目前雇来的员工有近六百号人,几乎全是大陆的。公司给所有员工免费提供午餐,每人的餐标是十五元,雇了四个员工专门为这六百号人服务,每天的开支除了员工的餐标,还有水电等其他开支,那四个员工的工资等也要一万多元。还有占地八百多平方米一座食堂。员工们下班就回家了,只有极少数的单身员工晚上会在食堂用餐。而且经常有员工抱怨说食堂饭菜质量差,但既是免费的也就将就吃。可以说,食堂成本高却效益低。而公司的仓库又很紧张,经常要把产成品在露天堆放,风吹雨淋影响质量不说,还经常发生被盗现象。耿丽丽调查核算后就写了一个"关于员工用餐改革方案和把食堂改建成仓库的报告",孟思文正为仓库不够用而发愁,可他怎么也没想到耿丽丽会大胆到敢动食堂的主意,这毕竟关系到员工的福利,员工一旦闹事可不好收拾呀?但他又不得不佩服耿丽丽这笔账算得有道理,解决了公司当前的困惑。虽然他非常赞赏这个方案,但他也非常担心会不会引起工人们的抗议,至少会影响他们的积极性。他不敢贸然决定,还是向董事长报告吧。

张怀金直截了当地回复孟思文,让耿丽丽去实施这个方案,他正想知道耿丽丽的实际能力。不过他还是叮嘱孟思文,如果在工人中引起较大反响,要及时收拾残局,切不可让事态扩展影响到生产,这也正是孟思文所担心的。

耿丽丽在网站发布消息后,对报名参加大仁金公司午餐供应的五个商家的资质考察后,通知其中符合条件的三家,分别送一次快餐,然后让工人们打分,最后确定一家后公示三天,同时,宣布每个工人餐后都能领到一份水果。这样竞争得结果,同样的餐标比以前吃的更好,而且还可领到一份水果。这也暴露了原来食堂在采购等环节有许多猫腻,也有许多浪费。这项改革,初步测算每年可为公司节省近百万元。关键是腾出一座近千平方米的仓库,工人们吃的比平时还好,怎么会有意见呢?这项改革的成功,让孟思文对耿丽丽刮目相看。耿丽丽并非只是个花瓶。

张怀金因为台中的一家工厂出了事故,所以,半年以后才又回到新泉。孟思文三天两头打电话向他汇报工作,他对大陆这个大仁金公司基本放心,但是某种心念牵扯着他,只是事务性杂事太多,很难离开。有时候,梦中做着在大陆经历的点点滴滴，梦见耿丽丽的微笑，梦见耿丽丽的艰辛，醒来时，却知自己仍在台湾，会突然出一身冷汗。这种感觉有时候自己也觉得好笑。多大年纪啦！不应该是自己应该做的梦。但集团公司该处理的事处理完他还是乘船回到了新泉。

台商工业园区位于新泉市与海昌县中间，两头距离差不多远。属海昌地界，但工业园区目前仍归新泉市政府直管。当年要设立这个工业园区来自当地农民的阻力不小。农民失去赖以生存的土地，小企业主被拆了厂房，果农被铲了果园，这一系列问题哪一方都难以安抚。虽然政府付出相当可观的赔偿，还有后扶生产发展资金的补偿，但农民们依然三天两头到政府请愿闹事。新泉市政府顶着压力，边安抚农民，边开始工业园区的建设。（两年后新泉市委市政府还是做出决定，把台商工业园区下放给海昌县管理）随着入住企业的增多，部分农民就业问题解决了，还有就是人气旺了，第三产业也逐步兴旺发达，农民开始从中尝到甜头，也不再闹事了。工业园区周边什么样的店都有，农民家的房子更是被租住一空，连原先的牛栏被稍做改造后也被四川、贵州等地的民工租去当宿舍了，民工需要的就是这样廉价的宿舍。

总之，这一带原本是新泉，也是海昌的郊区，现在繁荣的几乎把新泉和海昌连接起来，让人分不清是新泉还是海昌。

张怀金下车并没有直接回到自己的别墅，而是直接去了大仁金公司在工业园区里的办公楼。关注大陆这个新生儿公司和想早点见到耿丽丽这两种心思都有。不曾想在孟思文办公室见到一群人正在等他。其中一个白胡子飘飘的老人拄着拐杖，艰难站起握着他的手，颤巍巍说道："你就是董事长先生吧？我们在这恭候你多时啦！感谢你能来家乡投资兴办企业，为我们家乡建设做出巨大贡献咧！如今个个都有了工作，生活比过去好多了。这都是祖上积德，我们张家有好风水啊！"

张怀金听得一头雾水，不知发生啥情况。先扶着老人家坐下说："您老坐下慢慢说。"然后转向孟思文问道："这咋回事？"

孟思文说："他们已经来好几次打听你了。这次是我告诉他们你今天要来，所……以，他们就在这里等候了，说是好像……好像要你捐资修建祠堂什么的。"

那老者接过话："张董事长，我们张家祠堂年久失修，筹了多年资金，也不够重新翻修的启动资金，听说我们张家出了你这么个大人物，这下有希望了。"

张怀金小时候隐约听父亲说过，老家在福建海昌的塔头镇，但父亲在他八岁那年就因中风去世了。那时候，台湾与大陆局势紧张，谁都忌讳说对方的事，张怀金也没在意。当时，来大陆投资确实没有想过回报家乡的念头，甚至张怀金都没产生过寻祖的想法。毕竟，老家的观念在他的脑海里很淡很淡了。今天，突然有所谓祖宗家族的寻到自己，着实有些意外。但让他出这钱他倒是没有反感。于是，他温柔问道："老人家，您怎么知道我祖上在塔头镇张家厝呢？"

老者回道："你如今是大人物，报纸上都在报道你，哪能不知道呢？你看这！"老者递过一张皱巴巴的报纸。

张怀金瞅一眼，上面果然有关于他的报道文章，他从心底佩服大陆的宣传媒体善于抓住时机，抓住热点。也许当时他们的用意是想利用舆论，加大对张怀金个人宣传的力度，让他感动，加快他入园步伐。岂知张怀金这些报纸看都没看过，促使他来投资的，跟这些宣传舆论，根本无关。这些人居然能帮张怀金找到了祖宗。虽然张怀金对这祖宗的概念比较淡薄，他也没有为此大喜，但还是很乐意捐点钱给这个几乎淡忘的祖宗。可他也不愿就这么不明不白的付出这么一笔钱，他问老者："你们这个修缮计划有预算吗？大约需要多少钱？"

老者面露难色："这个……这个……我们也是估摸着，大约需要一百万。"

张怀金心里掠过一丝疑虑，但他没有表露出来，这些人是骗子？听说现在大陆类似的诈骗现象很严重，想从土豪那里分一杯羹的人大有人在。如果真是祖上的人，确实是修祖宗的祠堂需要，那以张怀金现在的身份，拒绝这点钱，那受损的名声是自己。于是，他沉吟片刻说道："这样，你们明天依然在这里，也是现在这时间，带我去旧祠堂看看，钱的事好说。"

第二天张怀金在大仁金公司办公楼等到中午也不见一个人影，初始还有些生气，真觉得这帮人不守信用。后来，转念想想避过了一场诈骗，又觉得欣慰。但他一直觉得奇怪，怎么在办公楼里见不到耿丽丽？问孟思文，他也一脸茫然，吞吞吐吐说："好像……出去办事了。不过……"

张怀金追问道："不过什么？你说呀！"

孟思文似乎有些难为情，唯恐董事长责怪他监管不力，老半天才回道："董事长，实话说，她很少在办公室，甚至可以说这办公楼里几乎看不到她的身影。"

张怀金疑虑地盯着孟思文："你是说，她都没来上班，是吗？"

孟思文急着辩解道："不，不！董事长，你误解我的意思了。我觉得看一个人的表现，应该用实际业绩说话，不是只看到他每天规规矩矩，老老实实地准时上下班。没有工作业绩，成天待在办公室里，这种人不如不用。相反，耿助理最近几件事干得漂亮！令我折服。特别是后勤改革这一项，为我们省了钱，腾出了近千平方米的仓库，又深获职工们的好评，真是一石三鸟，好处良多呀！

大陆现在在搞改革开放，我觉得我们也要思想开放点，改革的招数多一点。坦诚说，我以前确实对耿助理很不以为然，总觉得这么一个黄毛丫头能担什么重担？现在她彻底改变了我对她的看法。这小姑娘还很有人格魅力。本来嘛，食堂撤销后，一些年轻单身员工晚上用餐就成问题，她把他们组织起来，搞各种活动，公司出一点资金，有点像钓鱼式的，参加者补助，其余个人出，活动搞得有声有色，丰富了职工业余文化生活，关键是凝聚了人心，佩服！佩服！还有，我同意耿助理提出的取消打卡制度，那只是管人而不管心的形式。大陆一个名记者说，一个单位如果要实行打卡制度，那差不多要走下坡路了。我觉得他说的有道理。耿助理主张以实际业绩来考评人，而不是以这种机械、刻板的方式约束人。你可以把工作带回家里做，或者在其他任何场所，以任何方式完成，我要的是结果。只要你不是采取非法手段，或是违背道德原则。董事长，这半年来，我深切体会耿助理比我更适合当这个总经理。我只是个唯命是从的人，缺乏自己独立的个性思想和主张。《道德经》上说，'太上，下知有之。其次，亲而誉之。其次，畏之。其次，侮之。'意思是，最好的领导是让部下感觉到你的存在，有威慑作用吧，第二境界就是有亲和力并得到夸奖，第三境界让人畏惧，威严有余而温柔不足，最差的境界就是天天被人骂的领导了。其实，我个人理解，最高的境界，应该是'太上，不知有之'，不是让人感觉到你的存在，而是你在不在一个样，属下能自觉做好本职工作，甚至能帮你出主意，真正与你交心，那才是境界呐！你还记得四年前你派我去日本考察。我当时印象最深刻的就是他们的企业文化，与我们中国截然不同。我们很多企业文化中居多是刚性，口号式的呐喊，诸如，团结拼搏，大干快上，五加二，白加黑，大干一百天等等。人家强调的是人文关怀，推行的是柔性管理。有一家公司的总经理给员工上第一堂课是给员工们洗脚。有的公司储备了风水好的墓地，让公司员工死后葬在这墓地上，你想呀，都管到人身后了，怎能不让人死心塌地为公司卖命呢？这才是管理的境界。耿助理现在的管理理念和模式都有点这种风格。她没有成天待在办公室，却时时为公司发展谋划，为公司利益着想。我真觉得她的领导才能、管理水平比我出色。所以……所以我觉得耿助理比我更适合在总经理这个位置。哦，董事长，你别误会，不是因为我想急着回台湾，故意辞让，我只是实事求是地说。当然，最终是董事长您自己定夺。"

张怀金还很少听到孟思文一口气说了这么多话，以前总是他交代啥，孟思文唯唯诺诺回答"是"或"好"。张怀金只是觉得孟思文忠诚、心细、认真。但同时也觉得他有些太过古板，工作格式化。他也为此提醒过他，没想到他今天会说出这番话来，说明思想开化啦！

　　孟思文应聘大仁金公司之前曾在台中一所中学任国文老师。刚来时，也常冒出之乎者也之类的口头禅，初始职位不高时，同事曾嘲笑他像"孔乙己"，随着职位的升高，这外号，也没人敢叫了。但他的忠诚，认真却得到张怀金的赏识，张怀金颇为赏识普京的用人理念，没有忠诚，能力一文不值。以孟思文的忠诚慢慢地升到了集团副总的位置。对孟思文今天提出的"让贤"想法，张怀金并不感到意外，他也相信孟思文说的是实话。其实，他也只是想让孟思文，为耿丽丽把把关，也不可能让孟思文长期待在大陆，毕竟他一家老小都在台湾，他也不忍心。老孟这人在具体事务上是认真负责的，但魄力上还是有欠缺的。这个企业要大发展还真不能一直放在他手中。可眼前如果把大陆这个大仁金公司交给耿丽丽，时机也尚不成熟。个中原因只有张怀金自己心里明白。于是，他拍拍孟思文的肩膀微笑道："老孟，感谢你刚才那番话，对我启发很大，也感谢你对大仁金公司所做的一切。至于你何时调回总部工作，我会考虑的，只是目前还请你耐心在这工作一段。"

　　孟思文顺从地点点头："嗯，我听董事长的，家里的事我也会安排好。请董事长放心。"

　　两人正说着，耿丽丽终于出现在门口，很爽朗地招呼道："董事长，您终于来啦？我跟孟总说，您再不来，我们可要去台湾找您汇报了。"

　　张怀金也高兴地开玩笑道："刚才我还和孟总正说起你。俗话说，说曹操，曹操就到，还真是这样啊！小耿，来，这边坐。我听孟总说，你干得非常出色，是不是让你当个助理委屈你了？"

　　耿丽丽不断用手上抓着的资料在扇着，脸上依然冒着汗，喝了口水才回道："董事长，您可千万别这么认为，我都怕这个助理干不好呢，哪会想到什么委屈？孟总教了我很多，所以我也干得舒心愉悦。说真的，我觉得在一个单位工作，能让自己舒心愉悦比什么都重要。只有这样，干活才有活力、动力和毅力。这是我自己的体会，所以，我也努力创设这样的氛围和环境。如果说有那么一点成就，也是孟总带得好，还有大家的帮助和支持啦！"

　　张怀金心里暗自欣慰。一方面觉得耿丽丽所想所为基本与老孟说的一致，另一方面，看他们两人搭档这么默契，这更使他觉得放心。

　　孟思文这老夫子似乎也有些开窍，见他们聊得投机，就找借口说道："董事长，我还有个会要开，你们先谈，等下我们再联系。"

　　张怀金和耿丽丽都不约而同地看一眼孟思文，也都明白他想刻意回避，但也不好说啥。

耿丽丽继续说道："董事长，我有个想法，一直想跟您汇报，虽然，我跟孟总沟通过，他好像不置可否。本来他在这，我们一起商讨这事再好不过了。今天您来了，我还是先给您说说我的想法。虽然我们的产品大部分销往东南亚一带，国内的市场，占的份额十分有限，主要是我们宣传力度不够，我们这产品的品牌还未被国内用户所认可。因此，我想策划一个产品发布会，邀请国内的一些用户和新闻媒体来参加，一个是增加我们的订单，另一方面也可以扩大我们的品牌知名度。当然，这需要相当一笔费用，我初步预算需要六十八万元左右，因此孟总没敢点头，需要您亲自审查敲定。我是觉得要做大做强我们的企业，必须要做好这个基础工作，不能只看到我们现在销售还可以，好女不愁嫁。事实上，我们现在已经感觉到仓库不够的压力了，所以，我们才会想到把食堂改造成仓库。当然这里面也有运输跟不上的问题。我还想到的另一个问题是，要跟新泉，甚至厦门的港务部门等搞好关系，让他们尽快排上我们的集装箱运输计划，尽可能提高我们的产品输出效率。最好将来我们要建起自己的车队，节约我们运输成本，也可保障效率。其实，现在大陆有'一带一路'好政策，我们新泉又是'海上丝绸之路'的起点，我们能用好相关的政策，就是提高我们的效益。将来我们生产能力提高了，规模扩大了，虽然我们已经把产品销到了印度、巴基斯坦、土耳其等南亚、西亚国家，但还未开拓欧洲市场，国内市场占有率更是低得可怜……"耿丽丽滔滔不绝说着，张怀金几次想打断问些相关问题，但都忍住，听到耿丽丽提到巴基斯坦时，他忍不住插话了："等等，你刚才说到巴基斯坦？我还正好有这个想法。不瞒你说，我前妻的女儿就在巴基斯坦做生意。这些年我一直想怎么关照一下她，可她拒绝我的直接帮助。这个女孩很有个性，也许还有一些对我的误会，或者说是怨恨。我想采取合作的方式，也许她能接受，关键是我们要有什么样的计划，我们现在西进的产品还只是部分，要把我们其他一些产品也能打到巴基斯坦等地的市场。你能否做个这方面详细的策划书来？"

耿丽丽没有直接回答张怀金的问题，而是充满疑惑地问道："董事长，您说……您的前妻的女儿？看来，这里面还有很多的故事？"

张怀金看一眼耿丽丽，笑道："怎么？你还对我的家庭感兴趣？我前妻的女儿都快四十岁了，目前和她的丈夫都在巴基斯坦做生意，去年遭到海盗打劫，对他们打击很大。但她生性清高，不会接受我直接对她的帮助。她和我感情不深，我和她妈结婚时，她已经很大了。早年呢，我也很落魄，也许她从心底里也瞧不起我。后来,我的事业有所起色,甚至发展到在台湾企业界也颇具影响力的时候,她仍对我不咸不淡,从来没有主动求过我什么事。四年前,我和她母亲离婚,她更是恨我,认为我无情无义。事实上,我们俩离婚是她母亲主动提出的,我也试图挽留住我们的婚姻,可我前妻态度坚决,我也只好顺从她的意愿。后来,我前妻这个女儿和她丈夫到巴基斯坦做生意去了。我心里一直很愧疚,总想怎么补偿他们。唉!这孩子个性太强!你刚才说到可以借助'一带一路'的东风,把我们所有的产品远销到巴基斯坦一带,那能否借助他们在巴基斯坦的人脉资源,开辟一条新路呢?她不接受我的直接帮助,我们合作总可以吧?只是你们之字不要提到我。"

耿丽丽扑闪着一双大眼,心里似乎有很多疑惑,但却欲言又止。张怀金看出耿丽丽的心思,就说:"你想知道啥就问吧?"

耿丽丽迟疑着问道:"董事长,您和您的前妻……为何缘故……要分开呢?哦,当然,这是你们的家事,不便说,就别说了。"

张怀金哈哈笑道:"没啥不便说。我刚才不是说了吗?是她坚持要分开的。我们这婚姻呀,咋说呢,是有些凑合。我当年是在一个海鲜市场卖海瓜子,得到我前妻的不少帮助。她那时候是个寡妇,比我大了八岁。俗话说,患难见真情,我那时候真的很落魄,对海鲜生意很多道道不懂,市场里的人也很生分,常遭人欺负,都是她在帮助我,当然,我也会帮她干些重体力活。这样,我们在互帮互助过程中就有了感情。当时,我母亲是反对的,她本人也不接受我的求婚,总觉得我们俩年龄差异太大,是我的坚持,我们才走到一起的。后来,我自己在生意上一直努力坚持,也敢于冒险吧,才有了今天这庞大的产业。但我必须承认,我的成功离不开她的支持。我创业初期,几乎做一个失败一个,她都毫无怨言,一如既往地支持我,冲着这一点我也不会离开她,可她们母女俩一样的个性,都很要强,很要面子。我企业做大后,难免要出席一些聚会场合,她毕竟是六十多岁的人,给人感觉与我有些……有点不太相称吧。她对别人的窃窃私语,就很在意,后来,再也不跟我出席任何活动场合。关键是她由此就有了和我分手的想法。我初始是不同意的,我不愿意做个让人戳脊梁骨的人,可她态度太坚决,我真觉得亏欠她们。"

耿丽丽递过一杯水,说道:"董事长真是个有情有义的人,那您现在……"

张怀金说:"我现在成天忙得团团转,也没时间考虑自己个人问题,也老啦!"

耿丽丽打趣道:"男人五十多算啥老?再说董事长事业有成,一定是后面美女成群跟着。"

张怀金突然收起笑脸，不说话。耿丽丽有些紧张地问道："董事长，我……我只是……开个玩笑，您生气了？"

张怀金回过神来，尴尬地笑笑："你说啥？哦，我哪有生气？我是在想你刚才说的问题。这些年，你所说的美女成群，虽然有些夸张，但介绍的，主动的，倒也不少。可婚姻这东西，得有缘分不是？至少得有感觉吧？我有过一次失败的婚姻，我不想再将就了。可是，我所看中的，人家不一定愿意呀？比如你，年轻貌美，有德有才，但我们年龄相差二三十岁，你会不会笑我是癞蛤蟆想吃天鹅肉呀？"

耿丽丽突然脸颊绯红，没想到张怀金会用这种半开玩笑方式，向自己表白。以前也只是隐隐中感觉张怀金喜欢自己，但从来没有像今天这样表白的这么直接，但他毕竟是用开玩笑的方式，于是，也用开玩笑的口吻回道："董事长笑话我了。我年轻不假，可哪敢称有德有才？还貌美呢？比我漂亮能干的女子多的是，只怕是董事长挑花眼了吧？"耿丽丽第一次这么随意跟张怀金说话，心中不免有些忐忑。

张怀金哈哈大笑道："我还等着人家挑我呢。丽丽，晚上你可有空？一起吃个饭吧。我还想详细听听你刚才说的设想呢。"

耿丽丽这次爽快地答应了。

依然在张怀金租住的别墅，依然开着葡萄酒，但耿丽丽这次没有阻止张怀金喝酒，更没有像上次那般拘束。两个人几乎无所不聊，不知不觉两个人就把一瓶葡萄酒喝光了。这次，耿丽丽真阻止张怀金再开了。张怀金也没再坚持，但提出要送一部车给耿丽丽，这让耿为难，不知如何回答。接受了，就意味着什么，她当然心里明白。

张怀金见耿丽丽犹豫的样子，就笑着解释道："哈哈，瞧你这为难样，怪我没说清楚，你现在不是跟孟总合用一部车子吗？你常在外面跑业务，两个人多有不便，还是单独给你配一部，免得孟总也不方便。再说，这也是公司的面子，我们这企业在这园区里也不算小吧？一层领导配个专车也是应该的。"

张怀金没想到耿丽丽这回爽快地答应道："那我恭敬不如从命。谢谢董事长了。"

张怀金心中窃喜，从容笑道："那就这样，我明天吩咐财务，给你的账户转去五十万，你想买什么样的车型、款式由你定，产权也登记你的，就算公司对你的奖励了。"

耿丽丽心想既然接受了，什么形式也不重要了。她心里也明白，接受了他的车，也许就要接受他人了。张怀金是比自己大了三十多岁，可五十多岁的年纪还未见多少苍老。关键是人家身家几十亿，嫁给他就意味着自己的身价如何飞涨，这是很现实，却又很诱人的问题。

怎么向家人开口说呢？毕竟，张怀金并没向自己正式求婚，可如果真求婚自己又怎么答复？父亲估计不会有什么阻力，从小就疼爱她，长大后又很尊重她，大概会尊重她自己的选择；母亲耿凤琴就不好说了，毕竟张怀金比自己大了这么多。可她又是见钱眼开的人，或许不会顾忌年龄差距的。

隔天晚饭时，耿丽丽婉转说了这事，果然如耿丽丽所料，眼镜张只是很无奈地说道："丽丽，我知道是阿爸拖累了你，谁叫我们欠人家这么大的人情呢？但是，你自己可要想好了，是不是一定要用这种方式还人家的人情，阿爸身体好以后也还可以挣钱慢慢还人家。如果你自己有别的想法，那我尊重你的选择。我好像听你说过，他身体也不太好，你还救过他，是吗？"

耿凤琴抢话道："身体不好没关系，他早走了，那些财产还不都是我们丽丽的。将来再找个年轻的。"

很少发火的眼镜张居然恶狠狠地瞪一眼耿凤琴："你会说人话吗？你让女儿刚嫁人就守寡？"

耿凤琴也自觉刚才说话有些过了，赶紧讪笑道："哎呀！我也只是随口一说。丽丽你别生气呵！关键还是看你自己喜欢不喜欢，我们都同意。"

耿丽丽一言不发，她料定会是这么个结果，但她自己心中也充满了矛盾。难道真要和一个大自己三十几岁的男人生活一辈子？可是，错过这个机会自己事业的发展可能就没有阶梯，自己人生的价值就有限。再说，拒绝了张怀金也可能意味着自己要离开大仁金公司了，从感情上也舍不得。

耿丽丽后来根据张怀金提供的线索，通过一个华侨与张怀金的继女阿霞取得了联系，让第三方跟她谈合作，让她作为大仁金公司在巴基斯坦的总代理，他们之间互利双赢，相得益彰。或许阿霞知道这是继父张怀金的本意，但双方只是合作关系，又没直接接受施舍，就权且装傻吧。再说，确实大仁金的各种塑制品在巴基斯坦销售很旺，巴铁人对中国人真是充满感情的。阿霞真舍不得放弃。

张怀金在新泉又待了将近一个月，除了偶尔跟耿丽丽工作上的接触，吃过几回工作餐，并没有向耿丽丽正式表示过什么，耿丽丽在想，是否自己多情了，或许张怀金只是开玩笑说说而已，并非对自己是认真的，而且，他见到张怀金好几次来电都神秘地走到边上接，似乎在刻意回避耿丽丽，这更让耿丽丽产生怀疑，他或许正在跟别的女士热恋呢。这竟让她有些酸酸的感觉，难道自己已经爱上这个男人？不会吧？耿丽丽想想自己都吓了一跳。

就在张怀金又要回台北的前一天晚上，他再次约耿丽丽到他的别墅，还是原来的饭菜和红酒，但似乎比原先的气氛更凝重。张怀金甚至没有了以往的说笑，俩人沉闷地吃着饭，直至快要吃完时，终于放下筷子发话了："丽丽，这种气氛谁都很难受，是吗？有些话索性敞开说了。这段时间我接电话时，老躲着你，你是个聪明的女孩，你一定看出什么。我今天也不隐瞒你，确实有很多女性想靠近我，我也知道他们想要什么。可我也很明确地告诉你，我喜欢的是你。但我也知道我们之间年龄差距很大，也许这对你很不公平。尤其在大陆，可能观念上还没开放到那程度，所以，我也不敢贸然向你求婚，可有那么几个女性，步步紧逼。也许你会觉得我脚踏几只船，是个花心大萝卜，其实不是啊，都是她们主动的。只有我自己清楚，谁在我心目中分量最重。这个戒指我买了许久，也没敢拿出来。我明天就要回台北了，我不想再这么折磨下去了，我希望……"

耿丽丽没等张怀金说完就伸出手："给我戴上。"

心花怒放的张怀金颤抖着手，费了一番周折才把戒指戴到耿丽丽略显丰满的手，随即在耿丽丽额上亲了一下，耿丽丽也顺势扑进张怀金的怀里。

张怀金抚摸着耿丽丽的头发，呢喃说道："丽丽，谢谢你能接受我，也请你相信我会对你好一辈子。还有，我想把大陆的大仁金公司都交给你，让老孟回台湾。你愿意吗？"

耿丽丽抬起头："你信得过我？"

张怀金笑道："傻丫头，你都答应嫁给我了，我还有什么不放心的。"

耿丽丽嗔道："人家说的是，你敢把这么大个企业交给我这样刚出道的年轻人？"

张怀金哈哈笑道："年轻人思想才有活力，敢拼敢闯。而且，我也相信你有把控全局的能力。要知道，正是你身上所散发出气质、所呈现的素质和你的才能吸引了我。大胆干吧！还有我给你撑腰呢！"

耿丽丽歪着头俏皮问道："你是说，你以后都会在大陆？"

张怀金沉吟一伙儿笑道："知道你会问这事。总部还有许多事我还要去处理，所以，我一直待在这也不可能。但有你在这，我能不经常来吗？"

张怀金第二天在大仁金公司中层领导会上宣布了这一决定，还真掀起不小的波澜。老孟喜气洋洋地说了一通感恩、感谢的离别惜语，但似乎没多少人在听,大家都在窃窃私语,议论耿丽丽。轮到耿丽丽发表就职演说时,她竟紧张的半天说不出话来。良久,才说了一句话:"感谢公司董事会对我的信任,我会努力的。"说完,就扭头走出了会场。张怀金没想到会出现这种尴尬的局面,只好宣布休会。

耿丽丽躲在自己的办公室低声哭泣着。张怀金敲了好久的门,她也不应答,就在张怀金转身要走时,她却拉开了门,但依然眼睛红肿,表情木然地坐在那,一声不吭。张怀金小心问道:"丽丽,你怎么啦?你要是不愿意接这副担子,我可以另外考虑,你也别这样甩脸就走。你知道,这样我多尴尬呀?"

耿丽丽终于爆发了:"你知道他们刚才在底下叽叽喳喳议论什么吗?他们说我是你的'小三',你知道这'小三'的意思吗?你还不如刚才直接在会上宣布你要娶我,我早就听到这些议论了。可恶!"

张怀金似乎很释怀地劝道:"咳,我还以为是多大的事呢?我没在会上宣布我们之间的关系,是因为我觉得工作是工作,个人的感情生活那是私事,犯不着混在一起说。他们爱怎么议论让他们议论好了,你若这点议论都承载不了,将来怎么做大事呀?好了,我们吃饭去,今晚,我为老孟设个简单的欢送晚宴,感谢他为大陆这个大仁金公司所做的贡献。你可要给我面子呵。"

耿丽丽赌气说道:"我不去,你们自己爱咋安排与我无关。"

张怀金费了好大劲才哄住了耿丽丽参加了欢送孟思文的晚宴,但耿丽丽依然席上一言不发,耿丽丽这么任性不禁又让张怀金有些担忧能否担得起负责大陆大仁金公司的重担。

张怀金和孟思文回台湾后,耿丽丽倒迅速进入工作状态。本来也就是耍点小女人脾气,真正要独当一面,耿丽丽还是有这个能力的。公司里的人似乎也都明白了耿丽丽与张怀金的特殊关系,议论也少了。实际上,耿丽丽也不在意他们议论什么了,她每天除了在公司里处理各种事务,就是在四处跑业务,家都很少回。人瘦了一圈,但精气神十足。她有小女人的一面,却也有女强人的一面。经过一年多的磨炼,她早已不再依恋庄士芳,甚至许多方面超越了庄士芳,表现得更为练达、果断。当然,她偶尔有空也会约上庄士芳喝喝小酒,聊聊私密话。许多事现在是庄士芳求她帮忙了。有了地位,社会关系各方面都好融通。耿丽丽现在不论在海昌,还是在新泉,似乎都风生水起,成为颇为有影响的人物。大仁金公司也成为台商工业园区的第一纳税大户。随着台商工业园区下放给海昌,大仁金公司也成为海昌的第一纳税大户。

张怀金虽然没有每天跟耿丽丽通电话,但也时时关注着耿丽丽和大陆这个大仁金公司，每次似乎都能听到让他欣慰的消息。可让他感觉奇怪的是耿丽丽从未提起俩人的感情、婚姻等问题，似乎俩人没什么关系，电话中除了谈工作，没别的话题，是不是耿丽丽对他没有感觉了？他在满意于耿丽丽工作业绩的同时，心中又有一些忐忑不安。

当张怀金再次回到新泉时，耿丽丽却告诉他，在北海出差，要四天后才回来。张怀金嘴上不说啥，心里却嘀咕，明明告诉她，自己这几天要来，她还出差，啥意思嘛？耿丽丽不在，他想了解公司运营状况都很难。问财务总监只是说公司业绩良好，其余也说不出什么道道。在厂区转一圈，看到生产井然有序，顿觉心中宽慰了许多。原先还有些埋怨耿丽丽，现在大陆这个大仁金公司毕竟只有她一个人在管，在她不在岗时，依然能保持现在这个状态，这也是管理的最高境界了。耿丽丽没有学过管理，她是如何做到的呢？这让张怀金有些疑惑。

张怀金想乘这几天没啥事，去海昌的塔头镇认个祖吧。上次那老人家看着也不像个骗子。不管怎样，认个祖是应该的。因此，他让办公室的欧阳明辉带路，直奔塔头镇的张厝村。

闽南的农村，改革开放后都很富裕了，村民们盖的房子虽然品位不高，却崭新、宽敞、明亮。村道基本都是水泥路，这与过去张怀金听到的大陆农村如何如何落后，相去甚远。他们打听到张家祠堂的位置，真没想到这祠堂的气派完全不是那老者所说的年久失修，破烂不堪。

张怀金好生纳闷，那老者那天说得那么诚恳，不像骗人，可看这架势，这祠堂还要捐钱修吗？

看守祠堂的老人家可能有七十多岁了，耳朵有点背。张怀金说明完来意后，老人家还挺热情。如数家珍地把他们张家如何从中原到这繁衍生息的历史故事娓娓道来。张怀金见他普通话不太熟练，就劝老人家用闽南话说，果然老人家说话顺畅多了。老人家知道他们从台湾来的显得更加激动。他握着张怀金的手说："前段时间我听族长公说，台湾来了个大人物，莫非就是张先生你呀？太好了，都说我们两岸同根同祖，'五缘'相通，真是不假。"

张怀金在祖宗像前虔诚上了炷香，然后，在右侧墙上认真找了一番，果然，找到了自己祖父张太基的名字，可就是没找到父亲的名字。他知道他父亲自从到了台湾，就跟这祖上断了联系，续不上了。张怀金虽不至为此伤感，可也觉得愧对祖宗。于是，他转身对老人家说："前辈，今天我回来了，总要把祖宗的脉络续上。这样，以后我每年都给祖上捐十万块钱，这钱呢，可以奖励我们张家后代有出息的，也可以帮助我们张家有困难的。怎么用你们看着办吧！但请把我们的族谱续上。我写给您。"

老人家拱手作揖道:"那敢情好。我们族长前段时间还想募集一点资金,建立一个张氏基金,专门用于张家后代的奖学金。这下可好了。我马上给我们族长打电话,你等着。"

过了十来分钟,门口出现了张怀金上次见过的那位老者,他在门口愣怔了好一会儿,然后,颤巍巍地对张怀金鞠一个躬,半天说不出话。张怀金上前扶着族长说:"老人家,这可不敢当。"

张家族长说:"董事长,上次骗你说,我们张家要修祠堂,让你捐钱修缮。真对不起呀!上次去找你之前,我们找人合计了一番,他们都说,台湾人都念祖,唯有捐资修祠堂肯出钱,于是,就骗你……唉!真是后悔呀!所以,那天你说来看看,我都没勇气再去找你。如今,我们周边的几个村都有设立奖学金,我们张家的后代也不赖,每年都有几个孩子考上重点大学,他们也应该享受奖助学金待遇,虽然大部分家庭富起来了,也还有一些家庭交不起学费。所以,我们也想建立这么一个奖学金。你看喔,这祠堂是前年每家出了钱修建起来的,这奖学金再叫每家每户出,就有点……唉,都怪我老人家糊涂,我愧当这个族长呀!"

张怀金说:"族长,千万可别这么说,您已经为族里乡亲做了不少好事了,族人们都该感谢您才对。我们晚辈理当尽责支持您。这样,我每年都捐十万块钱,不够还可以再追加。"

族长感动的快要掉泪:"够了,够了!你结了我老人家的一个心愿,谢谢,谢谢!报上说你,乐善好施,果然呀,张先生,你是我们族里的骄傲啊!"

张怀金谦虚笑道:"族长过奖了,不敢当。有什么需要的,我能做到的,就尽管开口。哦,这是我们公司办公室的欧阳明辉,具体的事,请他去办理。那我先告辞了。两位前辈保重!"

张怀金回来时惊讶地发现耿丽丽居然也回来了,他瞪大眼,不解地问道:"你……你不是去广西出差?不是说三四天才回来吗?怎么啦?"

耿丽丽半开玩笑道:"怕董事长生气了,赶紧回来报到。实话说,我们本来还想赴柳州谈一个项目的,真的是考虑到你已回来,怕你等着急了,所以,先回来了。那项目以后再谈吧。"

张怀金似乎很体贴地说道:"说哪去了?你这是为了工作,我怎么会生气呢?只是怕累坏了你的身体。"

耿丽丽向张怀金投去感激而又温存的一瞥,随即也关心问道:"最近心脏感觉怎样？有按时吃药吗？你呀！一个人就是不会照顾自己。要不，你还是来大陆生活吧？没人监督你按时吃药，还有其他的不好的生活方式，比如喝酒等，我都不放心。"

这番话是张怀金认识耿丽丽以来听到最暖心的，他揽过耿丽丽的肩，在她耳边轻声问道：

"这么说，你同意嫁给我了？"

耿丽丽推一把张怀金，娇嗔道："有你这么讨厌的吗？关心你一下，你就得寸进尺，我什么时候答应嫁给你啦？美的你！"

张怀金讪笑道："你不嫁给我，怎么监督我的生活？除非你前面说的话，不是真心的。"

耿丽丽似乎真生气了，怒目圆睁道："你这人就不配关心。"说完起身要走。

张怀金慌了："我的姑奶奶，是我说错了，好不好？我给你道歉，我不识好人心。"

耿丽丽看张怀金滑稽的样子，忍不住"扑哧"笑出声来，嗔道："好啦！跟你开玩笑的。不过，说实话，你对今后生活是怎么打算的？"

张怀金认真说道："我这次来，主要也是和你商议这事。你看呀，台湾集团总部一大摊事，我不能不管吧？所以……我想，你还是……跟我去台湾生活吧？"

耿丽丽本能地使劲摇头："我不，我不习惯台湾的生活。再说，我现在对我们大陆大仁金公司已经很有感情了，我也逐步熟悉了经营之道，你现在让我离开，岂不是割我的肉，挖我的心吗？"

张怀金说："你说得好可怕，什么挖心割肉的。你没去，咋就知道去台湾生活不习惯呢？"

耿丽丽又开始任性了："哎呀！人家说不喜欢就是不喜欢，你干嘛强迫人家所不愿的？"

张怀金觉得很无奈，真不知道怎么掌控眼前这个自己喜欢，但又很任性的姑娘。弄不好，哪天自己反被她掌控了。他思索一阵，对耿丽丽说："要不这样，你先跟我去台湾完婚了，然后，你继续回来管大陆这个大仁金公司，我会经常来看你，你有空了就来台湾看我，我们俩注定要过这牛郎织女的生活。"

耿丽丽突然觉得有点过意不去，安慰道："我不是故意要这样。你想，我父亲刚刚康复，还是需要人照料的，我就这么远走高飞，良心上是过不去的，我希望你能理解。还有，我们俩的事也还没有正式跟我的父母提起，我想你得找个时间，去一趟我家，向他们……"

张怀金见耿丽丽没说下去，就接过话："其实，我怎么会没想呢？这不是要先征求你的意见嘛！"

张怀金去耿丽丽家提亲，虽然没有什么阻力，但耿丽丽的妈妈却十分关注着这个比自己年龄都大的超级富豪女婿，给他们家带来什么样的聘礼。她不断提醒女儿，要向张怀金提要求，耿丽丽厌恶地瞪她一眼，眼镜张也借女儿的势，骂耿凤琴目光短浅，急功近利。耿凤琴气得直跺脚。

令张怀金尴尬的是，怎么称呼耿丽丽的父母？他们的年龄都比张怀金小，这个'爸妈'怎么叫出口啊？好在他们也没逼着，打着哈哈，也就这么混过去。张怀金也最知道只有耿凤琴最急切想得到实际的利益，所以，她得到一张有一千万资金的银行金卡，怎么还在乎张怀金叫不叫她妈？

张怀金对耿丽丽说，有任何要求，只要他做得到的他都答应。耿丽丽说，只要她不去台湾就没有任何要求。而且她主动说，不在大陆举办婚礼，更不办任何酒席，但她同意尽快跟张怀金回台湾完婚。

眼镜张当然理解女儿，他知道女儿不想遭太多议论，耿凤琴就不这么想，她觉得女儿嫁这么个大富豪多有面子，应该风风光光大办一场，耿丽丽不同意，她也无奈。她真想不通，这个叛逆的女儿怎么就这样不明不白地把自己嫁了。

张怀金在台北神旺大饭店，大摆宴席，商界、政界许多名流，也有部分明星，参加了他们的婚礼，可谓风光至极。毕竟这个年轻漂亮的大陆新娘为张怀金脸上贴了金。耿丽丽也笑容可掬地配合着，看不出丝毫不情不愿。只是张怀金没想到的是，他们婚后第三天，耿丽丽就提出要回大陆了。

张怀金不解地问耿丽丽："你是不情愿跟我？还是……不习惯待在台湾？如果是前者，你应该早跟我说，我从不会勉强别人的。"

耿丽丽知道张怀金多想了，确实自己现在就提出这要求，让人难免产生误会，她温柔地在张怀金身边坐下，轻声说道："你误解我啦！我们老家都有这风俗，三天后要回门的。台湾和我们那风俗习惯基本一样，我想你应该是了解的。"

张怀金说："你不是酒席都不想办吗？怎么还在乎这回门礼？"

耿丽丽突然眼眶潮湿，哽咽说道："我妈为这事已经很伤心了，我不想再伤害她，昨晚，我又梦见他们了，我也……想家了。"

张怀金用纸巾拭去耿丽丽的眼泪，安慰道："丽丽，我理解，别哭了。待我处理好公司的事，就陪你回去好吗？"

耿丽丽止住哭，突然，抓着张怀金的手说："这样，我不想耽误你的工作，你在这边从容的处理你集团的事，我先回去，那边的大仁金公司我也放心不下。你说可好？"

张怀金对这个新婚才三天的妻子，似乎有些陌生，但他还是顺从耿丽丽的想法，再次问耿丽丽："可是，哪有回门女婿不回去的道理？你……你确定我没跟你回去，你不生气？"

耿丽丽知道张怀金的为难，于是，温柔地挽住张怀金的胳膊，把头靠在他的肩膀上，柔声说道："是我提议的，我怎么会生气呢？只是我有个要求，你要按时吃药。还有，不能超量喝酒，不得不喝或是实在想喝时，要向我报告，能做到吗？"

虽然耿丽丽后一点要求，提得很虚，她实际也掌控不了，但张怀金心间还是有一股暖流涌起，这也是他听到耿丽丽对他说的最暖心的一句话。他也用力揉着耿丽丽，略带调皮地信誓旦旦保证："我一定按夫人要求办，每天早请示，晚汇报。"

耿丽丽捶他一下："谁要你早请示，晚汇报了？你只要踏踏实实按我要求做就行了。"

他们就按这种模式，开启了新婚生活，由于俩人都忙，所以，相互探视的机会也很少，但每天的电话问候成了他们日常作业。

耿丽丽次年十月为张怀金生下一男孩，取名张兆海。这不仅让张怀金喜不自禁，也给耿家带来了久违的欢乐。小兆海虽然在大陆出生长大，但一出生就已注定是亿万富翁。因为有外公外婆带着，耿丽丽产后四个月便去上班了，她放不下大仁金公司，更重要的是她对这份事业的热爱。她觉得在大仁金公司很有成就感，尽管张怀金一直劝导她，要把精力放在家庭，放在孩子的成长上，但她只是敷衍着张怀金。可怜的小兆海，刚五个月就被母亲断奶了，这让张怀金很不高兴，可也无奈耿丽丽。只是他没让耿丽丽舒心的是，仅仅隔了一年半，耿丽丽再次怀孕。耿丽丽曾经想不要这个孩子，张怀金无论如何不肯，也动员了岳父母做耿丽丽的工作，终于让耿丽丽妥协了，然后，就有了小兆梅。耿丽丽还是在小兆梅五个月时断了奶。有人后来说耿丽丽为了保持自己的好身材，所以不顾孩子最需要母乳喂养时狠心断奶，张怀金也为此跟耿丽丽闹过别扭。耿丽丽委屈的直想哭。她心中最放不下的还是大仁金公司，而张怀金则希望她在家做全职太太。两个人虽不常在一起，但口角，隔阂就由此不断，他们的感情也渐渐产生了裂痕。

张怀金甚至后悔这桩老少婚姻，为啥有时候沟通这么困难？他们的理念、志趣各不相同，生活习惯也有很大的差异，加上俩人长期分居，难免感情上产生淡漠。但他们谁都不愿意提出分手。张怀金已经有过一次婚姻，他也不愿意在婚姻上再折腾，况且耿丽丽的美貌，气质，能干都还令他留恋。耿丽丽也不想给人感觉她当初就是为了贪恋张怀金的钱财，把婚姻当着一种手段，她已经被人非议过，真不想再遭人指指点点，她想过一种平静的生活。最重要的是他们已经有一双可爱的儿女，谁都难以割舍。所以，他们也就这么维持着这不咸不淡的婚姻。

张怀金一个人苦闷时常常忘了自己有严重的心脏病，与酒本无缘了，但还是常喝的酩酊大醉。远在大陆的耿丽丽又如何监管的到。终于，在一次酒会后心脏病发作，而这次就没那么幸运，

他一个人倒在自己公寓房间里，当保姆发现时，已毫无生命体征。

耿丽丽赶到台湾时，张怀金已去世两天了。她确实哭得很伤心。她也真心后悔选择这么一种生活方式，要是她能在丈夫身边，或许也不会发生这样的悲剧。张怀金家族的人，包括他的儿子，看耿丽丽伤心的样子，似乎原谅了她对张怀金没有尽到照顾之职。但后续的官司还是让耿丽丽身心俱疲，她真的不想陷入这无休无止的冷酷无情的官司中，因此，她在继承张怀金遗产中，做了让步，让自己抽身返回了大陆。

张怀金与刘秀吉离婚时，财产已经分割清楚，剩下的继承人只有他的大儿子、耿丽丽和她的两个孩子，按法律规定，耿丽丽和她孩子们可以分到张怀金四分之三的遗产。但张怀金家族的人觉得耿丽丽就这么轻易分走了张怀金的大部分财产，有失公平，处处设难。后来，耿丽丽主动提出张怀金的财产一半给他的大儿子，张家人才平息了这场纷争。

耿丽丽放弃了台湾的大仁金集团公司，但坚持要大陆的大仁金塑品公司。据说张怀金的大儿子也没兴趣子承父业，也转让了公司，独自一人在美国生活。而耿丽丽却用分到的遗产，在大陆的房地产业、宾馆服务业等四面开花，重新组建了大仁金集团公司，事业发展的风生水起。只有一点让耿丽丽耿耿于怀，为何张怀金要让阿彪进董事会。或许当时张怀金觉得安插一个家族亲信有他的用意，初始耿丽丽也没太在意，时间久了，阿彪的种种举动令耿丽丽着实反感，甚至到厌恶的地步。有事没事，阿彪总爱出现在耿丽丽面前。有一次，他不知怎么打听到耿丽丽的生日，买了一大束鲜花，送到耿丽丽办公室，当时办公室里有财务处，后勤处等部门的人正等着跟耿丽丽汇报工作，弄得耿丽丽尴尬得想发火。阿彪却讪笑道："是受叔叔委托给你献花的。"后来，耿丽丽跟张怀

金通话问起此事，张怀金也莫名其妙。从此，张怀金对阿彪有了戒心，正想找机会把他抽回台湾，只是还来不及操作此事，自己却心脏病发作一命呜呼。张怀金去世后不久，阿彪就找机会跟耿丽丽表白说，愿承担起叔叔的责任，照顾耿丽丽一生。耿丽丽当场回绝，让阿彪断了妄想。阿彪虽然讨个没趣，但并不想离开大陆，依然留在董事会中，只是耿丽丽什么工作也不安排他。而阿彪却死皮赖脸不肯走。他似乎也觉察出耿丽丽与陆道关系不一般，但也只是猜测而已，又能怎样？但在集团后来牵涉到有关投资时，作为董事会成员，他就处处设坎了。

八、平山与海昌的风波

张福孩到平山镇当书记是费了很多周折的。几年前，他还是这个镇的党政办主任，他真的不曾想自己会杀回平山当书记。

大约五年前某个星期六早上，张福孩感觉肚子一阵一阵的疼，正蹲在厕所里哼哈使劲时，口袋里手机铃声响了，是镇长打来的，他可不敢怠慢，镇长本来脾气就大，最近心情又不好。张福孩顾不上接电话，提拉上裤子就往镇长办公室跑。

令狐光镇长此时正气咻咻地站在政府大院花坛边上，他要追查昨晚谁在花坛里乱吐一气，恶臭熏天。县委谭副书记马上就到了，这要是让谭副看到，且不说挨不挨骂，至少自己在关键时期，不能给谭副留下不好的印象。谭副可是分管组织工作的啊，在县里说话相当有分量。能否提拔，谭副书记是关键。因此，得尽快叫张福孩找人把这污秽物清理干净。

张福孩跑到镇长办公室却又不见镇长人影，赶紧又回拨镇长电话，令狐光正在气头上，见是张福孩电话，劈头盖脸就训了一通："你干嘛去了？为什么不接电话？你知不知道今天领导要来检查工作？你来看看大院卫生环境怎么个样？你怎么当的这个办公室主任？"

张福孩没再听清令狐光还训骂些啥，只是拿着手机贴在耳朵上，一边气喘吁吁地往大院花坛方向跑。其实，办公室离大院也就隔一个门房和车棚，他甚至已经听到了令狐光吼叫的嗓门。到大院一看到那堆呕吐物，张福孩脸"唰"地一下就红到脖子，但他无论如何都没胆量承认那是他吐的，他只能忙不迭地向镇长表态："马上清理，马上清理……"他甚至自己找工具自己去清理。他强忍着肚子一阵一阵地疼，捏着鼻子，皱着眉头清理完那堆污物。

张福孩自己也记不清昨晚吐了几次，但他还是有点意识觉得这长满杂草的花坛是个隐秘之处，不曾想一早就被镇长发现了。那计生局长也贼能喝，要不是为那一万元的接待费，他也不至于喝了那一大碗米酒，当然还有那计生局漂亮的女办公室主任也让自己情不自禁地添了酒趣，增了酒胆。他自己也记不清昨晚到底喝了多少酒，办公室主任本就应该是个酒桶。但他真不知道是酒的原因，还是菜吃坏了，他一整晚又吐又泄，到现在肚子还闹腾着。老婆要他去医院看病，但他知道今天谭副书记要来，他哪敢啊。自从当了这个党政办主任，他尽管小心翼翼，尽心尽责，可挨批挨骂的事仍是时常发生，虽然只是一个小小的乡镇，可他要伺候着十一个镇领导。十一个人中有若干个派别阵营，他又不能和某个阵营中的人，同穿一条裤子。最苦的莫过于书记、镇长在同一件事上的意见不统一。他常常为此嘴唇起泡，成夜睡不着。老婆多次劝他："别再干了！你不要命了！"可张福孩不这么想，自己已经被列为副科级后备干部了，书记也曾多次暗示过，不，已经是明示了，只要站好队，换届时就推荐他作为副镇长人选，再苦，再累，再委屈，也得忍一忍。

谭副书记的车队十一点多才开进政府大院。随行的有教育局长、计生局长、文化局长、广电局长等一行十余人。若干年前有三四个县委副书记，现在谭副是县里唯独的专职副书记，分管的工作覆盖了四个副县长分管的部门，当然了，这是县委的宏观分管，干活的，还是政府，但谭副书记在县里的影响力几近无人不惧。这平山镇就是他挂点的。他要在这个乡镇搞个农村社会发展事业综合改革试点。

十一点半，这是令人尴尬的时间，张福孩不知道谭副书记要去食堂还是会堂？虽然两边的准备工作事先都已做了布置，可要把领导往哪领，他还是拿不定主意。其实，这倒真是张福孩多虑了，在他前头有书记、镇长，轮不着他来领，但他唯恐又被令狐光骂："这么简单的事，都想不到？"这是令狐光经常骂的一句话。张福孩真是被骂怕了。

以张福孩这个层次的小官吏，或者说以张福孩这个智商水平，对领导的喜好、习性的了解永远是不够的。谭副书记虽然也喜欢闹闹酒，尤其是有感兴趣的女同志陪同，情绪就更好，但他对工作是很认真的。别说现在才十一点多，平时就是十二点半或是一点，他也是先到会议室的。先听听汇报，做做指示，吃饭间也有内容交流，不然为何叫工作餐？不然就给人感觉领导下乡只是在于吃吃喝喝，谭副书记也正因为如此才有这么高的威望。谭副当然知道他该给自己怎样的角色定位。

座谈会的主题是"大力推进农村社会发展事业，提升人口综合素质。"镇里的相关领导、学区校长、中学校长、计生办主任、文化站站长、计划生育模范代表、民间艺人代表等，好几十人挤在党委会议室里，开得好热烈。时间也在一分一秒地过去,已经过了一点,谭副似乎没有要结束的意思。食堂里备了三桌饭,原先只计划镇领导和县里的领导来宾一起用餐,可现在一点多了,怎么叫参会的人回去?临时去哪备菜?桌数增加了,镇长肯不肯批?现在要不要叫厨师开始点火了,要知道以前太早上菜,凉了被骂,太迟上菜让领导久等更要被骂的情况,时有发生啊!张福孩在会议室门外着急地踱着方步,真想从镇长那得到个明示,可镇长不管是真是假在谭副面前都会认真记着笔记。张福孩预感着今天可能又要挨骂了。

会议到一点半时终于结束了,张福孩唯一能做的就是通知厨师马上开始炒菜,保证上菜及时又热热乎乎。可张福孩仍然忐忑不安的是到底会有多少人留下来吃饭,虽然,他吩咐食堂管理员做好煮面的准备,但最终看领导啥意思吧。

到食堂用餐的人员,镇领导只剩下书记和镇长,其余参会的人三桌勉强坐下,张福孩虽然不知道是谁做出这决定,但还是长长舒一口气。食堂虽然也为其他镇领导煮了面,但没有一个领导去吃。

送走谭副书记一行,张福孩被叫到镇党委书记楚南方的办公室。楚书记正在打手机,张福孩在门口进退两难,好在楚书记很快就打完喊他进去了。楚书记抬眼望了张福孩许久,才问道:"你发会议通知时不知道参会有多少人?今天要不是我给你解围,所有人都去了食堂,在领导面前我们多狼狈?思考问题要全面周到,哪怕是细节问题,都得考虑周全,细节决定成败呐!办公室主任工作就得细致,周到。下次可得注意了。"

张福孩不断点头称是,唯唯退去。他根本不敢辩解这是镇长的指示,只能安排三桌。今年的接待经费已经超支了,可他如果在书记面前直白说是镇长的意思,那就是挑起他们之间的矛盾,他这个主任当不了三天也下台了。都说办公室主任是天生受气包,常常吃力不讨好,这党政两办主任啊,真不是人干的活。张福孩,福气孩子的日子大概过完了。

张福孩出生在一个偏僻的小岛,父亲四十岁上下才娶了个贵州二婚女人,次年,就为他生了个胖小子,父亲高兴得手舞足蹈,广播喇叭里正播送着东方红歌曲,他高兴地哼唱着,以至于他老婆一直问他:"他爹,给孩子取啥名字啊?"他也没听清,还是一个劲地唱着东方红:"呼啊嗨哟……"他老婆反问道:"叫啥?福孩?这名字可不好听。"没想到他父亲却激动地连声说:"好,好,就叫福孩,这孩子将来一定有福气。"张福孩从小到大确实也很争气,奖状贴了满墙壁,不是三好生,就是优秀学生干部。父亲有了张福孩成天乐呵呵的,初中考高中他以全镇第一名考入县一中,三年后高考又以全县第三名的好成绩

NO.8 平山与海昌的风波

考入哈尔滨军事工业大学，只是寄发通知书费了一番周折，海岛通邮本来就不方便，有时遇到风浪一周才送一次邮件，偏偏那段时间台风、大风不断，半个多月都不通邮了。当时通讯手段落后，根本无法把信息传递到这小岛。而此时张福孩正帮他爹晒鱼干、挖地瓜，这小岛虽然亦渔亦农，但各家都依然贫困，张福孩知道上学肯定要一大笔钱，于是，他偷偷报了军事院校，就为了省点学费，吃饭也不要钱。想起父亲年近六旬依然为了他，风吹日晒，辛苦劳作，张福孩真是于心不忍，总想为老父亲多分担点，毕竟他是个孝顺的孩子。因此，他高考结束完没和其他同学一起去玩，马上赶回家，为老父亲干活，不曾停歇一天，也忘了录取通知书这档事。当风调雨顺，张福孩接到通知书时，离报到时间已经错过了一个星期。好在当时他让村里开了证明，学校才勉强同意让他报到。

张福孩大学毕业被分配到西北沙漠深处的一个军事工业基地。张福孩本人没啥意见，可他老父亲不干了，多次托人致电、打报告给部队，要求把张福孩重新分配，或是调回家乡工作。张福孩虽然心里老大不情愿，总觉得自己所学专业知识回到家乡就无用武之地，可他是个孝顺的孩子，又是家中独苗，父母把自己养大，还培养自己上了大学，现在该是回报父母的时候了。于是，他忍痛割爱，顺从了父母的意愿，部队也不需要专业思想不牢靠的大学生。因此，张福孩被改派回家乡海昌县人事局，县人事局调配股长老白为他安排岗位费了好大工夫，用人单位一听说是导弹专业的，有的直接拒绝，有的哈哈大笑，称庙小放不下一枚导弹。好在当年的政策，大学毕业国家必定包分配，老白最后还是用行政手段把张福孩分配到平山镇政府。他在镇政府办干了八个月，凭借大学功底，写材料上了门道，书记又看中他，把他调整到党委办，然后又提拔为党委办副主任，只是转正主任时费了一番周折。按当时体制配置党委办主任要进入党委班子，不但是副科级，排名还在副镇长之前。张福孩被考核时有人妒忌了，写信告张福孩党性原则差，是部队逃兵，说张福孩能力差，处事优柔寡断，不适合当领导干部等等。尽管告状信没署名，可考核组去核实时，有些干部也表态好像是那么回事呵！

对张福孩的调查没有明确的定论，最终的意见是暂缓，但暂缓的结果是张福孩等待了两年。在前任镇党委书记手上理顺了镇党政办主任一职，但此时已无党政办主任进党委班子一说。张福孩只有继续让人们同情着。

其实，对仕途感到不平的远不止张福孩。张福孩人微言轻不敢表露不满情绪，而令狐光所表现的情绪，几近妇孺皆知了。与前任书记搭档时，令狐光勉强克制着，毕竟前任书记提拔呼声很高，书记提拔了，自己转为书记也就看到

179

希望了，再说，前任书记的背景他也有所耳闻，据说其舅舅是省发改委副主任，与市领导关系不一般啊。虽然资历、业绩都不可与自己同日而语，他当书记，令狐光自然心里不服气，只是知道了前任书记的背景后，令狐光发一通感慨，最终，还是认了。人家窝在乡镇也算委屈了，等吧！可好不容易熬到前任书记两年多后提拔了，却又派了个挂职书记，一任两年。令狐光再也掩不住心中的怨气，处处与新任书记楚南方对着干，甚至不顾自己的镇长形象。比如，楚南方的差旅费，在外的接待费，就是不签字，不说给报，也不说不让报，就是拖着，反正镇里就他一支笔审批。镇里开党委会，楚南方的意见他居多反对，起码不表态支持。这样的日子熬了一段，彼此都很憋气，先是楚南方告状了，然后，县委谭副书记找令狐光谈话，接着就是令狐光爆发了，一副全然不顾自己今后前途怎样，很伤感，怨气十足地倾泻了自己的不满，很凛然的态度，表明自己何去何从任由组织发落。令狐光这种态度倒出乎谭副书记意料之外，一时还不知用啥办法来降服这匹烈马。鲁迅说过，无所求就无所惧。令狐光看淡了前途，就没有杀手锏制服他。当然，如果能抛些有诱惑力的绣球，令狐光未必不动心，但自己能抛出多大诱惑力的绣球，心里也没底，毕竟乡镇主官一般都由书记摆盘，自己顶多提些参考性意见，可不能胡乱表态，不负责任的随便承诺。眼前急着要解决的问题，如何缓和楚南方和令狐光之间的矛盾，他也知道这问题的主要症结在于令狐光，现在，令狐光表现出来的狂躁情绪，该怎样镇住他，谭副书记在脑中思索着。他慢悠悠地喝着茶，等令狐光发泄完了，他才盯着令狐光许久，漫不经心地问道："你说完了吗？"

令狐光也摸不透谭副书记到底要演哪一出，对他的冷静反倒背上透出一股冷气，只是木讷地回答："说……说完了，对不起！我刚才不冷静。"

谭副书记起身拍拍令狐光的肩膀说道："我理解你的心情，谁都想进步，谁都想自己的工作业绩得到认可。县委不是否认你的能力和工作业绩，可你知道吗？楚南方来当这个书记不是县委决定的，而是市委组织部直接指派的，所以，他只是挂职的，而不是任职的。还有，你知道楚南方的父亲是谁吗？哦，你不知道，可以理解，离你远着呢，他父亲楚建设可是原地委副书记，管拜十一级，知道什么概念吗？十四级就是高干，他是老资格的高干。人家出身在这样的高干家庭，来当这乡镇书记，他自己不说委屈，你还嚷嚷什么？就你这点肚量，这样的涵养，让你当这个镇长也抬举你了。改改你这臭脾气吧，年轻人，别不知天高地厚。当然，你的工作业绩，工作能力县领导也看在眼里。机会多的是，可别因小失大了。我希望你能主动与楚南方书记沟通一次，对过去的行为诚恳道歉，表明今后工作的态度，这是县委，也是我个人对你的期望和要求。如果你愿意接受，将来我也帮你把握机会，你自己思量吧。"

令狐光真被谭副书记这番话震慑了。自己怎么这么倒霉啊，陪的两任书记都这么有来头，认命吧，有啥不服的。他后来也确实和楚南方认真交谈了一次，虽然，未至于尽释前嫌，精诚合作的层次，但毕竟僵持的关系缓和许多，这也让张福孩舒心了许多。

楚书记各种发票总金额有三万多元，除了部分签单外，居多是张福孩垫着，有些是楚书记自己先出钱，哪怕还未报销，张福孩也得把钱先给楚书记，要垫自己垫着，哪能让领导垫钱？可张福孩原先哪想到镇长玩这么一出，不给报啊！他都垫得喘不过气来了。所幸现在解冻了，赶紧先把这一堆发票处理了吧。

令狐光对张福孩拿来的发票几乎看都没看就签字了，可当张福孩来到财务室时傻眼了，小小财务室里居然挤了十几个人，都在等待报销。虽然他们中居多人见张福孩来都客气地表示让张主任先报，可财务室主任看张福孩手中的一大叠发票，估计金额少不了，因此，抱歉地笑笑说："张主任，今天可能没那么多钱报了，我们已经提了十几万，几乎都报光了，您还是明天来吧。"

张福孩虽然垫了很大一笔钱，但也不至于今天就一定要把钱拿到手，因此啥也不说掉头就走，只是心里嘀咕这令狐光也积压了太多发票不签，足见令狐光对楚南方抱怨有多深。据说，只要和楚南方有点关系，或者与书记稍微走的近的人，基本都不会顺利得到签字审批的。

楚南方初始还感动于令狐光主动找他沟通交流。确实，那天令狐光言辞恳切，态度诚恳，主动承认自己过去许多事情处理荒诞，渗入太多的个人感情，请书记多多包涵等等。楚南方当时感动的对令狐光又握手又倒茶，连声说，都过去了，自己也有许多做不对的地方。好像双方尽释前嫌，合作的春天就要来到了。可再一次开党委会时，楚南方提出要提高乡镇干部素质，拟派出两名干部到外地交流挂职，谁知令狐光又表态不同意了。楚南方就纳闷这事他与令狐光沟通过，当时，令狐光瓮声瓮气地回答，这事书记你定，这不是表明他同意了吗？怎么今天又蹦出反对意见，简直让自己下不了台。楚南方甚至已经给要派出去的干部个别谈过话，也做出职权范围的承诺。当然，令狐光不同意也并不意味着这事就实施不了，党内有民主还要集中嘛，况且大多数党委委员还是赞同的，只是那天因为令狐光表示反对后，楚南方也没有强行交付表决。毕竟派出的干部单一项驻外津贴就要好几万。令狐光是否觉得这项开支太大？或者说没有把开支预算报给他，让他觉得自己不受尊重？可要报预算也不是他书记亲自去运作吧？他又怪张福孩没把控好议题方案。实际上这是由党委组织委员提出的议题，但没附预算方案，张福孩也没审查出议题中什么问题，办公室主任活该就得挨批评。倒是后来令狐光主动解释说，镇里确实没钱了，承载不了许多开支，建议减少一个挂职人员。楚南方虽然同意了，但心里纳闷，这些意见为何不在党委会上说呢？令狐光，你到底是个怎样的人？怎么这么难相处呢？

楚南方从小生长在地委大院，或许是父亲地位的缘故，或许是他天生就有组织能力和号召力，因此，他一直是大院里的孩子王，有谁不顺从他，准没好日子过，可他也对小伙伴们讲义气，哪个孩子在外被欺负了，他一定会组织一帮人去打抱不平，家里有好东西他也会偷出来和小伙伴们一起享用。他很享受当头儿的感觉，从来把读书放在很次要的位置上。楚建设虽然疼爱小儿子，可不读书也难容忍啊，也为此不知打骂过多少回，可楚南方不念就是不念，奈何得了他？好不容易熬到高中毕业，就接替母亲补员到税务局工作，这是补员政策的末班车了，严格意义上已经截止了，只是因为是楚建设的公子才补办的。但楚南方到了税务局机关才感到了压力，自己的身份是以工代干，不伦不类，面对机关里的大学生、中专生们自感卑微。因此，他想读书了，后悔当年太疯玩了，现在也玩够了，于是，他报了广播电视大学，三年苦读拿到了大专文凭，也顺利转干了，然后，也戴了一顶副主任科员的帽子。楚建设见儿子出息了，长本事了，也终于拉下老脸求人帮了儿子一回，把楚南方调到了自己曾担任主席的政协机关，不久，也转成了主任科员。楚建设的廉洁自律口碑极好，他能这样做已属不易，楚南方先前还是感激老爹的，但在两年后他要去乡镇挂职问题上他还是怨气十足地抱怨了老爹一回。

楚南方调到政协工作时已年近四十，如果按部就班的等待，或许会错过许多好时机，至少他不想在政协上副处，虽然政协的副处职数很多，但没有一个副处岗位有吸引力的。某某委副主任，办公室副主任，副处级调研员。顶多给一顶副秘书长的帽子吧，有意思吗？到有实权的局当个副局长，如公安局，人事局，教育局等，那就不一样，到县（市、区）当个副县（市、区）长也行啊，总不能一辈子窝在政协吧。请老爹出面直接运作，他断然不肯的，自身条件也欠缺，可现在机会来了，去挂职就有可能先上副处，错过这班车，恐怕自己真超龄了。老爹毕竟是政协的老领导，动动嘴，给现任领导暗示点什么，他就有可能实现这个愿望的。

组织部下了个文件，要求各单位推荐一名三十五岁左右的年轻科级干部到乡镇挂职锻炼，直接任一把手，任期两年，挂职期满，工作业绩突出，作为处级干部人选考核。实际上谁都清楚这种挂职就意味着提拔，机会多难得呀，楚南方哪能不动心呢？

政协机关里符合条件的年轻科级干部有好几个，以楚南方的学历和年龄是没有竞争优势的，但他如果错过这班车就永远没有机会了。因此，他很认真地买了两瓶他老爹喜欢的山西汾酒，破天荒地打电话给老娘说，要回家吃饭，并要老娘多炒两个菜，他要陪老爹喝两杯。

楚建设就纳闷，一个多月没回家，差不多有半年没在家里吃过饭的儿子，怎么突然间对老爹这么殷勤客气起来？这小子葫芦里装什么药啊？

酒过三巡，楚南方开始提问题了。楚建设先是一声不吭，后来，接过文件看完，就拍到桌子上转身回房间了。楚南方气得差点砸了杯子，他冲着楚建设的房门大声吼道："你就一辈子当你的廉政楷模吧，我就知道你自私自利，只顾自己所谓的名节，从来不顾子女的利益前途……"

房门"啪"地打开，楚建设冲到楚南方面前左右开弓"啪，啪"就是两记耳光。楚南方长大后，还没见过老爹如此凶狠地打过自己，一时呆愣着，不知作啥反应，倒是他母亲尖叫着："死老头，你疯了，你怎么能这么打儿子啊？"楚南方也不顾母亲的哭诉，拎起包一头冲出门外。

楚建设或许是对那天打了儿子感到愧疚，或许觉得儿子说的有理，自己一辈子廉洁、清正，得到啥好处啦？自己也没几年活头了，如果还有点余威，说明自己还有点价值，那就用用吧，促成了，也算给儿子一个歉意，一个补偿。这么想着，就给他后任政协贾主席打了电话："老贾啊，最近忙吗？我呀？就那样，老人家了，不中用了。有个事呀，难以启齿，可又不得不说，儿子造反了，昨天，我们还干了一架，我打了他两记耳光，他哭着跑了，事后想想我也挺愧疚的。所以……对！对！就是他要去挂职那事，哦，你知道呀？我是想，要是你们不太为难就帮帮他吧。他年龄是偏大些，文件是说三十五岁左右，可也没明确说左右到几岁。对，他三十八，稍大些。如果你们同意推荐，我就和组织部的林部长打个招呼，我这老部下总会给我点面子吧，没问题呀？那谢谢喽！"

市委常委、组织部长林超群是当年在地委办公室起步的少壮派领导，去年刚提拔，也是去年刚满四十岁，在厅级干部中当属年轻的。他在地委办当干事时，楚建设是地委副秘书长、地委办主任。林超群的起步阶段，当地委办副科长、科长，都是楚建设一手提拔的，他对老领导是尊重并怀有感恩之心的。但违反原则的事他也不会做的，这也是这些年他进步快的一个重要原因。因此，他很委婉地回答老领导，这事待他了解情况后再答复，只要不违反原则，他一定会帮这个忙。

林超群了解完情况确实也有些犯难,三十五岁左右,右到三十八岁,确实也右太多了吧?可谁叫我们工作人员下文这么不严谨呢?这不让人有空可钻吗?想想算了吧,老领导难得求自己一回。再说,这是政协推荐过来的,现在政协主席也是老领导,都不好得罪啊!

楚南方终于如愿以偿挂职当上了乡镇书记,可没想到刚到任,就被令狐光敲了个闷棍。

楚南方其实从未当过实职的官,所经历的两个所谓官位,从副主任科员到主任科员,全都是非领导职务,更不用说当这个乡镇书记主官了。客观说,他的从政经验是不如令狐光,最起码,有些作为主官的套路他没掌控好。令狐光在许多场合的偷偷冷笑,也被镇里的干部看在眼里。不论是楚南方初来乍到,还是他所表现的从政经验不足,或者是人们觉得他只是镀金的,说不准哪天就走了。因此,他的威信总不及令狐光。

张福孩个性中真不愿意做一个跳梁小丑,当面一套,背后一套,见人说人话,见鬼说鬼话。可他所处的位置,有时,又不得不说违背自己意愿的话,甚至要做违背自己良心的事。谁叫他是党政办主任呢?

县委刘书记来下乡检查那次,张福孩就矛盾的无所适从,甚至睡不着觉。

海昌在闽南大概只能算个小县,一共只有十四个乡镇,三个街道办事处。作为县委书记下乡调研,检查工作,那是常事。楚南方觉得刘书记来,是展现平山镇风采和表现个人的好机会,一定要好好策划安排。他喊来张福孩,亲自布置他的方案:全镇中层以上干部全部参加,会议地点安排在镇小礼堂;会议桌要摆成四方形,中间要摆个花坛,主席台背景要有个喷绘幕布,展现平山镇风采的内容;桌面要有鲜花和时鲜水果;要拍一部专题片,会前播放,要为他个人报告做个PPT汇报材料,同时,要有书面材料装袋摆放座位上……他甚至拿出自己个人珍藏的武夷山'夷宝斋'茗茶,让礼仪小姐泡工夫茶,穿着旗袍,托着茶盘,将泡好的功夫茶端到领导面前品尝。据说,这茶可是全省人大开会时的专用茶,领导不可能不心动……张福孩虽然很认真地记着笔记,可心里一直在嘀咕,这种安排可能要惹麻烦了。刘书记以前来过,从没有这样的排场,气势。张福孩多少还是了解一些刘书记的风格。这种排场肯定要挨批评的。背景喷绘按小礼堂的规格最少也需四千元以上,令狐光肯定也不批。非庆典仪式让礼仪小姐穿着旗袍,在会场穿梭来往,不伦不类。张福孩觉得楚南方简直脑烧坏了,可他心里敢怨,嘴上敢言吗?领旨去办吧。至于报销以后再作技术处理了。

刘书记来那天是县委办周主任打前站的。他到会议室看完那排场，架势，就光火了。他冲着张福孩吼道："谁让你这样布置的？刘书记看到这场面，你们非挨骂不可，赶紧先把桌面上鲜花、水果收了，礼仪小姐也撤了，其余已经安排就算了，下不为例啊！"

张福孩如得圣旨，迅速撤去该撤的，然后，马上向楚南方汇报。毕竟现在有人替他撑腰了。周主任还兼着县人大副主任，官总比你楚南方大吧。让楚南方知道了这规矩，以后就好办了。

楚南方初始还将信将疑，不想周主任却亲自找到他，亮开嗓门半是责备，半是开玩笑地喊道："楚书记啊，你这排场、阵势够大呀，刘书记只是来调研的，不是来参加你们庆典的，刘书记马上就到，他看到了，你还不挨训呀？另外，你这安排表中，陪同用午餐的人也太多了吧？看来你平山镇是个大户呀，日子过得不错嘛，刘书记本来还带些年终慰问款，看来你们是不需要了。哈哈！"

楚南方脸色越变越难看，尴尬地站在一边不说话，周主任似有过意不去的神态，把楚南方拉到边上小声说道："你老弟可能不知道刘书记的风格，也不能完全怪你，以后注意点就是了。今天没被刘书记看到就是幸事，别往心里去。午餐就你和镇长陪，四菜一汤哦，记住了。快到了，走，去门口。"

楚南方木然地跟着周主任，一直很难把思绪收回，或是集中到当前的事来，总想着过去在政协机关时怎么怎么运作这事，怎么到这就行不通了？自己在这好像成了另类。以前在政协开个会，桌面有席牌、鲜花、水果这很正常啊。当时政协还和一所职业中专学校签订了一个协议，他们每年提供五万元经费给职业中专，政协有什么活动需要礼仪小姐，职业中专随时提供支持，当然，也为职业中专的学生实习提供了方便。当时政协大小会议，礼仪小姐随处可见，习以为常。嗨！小地方不开化啊！

海昌只是个海边小县城，刘作新通常下乡花两天时间也能跑遍全县。而且不是走马观花。他也常在渔民家中吃饭，只是他觉得交点象征性的伙食费有点像作秀。渔民们觉得县太爷会在自己家中吃饭是莫大荣耀啊！谁在乎你吃多少？吃了什么？这种机会往往能听到真实的声音，但他从不提前打招呼要在哪吃饭，老百姓要是有时间准备，请县太爷肯定要隆重些，这就不是刘书记在渔民家里吃饭的本意了。刘作新虽然也是官宦子弟，父亲曾当过省司法厅副厅长，但他生活简朴，很能吃苦，尤其对吃毫不挑剔。可能是父亲被打成右派那段艰难日子造就了他吃苦耐劳的品格。父亲虽然后来官复原职，他们一家生活也有逆转性的改变。但刘作新可是靠自己努力考上大学，还当了三年中学教师，然后从

185

中学的团委书记，提拔到团县委当副书记，两年后转书记。从此，一路顺风顺雨，乡镇书记，副县长，副书记，县长，县委书记，每个岗位平均不到三年。在常人眼里已经无比风光，荣耀了，可他常常笑称自己，一介小小七品芝麻官，不足称道。这不知是他真实心态，还是故意卖萌，而今的领导干部啊，什么态也有。这与官员自身个性、涵养，所接触的群体密切相关。有些井底之蛙型小官员，祖辈上也没见过什么大官，周边接触的群体，也居多是较自己层次差的一般阶层人士，听恭维多了，也觉得自己官大了，了不起了，便不可一世了。刘作新一手提拔的教育局长，就属这类型。后来，因受贿被判了十二年。刘作新直后悔自己看走眼了。

海昌县原来的教育局长也姓刘，是刘作新儿子的数学老师。刘作新和他接触时，他还是海昌一中的副校长，此人教书上是很有一套，在海昌颇有名气。刘作新的儿子当时在海昌一中就读，数学老是掉链子。刘作新爱人着急地托人找到这个刘老师，希望他尽快帮助自己的孩子把数学补上去，因为离高考只有八个多月时间了。这个刘老师哪敢对刘县长（刘作新此时为县长）的公子学习成绩怠慢？立即制定了很有针对性的计划，很短时间就使刘公子的数学成绩提高了五十多分，刘家人对他感激不尽，刘县长也在百忙中抽出时间请了刘老师吃饭，言谈中发现这个刘老师很有思想见地，沉稳中不乏谦恭，给刘县长留下深刻印象。半年后，刘县长成为刘书记，当教育局长到龄离任时，刘书记想到了一中的这个刘副校长。虽然当时刘书记也顾忌刘副校长是儿子的老师，而且是本家，会不会让人产生误解？但刘作新还是觉得人才难得，用人不避嫌，让这个刘副校长直接当上了教育局长。初始一两年确实也没让人失望，他大刀阔斧地对教育进行一系列改革，政绩可圈可点。但后来他独断专行，飞扬跋扈的议论也从不同渠道传到刘书记耳朵里。刘书记原本想亲自找他谈一次，但一直很忙，就委托谭副书记找他谈话，据说有所收敛，但对他贪污受贿的事，如果不是一名学区副校长的实名举报，这问题兴许还要掩盖许久。这案件从纪委介入调查，再由检察院接手立案，到法院判决，前后不到三个月，这已然是海昌办理的案件中较快的一起。最终，这个教育局长被判了十二年徒刑。这一直是刘作新心间的痛。

最近一段时间大家都没发现刘书记带着秘书许达，有时跟着的是市委办年轻干部小吴，有时，根本就不带秘书，这个被称为海昌第一秘书的许达到底怎么啦？犯错误了？不招刘书记待见了？或者另有重用了？

许达此时正蜷缩在海昌邻县的一个阴暗的地下室里，神情恍惚，他已经两天两夜没合过眼了。昨天，还有人给他送过两个包子，他没吃，早上就被端走了。他怎么吃得下？前天，他还是个神气活现的海昌第一秘书，就连县里的副书记、副县长都要敬他三分，今天怎么就成了阶下囚了？妈的，狗日的周扒皮，周歪脖，我许某人有机会出去，一定让你粉身碎骨，死无葬身之地。不就吃你十万块破钱吗？老子拿过比你多得多的主，也没像你这样的疯狗，张口就咬。唉，如今，想起来也真是后悔啊，早有人警告过，周扒皮的钱没那么好吃的，自己怎么就鬼使神差地收下那十万块钱呢？他当时也以为这事容易解决，以往不就是一个电话的事吗？最多再加个饭局啥的，他若出面许多人也会给面子出席的。

只是令许达没有想到的是，此时，被他斥为周扒皮的盖世华章投资有限公司董事长周世章也被检察院工作人员控制在一个偏僻的小宾馆里，垂头丧气地吸着烟。他以为交代了许达这一笔，就可以出去了，丢了这笔业务，还不至于让他公司垮台，他依然还可以风风光光当他的董事长。哪知检察院的人揪住他不放，非要他交代以前还送过谁，这他哪记得清呀！可现在不是行贿无罪的年代了，很多案件都是从行贿人身上打开缺口的，检察院的人怎么会轻易放过他呢？

周世章已经六十四岁了，患有严重的强直性脊柱炎，平常走路看似歪着脖子，实际是他脖子直着不会动。按说这种身体，这个年纪该回家颐养天年，他的公司资产也应该过亿了，不必再拖着老迈的身体去挣扎、去奋斗。儿子大学毕业，先在他的公司当了四个多月总经理，公司的名称还是儿子亲自取，亲自注册的，但父子俩经营理念不同，生活观念不同……太多太多的不同，俩人又不肯相互迁就，他儿子终于弃他而去，到深圳一家公司当部门经理，虽然年薪不过十来万，但他觉得舒心。

周世章这种观念，这个身体在这现实社会中真是跑得疲惫不堪。虽然，他也是身家过亿的老板，但没穿过一套名牌西装，口袋里常常左边放着中华烟，敬人抽的，右边放着七匹狼烟，自己抽的，老人家记性不好，常常又拿错了，又让人笑话。凡此种种小家子气行为让他有了阿巴贡和周扒皮的外号。周世章确实有一个非常简单的理念，要投入就要回报，得不到回报的他要么直接尽量捞回投资，要么就要从别的渠道得到回报。当时，确实有人告诫过许达，周扒皮的钱不太好吃。只是许达把事情想得太简单了。事实上，举报许达的信，不是周世章写的，是一个包工头写的，他被周世章拖欠的工程款多达上百万，忍无可忍才写了这封信。那天，他正追着周世章要钱，恰巧碰见周世章把一个大信封，塞进许达的车内，凭感觉那一定是钱而且不少。他奶奶的，你有钱送人，却说没钱付工程款，老子也不让你舒心，他请人写，并打印寄了许多告状信，分送好多个部门。动静大了总会引起注意。果然，没多久他就听说许达出事了，而且第二天周世章也被叫进去了，这包工头高兴得手舞足蹈，继而又想会不会也牵涉到自己，到时也被叫进去；担心了一阵，终究风平浪静了，他才舒了一口气。

实际上这包工头所不知的是纪委早就盯上许达了。本来纪委对一般无记名的揭发信，不会引起高度重视，但因许达是刘书记身边的人，而且揭发许达信件已经好几封了。纪委书记很慎重地给刘作新书记做了一次专题汇报，刘书记紧锁眉头，深感事态严重，但要求认真查处，绝不姑息，不要受他个人的任何影响。他深叹自己平时忙于工作，疏忽了对身边人的教育，他更没想到一直跟在自己左右的秘书，有这么多说不清的问题。

许达感觉有些扛不住了，可他知道一旦把自己这些年吞到肚子里的东西都倒出来，少不了十年八年的牢狱，而且要牵涉到多少人啊？可是死扛着，眼前这关怎么过？昨晚，他睡了不足两小时，三个检察院的人轮着陪他，当他眼皮打架时，冷不防听到一声喝令："许达，想好了吗？"有时也会有很柔和的声音："怎么样？想开了吗？"但经常都是在你想睡觉的时候。当然，还有许达还没遇到过的，比如，大热天关在一个小房间里，点上一盏500或1000瓦的灯泡，办案需要光线亮点嘛，办案人员工作需要当然要不断轮换喽，衣裳湿透那是吓的。总之，都没有刑讯逼供啊，可又有几个人能从这些关中扛过来？

许达已经进来一个多月了，知道有些事是瞒不住的，因此挑些轻微的，甚至有些办案人员根本不感兴趣的交代，譬如自己经常生活不检点，桌面上经常说些黄段子，调戏妇女啦，有时下基层也不拒绝他们送的一两条烟啦！这些话初始还在纪检会人员手上办时，也听听记记。后来案件移交给检察院后再说这些，办案人员就有些不耐烦了，这显然是避重就轻在忽悠他们。检察院办案的几个年轻人本来脾气就火爆，他们原先也不认识许达，因此，也不会顾及曾经红极一时的县委书记秘书的面子，呵斥一阵见许达仍是那种你奈我何的傲慢态度，忍不住就踹了一脚许达，许达立时叫嚣起来："检察官打人了！你们这是刑讯逼供，我要告你们！"

许达叫嚣了一阵，两个年轻检察官也没再理他，干脆锁上门离开了。要耗就耗吧！

此后的两天，许达虽依然装疯卖傻，但检察官们频繁地提审，而且换班很密，几乎每两小时就换班，除了吃饭时间，每天能让他睡觉的时间不足五六个小时，他精神临近崩溃状态了，但他依然闭口不言。

案件的突破口还是从周世章身上撬开的。当审讯人员把审讯周世章的笔录给许达过目时，许达知道检察院已经掌握了充分的证据，自己再抵赖下去只会罪加一等，干脆来个竹筒倒豆子，全交代了。

许达案件牵涉到十四个科局长，涉案人员达到二十一人。许达后来被判了十年徒刑。海昌只是个小县，这起案件在这个沿海还算欠发达的地区，显然引起了轩然大波。街头巷尾热议不说，刘作新书记亲自部署召开了全县干部大会，要求全县干部要从许达系列案件中吸取教训，引起深刻反思。

其实真正反思的是刘作新自己。干部大会后，他亲自到市里向市委书记作了深刻检讨。不曾想市委书记反倒安慰起他来，希望他不要背上包袱，轻装上阵，大胆开展工作，组织上依然信任你。

市里回来，刘作新深深松了一口气。他也深深体会到哲学中的辩证哲理，许多看似坏事依然能呈现好的一面。许达案件，市纪委联合市、县纪委、检察院等多个部门，组成一个浩浩荡荡的专案组在海昌翻天覆地查了一个多月，许多人都为刘作新捏一把汗。外界也纷传许达案件牵涉到刘作新，想象中身边的秘书收受贿赂必然牵涉其主，不曾想会查出个清官来。

有人说刘作新睿智，能从容把握好人生的价值取向，其实倒不如说刘作新对金钱物资上看法观念淡薄。他虽不至清高到视金钱如粪土，但他确实对金钱没太多感觉。小时候，父亲被下放，他一家日子过得很苦，他也曾有过对金钱的渴望，可也正是穷苦的日子，造就了他吃苦耐劳的品格。他真不像那些官宦子弟只会贪图享乐，他却从未穿过名牌衣服，戴过名表。吃也不讲究，除了必要的应酬接待，一般都在食堂快速打发。爱人在市统计局工作，平时也很少回家，工资多少更是从不过问，工资卡都在爱人手里。业余爱好也就是游泳、健身、打牌。他同学笑他类同马英九，是不食人间烟火的无缺点完人，他自己笑称没缺点本身就是缺点，就不像正常人，只知道埋头工作。

许达出事后，刘作新身边长达四个月都没有固定秘书，后来，是县委办周主任谨慎地向刘作新推荐了张福孩。刘作新也仅仅答应周主任先把张福孩调到县委办工作，又考察了两个月这才同意让张福孩固定跟他。张福孩算不上机灵，但也不至木讷，张福孩最大的优点就是非常本分，不多话，守口如瓶。这点让刘作新放心满意。

张福孩在刘作新身边工作了一年四个月后，终于，被提拔为县委办副主任，期间有意思的是每次到平山镇总要见到点头哈腰的令狐光镇长，而更觉得尴尬的倒是张福孩，或许他还没彻底转换过角色，潜意识中令狐光还是他的老领导，他真不习惯令狐光会对他点头哈腰。只是他没想到的是他当县委办副主任仅仅几个月，楚南方和令狐光会先后调走，令他更没想到的是自己半年后会去接了楚南方的位子。

楚南方本身是挂职的，走是必然，虽然也提拔为副处级，只是回到原单位市政协任副处级调研员。楚南方虽心有芥蒂，可也只能接受这事实，因为他知道这次老爹再也不会出面为他说话了。而楚建设倒是很满意组织上对楚南方的安排，毕竟自己的面子得到照顾，对儿子也有个交代。他心里很清楚自己的儿子从性格到能力都不是当主官的料。

令狐光倒是如愿到平山隔壁的一个镇当了书记，条件虽差些，但当一把手的感觉就是不一样。令狐光的性格恰恰是适合当一把手。他确实有能力管好一个乡镇的工作，虽然脾气暴点，但工作有思路，作风也正派，所以刘作新还是欣赏的。把令狐光从镇长转为书记也是顺理成章的事，何况延迟了两年多，又是去相对差些的乡镇。可后来要提拔张福孩本来也是顺理成章的事，却被人告状，就因为刘作新很快被提拔到省海洋与渔业厅当副厅长有关。也不知告状人是针对刘作新，还是针对张福孩。按说，不署名，纪委就不查，可他们两个人都处在提拔的节点，组织部门主动结合考核先展开调查。刘作新确实不知道自己要提拔，但纵使知道，他也会坚持他用人坦荡的立场，不存在告状信中所说的，只提拔身边亲近的人。他认为张福孩优秀，应该提拔，并没有霸在身边，为己所用，不顾他人前途，不顾党和国家利益，他问心无愧，用人不避嫌嘛。他也确实没有收受过张福孩一分钱。海昌人都知道给刘书记送钱是送不进去的，秘书这关也是不好通过的。有次一个客商故意偷偷在刘书记的会客室拉下一个包，因为放在沙发边的角落里，当时没发现，客商走远了，张福孩才知道那是客商故意留下的，张福孩打了一圈电话，好不容易找到那客商，他却告知张福孩他已到省城出差，等他回来一定会去取回。张福孩知道那是托词，包里除了十万元现金，其他啥也没有，显然是刻意留下的。张福孩很严肃地告诉那客商，如果不来取回，只好交给纪委了，到时你可就白白损失十万元了。不曾想，才过了十分钟不到，那客商就气喘吁吁出现在他面前，很尴尬地把包取走了。张福孩也没想到这一招这么灵，此后，遇到类似问题张福孩就如此告诉对方，几乎百分百都会回头取回，省了许多麻烦事。

刘作新先于张福孩一个多月去上任，但走前还是语重心长地与张福孩谈了一次话。他真不想不愿再出现第二个许达了。其实他了解张福孩的为人和品行，只是不善表达或表现自己，因此，他听不到张福孩的豪言壮语，但他能感觉到张福孩至少在廉洁自律方面是个"放心牌"的。他也不愿张福孩给自己再添什么麻烦，因此，他坚决不让张福孩送他到省城，当然，表面上还可以对张福孩说，不要再给你添麻烦啦，毕竟现在不是直接上下级关系。张福孩也知道书记不让的事是不能坚持的。刘作新的风格和别的领导干部不同，他们居多对跟在自己身边久了秘书、司机，感情深了像待家人一样，而刘作新对身边的工作人员一直保持着一定的距离，从未请他们到家中吃个饭。但他也不是不关心下属，对身边的工作人员政治进步问题，家庭问题等他也会过问。甚至有一次他还亲自当起红娘。对一个县委书记来说，是不是太无聊？管太宽？其实，那只是一次偶然机会的一句玩笑话，也促成了一段美满姻缘。县委政研室副主任胡大建是清华大学的博士生，刘作新对这个年轻人很是喜欢，下乡、下企业调研时总喜欢带着他。一次他在海昌县电力公司调研，恰逢他们公司工会晚上举办迎新年晚会，刘作新那天心情不错，就受邀参加了。不曾想那个年轻漂亮、仪态万方的主持人竟然邀他合唱《十五的月亮》。这可让他尴尬了，他知道自己五音不全，唱歌难听。于是，他就推着胡大建替自己上台，胡大建的歌声获得满堂喝彩。他真没想到胡大建虽是个"理工男"，文艺细胞这么好，不但嗓音好，表演也大方，很有韵味啊！跟这样的人生活会很有情调的。他一直担心胡大建不肯留在海昌，如果有一根绳子拴住他，或许就会改变他的心志。这个主持人有颜值，有气质，看他们刚才在台上合作的默契，应该有戏。他对身边电业局雷局长说，这个妮子这么漂亮，应该早有男朋友了吧？雷局长说，好像还没有，据说眼光高着呢。雷局长心存疑问地瞟一眼刘书记，不会是……刘作新似乎也怕雷局长误会啥，直接说出自己的想法："雷局长，给你说实话吧，我身边这个小伙子也没对象。你瞧他样子还帅吧？关键人家可是清华的博士生，才子佳人，是不是绝配啊？"

雷局长恍然大悟道："哇呀，那可真是绝配，那小女孩若真是没男朋友，女方工作我来做，我们共同成就一段美好姻缘。"

后续的故事，简单到不值一叙，刚点破题，两人就如胶似漆般地热恋，不出半年就步入婚姻的殿堂。虽然俩人结婚时千恩万谢感激两位领导促成了他们的美好姻缘，其实他们心里都清楚，即使领导们不点破，他们私下也会联系的。刘作新似乎成功地做成一次"红娘"，因此，很得意，亲自当了他们俩的证婚人。当然，他更得意的是他留住了一个人才。胡大建不久也被转为政研室主任。可刘作新刚刚调走没多久，胡大建就直接辞职到厦门一家公司当了市场总监，据说年薪有八十万元之多，看来他在海昌拿着四五千元月薪确实是看刘作新的面子。

张福孩是在刘作新上任一个多月后，才去平山镇报到。不是自己不愿意去，而是刘作新调走后，新的书记还没有来接任。虽然让张福孩去平山镇任书记，是刘作新走前的一个多月常委会就做出的决定，至少，刘作新当时还不知道自己将要提拔，因此，不存在突击提拔一说。只是当时因工作需要，刘作新又留张福孩在身边工作了一段。谨小慎微的组织部长，不知道上级会不会追究刘作新突击提拔，纵使刘作新走了半个月，也迟迟不肯行文。当然更深层次的原因，组织部长心底也在抱怨刘作新太霸道。县里的干部盘子几乎是刘作新一个人端的，也大多只是书记和副书记碰头后，端到常委会。组织部似乎只是履行一些必要的手续。例如，考核了，行文了，等等。组织部长虽谨小慎微，可也希望自己有点实权，安排些自己想要安排的人，刘作新时代根本不可能实现这个愿望。张福孩是刘作新的秘书，刘作新走了冲张福孩发泄点怨气，想象中的事。况且，新书记没来，人事冻结，多好的借口啊。因此，许多人都在为张福孩惋惜，刘作新走了，张福孩就像没娘的孩子，无依无靠了，张福孩当书记的事一定黄了。

海昌新来的县委书记叫窦刚，原先是新泉市城乡规划局的局长。海昌的原县长跟他换了位子，转书记的梦也破灭了，也是带着一肚子怨气去上任的。唯独这个窦刚是在一片恭喜声中，春风得意地上任了。据说，他上任时宣布了一个原则，前任定的事，一律不改变，而且要执行好。这样，张福孩也顺利到平山任职了。

窦刚在官场上不但无背景，还险些被老爹的"文革""三种人"身份断送了前程。窦刚老爹可是"文革"的激进派，搞阶级斗争真是搞上瘾了，哪儿热闹哪儿就有他的身影。由于敢冲敢斗，自然成了"文革"中的红人。一个农民也不知怎么就成了公社革委会的副主任了，虽然后面被清理了，但也没进局子，好歹风光了一阵。他毫不犹豫地为儿子取名窦纲，尽管这个"纲"后来被窦刚改成现在这个"刚"。可小时候窦刚读书时还是被同学开"豆干"的玩笑，例如："豆干，我饿了，让我咬一口。""你年纪轻轻，怎么就从嫩豆腐变成老豆干了呢？哈哈哈！"窦刚能忍则忍，忍不了就和他们吵，甚至和他们开打，当然，也有些是善意的，或者是友好的。但后来窦刚习以为常了，反而没人开这玩笑了。

窦刚从小都很刻苦，学习成绩一直都很好。有人说夫妻关系不和睦，以致离异，会给孩子身心造成极大伤害，影响孩子健康成长。可窦刚恰恰是在这环境中长大，造就他早熟、坚毅的品格。窦刚的母亲是个小学老师，是师范毕业的，

NO.8 平山与海昌的风波

根本看不上窦刚父亲这个农民造反派，可不知窦刚父亲用啥手段，连哄带骗，加上恐吓，就把窦刚的母亲搞到手了。两人的感情不好是肯定的。但窦刚的母亲很少与丈夫吵架，就是阴阴冷冷不讲话。窦刚似乎从未领受过家庭的温馨和睦氛围。但不管怎样，窦刚都坚决站在母亲一边。母子俩相依为命，相互保护，对于家庭中的父亲和丈夫似乎不存在。这样，冷漠的婚姻维持到窦刚初中毕业，窦刚的爹终于觉得这婚姻没啥意思才撒手放开，母子俩才得到真正的解放。窦刚一直很懂事，不论在学习上、品行上，都让妈妈很放心，甚至很骄傲。

窦刚母亲没有再婚，一个人拉扯着窦刚直至他大学毕业。后来窦刚的路顺坦到自己都难以置信。在大学当班长，毕业时作为调干生，分配到一个乡镇工作。看似委屈了，可组织上明确表态这是让他先到基层锻炼，从最基层干起，因此，窦刚很珍惜。果然，不到两年，窦刚就被提拔为镇宣传委员，然后是镇长、书记、市城乡规划局副局长、局长。几乎两三年就上个台阶。到海昌就任县委书记是窦刚始料不及的，此前的传言有市委副秘书长曾子建、市政府副秘书长兼政府办主任刘尚安都是热门人选。规划局长的位置在市里说轻不轻，说重不重，尤其是窦刚就任规划局长才一年多时间，怎么会纳入领导的视野呢？

其实，窦刚引起市委李书记注意的，缘于一次工作汇报会，市委李书记刚从省环保厅长位置转任新泉市委书记时，让办公室安排开了一次座谈会，窦刚当时的发言中关于城乡规划一体化的理念，即城中有乡、乡中有城的规划设想，引起了李书记兴趣。本来每人只有十分钟的发言时间，李书记特意示意窦刚继续说下去，窦刚滔滔不绝说了二十多分钟，直至李书记摆手，他才停住。后来李书记又找窦刚单独谈了一次，虽然他没做任何表态，还是让窦刚心有余悸，唯恐自己哪些地方出差错了。实际上李书记对窦刚印象极好，他认为窦刚思路清晰，见解独到，创新性强，显然是经过一番认真的调研和深思熟虑后提出的方案。他就喜欢这样有思想，有能力，敢创新的干部。或许有的领导把忠诚看作第一位的，你可以没思想，但你要有忠心，任何时候都要听话，并且能为领导保守秘密，这样的干部才会受到重用。可窦刚与李书记的接触，根本无从谈起有什么表现忠诚，保守秘密的机会，仅仅是两次的工作汇报。因此，到海昌任县委书记，不仅是窦刚个人的意外，在新泉的政坛也实在爆出一大冷门。

李书记和窦刚的任职谈话也很特别，不在李书记的办公室，也不在会议室或其他适合谈话的地点，是李书记让窦刚领着在新泉市区转了一大圈，让窦刚谈完对整个城区的规划设想后才语重心长地窦刚说："小窦，我本来想继续让你留在规划局位置上，也许更能发挥你的作用，但是，我觉得发现一个优秀干部，培养一个优秀干部，都不是件容易的事。而今能像你这样，思路清晰，敢于改革创新，尤其是敢于担当的干部，确实为数不多。所以，我决定让你到更重要的岗位，担起更重的担子，去海昌担任一届县委书记。虽然我也舍不得你离开规划局长这个岗位，今天以这种谈话方式，就是想最后听你一次对新泉规划的设想。但海昌县委书记这个岗位更重要，这个担子重啊！海昌今后几年的发展，就要靠你去领航。所以，你上任后要敢于改革创新，大胆开展工作，我给你撑腰。当然了，你也不能蛮干，尤其不能急于求成。先调研，情况摸清了，再做决策。其次，千万不要贪，你知道，县委书记权利是很大的，想贪，机会很多，但把自己送进监狱的概率也很大。第三，不要好大喜功，搞什么形象工程。你也知道，县委书记通常就任一届，肯定会有人想留下政绩，比如市民广场等，当然不是不可以搞，但要记住民生永远是第一位的，得民心者得天下，要踏踏实实为老百姓办实事，别搞花架子，这简单道理，相信你懂。还有……我个人建议你把家属带去，我听说你爱人是当老师的，到哪当老师都一样。我家属原在省立医院，叫她随我来，起先她也是思想不通的，后来，我建议我们市立医院与省立医院搞战略合作协议，希望得到省立医院的扶持，当然包括派医技骨干到我们市立医院指导工作，这下她没理由了，只能跟我来。办法都是人想的，你也可以试试，不要家庭搞出什么矛盾。记住，老婆在，就像个家，可以避免许多问题的发生，你懂的。总之啊！一切要靠你自己去把握。我相信你，也看好你。今天就算我与你任职前的谈话。"

窦刚虽不断地点头，但还是难为情地说："书记，不好意思，太仓促，我也没带笔记，但我记住了，请书记放心，我一定遵从书记教导，我会好好干的。"

李书记摆摆手说："你用心来记就对了。有的人装模作样地记笔记，实际上过后就忘到九霄云外。明天组织部钟部长会带你去上任，有事随时挂电话给我。对了，这城乡规划一体化问题，我可能还要请教你。"

窦刚一下就脸红了，结巴着回道："书记，哪敢……哪敢，您随时吩咐，我随叫随到。"

李书记淡定说道："你在这方面，堪称专家，我向你请教是应该的。"

窦刚脸"唰"一下红到脖子，正不知所措，李书记又回头对他说："对了，你知道最近中央提出的热点问题是什么吗？对，就是'一带一路'，说明你政治敏感性还蛮强的，你到海昌后要好好做这篇文章，因为'海上丝绸之路'正是从这起点的，从形势、政策等方面都对我们大为有利，你可要抓住机会了。"

窦刚不住点头："是，书记，我记住了。"

新泉市委常委、组织部部长钟开华曾任过海昌县长，与前任县委书记刘作新有过短暂的合作，原先也是以为自己会在海昌由县长转任县委书记，谁知组织上会把他调整到邻县当县委书记。毕竟他在海昌经营多年，从副县长到副书记兼纪委书记再到县长，整整干了十一个年头了，对海昌几乎是了如指掌，也有一张庞大的关系网。虽然原先排名在谭副书记之后，但他毕竟有年龄的优势，因此，他还是顺当转为县长，而谭副书记只能去人大当主任了。在一个县里分管组织和分管纪检监察和政法几乎是两股相当的力量。表面上钟开华对谭副书记是尊重的，毕竟谭副书记比他年长了十来岁，出道早、资历深，但钟开华也时常从内心深处看不起谭副书记的迂腐，不开化，甚至有时候会不自觉地流露出鄙夷的情绪，但他们都没有正面的爆发冲突。倒是谭副书记在考核钟开华当县长的谈话中，公开表露过，说钟开华年轻有冲劲，但也缺乏成熟与稳重，对海昌当年处理"3.10"事件过火了，影响了党和政府与人民的关系。这意见差点断送了钟开华的前途。好在当时的新泉市里的领导多少也了解一些谭和钟之间的微妙矛盾，也就理解了谭副书记所说的话，多少包含了他们个人之间的恩恩怨怨，也就是说谭副书记的话没起到作用，也就化解了钟开华从政危机。一个县市的主官如果缺乏成熟与稳重，那是致命的。中国的文字游戏中，本身就很难有界定的标准。年轻人敢说敢干，大胆改革，有时可能会出现些小失误，就是不成熟，不稳重了？年纪大点的，考虑问题周全了，却顾虑重重，故步自封，只好按部就班，不会出大事，那就成熟了？稳重了？就像老实人常被人当傻瓜一样，或是真的傻瓜也会被人当老实人一样，关键是你对这人看法的情绪状态。看好一个人或许可以包容他的一些小缺点，看扁一个人豆大的事，会被夸张成一个西瓜。钟开华当年幸运地碰上了从省发改委下来任职的新泉市委副书记马占良，他就敢为钟开华说话，他不认为钟开华当年处理"3.10"事件不是不成熟，不稳重的表现。相反，他认为钟开华当年在"3.10"事件现场表现出领导干部应有的果敢，沉着，睿智和担当，应当予以表扬，更不能以一个干部的污点来看待。没有马副书记这番话，钟开华与海昌县县长是无缘的。

七年前春季的一天下午，准确说就是3月10日下午，海昌县政府大门黑压压地聚集了好几百名老百姓。县政府正大门门口摆放着一具尸体，是一个年仅二十多岁的男性，脸庞浮肿得有点畸形。一群家属围在尸体旁哭天抢地，边上的群众高呼着"严惩杀人凶手""打倒贪官、腐败分子周世瑞"口号。还有人举着白底黑字的标语，要冲向二楼。群众的情绪似乎已经爆燃到极点。县政府的几名保安人员显然已经抵挡不住汹涌的人流。很快，县政府的每一个楼层几乎都有愤怒的群众大声吼叫着，怒骂着。此时未到上班时间，政府机关的领导和干部们居多还未到办公室，但有几扇办公室门已经被踢坏了。钟开华接到县公安局报告后，立即带着部分公安人员赶到现场，先是劝阻，后来，事态发展到难以控制的场面。见到如此严峻场景，钟开华当即下令逮捕几个为首闹事的，有些群众见到荷枪实弹的武警战士就吓得散场了，只有死者的亲属们还在现场哭哭啼啼。其实，许多群众是看热闹的，并不想自己卷入此事。钟开华他们虽然留下做死者家属工作，让殡仪馆先把尸体运走，再谈如何处理。但后续的事着实让钟开华差点断送了前程。

　　被群众怒骂的腐败分子周世瑞是海昌平山镇的派出所所长。周世瑞的成长轨迹和钟开华是密不可分的。否则，周世瑞也不可能三十一岁就当上派出所所长，虽然只是个副科级，三十一岁也不算挺年轻，但在公安系统竞争激烈，三十岁左右能冒头，带上一顶官帽的，当属凤毛麟角。只因为周世瑞在县公安局办公室工作时，会陪同钟开华上山打猎，下海钓鱼。周世瑞与钟开华关系密切似乎在海昌公安系统内众人皆知的'公开秘密'。钟开华的个人兴趣挺广的，尤其是钓鱼和打猎这两项活动是他的最爱。每个周末，只要有空，周世瑞就会安排好活动所需的设备和陪同人员，不管收获多少，让钟开华每次都很开心，因为过程很愉悦。猎物或钓来的鱼一般就会在某家定点餐馆加工，自己的劳动所得嘛，不算腐败。特别要说明的是，每次也都是钟开华自己带的酒，但请别问酒是哪来的。总之，没花公家一分钱，有什么腐败的证据？至于偶尔有些美女警花参加些活动，也是人之常情嘛！这些安排，让周世瑞很快就提拔为办公室副主任，然后，从办公室副主任到派出所所长也仅用了一年零十个月时间，似乎圈内谁都知道周世瑞是钟派人物。周世瑞有了靠山，工作当然更有底气，对内大胆改革，不听话的协警该走人的走人，哪怕你是保安公司管的，我不要不行吗？至于辅警也算有编制的"正式工"，可你毕竟是辅警啊，不听话的，依然可以叫你靠边站。平山镇也算个大镇，治安形势以往也不是很好，奇怪了，周世瑞来了，开了几名协警，挤兑了几个不听话的辅警，治安反倒比以前好。关键是周世瑞有周世瑞的绝招，不动用公安警力，也能起到意想不到的效果。苗圩村的李继红就是周世瑞的哥们，但周世瑞也没敢公开与李继红来往，因为谁都知道李继红是平山一霸。李继红有产业，而且还不少，除了几百亩的鱼塘，还有一大片的果园，每年芦柑就销售上百万斤。平时李继红给人感觉就是一个企业家，或者是个有钱的暴发户，不会有人把他跟黑社会联系在一起，但李继红之所以可以在平山把产业做大做稳，没人敢动他啊，他手下的人据说大都是武功高强，到他企业工作的人，要先军训，然后每日都要练功。他地盘上没人敢造次，可他也不轻易惹事，军事化管理，高大上啊！习武练兵，强身健体，理当鼓励，与黑社会什么关系？但周世瑞与李继红的接触还是慎之又慎，从不在公开场合会面。钟开华到平山时会去李继红的企业视察，周世瑞陪同过一次，以后，就是周世瑞单独去拜访李继红。他知道，钟副书记去李继红的企业是视察，他的身份去只能是拜访，因此，他还提了两瓶五粮液，两条软壳包装的中华烟，因为他感觉钟副书记对他尊敬有加，况且李继红又是县政协委员，自己又是晚辈，理当先去拜访。

李继红早也听说平山新来了个年轻派出所所长，也有心想认识这个少壮派，不曾想钟副书记带来让他认识了，因此，他也想择日登门拜访，哪知周所长先来了，而且还带着礼物。虽然，这烟、这酒比他平时出手送领导的只是九牛一毛，可毕竟都是送给达官贵人，哪有政要送给自己的道理呢？因此，他对周世瑞登门拜访有点受宠若惊，在他的庄园里他几乎以最高规格接待了周世瑞。俩人在席上把盏盟誓，称兄道弟，俨然是一对生死兄弟。李继红说，在平山，有事你吭声，有些小事不需劳你大驾，我替你摆平就好了。后来的事实，果然证明了李继红的肝胆义气，原先平山地界的一些小流氓地痞，只要李继红手下人出面，根本不敢兴风作浪，平山的治安形势，大为好转。因此，周世瑞到平山不到一年，成绩斐然，大胆改革，精简了人员，改变了治安状况。虽然有人议论说，周世瑞这是利用了"黑吃黑"的手段，可李继红是"黑恶势力"吗？人家是县政协委员，是致富能手，是县领导扶持的先进典型，这种议论不是抹黑"典型"吗？至于周世瑞，短时间内能有这样的业绩，谁能做到？这样的改革典型要不要树？周世瑞才到平山到任一年就被评为省治安先进工作者。有传说，他马上就是县公安局副局长人选了，可偏偏在这节骨眼上被人告了，钟副书记原本以为培养了个好苗子，现在岂不尴尬？

死者叫王大发，是平山镇王厝村的村民，二十三四岁，已婚，育有一女，无业，靠给堂哥的养殖场打零工赚点生活费。平时好赌，但又性格暴烈，常与人冲突。死前一天，听说堂哥的养殖场与隔壁苗圩村李半农的滩涂养殖基地因地界纠纷，从争吵到肢体冲突，以致到后来的大规模械斗，双方都动用了家族的全部力量。冲在最前头的当然是王大发，他当时挥舞的铲子，足以让李半农家族的人恐惧的直往后退。第一场械斗以王大发一方大胜收场。王大发被堂哥捧为英雄，还专门设宴招待了参与械斗的兄弟们，也以为苗圩村的李半农肯定不敢再来了。

李半农虽然与李继红同姓，但平时俩人并没有太多来往，如果不是顾及周世瑞的面子，李继红懒得管他们两家的纠纷。李继红甚至有点瞧不起李半农平时的做派，论实力，论社会地位，李半农与李继红相比都不在一个层次。李继红也有养殖场，规模也比李半农大。要说李继红当平山养殖协会的会长，肯定当之无愧的，李继红也不屑于当这个小会长，他是政协委员，官场上的显赫人物也见多了。他家产业中，养殖业也只是其中的一部分，他家更多的产业应该是果园和流通业，每年自家果园的产量就有几十万斤，还有代他人销售的，销售总量上百万斤，周围的果农都期望能搭上他的顺风车，他门路广啊！还有，他的继丰物流公司就有几十辆的陕汽重型卡车，他的企业无一亏损。在平山，他是无人能比及的大户，在海昌他也有一席之地。所以，他对平山的养殖协会会长一职根本不感兴趣，只是大家推举他，他再不愿担任此职，怕大家误解为他清高，瞧不起这个小职务、小平台。在他任上他开了两次年会和一次出外参观学习，除了外出的费用大家分摊外，两次年会也都是他请大家的。可李半农一次也没参加这些活动，虽然他还是这个协会的副会长。他就是不服李继红当会长，他认为李继红根本不懂养殖，他只是个纯老板，而他才真正是养殖专家。他早年毕业于集美水产学校，那时候的中专毕业可了不得，且不说毕业后掌握的实际技术如何，起码是国家干部，毕业后国家包分配，当时毕业生少，中专毕业就是宝贝了。李半农当年分配在海昌县农业局下属的水产技术推广站工作，当了十多年技术干部，好不容易当了个副站长，可拖了好几年就是当不上站长。后来，一气之下辞了职，回到家乡搞起了水产养殖，凭着自己的技术和勤奋，养殖场也逐渐上了规模，而且，他还有一项专利，也让他带来了巨大利润。技术层面确实在平山无人可以跟他比及。他个人的观点，会长必须懂技术，在行业能起到领航作用，至少要有精力，也要热心这个行业。他觉得这些李继红都不具备，而他恰恰都拥有。因此，他似乎有些冷眼看李继红当这个会长。初始有人提议他当协会的副会长，被他拒绝了。后来，一位领导点名批评了，他才勉强参加，也接受了副会长一职。李继红不屑与李半农计较，养殖协会除了年会他组织并出钱外，他确实也没组织过类似的学术讲座，现场观摩等有助于协会会员的一些活动。李半农冷眼看着，更不会提建议，有时在背后发些牢骚。李继红也听到了，只是一笑了之。李继红虽然大度，但内心深处是看不起李半农的，这次李半农与邻村的纷争，他真的本不想管，只是他接到周世瑞电话，不好拒绝，碍于情面，他派养殖场的陈道宇带几个弟兄去冲突现场看看，原本意也只是想吓唬吓唬王大发他们，不曾想王大发见李半农搬来了救兵更是怒不可遏，挥舞起铲子，见人就劈。陈道宇手下的人都有些武功，耐不住王大发的嚣张气焰，有几个人也操起棍子，对着王大发一阵猛击，王大发瞬间倒下，不见出血，但倒地的王大发却没了气息，大家这才慌乱中逃走。知道出人命了，他们没敢回家。李继红听到消息后直骂陈道宇笨蛋，不会处理事情，现在麻烦了，肯定惹出一场官司，还不知道怎样收场。他赶紧跟周世瑞打电话，周世瑞说他已经知道这件事了，请他不要慌，他正在想对策，哪知周世瑞话音未落，门外已经传来喧嚣的吵闹声，王大发的亲属及他堂哥属下的员工，还有他家族的一帮人，黑压压的好几十个人已经把平山派出所围得水泄不通，大声呼喊着要求派出所捉拿凶手。周世瑞也深感事态严重，一边安抚闹事群众，一边叫人赶快向县公安局汇报。县公安局派了十多名警察到现场，也制止不了情绪激动的群众。死人为大的理，他们懂得，这时候，无论如何都不能刺激群众，他们也任由激动的群众推搡着，甚至被群众踢打着也绝不敢还手。有知道内幕的一些人直接把矛头指向周世瑞，说他与李继红勾搭一块，狼狈为奸，包庇凶手，要求周世瑞马上把凶手交出。愤怒的群众一直闹了一整夜也不肯散去。第二天，又抬着尸体到县政府静坐示威了。

周世瑞一整夜都蜷缩在派出所的办公室里，根本不敢出门。如果没有十多名警察的保护，愤怒的群众真有可能也把他乱棍打死了。他反复思索着这起事件的起因和过程。在平山，这种地界纠纷每年总有十余起，尤其是滩涂养殖场，一场台风刮来，原先的分界线可能就无影无踪。甚至几次潮汐也会抹去痕迹，好说的，哈哈一笑，重新钉过界桩；一般交情的，双方协商，再不济，找中间人协调。像这样爆发大规模冲突，以致酿成命案的事件是头一回发生。命案呀！而且，事件闹得如此之大，怎么收场？虽然公安处理刑事案件死人也是常有的事，可这次事件事关稳定大局，上面三令五申全国"两会"召开期间绝不能出现上访等群体性事件，现在如何交代？

县公安局刑侦大队范杰明大队长率一班刑警也迅速赶到现场侦破，一方面派员追踪逃犯，一方面要求死者家属配合做尸体解剖，可死者家属死活不同意，只是强烈要求公安部门要尽快缉拿逃犯。王大发的妻子更是寻死觅活地哭诉道："人死了，还要挨刀子，你在人世间到底做了什么孽呀？你赶紧活过来呀，要不然，我也跟你去了，呜，呜呜……"说着，就要往石墙上撞，范杰明本能地冲上去抵挡住王大发妻子的头，不曾想她却整个人赖在范杰明的身上，也不知道她是否真的晕厥过去，范杰明也只好抱住她，但又不知要往哪放。人群中竟然没有一人出来帮忙，反倒有人在那起哄说，警察非礼良家妇女了。范杰明气得青筋暴起，却又不敢爆发，如果再出一条人命，更加不可收拾了。

王大发的父亲平时少言寡语，也没啥文化，但真是少有的深明大义之人。他到现场了解情况后，立即同意让法医进行尸检，他对家族里的人说，不让尸检，怎么让公安破案？他也让所有围攻派出所的人都先回去，不要干扰公安破案。只是他老人家没能阻止住第二天去政府静坐的汹涌人群，只是他自己不去。

王大发父亲虽然素来与儿子不和，总觉得儿子不务正业，经常滋事闹事，但毕竟儿子被打死了，而且家中只有这个男孩，又怎能不伤心呢？只是他觉得解决问题不是靠闹事，而是应该相信公安部门去破案，相信执法部门会秉公执法的。但他这种态度却遭到家族人的强烈反对。绝大多数人都觉得应当去示威静坐，当然，也有相当一部分人抱着从众心理，爱看热闹，王大发的父亲是阻止不了的。纵使让法医做了尸检，但他们却不同意把尸体送到殡仪馆，而是抬着尸体到县政府去静坐，去示威。

尸检报告显示，王大发全身有多处重器击伤的痕迹，最致命的是脾脏破裂引起内脏大出血。但谁也无法判定这一棍是谁打的？目前，有六名参与械斗的人在逃。周世瑞根据调查情况，认为这是自卫行为，最多是防卫过当。不曾想，这个观点还未写进报告，却被派出所里的人传出，这在王大发家族中，无疑是扔下一颗炸弹，瞬间，所有的矛头几乎都指向了周世瑞，说他收受了李继红巨额贿赂，放走了杀人凶手，说他长期贪污、腐败、堕落。初始还只是喊喊口号，再后来就有人打出了白底黑字的横幅标语。周世瑞缩在派出所里根本不敢出门，一直由县公安局的刑警保护着。

由钟开华牵头的"3.10"事件专门领导小组，还算比较圆满解决了问题，但不是通过法律途径，而是经过双方多轮协商谈判才达成妥协认可。双方发生械斗，本身都有责任，王大发动手在先，负有主要责任，李继红手下人防卫过当，负次要责任，但因主要责任者，已死亡，不再追究，而负有次要责任方在逃，由公安部门继续缉捕。作为人道主义补偿，李继红出三十万，李半农出二十万，给死者家属，作为丧葬费用及子女抚养费。李继红和李半农都愿意接受，毕竟是一条人命，钱能解决的事，都好说，这似乎是他们的共同理念，反正他们也不缺这几个钱。"3.10"事件风波表面上平息了，但后续的问题还有很多，钟开华着实差点为这丢了前程。毕竟"3.10"事件影响太大，据说，当时省领导都很关注这事处理结果。

周世瑞在这场风波中就不好过了，老百姓如此强烈的呼喊，县纪委也不能无动于衷。其实，之前早就有人举报过周世瑞，但不是实名举报，也没有列举具体事实，纪委没有引起重视。类似不署名举报信太多了。这次动静大了，而且有人实名举报必须要介入调查。立案没多久，举报人直接到专案组举报，说周世瑞在李继红公司搭暗股，拿红利，条件是周世瑞为李继红黑社会行为，充当保护伞。两个人相互勾结，相互利用，狼狈为奸，在平山一手遮天，老百姓敢怒而不敢言，影响恶劣。

来举报的是李继红原先手下的一个马仔，叫陈运才，一年前被李继红开除了。此人赌博嫖娼样样都染上，被平山派出所抓了几次，周世瑞念是李继红手下的人，教育一番，罚点款，就放了。问题在于陈运才对罚款金额不服，他认为他这种小赌根本不算啥，街头巷尾，寻常百姓人家谁不在赌啊？赌资小点算娱乐？那赌资多大算赌，凭什么要罚我五千元？老子就是不交，你又奈我如何？周世瑞着实为此恼火，已经给你面子了，只是罚点小钱，不拘留你，还不知足？为此，周世瑞专门去找了一次李继红，还未等周世瑞说完情况，李继红就火冒三丈，直嚷道："你不拘留，我开除。这样的人渣，我早不想要了。"

陈运才本以为自己对李继红忠心耿耿，赌博嫖娼这样的小细节李继红怎么会计较？况且，他也见过李继红经常陪着那些达官贵人在自己的会所喝"花酒"，谁知道他们背后又干什么勾当？自己无非摸摸麻将，偶尔碰碰小妞，凭什么罚我款？现在还要开除我？哼，老子把你们什么黑幕都揭出来，让我鱼死，你也得网破。你周世瑞在李继红集团公司里捞到什么好处我清楚。

陈运才此前也写过匿名告状信，但都石沉大海，没有回音。现在纪委等部门收到的揭发检举信太多，没有署名和清晰线索的，一般都不予理睬。陈运才也怕周世瑞报复，直至这次得知周世瑞快要倒台了，他才敢直接去实名举报。他也一直偷偷收集着周世瑞的黑资料，今天，终于找到机会报复了。

周世瑞被查，对钟开华是个不小的打击，毕竟是自己一手提拔的，虽然，他觉得在大是大非问题上自己还是把控的很好，没有什么把柄被人揪着，但也怕周世瑞把一些鸡毛蒜皮的一些小事也抖出来，总是对自己影响不好，所以，他还是秘密看望了周世瑞的老婆，很暖心地安抚一番，并婉转表态会尽力关照，同时，调查组在给他汇报工作时他又义愤填膺地表态，对这起案件认真查办，追查到底，挖掉毒瘤。他最后还强调说，知法犯法尤其可恨，不要顾及他的面子。

周世瑞被查了，最终，被判了四年刑，但始终没有吐露半句对钟开华不利的话语。钟开华终于在海昌顺利当上了县长，但干了三年多县长后，原来的县委书记调走，原以为可以如意转为书记，谁知上面又派了刘作新来接任书记，好在半年后，他也到邻县当书记了。再后来又当上了新泉的组织部长，可谓仕途顺风顺水。

九、重返大学校园

陆道和柳海生同时收到了厦门海洋大学的录取通知书，柳海生的高兴心情自然难以言表，这"大学梦"过去是不敢想象的，而今，这么轻而易举实现了，竟然感觉不像是真的。原先，是陆道想去念，要柳海生陪同，现在是柳海生激情高涨，不断催着陆道尽快去学校报到。陆道原本想回省厅一趟，见柳海生催得紧，只好同意先去报到，反正一期面授只有十天时间。

柳海生的二手小四轮还算争气，从下阳村出发，大约两小时四十分钟就到厦门海洋大学。虽然，他们并不熟悉这所学校的具体位置，但如今的高科技让他们深切感受到由此带来的便捷，靠着高德导航地图的指引，他们一路顺利地到达了厦门海洋大学思明校区的南门，可到门口却被门卫拦住，死活不让进。陆道下车解释道："我们是来上新型农民大专班的，通知书上写明可以带车辆，也没说只允许带小车，不让带货车呀，这是我们村办企业的车，我们农民哪有小车坐，您就行行好让我们进吧。"

门卫也是农民出身，对农民有种本能的同情。他说进入校园送货或是施工车辆一律都需报备，你们有手续吗？如果是来上学的，没见过开着货车来的，他也觉得陆道怎么也不像农民。不过，他还是操起电话向领导请示一番，然后挥挥手，让他们停在操场边上的停车带上。

陆道下车看到专为他们这个班设置的停车带，不禁感叹，难怪门卫会拦下他们的车，这一溜烟的车不但都是小车，而且都是好车。奔驰、宝马、路虎，名牌车还不少。柳海生叹道："而今的农民真是今非昔比了，开个一般的小车都得躲角落里，何况，我们这见不得场面的小四轮呢？我们还是找个角落停吧！"

陆道不以为然说道："就停这，怎么啦？比拼这车有意思吗？能说明什么身价？你知道这个学校的校主陈嘉庚先生，当年为了创办这所学校，还有厦门大学等，可以拿出自己所有的积蓄，倾心倾力办好这些学校，自己的袜子，却补了又补，仍舍不得丢。真正有境界的人，比拼的不是这表象的东西。"

柳海生有点惊异地看陆道一眼，心想平时性格挺平和的陆书记，今天说话挺硬气的，但也觉得这话听起来挺解气的。柳海生从来朴实，节俭，农民本色尽显，纵使现在厂里有了起色，经济好转很多，但他还是不愿买小车。尽管现在小车不贵，买得起，可他觉得小四轮实用，载货载人两不误。所以，他跟吴东东商量，只花三万多块钱买了这辆还有八成新的二手小四轮。想不到的是陆道也不嫌弃，去开会啥的常借这辆车自己开去，柳海生非但不厌烦，反倒挺高兴的，平时他都想不出如何回报陆书记，没有他，就没有厂里的今天。

住宿就在停车场边上的7号楼，不知是新建的还是新装修的，但门口一块金灿灿的牌子——"厦门海洋大学国际学术交流中心"显然是刚挂上不久的，牌子顶端的红布绸缎依然鲜艳，说明了这是刚刚启用的。

开学典礼就是在这座楼的报告厅举行的，就在陆道他们宿舍的楼下，里面的装修说不上豪华，但简洁、明亮，很有现代感。音响柔和却又很清晰，座位舒坦的让人想睡觉。

八点三十分，一位理着平头精神矍铄的中年男子迈进报告厅，全体人都起立鼓掌欢迎。主持人介绍说，这是我们成人教育部的刘主任。看那精神状态就能让人感觉出是个充满活力，精明能干的人。

刘主任环顾一下台下的学员，清清嗓子，摆摆手说道："我只是来看望大家一下，给大家聊聊天，不是主持人说的致辞。欢迎你们到我们美丽的海洋大学学习。从今天起你们就是一名光荣的大学生了，所以，你们不但应有当代大学生的自信，更应该有大学生的风范。你们知道我们这是一所将近百年老校，是我们的校主陈嘉庚先生创办于1920年集美学校水产科。他给我们定的校训就是'诚毅'，要诚以待人，毅以处事。我今天在此也应当说真话，坦诚待人。工作再忙、再累，也要有毅力去克服、去战胜。这就是我们诚毅校训的朴实要义。你们既然来我们海洋大学学习，就是我们这个大家庭的一员，也要铭记这个校训，把这精神贯穿到你们的学习、工作和生活中去，克服工作和学习上困难，合理调节安排，做到学习工作两不误。你们在这学习生活，应该还习惯吧？这栋楼装修一新，就是给你们使用的。大家可能很奇怪，我们为什么要办这个班，不但不要交学费，而且免费提供食宿，除了政策层面的支持外，我们学校自身办学目的就是要培养掌握实际技能的人才。我们的校主陈嘉庚先生早在百年前就有了职业教育的理念，特别是你们当中许多人还是村干部，要带头致富，就应该自己有真本事，才能带领大家共同致富。我们办这个班的目的，就是让你们真正了解掌握养殖的技术技能。我听说你们中间有一个中国海洋大学毕业的研究生学员，是哪位？请站起来，让大家认识一下。能跟我们说说，你来上这个班的理由吗？"

陆道脸红了一阵，尔后慢慢恢复平静道："大家好！我叫陆道，我本科、研究生都在中国海洋大学学习不假，可我学的是海洋经济，对养殖业是陌生的，就像一个人上了医科大学，学的是口腔科，对心内科、外科的医理就知之甚少。因为我不懂养殖，因为我想知道养殖，所以我来了，就这么简单。"

刘主任挥挥手："很好，请坐下。坦率说，成人教育部的同志曾经对是否录取陆道同学，争论不休。一种观点认为，他都研究生毕业了，还来念农民大专班，是否想作秀炒作啊？至少是浪费指标嘛！另一种观点则主张考察他的学习动机，如果他是真心想学实用技术，就不应该把他拒之门外。我同意后一种观点，我觉得把指标给不想真正学点技术，而只是想混张文凭的，这本身就违背了举办这个班的初衷。所以，我真心希望你们既来之，则安之，静下心来，认真学点有用的知识，而不是单纯为了一张文凭。此外，我也希望你们借此机会，多结交一些朋友，多一些交流，这对你们今后的工作和生活都会有所帮助的。学习、生活上有何困难，随时跟我们的辅导员联系。祝你们在厦门海洋大学学习、生活愉快。"

陆道听到背后一个女生在低声议论道："这个主任看样子很亲民，没什么架子。"他似乎感觉这个声音有些熟悉，就侧身偷偷瞄一眼，好像是前段时间刚见过的林紫涵吧。但在课堂上陆道不好冒昧打招呼。不曾想下课时，背后的林紫涵主动喊道："陆科长，没想到你会来这个班学习。我是林紫涵呀，你不会这么快就把我忘了吧？"

陆道有些尴尬："我其实刚才就发现你啦！只是在课堂上不好意思给你打招呼，很高兴我们能成为同学。"

林紫涵更是兴奋得跳起来："太好了，太好了，能跟研究生做同学，无尚光荣。晚上请你吃饭。"

陆道爽快地答应："好呀！不过理当我请。上次受到你们盛情款待，我得还礼了。"

林紫涵调皮地比画着："真的？那我可要杀你个大餐。望海楼，我订桌，你买单。"陆道比画了个赞同的手势。

下午下课时，陆道想邀柳海生一起和林紫涵吃晚饭，柳海生知道自己去了一定是个电灯泡，死活不肯去。陆道总觉得跟一个女生单独约会有些别扭，就有些埋怨柳海生不够肝胆。

林紫涵开着她那小小的迷你车来接陆道,大大咧咧地喊着:"帅哥,请上车,小女子专车来接你啦。"

陆道猫着身钻进车内,老觉得浑身不自在。林紫涵看着陆道那紧张样,觉得又可笑、又可爱。途中一直都是林紫涵不断在说笑,陆道只是"嗯,嗯"应着。

这座靠近码头的望海楼据说有一百多年的历史了,但估计只是这个品牌继承了一百多年,这栋楼的建筑历史绝没有一百多年,里面的装修和设备完全是现代感的。时间刚到六点这里已是人山人海了。陆道皱着眉,他不喜欢这嘈杂的环境。但停好车上来的林紫涵却把他带到了一个幽静的小包厢,虽然不大,也尽显豪华。陆道心想,今晚,这一刀可杀得不轻,怎么也得上千元吧,反正答应了就得兑现。

林紫涵看来是这里的常客,对这所有的运作流程,还有点什么菜都了如指掌,她竟然也不征求陆道的意见,自作主张点完,然后,冲陆道大大咧咧笑道:"他们这里的招牌菜,保证让你满意。"说着,又从包里掏出两个小瓶子,递给陆道一瓶,诡谲笑笑:"这可是我表哥从俄罗斯带回的沃特加,一瓶才一百毫升,你我各人一瓶。不过,他们这里不让个人自带酒水,你得把酒倒杯里,空瓶给我。"

陆道皱眉:"这沃特加有六十五度吧?酒精度太高喝不来。再说,你不是开车吗?怎敢喝酒?"

林紫涵撇撇嘴:"老土,这一般人还喝不到呢!我喝酒,找代驾。"

陆道不语,林紫涵说啥,他只是"哼、哈"应着,他自己也觉得很被动。眼前这位比自己可能小十岁都不止的女孩,虽然青春、靓丽、活泼、开朗,但观念、志趣,还有很多习惯与自己格格不入。他怎么觉得吃这餐饭这么别扭呢?

林紫涵的眼睛大而有神,两个眼珠配合着她不停地说话也不停地转动着,她似乎并不在意陆道说不说话,自己总有说不完的话。她对邂逅陆道所表现出的兴奋,让陆道觉得难以接受。林紫涵频频举杯时,他也只是轻轻舔舔,并没有喝那令人生厌的沃特加,只是在买单时他有些尴尬了,身上的现金只有六百多元,面对八百多元的账单,面露难色,吞吞吐吐说道:"不好意思,我……我身上现金……没带够,你能不能借我点。"

林紫涵哈哈笑道:"老土,现在谁身上还带那么多现金?你没用支付宝?"

陆道尴尬问道:"什么……宝?"

林紫涵止住笑:"你不会不知道马云吧?"

陆道认真回道:"我当然知道马云了,他不是搞什么阿里巴巴吗?怎么又冒出个支付宝?"

林紫涵又笑道："说你这老土，又落后了不是？人家这支付宝都推出好长一段时间啦！好用，好用极了。难怪人家说现在有一部手机就可走天下。今天，我来结啦！不过，你可欠我一餐，下次得补上。"

陆道笑答："可以，但你要把车钥匙给我。"

林紫涵惊愕："干嘛？你要用车也得等明天。你还想酒驾呀？"

陆道说："我坦白，我今天很累，不想喝酒，所以……我只是……舔舔，算不了酒驾。我把你送回去吧？"

林紫涵重重拍一下陆道："你混蛋！你居然糊弄我？你知道，这酒是从我表哥那偷来的，一瓶就七百多卢布。早知如此不跟你这混蛋吃饭。"

陆道赔罪道："罪过！罪过！我下次补偿你。现在，你要回家还是回学校？"

林紫涵嘟囔着嘴："当然回学校啦！我住在漳州角美，你送我回家后，怎么回家？"

陆道不语，默默开着林紫涵的车。林紫涵虽然生气，但还是耐不住这沉默的气氛，她瞟一眼陆道："你哑巴啦？跟你吃这餐饭真没劲！"

陆道依然注视着前方，漫不经心地回道："那你还要我回请你吗？"

林紫涵瞪眼道："你爱请不请，还要人家讨，说你这人没劲，还不是一般的没劲！你下车，我不要你开。"说着，就要抢陆道的方向盘，陆道赶紧紧急刹车，吼道："你疯了？这要出人命的。"

林紫涵大声喊道："我就是不要你开，下去！"

陆道没想到林紫涵这么任性，他冷静一下，缓和语气说道："我刚才又没说下次不回请你，只是跟你开玩笑的。你现在喝了酒是断然不能开车的。这样，你不要我开，我就给你叫个代驾好吗？"

林紫涵突然哭道："人家想跟你吃餐饭，你看你，老大个不情愿，不喝酒也就罢了，多一句话也不肯说，好像欠你什么似的。"

林紫涵终于把心中的怨气说出来了，总比莫名其妙的发火好安慰。陆道扯下几张纸巾递给林紫涵，柔声哄道："是我的错，下次一定陪你好好喝酒，好好说话。今天，我真的累了，我们先回学校好吗？"

见林紫涵止住哭，陆道赶紧重新发动车子，一路上没话找话地逗着林紫涵开心。这一路好长，也好累！

柳海生早睡了，轻声洗漱完，躺床上，尽管很累，却很难入睡。这林紫涵好像又让他重新认识了一回。陆道第一次去他表哥的养殖工厂时真的没印象，甚至陆道因为淋雨她还送了衬衫，也不记得了，毕竟当时同行的很多人也都有，又不是只针对他一个人。前段时间去她表哥工厂考察,才加深了对林紫涵的印象,似乎有些大胆、泼辣。尽管俩人当时互留了电话号码,但都没联络过。他对林紫涵的感觉仅仅像中学生似的黄毛丫头。这次重逢,陆道惊讶之余,似乎感觉林紫涵对自己的那些特殊的表现,让他难以承载,他们没有熟悉到那种程度啊?难道她对自己……她才多大呀!也许才十八九岁了,可自己都三十多岁了。唉!想这干嘛?迷糊中逐渐把自己送入梦乡。

清晨六点半,陆道被一阵嘹亮的军号声惊醒,揉揉眼睛,搓搓脸,才知道不是在梦中。但心中疑惑,这不是在学校吗?又不是在军营,怎么会有军号声呢?想问柳海生,才发现这勤劳的农民早已不知去向。反正睡不着了,干脆起床冲个澡,昨晚怕影响柳海生,澡都没洗就躺下了。洗完澡也才六点四十几分,离开饭时间还早着呢!到楼下呼吸一下新鲜空气吧!

楼下就是运动场,有几个穿迷彩服的队列,喊着口号正在早操训练。陆道好奇地看着,联想刚才的军号声,心想会不会是部队驻扎在学校,搞什么军事演习了?往前走一段,靠近操场南边的一个角落里,摆着一张旧台子,上书"诚信早餐"四个字,但台前台后都空无一人。陆道盯了一会儿,终于有一个像"女生"模样的人过来,往盒子里丢了五元钱,然后取了一袋牛奶和一个面包,正准备走,陆道喊住她:"这位同学,我能问你几个问题吗?"那"女生"看陆道模样,就大概知道陆道的身份。她大方回道:"你问吧!"

陆道问:"我想知道,为什么这个早餐点无人售卖?难道不怕别人拿走东西不付钱?"

那"女生"反问道:"你是刚来我们学校培训的学员吧?看来你对我们这个诚信早餐工程还不太了解。我们这早餐工程已经坚持三年了,从未有过你刚才所说的不付钱的现象,你知道为什么吗?"

陆道摇摇头:"不懂呀!所以才问你的。"

"女生"又俏皮地问陆道:"那你知道我们学校的校训是什么吗?"

陆道高兴说道:"这个我懂,是'诚毅'吧?对,展开说,就是'诚以待人,毅以处事'。"

那"女生"哈哈大笑道:"看来你懂了,不用我解释了。"

陆道急道:"哎!你还没跟我说清其中的逻辑关系呢?"

"女生"嘴里啃着面包,含混不清地说:"这就是我们学校培养学生诚信品格的一种方式。这个'诚信早餐'工程还获得厦门共青团十佳基层特色项目,福建省首届志愿服务大赛铜奖。福建日报还报道过两次呢。我们的收入主要用以资助贫困学生。当然,我们的售价也比一般的早餐点便宜。欢迎你以后常常光顾'诚信早餐工程'。"

陆道点头:"好的。我能再问一个问题吗?"

"女生"也点头:"那就快点。"

陆道指着正在跑步的那些队列,问道:"你们学校怎么也住着军队吗?"

"女生""扑哧"笑出声,差点把嘴里的面包喷在陆道身上,良久,才止住笑回道:"那哪是军队呀?那就是我们航海系的学生。他们是实行半军事化管理,所以,每天都要吹军号,上早操。这又是我们校训中另一个要义中培养学生'毅力'的一个举措。你如果感兴趣,还可以去我们的新校区看看我们的'龙舟队',那就更深切感受到我们对学生毅力的培养了。对不起!我要赶车去新校区上课了。再见!"

陆道突然醒悟:"哦,您是老师呀?对不起!耽误您时间了。"

陆道刚才看她的模样,以为是学生,可听她回答问题的口吻又不像学生。经她这么一说,陆道还真想去新校区看看。

三天后陆道就实现了这个愿望。厦门海洋大学老校区在厦门城区中心地带,虽处繁华地段,但已无发展空间。所以,当年只留下航海系、成人教育部以及工商系部分专业仍在老校区办学,其余全部搬迁至翔安新校区办学。但是,老校区由于场地限制,无法建设航海技术系和生物技术系部分专业的实习基地,因此,在建设新校区时,修建了一座人工湖,面积不大,功能可齐全了。它不但是学校一道亮丽的风景线,也是航海系、生物系部分专业的实习基地。这里更是嘉庚精神中诚毅品格培养的重要基地。这一点,是陆道到现场看后才慢慢体会出其中所蕴含的深意。

两辆大巴车把他们海水班的学员全部拉到了新校区,今天,要上的课是养殖实操课,人工湖就是他们的教学基地。只是让陆道没想到的是几天前曾经被他认为是学生的,就是他们的授课教师。课程表上写着这老师的名字叫苏慧娟。

海洋大学新校区坐落在翔安新店镇的文教园区内,尽管周边有好几所同类院校,但公立高校仅此一所,规模也最大。走进校园,处处弥漫着浓厚的嘉庚文化气息。校园中央高高矗立的霓虹灯架上"诚毅"两字的校训特别耀眼。校园一环步道上,有一个长达数十米的嘉庚文化长廊,详细介绍校主陈嘉庚先生的生平事迹。图书馆广场前还塑着一尊陈嘉庚铜像。校园中央一块石头上刻着"春风化雨,桃李满园"四个字,陆道走近一看,原来,还是国家领导人早年为厦门海洋大学八十周年校庆的题词,陆道不由得心里啧啧称奇,有多少学校能有这样的幸运,能得到国家最高领袖习大大的题词?靠校园西侧有一栋高高耸立的大楼,据说是体育馆,里面有这所学校独具特色的"海洋水族馆"。再往前走,在教学楼一条长长的连廊,就是介绍校主陈嘉庚先生生平和事迹。陆道以前虽然知道陈嘉庚先生是个坚毅的爱国主义民族英雄,但他具体的怎样爱国?如何培养诚实、坚毅、守信的精神?陆道还不是很了解。这个嘉庚文化长廊,比较系统地介绍了陈嘉庚的生平事迹。陆道在此驻足了二十分钟左右,对陈嘉庚先生一生勤勉,克己奉公办好教育,培养诚实、守信、爱国、坚毅的人才,自己又如何节俭,倾其一生所有办教育,甚至在国家危难之机发动华侨捐资抗日,都体现了他强大的爱国主义情怀。陆道似乎也凭添一分作为嘉庚弟子的自豪。只是因为时间关系,陆道他们必须赶到他们的实习实训基地——毅洋湖上去上课。

这座人工湖面积不大,大约也就一万多平方米,但功能可齐全了,既是学校一道亮丽的风景,也是生物、航海和龙舟运动队的实训基地。陆道走到湖边,见水波潋滟,微风习习,百鸟飞翔,尤其,是厦门的市鸟——白鹭,在这成群栖息。湖中间有个湖心岛,岛上植物繁茂,花团锦簇。北边湖岸则建了个微型码头,停泊着几艘龙舟。据说,这海洋大学的龙舟队,牛气冲天,居然,多次获得全国性比赛前几名的好成绩。码头边上,竖着一个牌坊,上书"毅洋湖"三个大字,牌坊中间有一书法家手书的"毅洋湖赋"及"毅洋湖"命名说明:"毅者,一是取校训中'诚毅'毅以处事之义,二是此湖培育了坚毅龙舟竞渡者,赋以'毅'的品格;洋者,一是洋通海,寓意海院;二是洋有洋溢、弥漫之意,引申为传播之义,传扬'诚毅'之校训精神。"

《毅洋湖赋》洋洋洒洒写道:"形如鼓,秀如月,景如画,微风漾起,湖面波澜层叠,鱼儿欢腾,燕子盘旋,野鸭畅游,白鹭翱翔,仿若天上洒落人间之珍珠,璀璨夺目。"如此生态美景,人间几处有?

申时起,湖中鼓点阵阵,喊声震天,海大龙舟健儿,以诚之合力,以毅之坚韧,锻就英杰浩气,敢拔头筹,勇创佳绩,声名远播,壮我海大之声威。

着白褂者,察颜观色,端摩细量,水环境监测实习者也;戴小黄帽,着救生衣者,飞抛缆绳,下定海神针,挥洒自如,航海学子也。可赏美景,可用实操,此毅洋之贵也。愿和风常临,甘雨常沐,祥云绕海大,佳绩传四方,百业俱已兴,示范我为先。美哉,毅洋!壮哉,海大!是为赋。

陆道还在牌坊前浏览,本想拍个照留个影,只见那天在操场见过的那个娇小女老师,在招呼大家要集中上课了。她显然还记得陆道,只是严肃地点点头,然后自我介绍道："我叫苏慧娟,是海大生物系教师,我负责给你们上养殖实操课。请大家注意听我说的理论,认真看我的操作规范。"

陆道虽然想认真听苏老师讲课,但忍不住眼光还是往苏老师脸上、身上扫。这个曾被陆道误认为学生的苏老师,看起来年纪才二十出头,但现在大学老师至少研究生毕业,苏老师看起来再怎么年轻,也要二十四五岁了。第一眼看感觉不漂亮,但五官挺耐看。身材不高,娇小玲珑。尤其声音很甜美。陆道几乎有些走神,一节课下来,却不知学了些什么?

实训课结束后,所有的同学都走向大巴,准备返回老校区,但陆道却被苏慧娟喊住了:"班长,你留下,等下搭我车回。"陆道以为苏老师在喊别人环顾四周,却没有别人。苏慧娟见陆道的憨态状,"扑哧"笑出声来,继而冲陆道喊:"就是叫你啊!你还找谁呢?"

陆道不好意思地跟着苏慧娟来到她车旁,苏慧娟示意陆道上车,陆道却又犹豫着,不知道坐副驾上,还是坐后排。想想还是打开后座车门。他觉得坐苏老师边上有些不自在。苏慧娟又笑道:"就我们俩人,你坐后排说话累不累啊?"陆道只好又被动地做到副驾上。这小过程,陆道一直很被动,苏慧娟倒也觉得陆道憨厚的可怜可爱又可笑。

苏慧娟边开车,边问道:"今天,有好几个同学没来上课,你知道什么原因吗?"

陆道结巴回道:"不……不知道呀!"

苏慧娟佯装严厉:"你身为班长怎么不知道?他们不要向你请假吗?"

问到这,陆道舒口气:"我哪有这权利。他们要请假也是向辅导员请假呀?不过,据我所知,我们刚才来时,车辆上座位基本是满的,应该大部分同学都来了,有听到他们在车上议论,说我们这新校区校园环境很漂亮,都想参观一下新校区,会不会是因为这原因溜课了。"

苏慧娟似乎明白了什么,那些学生对大学校园向往和稀奇自然可以理解,后悔自己没留出时间,满足他们的愿望,现在后悔也来不及了。于是,放松语气道:"好啦,不是追究你的责任,别那么紧张。我会跟辅导员沟通,看具体啥原因,会使这么多人缺课。对了,我听说你是研究生毕业,为何要来上这个'农民大专班'?这只是个专科层次的呀!"

陆道有点纳闷,他又不是什么公众人物,来念个书还会引起这么多人关注?他都不想重复那些话跟苏慧娟解释,只是淡淡地笑笑:"我现在只是个村支书,来学点养殖技术,我觉得理由够充分的,干嘛,还对我来这个班学习充满好奇呢？"

这话让苏慧娟有些尴尬，心里很不是滋味。陆道也显然意识到自己的唐突和失礼，赶紧又解释道："老师，对不起！因为太多人问这问题，似乎我来上这个班学习是在作秀。我是真的想了解养殖。或许日后还有很多事要麻烦老师。为了表示我的歉意，我想请老师吃饭，给面子吗？"

苏慧娟没想到陆道态度转变的这么快，想想也没必要为这么一句话置气。她狐疑片刻问道："你真很想了解养殖？那你可要跟上当今养殖形势，可别落伍了。我跟你们说的只是养殖的一些基本知识，如果你感兴趣，我可以带你去领略养殖的最前沿科技。"说着，她掏出手机挂个电话，陆道也没听清她说啥，只是让他上车，可在校园里转了一分钟不到，又叫他下车了。在一栋红瓦顶的楼前，苏慧娟说："这是我们海洋大学与中国海洋三所合作共办的一个中试平台，研究的可是当今海洋生物前沿领域的科技项目。"话音未落，一个壮实的中年男子就笑吟吟地出现在门口笑问道："苏老师，今天带何方贵客来参观啊？"苏慧娟歉意回道："洪教授，不好意思，打搅了，不是什么贵客，但人家是真正想了解你们研究的前沿科技。说实话，你们以前接待的达官贵人无非走马观花看看而已，有几个真正感兴趣的？开玩笑的，洪教授可别生气。"

洪教授笑笑："生啥气啊？来的都是客，我们都得认真接待。这边请，不好意思，我们这对卫生要求高些，麻烦套上鞋套。"

陆道有些拘谨，一直被动被安排着，他也不知道苏慧娟到底要让他看些啥，直到洪教授带他到研究平台内部，他才被琳琅满目的各种机器设备吸引住了。洪教授介绍道："我们这个中试平台是国家海洋局第三研究所与厦门海洋大学共同合作的一个项目，主要研究海洋生物科技领域高端项目，重点发展深海生物研究与海洋生物资源的开发利用，围绕海洋生物资源可持续利用，产业发展的迫切需求，构建海洋生物活性产物纯化、海洋功能产物化……哦，说具体点，你看，这氨糖胶囊、壳聚糖等就是我们研究的专利，已转化到产品。我们海洋生物科技每年立项的项目都有数十个，研究经费也多达数千万元。当然了，我们也没忘了为海洋大学的学生实习提供一个实用平台，产学研结合嘛……"

陆道虽然毕业于中国海洋大学，但对洪教授介绍的前沿科技研究项目也还是听得云里雾里，出于礼貌也还是认真听着。洪教授似乎也觉得有些介绍太过于专业化，也赶紧收住话题。

看完研究平台，告别洪教授，苏慧娟问陆道有什么感受？陆道说："我以前学海洋经济时虽然也接触一些海洋生物方面的知识，但今天听完洪教授的介绍，感觉自己还是落伍了。"

看完研究平台，告别洪教授，苏慧娟问陆道有什么感受？陆道说："我以前学海洋经济时虽然也接触一些海洋生物方面的知识，但今天听完洪教授的介绍，感觉自己还是落伍了。不过，还是挺震撼的，海洋里确实蕴含着巨大的经济能量，可惜我们现在还不具备开发能力。"苏慧娟歪着头俏皮问道："我听说，你有雄心壮志，想办什么厂，要改变你们挂点村的面貌，所以，才带你来这看看有啥机会。不然，我再带你看一个我们学校的研究平台，也许对你有所帮助和启发。"陆道好生惊讶，他从没对苏丽娟说过自己的想法，她怎么会知道？但苏慧娟没让他有机会发问，她直接把陆道带到二楼，这里还未进行认真装修，但已经很有研究机构的气息了，墙上挂满了各种牌子。陆道认真驻足看着，似乎在寻找对自己有用的信息。直至苏慧娟在里间呼叫他："看什么那么入神呐？里面更精彩。"陆道这才不好意思地收回眼光。苏慧娟介绍说："这是魏茂春副教授，是我们海洋大学著名'二春'之一。哦，这你不懂，我们海洋大学出了两个宝贝教授，一个叫李林春，另一个就是这位魏茂春，在创新、发明领域颇有造诣，为我们海洋大学贴金不少，我们校领导都经常夸奖他们二位呢。"

魏茂春老师腼腆地笑笑："哪里，哪里！苏老师说笑了，我听苏老师说，你想办个养殖工厂？也许这些智慧渔业系统对你们有所帮助。来，这边请。我们这是由福建省教育厅立项的福建省智慧渔业应用技术协同创新中心，现在你们看到的是智慧渔业大数据公共服务平台，隔壁是水产养殖自动化装备展示厅，主要有现代渔业数字化于物联网智能管理系统,工厂化养殖智能化成套设备。来，这边看，这是先进制造中心车间，这边是气相色谱分析研究室，还有两个实验室，一个是PLC程序设计实验室，另一个是电子工艺实验室……"

虽然魏茂春介绍的这些专业性很强，陆道似懂非懂，但还是跟着魏教授认真听着。苏慧娟说："你就给陆书记介绍些实用的，他们正办养殖工厂呢。"

魏茂春说："我们研发的都是实用的，主要有五个方面的内容：一是智慧渔业管理系统，包括水质在线监测，增氧机智能化管理，投饵智能化管理水产自动施药艇，自动捕鱼，水产品运输智能管理系统等等十二个方面都是实用的；二是工厂化养殖循环水智能化设备研究，基本实现无人化管理；三是水产养殖尾水高效处理方法研究，实现用水集约化，高效净水及菌类、藻类研究；四是智慧渔业大数据公共管理平台，实现渔联网八大块渔管理、渔病通、渔金融、渔商城、渔友圈、渔资讯、渔交易、渔行情的相互融通；五是智慧渔业大数据的应用研究，协助制定智慧渔业管理模式下的养殖标准。你看这不是你们生产中可以运用的吗？"

陆道以前在省海洋与渔业厅工作时，接触这些知识和设备虽不陌生，但从未系统性听过看过，而像今天魏教授介绍的渔业经济前沿科技研究还是让陆道听得一愣一愣的。他用双手握着魏茂春的手说道："魏老师，您今天给我们介绍的这些对我们太有指导意义了。改天一定请您到我们那指导。"

魏茂春谦恭笑笑："不用客气！苏慧娟老师也是我们研究团队成员，有啥问题你们直接请教她好了，方便的时候我去看看也可以。"

陆道连声称谢，并要邀请魏茂春教授一起共进晚餐，魏茂春说晚上有事，婉言谢绝了。

他们从海洋大学嘉庚楼出来时天已擦黑，苏慧娟说："上车，我带你去吃饭。"那语气虽像是命令，但陆道没有反感，只是感动之余有些不安。苏慧娟直接把陆道拉到大嶝岛上的一个著名酒楼——红砖厝。

这是一座典型的闽南风格建筑，红砖红瓦，霓虹灯照耀下尤其显眼。红砖厝之名大概由此而来。老板许宏欣见苏慧娟来热情地迎上来招呼："苏老师，好久没见你来了，今天有贵客？怎么也不提前打个招呼呀？小赵，三楼还有包间吗？"继而许老板又转身对苏慧娟解释道："不巧，今天一家企业组织员工在此搞博饼活动，所以好忙，但我一定会调整一个包房给你们。"

苏慧娟看来跟这老板关系不一般，她自己也解释道："这是我们学校的定点接待酒楼，我们老师们也常在这里聚会。他们这里海鲜都是鲜活的，而且价格也便宜。关键是夜晚可以看到对面金门的夜景，这里的生意是很兴隆的。今天更不巧，来了这么多博饼的。哦，你知道博饼吧？这是厦门民间的一个传统娱乐项目，每年中秋前后，企业团体、同学朋友或者家人凑在一起，用个大碗，摇着骰子，什么状元插金花啦，图的就是个好彩头。这可不是什么赌博，那种氛围可好了，可惜我们今天才两个人玩不起来。哪天我组个局，邀请你参加。"

陆道笑笑："我参加过，好像也懂得一些，我也是闽南人也。"

许总热情地领他们到三楼的一个包间，打开落地窗，他们站在阳台上，果然，就可望见对面金门岛的斑驳景致，只是天未完全黑，夜景不明显。苏慧娟说："先吃饭，等下来看，想吃啥随意点。"

陆道说："理当学生请老师，不过我不熟悉，还是让老板安排菜吧！"

许总说："你们都别争，苏老师是我们的顾问，能来就给我们面子了。"

许总说完就去安排了。陆道惊异地看一眼苏慧娟，眼神中透着钦佩。苏慧娟解释道："实话说吧，他们这里的海鲜供应商起码有三四家我都是他们的顾问，所以……他们客气些……也是自然。"苏慧娟说得轻描淡写，但陆道觉得苏慧娟年纪轻轻就有这么旺的社会人气，心中很羡慕。

陆道一直想问的一个问题，现在终于有机会了，但他还是很小心地轻声问道："苏老师，您怎么知道我要办养殖工厂呢？我似乎没跟您说过这方面的事。"

苏慧娟大笑道："我猜你终究会问这话题的，你认识林兴辉吧？"

陆道正经回道："怎么不认识，我们俩是中学同学，而且一直是特铁的哥们。可是，您和他……？"

苏慧娟仍然笑道："世界很大也很小，他是我舅舅呀！他跟我说过你要来海洋学院学习，也介绍了一些情况，还让我多关照你。今天，算是我对你的关照第一步吧。"

陆道眼睛瞪得像鸡蛋，半天才惊讶说道："这个林新辉给我打了这么大个埋伏？看我饶不了他。"说着，就掏出电话挂给林兴辉："你小子太不够意思了吧？这么重要的人脉资源你居然不告诉我。要不是苏老师主动说的，你是不是打算一辈子都不跟我说啊？"

林兴辉总算有解释机会了："先别骂人。第一，我怎么知道你什么神经短路了，研究生毕业了还去念什么农民大专班，你告诉我了吗？第二，你清高一辈子，最讨厌人家要特殊关照你，我跟你说了，会不会伤你自尊啊？但作为哥们，我还是叫我外甥女偷偷关照你，还不够意思？你还倒打一耙。"陆道被反驳得哑口无言，终于，也领略一回林兴辉的厉害。

有了林兴辉这层关系，俩人顿觉亲近许多，或许他们的经历也相似，年纪也靠近，所以，他们的共同话题很多。他们不知不觉这餐饭吃了近两个小时。彼此都有依依不舍的感觉。

陆道学习结束时曾给苏慧娟发个信息，表达想回请苏慧娟吃饭的意愿，苏慧娟却告知他去海南出差了，要一个星期后才回，但她表示回来后会找时间去看望陆道。陆道也只以为她是礼节性的回复，没太在意。

大约过了半个多月，他们此间并没有交流，苏慧娟却突然打电话给陆道，说她想到下阳村看看。陆道既意外，又惊喜。苏慧娟专门来看他，绝不仅仅是师生情谊那么简单，他不知道苏慧娟会说些啥？会发生什么事？他在惊喜的同时，心里有些乱。内心深处似乎对这位娇小玲珑的老师也挺喜欢的。如果人家真有这意思，自己怎么应对？耿丽丽在自己心中到底占什么位置？耿丽丽的心思陆道当然明白，虽然自己心里有某些芥蒂，但对耿丽丽的感恩无论如何都无法抹去的。总不能隧道建成，过河就拆桥吧。

苏慧娟是根据导航，自己开车到下阳村的。她当时只是说会去看陆道，并没有说具体哪一天去，他想看看陆道日常工作生活状态是咋样的，也想给陆道一个惊喜。可陆道就有些狼狈了。那天，陆道正穿着短裤，光着膀子，和工人们在养殖场工地上清淤泥。虽然已经入秋，但闽南的气候依然没有秋的气息。陆道满脸是汗水和泥巴。也不知道苏慧娟是如何打听摸索到工地上。见到陆道的狼狈相，忍不住"扑哧"笑出声来，继而调侃道："不曾想，你这书记还和工人们同甘共苦呀！"

陆道尴尬笑笑："要赶工期呀，没办法。你来了正好，请养殖专家现场指导。哎！你怎么找到这里？怎么事先也不打个电话呢？"

苏慧娟撇撇嘴："你拿出手机看看有多少个未接电话。"

陆道这才想起手机放在裤子口袋里，裤子又放在岸上的草丛中，自然听不到。连忙向苏慧娟道歉。随即，他把苏慧娟带到一片高地上，把养殖工厂一期在建的规模和二期规划设想，向苏慧娟详细做了介绍，苏慧娟饶有兴致地不断点头，并时时指出一些细节的问题。陆道满含感激地看着苏慧娟说："苏老师，我们能不能也聘请你做顾问呀？"

苏慧娟俏皮地歪歪头："很贵的，恐怕你们聘不起。"

陆道说："你还没开价，怎知道我们聘不起？"

苏慧娟见陆道的认真样，又忍不住想笑："开玩笑都不懂，免费啦！只是我可包揽不了所有问题，有些技术层面，在我这不一定都能解决。"

陆道说："你肯答应就好，你解决不了，相信你也能帮我们找到能解决的人。"

苏慧娟嗔道："你也学会滑头呀？我们海洋大学倒真有一两个专家，相信解决你们这样的小规模养殖场，不是问题啦！好了，我也兑现了承诺，来看过你了。这是养殖方面的一些参考资料，说不定有时能用上，也算我给你们带来的小礼物。我得走啦，今天只是顺路从老家拐过来，我下午还要上课呢。"

陆道说："无论如何也得吃了饭再走。你看，现在都快十一点了，我马上安排。"

苏慧娟说："不用忙乎啦，看过导航，到厦门不过一个半小时左右，这样我还能赶上下午上课。再见。"

陆道见苏慧娟态度坚决，不敢勉强。可送完苏慧娟，陆道心里既有莫名的失落，又有一种轻松的解脱，毕竟苏慧娟没有给他出难题。其实，陆道现在也明白，苏慧娟不过是从老家顺道过来看他，未必有什么心思、用意，只不过自己多想了。

此后的日子，苏慧娟虽然常发微信或直接挂电话给陆道，有温暖的问候，也有询问养殖技术上的处理事宜，就是没有直接说啥。陆道也只是当她异性知己。俩人都客气地相互言语温暖着，谁也没有提及让人进一步多想的话。直至一年后，陆道收到苏慧娟结婚的请柬，他们之间的朦胧也就无疾而终了。

顺便说说，陆道曾经回请过林紫涵，但也被拒绝了。林紫涵说他心不甘，情不愿，像是完成任务式的，谁稀罕这样的饭局？确实陆道对林紫涵没有产生过任何情感涟漪，只是觉得自己应该言而有信。陆道在女人面前确实像个弱智儿，永远都是被动着。

厦门海洋大学举办的这个农民大专班，分为海水养殖班和淡水养殖班，但几乎每个班里的成员文化程度都参差不齐。报名的条件要求是需要高中或同等学历，他们似乎也经过严格的入学考试，可到上课时，尤其在考试节点上程度的差异就显现出来了。陆道作为研究生毕业的学生，听这样的课，应对这样的考试，自然游刃有余，因此，他自然成为班上的学习明星，同学中有啥不明白的问题总爱问陆道。他初始总会耐心解答，但问的多了，他不免有些不耐烦。

坐陆道前排一个剪平头的男生，下课时好几次只是静静地看着陆道，似乎想说啥，可欲言又止，因为刚入学不久，彼此不是很熟悉，他不说，陆道也就没问。直到有一天下午下课时那男生才反身问陆道："你晚上有时间吗？我想邀请你出去坐坐。"

陆道好奇反问道："你有啥事不能在这说吗？为何非要出去坐坐？"

那男生自我介绍道："我叫王益民，我看你成天被人围着问这问那的，也没机会跟你说话。你放心，我不是想问你学习上的事，我知道你很烦这事。弄不好待会儿又有很多人问你了。还是跟我走吧，我们找个清净的地方聊聊。"王益民说完递过一张名片。

陆道想想也是，就答应了。多认识个朋友多一条路，反正是同学，也没啥好防备的。

王益民开车把陆道带到集美的一个海边别墅里。这显然是个高档的别墅小区，前后都是花园，大门正对着大海，让人想起诗人海子的一句诗，"面朝大海，春暖花开"，阵阵温和的海风扑面而来，沁人心脾。心情不爽时到这样的环境透透气，真是不错的选择。

一路聊来，他们似乎很熟悉了，陆道调侃道："有钱就是任性，在这样的环境不长寿也难呀！"

王益民回道："长寿与这有关吗？那我真是悔不当初了。"

陆道说:"怎么没关系?空气清新,心情舒爽,这难道不是健康的关键要素?只是不明白王总为何说悔不当初呢?"

王益民叹道:"你有所不知,这别墅只是我租的,当初要我买,我嫌贵,而今的价格是当初的十倍。后悔也没用啦!"

陆道说:"人算不如天算,后悔只会增加自己的负累。你现在住上就是硬道理,管它是什么形式。"

王益民连连摆手:"这不是我住的地方,是我公司办公的地方。这间是我办公室,来,这边请坐,你喝什么?"

陆道不假思索:"茶。哦,这果真没有家居的氛围,但艺术氛围很浓呀!王总的公司主要经营什么呢?"

王益民边泡茶边漫不经心地回道:"我搞进出口贸易,什么挣钱就经营什么。当然除了毒品和武器。哈哈!"

陆道不解问道:"王总看来已经颇有成就了,你怎么也会想起去念这个农民大专班呢?"

王益民哈哈大笑道:"你都念到研究生了,不也还去念这个班吗?所以,每个人都有各自目的去上这个学。我可没你那么高尚,我的目的性很明确,我就想混张大专文凭。朋友告诉我,这个班好念,跟一班农民PK,应该不是什么问题。可事实上,我很多还是云里雾里的,看到很多人问你,我都找不到机会,哈哈!今天,终于有机会'承包'你了,真是荣幸之至呀!"陆道笑道:"别这么客套,有啥问题你尽管问。不过我可声明,我不是老师,不可能百分百满足你的要求。"

王益民也笑道:"其实呢,我对学这些知识并不感兴趣,我只想考试能过关,我就想混张文凭。"

陆道看一眼王益民,说:"你够坦率,只是帮你作弊的事我可做不了。"

王益民似乎有些失望,也不曾想到陆道如此正经。但还是笑笑说:"不是让你直接帮我作弊,我是说考试复习时帮帮我。咳!今天不说这话题。你是觉得出去吃,还是就在这用餐?外面叫餐也很方便的。"

陆道有些后悔跟王益民出来,这餐饭好像有点像'鸿门宴',王益民原来有目的请他来。王益民似乎意识到陆道的不悦,换一副笑脸说道:"我今天就想请你出来喝酒,那个班的学习,我根本不在乎。我们还是在我的小餐厅更安静,外面的餐厅太吵。"王益民说完就出去安排了。陆道不说啥,自己一个人仔细地观察王益民的办公室。虽然,觉得王益民文化不高,但办公室布置的蛮有品位的，办公桌正对面居然有福建书法名家徐良夫专门为他写的李白的《将进酒》，好长的一个横幅，或许能从侧面反映王益民的世界观，只是办公桌背面的徐悲鸿'八马图'显然是印刷品，整个办公室的布局简洁、明亮，令人感觉舒爽。办公桌面也摆放的整洁、有序。王益民不一会儿就回来请陆道去餐厅用餐，陆道有点惊异这速度，王益民也知道陆道的疑惑，解释道："其实，我的助理早就安排好了，只是想征求你的意愿。这边坐，只是简单的几个家常菜，你要是喜欢可常来。你喝白的，还是红的？"

陆道说："随便，我不太会喝酒，一点点就好。"

王益民说："那就喝白的，我这瓶茅台可是有年份啦！看到没？一九九五年的，市场售价不菲啦！我们今天把它收拾了。"

陆道面露难色："我可喝不了多少，王总你多喝点。"

王益民抗议道："别老是叫什么王总，多别扭，我们是同学，你就不能叫我王益民吗？当然，叫我益民更好了，来，先满上，你要是真喝不了，我绝不勉强你，但你要是客气，就不够意思啦！"

陆道看得出王益民率直的性格，也就放松地和他说笑道："好吧，你也别叫我班长，就叫我陆道吧。你也知道我其实并不情愿当这个班长，只是老师批评我境界太低，没有为同学服务的一点热情，我才接受了。算了，不说这些。喝吧。"陆道喝完却不放下杯子，盯着王益民问道："益民，你既然搞进出口贸易，是不是对工艺品这块业务也能做啊？"

王益民也惊异地问陆道："什么工艺品？你为什么问这个？"

陆道说："就是漆线雕，这个想必你听说了吧？实话说，我们村里有个小小的工艺品作坊，目前，只是做些小订单。如果把它做大了，你能把它推到国外去吗？"

王益民慷慨说道："这没问题呀！我还正想找有特色，有文化积淀，或能传承优秀传统文化的艺术品。只要有品位，我们包销。我可声明，玩具之类的我不做。"

陆道笑笑："瞧你说的，哪是什么玩具。只是我觉得不必一味追求什么品味吧？你不是说，你是商人，追求的是利益的最大化，什么挣钱，就做什么。据我了解，东南亚一带对漆线雕的宗教塑像就很喜欢。这也许不符你说的有什么品味，可也能来钱呀！"

王益民搔搔头："那也是呵，不过你得拿些样品给我看看。"

陆道说："那没问题，我找时间叫人给你送来。你可要认真对待，不要只是说说而已。还有，你担心的考试问题，考前我跟你一起复习，只要你肯按我跟你说的去做，我保证你能过关。来，干杯！"

王益民摇摇瓶子，笑道："你看，你看，你还说不会喝酒，这一瓶差不多见底了。怎么样？再开一瓶？"

陆道摇摇头："真不用了。事实上什么酒对我都一样，你何必浪费呢？不如这样，这杯酒喝完，我们到海边散散步怎样？"

王益民无奈笑笑："顺你意吧，只是我希望下次我们能一醉方休。"

王益民别墅前有一道石栏，石栏中间却开了个阶梯直通海边。俩人顺着阶梯信步下到海滩。陆道深深吸一口气，感叹道："这海风，虽然带着些咸味，可我总也吸不够。我不论痛苦和快乐，只要有条件，总喜欢到海边走走。她像我的一位老师，心中有苦有悲时总喜欢向她倾诉；她也像我的朋友，有喜有乐时总喜欢和她分享。真的，我以前的老师虽然教数学，但懂的许多人生哲理，有困惑时，我总喜欢请教他，给了我许多的帮助。我现在挂职的地方，虽然是个山村，但到我那里的猫儿峰也能望见大海，我常爬到那里，面对大海发呆。我本来就出生在海边，成长在海边，长大后上的是海洋大学，学的是海洋经济，现在我还要把海水养殖这一课补上。我这一生与海之缘，恐怕是永远也分不开了。所以，我真羡慕你能在海边有这么一幢别墅，哪怕只有一套房子我也知足了。"

王益民笑道："可惜呀！我也只是租住，这不是我的。看来咱俩得一起奋斗，将来在海边能真正拥有属于自己的别墅。我觉得你刚才的想法很好，如果能把那个漆线雕产品做好，我负责把它推到海外去。现在'一带一路'战略正风生水起，不愁没有好政策，只怕我们没有好产品。"

陆道握住王益民的手，说："你放心，我有个同学在工艺美术学院当老师，他已经答应帮我们设计产品，一定会很有品位的。我到时把样品带给你看。咦，其实，你到时也可以去我们那参观呀！我告诉你，搞这漆线雕的负责人也是我们班的同学。"

王益民拍手道："那敢情好，以后我们既是同学，又是合作伙伴了。"

集中面授结束时，陆道问王益民可否与他一道去下阳村看看他们的村办企业，王益民倒爽快答应了，柳海生却偷偷皱眉。他把陆道拉一边小声说道："书记，我们那个厂现在哪经得起客商看？到时他们嫌弃不跟我们合作了，岂不坏事？"

陆道笑笑："丑媳妇总要见公婆的，说不准人家愿意投资让你们扩大生产呢？"陆道说完转身对王益民笑，显然也是说给王益民听的。王益民不置可否地笑道:"看看再说,一切皆在也许中。"

柳海生开着小四轮独自先回了。陆道坐着王益民的"大奔",虽然拐到集美取了行李,迟了约莫个把小时,但仍然追上了柳海生。现在隧道通了,不必在山路上弯弯绕,路面也拓宽了。陆道有点得意地对王益民说:"你看,我们现在交通条件也改善了,投资办厂也就没阻碍了,我们这里山清水秀,劳动力廉价,文化积淀深厚,是很值得投资的。"王益民还是笑笑不作答。

柳海生他们的工艺厂已经搬到了原先废弃的木材加工厂,但没钱投入,从产房到设备,甚至基本的生活设施都显得无比简陋。王益民显然对工厂现状看不上眼,只是礼节性的哼哼哈哈,只字不提投资合作的事。陆道觉得既然王益民是自己邀请来的,好歹要有个说法,但他也知道现在这种状况要让王益民投资合作,肯定没戏。恰好,到了饭点,陆道就说先吃饭吧,有啥问题桌面上继续谈。

工艺厂有简易的职工食堂,虽然柳海生事先有交代煮饭阿姨多弄两个菜,但还是寒酸的难以见客。除了一盘烧得发焦的红烧肉算是荤菜,其他就是青菜和豆腐汤。陆道皱皱眉,赶紧打电话给银花,炒两盘菜送到工艺厂,然后自己回村部拿了一瓶林兴辉送给他的洋酒,可王益民坚持说下午要开车赶回厦门,不肯喝。陆道说:"你不是想听听我跟你说考试怎么过关吗?晚上你留下,我给你说说如何?"

王益民愣了一下,没想到陆道会用这事将他一军,他确实担忧考试,只好妥协端杯。酒过两三巡,王益民终于开始说话了,他先敬一杯陆道,然后坦诚说道:"说实话,你们这厂不像厂,只是个作坊。我们出口的,一般都是较高端产品,你们这样的生产条件,质量、产量有保证吗?要我跟你们合作,肯定要改变现在这状况。这样吧,我先给你们投二十万,你们先把产房设备改善一下。至于股份占比,由班长说了算。"

陆道赶紧摆手解释道:"你别误会,这个厂跟我没多大关系,我在其中不占任何股份。你能来投资,我代表村里真心感谢你,至于股份占比,我觉得应该由第三方评估机构来鉴定,具体你应该和我们海生主任和这位吴副厂长谈。我们先喝酒。"

王益民第三天就把合作款打给柳海生,这点钱对他是毛毛雨,他根本不在意占多大股份,有多大的回报,只是后面的事,令他深感意外。

十、下阳的复兴

　　陆道两个月前就催促柳海生把漆线雕工艺厂搬到原木材加工厂，尽快扩大生产规模，可柳海生他们勉强把工厂搬过去了，但并没有多大的改变。销售渠道，生产流程等问题都没有落实，虽然设计上有辜一天帮忙，但销售渠道也不畅通，只是靠小订单，做些加工活，生产流程上也基本是原来的方式，居多还是原始的手工操作，看不出一点现代化生产过程。柳海生也以为只是说说，没当回事。陆道后来亲自到工厂提了一些布局的合理化建议，但因为资金等方面原因，还是非常简陋，不像个工厂的样子。柳海生哪知陆道这次会把王益民请来，不是谈怎么建海水养殖工厂，却要和他谈合作建漆线雕工艺厂，真不知他葫芦里卖什么药。

　　陆道了解海生的性格，许多事不催他，可能会无限期地拖下去，柳海生农民意识根深蒂固，满足于现状，又怕担风险，他没想把厂办大，现在这样的作坊，做多少卖多少，吴东东负责做，他负责销售，基本都是根据订单生产，没有风险，他挺满足的。

　　一个月前，陆道有天吃过晚饭，信步走到吴东东家，他知道柳海生也会在这，正好和他们商量。现在村两委会也开不起来，有事也就是他和海生碰头商议了。

　　柳海生和吴东东正忙于包装产品。见陆道来忙起身让座。柳海生还从包里掏出一泡好茶递给吴东东，说："让我们陆书记也尝尝我这极品铁观音。"

　　陆道皱皱眉，说："别浪费，我没这福气享受，这个节点我要是喝了，晚上准得在床上贴饼子。我来是给你们商量正事的。上次让你们考虑把我们这个厂搬到我们村里废弃的木材加工厂，扩大生产规模，你们准备得怎么样了？"

　　柳海生和吴东东都一脸茫然，两个人面面相觑，都不作声。其实，陆道也知道他们不会有什么动静，只有自己真正去推动，才有可能启动这事。因此，他笑道："这事也怨我，没有去真正推动落实。以前确实在产品设计和销路上都没有很好打开，我觉得事在人为，有好的产品就不怕没销路。你想呀，我们的产品样式有辜教授帮我们设计，差不到哪去，如果我们能规模化生产，而不像我们现在作坊式的小打小闹。所以，我们应该把厂子搬到那个废弃的木材加工厂，批量生产肯定有前途。这样，我们进行一下分工，我负责跑各种办厂手续，当然前期还需要海生你和我一起去，因为法人还是要挂你。其他不需要法人出面的就我去跑。还有辜教授的产品设计款式也由我负责催促。海生你要想办法找一些人把那旧厂房整出来，没有人？妇女们也行啊！吴东东你就负责技术指导，兼顾指挥生产，我们说干就干。至于下一步与村委会怎么分成，下一步再说，我们边干边摸索。"

柳海生真没想到陆道如此雷厉风行，不禁有些感动，附和道："那敢情好，我明天就把我家那口子，还有东东，你家那口子也叫上，我们先把那厂子收拾收拾。"

吴东东瓮声瓮气地说道："那么大一个厂子，就靠我们两家人收拾？想的天真。"

柳海生还没见过吴东东这么对他说话过，瞪眼道："我们就不能发挥'愚公移山'精神，一天不行两天，两天不行三天，难得书记这么支持我们，我们怎么能怠慢？"这话似乎是说给陆道听的。

陆道同样没见过柳海生这么大声说话，赶紧调和气氛："海生，东东说的也在理。我看还是招些工人，有些活女同志担当不了，以后工厂都需要人。那些在外打工的可以招些回来。信不信以后就在村里就有活干啦！这个厂办起来后我还有别的想法，需要劳动力的地方多了。海生，依你在这的人脉，找几个男工应该没啥问题吧？"

柳海生搔搔头皮，不好意思地说道："这个时候还真找不到几个强劳力，大家都想挣点钱回家过年。除非我们能有高待遇吸引人，我试试看，能否找几个发小回来。"

陆道沉吟片刻说道："海生说的也是，没有一定的待遇怎么吸引人？这样，我们要考虑一个招工方案，确定一下男工女工的待遇。没有人怎么干？还有你们俩有多少积蓄，拿出来以入股形式加入怎样？"

柳海生与吴东东对看一眼，然后说道："我家底不厚，可也要拿出来。我先出资五万，东东你也拿五万吧？不过……我希望书记也入点股，这样带我们干，更有信心。"

陆道说："我不是不肯出这钱，只是我身份特殊，不好参与。你想呀，我下来挂职，就和你们一起为自己挣钱，怎么向组织交代？我是希望把我们村办企业搞起来。我可事先声明，村里虽然拿出的是废弃的厂房，但也要分红，要么以租金形式，要么以入股形式，这你们考虑。我帮你们也是为了村里的利益，总要让村财有些收入，希望你们能理解。"

柳海生不说话。陆道知道他有顾虑。于是，拍拍他肩膀安慰道："海生，我不参股，因为我是国家干部，是下来挂职的，我不能借挂职之名为自己谋私利。你是村主任本应做村里发家致富的领头羊。我们做这事也要按规范办事，要把这事向村民们公示。你放心，我不会不管你们的事，我只当你们顾问，而且，我不会领取你们的任何报酬。"

柳海生显然还未完全接受陆道的解释和安慰，只是认为自己不再好对陆道要求什么，但心里老是觉得有些不踏实。吴东东倒是说话了："海生，陆书记说得有道理，我们不能为难他。再说，他不是说了？还会继续帮助我们，你担心什么？"

柳海生终于抬起头说："书记，你别误会，不管怎样，我们都非常感谢你！只是现在对你依赖惯了，总觉得你不在其中，就像没了主心骨。 所以……"

陆道见他犹豫着不好意思说，笑道："你这心思我早就明白，我不能和你们合伙，原因我已经说得很明白。但我跟你们保证，我不会因为我没参股就不用心帮你们，这个事由是我挑起的，我当然希望能做成功，这你们总会理解吧？"

柳海生和吴东东都笑了。

接下来的事，办相关手续顺利地让他们感到难以置信，他们只用了两天时间就办完了所有手续。事实上，如果不是资信证明耽搁点时间，他们本来一天就可以办完。现在的行政服务中心都是集中办公，效率之高，前所未有。有些地方提出让当事者只跑一趟的口号。这也是行政服务改革的重大成果。从前办这样的手续，需几个月，甚至一年半载都有可能，要盖上几十个章。老百姓对这项改革真是赞不绝口。

有点尴尬的是招工还是困难，虽然把下阳村能干活的妇女招了十几个，女工也勉强够了，可有些活女工可干不了，单是原材料和产成品的装卸就把柳海生和吴东东两个累半死。现在正面临用工荒时节，男工确实难找，而且工价很高。柳海生和吴东东合起来也就凑了十万块钱，厂房车间收拾一个角，添些机器设备，钱就没了。陆道见此情形，咧嘴笑笑："我个人借你们五万周转可以，但绝不是入股。长远看，这样不是办法，必须找人合作，否则，你们永远只能小打小闹，形成不了气候。"柳海生和吴东东也都点头称是，可是找谁合作呢？再后来因为没钱，许多事也就搁浅了。

这次，他们到厦门海洋学院学习，认识王益民，让陆道有了这想法，但陆道初始也只是想让王益民帮忙打开销售渠道，没想到王益民居然乐意到下阳来考察，虽然手段上连蒙带骗，有点"下三烂"的感觉，但没想到他们的合作居然如此成功。二十万对王益民只是九牛一毛，他也根本没在意，他更多的是看陆道的面子。但对柳海生他们却是雨露甘霖。他们设备中能用机器替代的，几乎都由机器操作。单是原材料打粉这一项就比过去提高了许多效率。次年，王益民收到十万元分红款时深感意外，他当初真的只当是扶贫了，哪知朴实的农民，这么真诚，这么上心，也让他看到这个厂的希望，因此，他决定追加三十万元投资，让他们扩大生产规模。确实他们的产品也很畅销。但他始终不相信陆道在其中没有股份。陆道知道跟他解释也是徒劳的，甚至这样让王益民会更多一分信任。

柳海生和吴东东忙得瘦了一圈，但心里还是很快乐的。陆道时常也会去厂里转转，出出主意，帮些小忙。只是他大部分精力还是放在工厂化养殖建设上。

工艺厂在陆道帮助下，蒸蒸日上，越办越红火，年底时，工艺厂的营业额已经超过两百万，利润估摸也有五十多万了。柳海生问陆道是否应该开些红利，让大家好过年。陆道笑道："这是你们的事，你们自己决定，没必要征求我意见。"

柳海生讪笑道："你是顾问嘛，理当征求你意见。"

陆道说："你们自己根据实际该怎么分红，当然你们自己定，我只是提醒你们两点：一是村里的厂房租金要按时交纳，毕竟这木材加工厂的旧厂房是村集体财产，你们有收益就当起表率作用；二是要考虑给辜教授封个红包，虽然他表态要义务给你们设计，但我觉得'吃水不忘挖井人'，毕竟是他让你们提高了产品层次。我们今天又有收益了，就应该记着他。"

柳海生连连点头称是，诚恳问陆道："书记，你能否代我们转交我们的红包？至于村部租金，我们已经准备好了。"

陆道思索片刻回道："我觉得还是你们和我一起去，当面致谢更显得我们的诚意。我们今后还需要他的支持。"

柳海生拍手称谢："这样最好，书记肯陪我们去，再好不过了。"

柳海生第二天就把厂房租金十万元上交给村部，陆道也结束了"空壳村"的艰难日子，至少无需自己交电费了。

辜一天也没想到陆道会突然登门，自从俩人闹误会后，俩人还没好好坐下来聊聊。因此，辜一天显得很兴奋，手舞足蹈喊道："今晚喝'人头马'，好多年的，不醉不归。"

陆道捶一下辜一天："一说喝酒你就兴奋。我们这次来，主要是来感谢你的，海生，拿来。"

辜一天见到那个沉甸甸的红包，先是一惊，继而哈哈大笑："不是说好义务的，怎么你们还来这一套？"

陆道也笑道："我们可不想被你骂忘恩负义。开玩笑啦！"

辜一天不客气地收起红包，挥手说道："今晚大餐，你点地方点菜单，本教授心甘情愿被你们宰。不宰你们可就成为猪呵！"

陆道笑骂："从你嘴里出来准没好话。得了，我们不想宰你，但还是希望今后继续为我们设计新的款式，新的作品。我们同样会付相应的报酬。对了，梅英怎样了？代我问她好。"

辜一天拽过陆道耳语道："有情况啦！"

陆道再次警觉："你们又……咳！我说你们俩闹够没有？"

辜一天脸红着，想说啥，又一甩手："你个笨猫，咋就不明白呢？"

陆道突然醒悟："哦，你小子上车了，还不去买票？证领了？"

辜一天急道："没有，我说马上领，也马上办。可梅英不肯，非要打掉肚里的孩子，还说要去念博士。陆道，你正好来，帮我劝劝梅英，我们都老大不小了，别去念什么博士，工作可以再找，那小学教师我们还不稀罕呢。"

陆道很惊讶地看着辜一天："我以前觉得你放荡不羁，不想结婚的是你，今天，你会说这番话着实让我没想到。你醒悟了？终于，怕梅英飞了？"

辜一天搔搔头皮："谁说不是呢？我这次可是真的想成个家，而且，只想和梅英，绝无二心。"

陆道笑笑："成，我等下跟梅英好好聊聊。我还要找她算账，为何上次无端害我。"

林梅英虽然与辜一天和解，也回到厦门并与辜一天住到了一起，但没有找到新的工作。那个小学她是不想回去了。本来当这个小学老师就非她所愿，当时只是为了辜一天才去考这个教师岗位。虽然学校仍欢迎她回去任教，但好马不吃回头草，这样，回去好没面子。因此，她打算考博士，念个更高的学历，将来好就业。当时要不是因为辜一天她早就硕博连读了。辜一天劝她别再折腾什么博士，安心做全职太太，林梅英说不想做辜一天的附属品，凭啥要靠辜一天吃饭，看他的脸色。她要把肚里的孩子打掉，并且联系了她原先母校的导师，要继续把博士念下去。俩人为此又一再争吵。

林梅英见陆道来，以为是辜一天要搬陆道来当说客，因此只是欠欠嘴角，淡淡说一声："来了"，就再没有别的任何表示。陆道知道林梅英不开心，也

|225|

理解她此时的心情，当然不会计较，但如果此时就开始劝导，必然引起林梅英的反感，他知道林梅英个性极强，他先说明此次来意，然后就和她聊起自己在下阳一年多来的酸甜苦辣，见林梅英饶有兴致地听，才话锋一转："其实，我觉得在哪工作不重要，关键在于自己的心态，有否想做一番事业的信心和决心。就说你吧，以你的聪明才智，以你现在的学历足以傲视一般的女性了，何愁找不到工作？再说，孩子无罪呀，你就这么残忍的把他（她）扼杀了？你们之间分分合合，风风雨雨走过来，着实不容易，也该有个结果了。姐，从小我就听你的，这次你也该听我一回劝，把婚结了。然后把我的侄儿或侄女生下，我可盼着要当他（她）的干爹呢。"

林梅英"噗嗤"一笑："美的你！劝我这么轻巧，你自己呢？"

陆道见林梅英情绪好转，便开心笑道："我也想有个家，可没人愿意嫁给我呀，你们是条件成熟了，就不应再错过。"

林梅英正经道："姐答应你，不打孩子了。可你也要答应我，今年内把弟媳妇领来给我审查。"

陆道俏皮立正："遵命，保证完成任务。"

林梅英笑道："你别忽悠我，到时没完成任务，看我怎么收拾你。"

辜一天正在厨房忙乎着晚餐，见客厅里谈笑风生，知道氛围好转，就乘机切了一盘水果进来，他朝陆道投去感激的目光，然后高声嚷道："可以开饭了，我们晚上把那瓶珍藏已久的'人头马'消灭了。"

陆道歉意笑笑："恐怕要让你失望了，我必须得马上赶回去，明天一早我还得跟一家供应商谈判。车还在外面等着，这你知道的。"

辜一天更大声嚷道："那怎么行？好不容易逮到你一次，怎能就这么放你走？哦。我居然忘了你还有个同伴，赶快叫他一起来。"

陆道态度坚决地说道："不行，趁现在天还没黑，我们得赶路。我现在可是乡下人，山路不好走呀！再说明天的事很重要，可不能耽误了。我等着你们的喜宴大餐。不用送。"

林梅英看陆道态度坚决，也附和道："人家山路难走，安全第一，让他走吧，再说，明天事情重要误不得。你们哥俩啥时不能聚呀？"

林梅英都发话了，辜一天怎敢违背？但他把那瓶"人头马"送给了陆道。

一个月后，辜一天和林梅英低调结婚了，没有操办排场的婚礼。只是至亲的几位亲朋好友在一起吃餐饭，陆道当然在场。林梅英不愿自己挺个大肚子，在众多人面前丢人现眼，辜一天现在乖巧到唯林梅英话是从，也只能这样了。

陆道现在的主要精力都放在大仁金养殖公司上，尽管他未从公司领取一分钱的报酬，但他还是乐此不疲为公司的事忙碌着，他觉得能把这养殖工厂建起来，能让养殖公司运转起来就很有成就感，他不能让耿丽丽觉得自己无能，或是当初只是为了个人的某种目的骗取她的投资。总之，他一定要让这项目成功。但是，不是任何事情都能一帆风顺，麻烦事终于来了。

新进的鱼苗，出现了大面积死亡。陆道天天在鱼池旁，急的嘴巴上火起泡，认真检查鱼饵和周边环境，又未出现异常情况。

陆道虽然在厦门海洋大学学了养殖方面的相关知识，但面对如此突发的情况，依然束手无策。是呀！他学的只是些皮毛，这种情况没有一定的专业水平哪能解决得了。

陆道拨通了苏慧娟老师电话："苏老师，最近好吗？我最近好忙，没空再去看望老师。是呀！啥都逃不过老师的眼睛，厉害了！"

苏慧娟在电话那头"咯咯"笑道："不是我厉害，你没事会找我？不过呢，你今天还真找对了。哦，不是我，你知道我跟你说过的我们海洋学院有'宝贝二春'，一个是李林春教授，有人称之为'鱼病神医'，水产养殖方面出啥问题，他一看一个准，他有好多项专利发明呢。还有一个就是魏茂春副教授，也是个了不得的'小诸葛'，他的'智慧渔业'系列发明已经惠及许多养殖户啦！你们还没运用？你看，你们如此落后，怎不被时代淘汰？啥也别说了，你来就是了，相信能帮你们解决这些问题的。"

陆道原本想让苏慧娟出面请两位教授来现场指导，可转念想想这样太没诚意，应当当面邀请，并要亲自接他们。不管怎样，见到苏慧娟再商讨方案吧。

陆道赶到厦门时天色已晚，这个节点请人吃饭是否过于唐突、冒昧？可自己手头上事情太多，而且目前出现的状况不容再耽搁一天。拨通苏慧娟电话后，果然被埋怨了一通："想请人吃饭要早约啊！现在这节点我怎么好开口？兴许他们都已经吃过饭了吧。我帮你联系试试看。下次可要早告知。"

陆道赔罪道："罪过！罪过！刚才只顾开车，忘了这一茬。给您添麻烦了。"

五分钟后苏慧娟回话，已约好李林春教授，在厦门文化艺术中心闽南神韵'建盏'展示厅见面。但特别强调："人家已吃过饭，但仍在百忙中愿意抽空见你，你可要把握机会呵。这李教授呀，人特别好，平易近人，没架子，他也不贪图你啥，你也不必费心考虑那些不必要的繁文缛节，只是人家时间宝贵，你可要掌握好。"

陆道不敢怠慢，晚饭也顾不上吃，就直接赶往文化艺术中心，在闽南神韵馆找到了这家'建盏'展示馆。但心里有些纳闷，这既不是茶楼、咖啡厅，也不是酒楼、酒吧，适合约会谈事吗？

展示馆老板叫王凯，是个理着平头的中年男子，身材挺拔伟岸，感觉很精明能干。见陆道来，热情招呼道："你是陆道书记吧？欢迎！欢迎！刚才李教授打来电话了，让我先接待你一下，他一会儿就到。哦，我跟李教授呀？我们是邻居，他也常到我们这喝茶。虽然我们行业不同，但我们许多话题，许多志趣却相同。所以，我们才会成为好朋友。来，这边请。"

陆道环顾一下这间装修得金碧辉煌的展厅，架上布满各式各样的建盏。陆道虽然对建盏是外行，不懂欣赏，但从它做工的考究，包装的精致，就能看出这东西一定价值连城。

展厅中央摆放着一张精致的茶桌。王凯把陆道带到茶桌前坐下，随意问道："你习惯喝绿茶还是岩茶？不过，我还是推荐你喝我珍藏的这泡'牛肉'。哦，你可别误会，那会用真正的牛肉来泡茶呢？这茶叶是生长在武夷山有一个叫'牛栏坑'的地方，茶叶的品种是'肉桂'，所以，就简称'牛肉'。武夷山还有很多肉系列，比如，生长在'马头岩'的肉桂就叫马肉，生长在……哈哈，是巧合吧。现在的岩茶被炒作的有点贵族化了，好茶一斤炒到十几万，甚至几十万，也不知道是不是真的物有所值。有人说喝岩茶像喝老酒，醇香浓郁，喝得过瘾，喝绿茶像喝啤酒，虽然清爽，但不过瘾，而且伤胃。但闽南一带还是习惯喝绿茶，陆书记是哪儿人啊？哦，那你会不会不习惯喝这岩茶？"

陆道笑笑："我无所谓，我这人对生活没有特别的要求。没想到王总对茶还这么有研究。"

王凯说："我的家乡就靠近武夷山产茶区，近水楼台先得月，多少了解一些，谈不上研究。"

陆道问："王总，这些建盏，销路好吗？"

王凯叹一声道："坦率说，可能宣传不到位，目前，把玩这玩意的人不多，所以……怎么说呢？目前业绩不太乐观。"

陆道随口说道："我听说日本人挺感兴趣这玩意，王总就没试过让产品走到国外去？"

王凯说："何尝不想？但要有渠道呀！"

陆道喝口茶，犹豫片刻，迟疑说道："我有个同学，正是搞进出口贸易的，而今有'一带一路'好政策，我看他事业风生水起，日本虽然没有加入'一带一路'但他们进出口贸易无所不包。按他的话说，什么挣钱就做什么。王总若感兴趣，哪天我可以引荐一下。"

王凯拍手道："那太好了，谢谢陆书记。"

约莫过了十多分钟，李林春教授和苏慧娟老师，相继到了。李教授见他们谈笑风生，打趣道："你们好像是老朋友见面，谈得很投机嘛！我还担心你们不熟悉，气氛尴尬，紧赶着来，没有打断你们的投机话题吧？"

王凯也打趣道："今天主题是谈你们的事，我就不打扰了。"

陆道向李教授汇报完情况，李教授皱眉说："这个问题虽然常见，但目前不好判定什么原因，用什么很好的解决办法。这样，我明天去深圳开会，结束后，我直接去一趟你那，现场看看，才能决定用什么方案解决。"

陆道不曾想李教授没有丝毫架子，又这么主动热心，感动的连声道谢。表示到时一定亲自去车站接他。

他们聊到十点多时，陆道已饥肠辘辘，建议他们一起吃个宵夜，但没一个人赞同。苏慧娟老师还特别控诉道："吃宵夜是最不好的习惯了。我读大学时，喜欢吃宵夜，毕业时身体长成一个球似的，现在好不容易把这恶习戒了，身体也瘦下来了，又要复辟呀？再说，对消化系统也是……"

陆道没听清苏慧娟又说些啥，但发现王凯站在门口向他示意，似乎有话对他说。陆道忙着送李教授和苏老师，折回时对王凯说："我知道你想说什么，你现在有空跟我走，反正我也要找住的地方，带你去见你的本家小弟。"陆道拿起电话拨通了王益民："益民，在家呐，我现在过来，带你认识个朋友。不过，你先给我备点吃的，我肚子空空如也，晚上就住你那啦！"陆道现在跟王益民随意的像兄弟。

王益民和王凯两个本不搭边的本家兄弟，在陆道引荐下聊得投机，几乎忘了陆道这个"媒婆"。陆道也正饿得慌，正狼吞虎咽吃着王益民为他叫的外卖，待他吃完时，见他们眉开眼笑，打趣道："看来我这'媒婆'牵线搭桥还算成功，可惜呀，你们不是'一男一女'，否则，可能成就一段好姻缘。"

三人皆哈哈大笑。王凯和王益民后来合作得很成功，两家公司互惠互利，相得益彰。都在'一带一路'好政策下，得到长足发展。

三天后，陆道亲自开车从海昌动车站接到了李教授，只是这次不敢再用柳海生的小五菱带斗小货车，而是到耿丽丽公司借了一部奥迪 A6 小车。耿丽丽后来干脆就把这部小车调拨给大仁金养殖公司，这样，陆道好歹也有一辆体面的车子使用。

李教授到大仁金养殖公司工厂化养殖现场一看，顿时，明白问题所在。他笑着对陆道说："你们这是典型的'气泡病'，溶氧太多，还有投饵过量。殊不知人有富贵病,鱼也同理,人富养了,就有'三高',甚至'五高'等毛病,你们这鱼,这虾是被富养死的。有道是'养鱼先养水',你们这不到三千平方米鱼池,却放置了十四台这么大功率的增氧机,这鱼池自然溶氧过量。还有,你们工人投饵肯定没有进行科学计算,鱼虾氧过量,食过量都会造成大面积死亡。你们这是'拔苗助长''欲速则不达'呀!"

陆道恍然大悟,连连点头,心里责备自己在海洋学院学习时,没有去拜访这位高人。

李教授继续说道:"我研发了一套对水质进行智能化科学监控的设备,他们都俗称'小黄帽',由厦门海控公司生产,可以对水质的溶氧量,含盐量,水温,水质等进行全方位监控。遇到异常,报警必达,数据精准,并进行智能化控制。这套设备还能监测上下水层,当然了,这个只针对深水鱼塘。像你们这些工厂化养殖,倒不需要用。总之,如果用了这套设备,你们所有人都可以穿着西装养鱼了。还有一点,顺便说说,你们日常监测记录不齐全,这会影响到我们诊断这些问题,你们还是要请些懂专业的人,更主要的是对员工要进行制度化、常态化的培训。现代养殖业和过去最大的不同就是高科技技术的运用,虽然省工了,但对员工素质要求也提高了。"

陆道连连点头称是,到了饭点,陆道怕怠慢了李教授,特地交代银花安排一桌丰盛的午餐,哪知李教授坚持只要在食堂用餐。陆道觉得李教授比当今许多干部廉洁多了。李教授似乎感觉出陆道的疑惑,笑道:"我不是什么领导,也没必要做什么秀,只是我生活很简单,我不喜欢把时间浪费在饭局上。"陆道送李教授走时,封了个老大的红包,塞到教授包里,说得很直接:"教授,您不肯吃我们安排的饭局罢了,可这是您的劳动报酬,不管是咨询费,还是叫什么指导费,这是您的合法劳动所得,就请您不要再推却了。"

李教授从包里掏出那红包,面带愠色道:"你这是干啥?别坏了我的规矩,我起码担任了两百多家企业的顾问,我什么时候收过他们一分的顾问费或咨询费什么的。我真要那样,我早就发了,可我名声也坏了。所以嘛,各人有各人的金钱观,我希望你尊重我的选择。"

陆道惊异地看着李教授,既钦佩,又诧异,都说知识分子清高,没见过像李教授这样清高到几近不食人间烟火,在这物欲横流的社会,当真还有这样的人存在。

陆道后来迅速派人从厦门海控公司购进一批"小黄帽",给每个鱼池都派一个"监测员",且不说减轻了工作量,关键是鱼池里的风云变幻尽被"小黄帽"

掌控，随时调整应对。还有他们根据苏慧娟的建议，把魏茂春教授投饵自动化、生物立体净化模式等一系列先进技术运用到生产实践中，工厂运行正常又轻松。看着鱼苗一天天健康长大，陆道心里比蜜还甜，只是心里觉得亏欠李教授和魏教授。

　　大仁金养殖公司有食堂，陆道现在大部分都在食堂用餐，甚至就住在办公室，很少再去银花店里吃饭。他也很久没见到柳公英和银花了。有天傍晚，陆道接到柳公英电话，让他去银花店里吃野猪肉。柳公英说："听说你胃不好，我们特地弄了个野猪肚，配上中药让银花炖了，赶紧过来趁热吃了。"陆道心生感动，难得柳老书记，还记得他上次说过自己胃不太好，不怎么敢喝酒，他只是这么随口一说，老书记居然放在心上。

　　陆道实在太忙，几次要走都被公司员工拦住，不是签字，就是反映什么问题。赶到银花店里时，天已擦黑，早过了饭点，可柳公英和银花仍在等着，让他惭愧地连声解释道："实在对不起！让你们饿着等到现在，我自罚三杯。"

　　柳公英笑道："你不是胃不好，今天让你吃这个野猪肚，就是养胃的，你还喝酒？"

　　陆道惊愕道："我……我不是惭愧嘛，要赔罪。唉，那你摆着这酒杯，不喝酒啥意思啊？"

　　柳公英说："杯子摆着我不可以喝？你胃痛没资格喝，你先把这个野猪肚消灭了，再酌情看能让你喝多少？"

　　陆道放下杯子嘟囔道："真没劲，叫人来吃饭却不让喝酒。"

　　柳公英笑骂道："叫你来吃饭，你小子还有意见啦？小心把你这猪肚也没收了。"　俩人正打趣开着玩笑，柳海生却迈步走进了餐厅，插嘴道："说啥这么开心呐？叔，您叫人吃饭，也不会是这个点才喊人呀？"

　　柳公英转向柳海生："又来个臭小子。你叔有好东西让你分享，你也有意见呐？来，坐这。今天就你陪叔喝两杯，他呀，布袋子坏了，没资格喝。"

　　陆道发现桌上有笋盒包子，抓起一个塞进嘴里，嘟着嘴，赞道："欧耶，正宗。银花，是你做的吗？"

　　银花害羞地回道："不好意思，我试着按沈婆教的程序，做一次，肯定味道不够地道。让书记见笑了。"

　　陆道正经道："怎么会见笑呢？我觉得比沈婆做的都好吃。当然也可能我肚子饿了，什么都觉得好吃。不过呢，我真觉得呀，这个特色包子没有宣传出去，让更多的人了解我们下阳的特色美味太可惜了。柳叔，我有个想法，其实早想

|231|

跟你说，只是太忙，一直没机会。我觉得现在我们搞'农家乐'、乡村旅游的条件成熟啦！以前，交通把住了我们，现在从镇里到我们这开车不足二十分钟。我们的果园可以面向游客自由采摘，我们养殖场可以开辟部分鱼塘，让游客自由垂钓。我们有这'笋盒包子'有'糟鸭'等特色菜，还有我们下阳浓厚的民俗文化积淀，把我们这里埋没已久的'青蛙'文化重新开发起来，不愁我们的旅游不火暴。我们应该成立一个旅游公司，采摘、垂钓、民俗表演、餐饮一体化安排。这个公司就由您柳叔来挑头，不知您老是否愿意？"

柳公英连忙摆手："我老了，干不动了，还是让年轻人来干吧。"

柳海生插道："三叔，我们村里去哪还能找到年轻人干这个？连我们工艺厂想招几个年轻力壮的强劳力都找不到。大部分人都跑外面去打工了，现在回流了一部分，也大都在我们工艺厂和养殖公司上班，哪还有人呐？这您又不是不知道。"

陆道摆手示意柳海生，不要说过激的话。仍以商量的语气劝导柳公英："柳叔，这事呢，不需要您具体干些啥，跑腿的事将来可以安排其他人去做，您就把把关，出出主意，当好董事长或者总经理就好了。我想呀，外面这几家企业搞红火了，别说我们村里的年轻人会回到我们村里就业，以后恐怕别的村，别的乡镇，甚至更远地方的人都会跑到我们村里来打工。你们信不？"

柳公英抬头看一眼陆道，说："怎么不信？现在不是已经有很多人来我们这打工了吗？只是我这年纪，别在人前碍手碍脚的。"

陆道听出柳公英其实并非不想干，就干脆说道："柳叔，您就别推辞了，您看现在我们村里就我们几个议事、做事，还能再找谁呀？至于这个企业，性质如何界定，有待商量。"

柳公英不解问道："什么意思？"

陆道解释道："如果这个旅游公司，由您个人注册成立，村里也支持，如果由村里注册成立，那么，由您出面承包这个企业也行，承包金上缴作为村财收入，也不错。至少我不用个人出电费、水费了。开玩笑啦！当然，不承包，就由村里开工资，或者责任制经营，看利润完成情况，多奖少罚。可以探讨啦！"

柳公英点点头："明白。既然你们信任我，我再推辞，就有点……那个有句成语叫什么来着？哦，却之不恭。哈哈！我干。但我只愿意拿工资，承包，我没把握。"

陆道握着柳公英的手说："谢谢柳叔支持！相信您能挑起这副担子。只是呀，我们现在村'两委会'都开不起来，特殊时期，只能做特殊决定了。以后，柳叔您负责这个旅游公司，海生负责工艺厂，我负责养殖公司，我们三个企业一起努力，为彻底改变我们下阳的落后面貌，干杯！"

三人举杯，但柳公英却没喝，同时，也把陆道手中的杯子抢下，缓缓说道："我在这下阳当了二十六年书记了，我何尝不想把下阳的经济搞上去？计划经济时期，我们有几片山，还有些木头，我们虽深居山里，但别的村还是很羡慕的。待到改革开放后，山里的树木也砍光了，我们又没跟上形势，上一些村办企业。当时上了也没用，交通跟不上。我……我想做许多事，最终都没能做成，你实现了我很多的愿望，所以……你这杯酒，我替你喝了。"说着，就抢过陆道手中的杯，一饮而尽。待陆道反应过来，柳公英已经喝光杯中酒。陆道喊道："老书记您这是干嘛呀？您上次说过这番话，我已经很感动了。其实，我只是做了一点微薄之事，不值得您反复提起牵挂。要说感谢，我当感谢您呐，要不是您的帮助，这个隧道可能也修不起来。很多方面工作都是靠您指点的。所以，要敬，当我敬您！来，满上，我干了。"

柳公英想制止，可奈不过陆道态度的坚决，叹道："唉，你小子就是勇敢，你这野猪肚算是白吃了。"三人笑。陆道开心道："就喜欢这气氛。"

一个月后，下阳村生态旅游有限公司成立。柳公英把在广西拉二胡的二儿子生生拽回，让他负责把民俗表演这块搭起班子；让银花负责搞农家乐餐饮；村部收回原先承包给柳公权、柳四条等人的果园，准备建成一个采摘基地；陆道帮助在公司成立了个垂钓俱乐部；村部三楼把原先的仓库等腾出来，装修了九间客房。这样，农家乐旅游一条龙服务基本齐全了。

现在乡村旅游虽不是什么新鲜事，却也还在人们热切推崇中。过去平山镇人，甚至海昌人，知道下阳这地方有猫儿峰可以看海的美景、有赤尾坪看前川瀑布，但惧怕山高路陡，不敢到下阳自驾游，现在隧道通了，人们便趋之若鹜，更多的人是想看看这座农民自己组织修建的隧道风采。生态旅游公司经营三个月，利润超过十万。关键是解决了下阳村几十个就业岗位，虽然居多是妇女，但毕竟使每个家庭多了一份收入。

柳公英的二儿子柳海龙，长期在广西从事民俗文化旅游表演项目，虽然只是在期间拉二胡，但耳濡目染，对这个项目已经很有经验了，把广西苗寨的抢亲等民俗嫁接到当地表演，也引起游客的广泛兴趣。至于所谓的"青蛙"文化，只是听说下阳的先祖们，每年正月十五会抬着青蛙塑像游街，祈盼丰年，因为青蛙是益虫，可以消灭害虫，除此外也开发不出更多的文化含义，它的来由和时间断代也无从考究。所以，这个项目也没有继续，但采摘、垂钓、游戏互动等仍然得到游客的青睐。

尽管,柳海龙回家后,让柳公英接近银花有所不便,但柳公英心里还是高兴的。人到老年生理性的愿望早就淡化许多,更多的需要是亲情、温情。银花生的儿子柳志华,不知是柳公英的儿子还是孙子,但总归是当孙子看待。柳海龙也从未怀疑过柳志华有可能会是自己的弟弟。反正一家子现在是其乐融融。

银花天生是个煮吃的能手,尽管至今也没考个几级的厨师证,但她拨弄的几道农家菜确实让许多城里人啧啧称赞。如今,人们吃的太好,毛病多了不说,口感也希望转向清淡。农家菜中多以素菜,尤其以笋为主的系列菜,大受欢迎。银花会做出好几种以笋为主料的特色菜,包括著名的笋盒包子。

银花原先的小吃店,三张小餐桌,也很少坐满,如今,在门口空坪上搭起了帐篷,摆了十几张桌子,也常常爆满。银花婆家、娘家能动用的人都动起来,但还是忙得连轴转。尽管店里的生意基本上是旅游公司包餐的团体餐,虽利薄,但量大,效益起码是从前开小店时的十多倍。这个名为"蒸味佳"特色笋盒包子店的人们,每人都忙着、累着,但都快乐着、幸福着。

柳海生的漆线雕工艺厂不属村办企业,他们仅是租赁村里废弃的木材加工厂厂房,年租金十万元,而且只预付了一个季度的租金。陆道负责的养殖场刚投苗不久自然还没产生效益,也还没与耿丽丽谈清楚什么样的合作模式,他只是想先让耿丽丽来投资,让她看这工厂化养殖的效益,再来谈合作模式,就会增加砝码。但最大的贡献就是解决了几十个本村村民的就业。目前最能显现效益的就是村里的几片果园,每天来采摘的人络绎不绝,从前几近废弃的果园,如今重新焕发生机。下阳产的柑橘、柚子水多味甜,以前受交通阻碍运不出去,现在每斤仅一至二元的价格,来采摘的人自然越采越起劲,关键在享受采的乐趣。村里的几片果园每年至少可以采几十万斤,带动了农家乐的吃住产业。农民开始在自己家修起了民宿,增加了不少收入。

看到果园如今兴旺,以前的几位果园承包者坐不住了,挑头的肯定是柳公权,他们几个承包者找了陆道多次,要求恢复他们的承包经营权,但都被陆道拒绝了。

柳公权是柳公英的堂弟,五年前为了能得到岭寂洋果园的承包权,柳公权差点和柳公英闹翻了。当时下阳的几片果园是竞标方式向全村人发布的,柳公英在这方面操作是公平、公正的,柳公权以八万六千元中标最大的一片果园——岭寂洋果园,问题是柳公权中标后,迟迟不交风险抵押金。按合同规定,承包者需先交两万元风险抵押金,否则,甲方有权收回乙方经营权。柳公权在柳公英再三催促下,心不甘情不愿地交了一万元风险抵押金,再次催促时,柳公权便破口大骂柳公英："你还像个当哥哥的吗？你当了这么多年书记，我得到过你什么关照？你自己又盖楼房，又娶媳妇的，日子倒过得红火，你顾过我们的死活吗？我又不是不交，我现在是没钱交，你就这么逼我，你……"柳公英在下阳的权威还没受过如此的挑战。柳公权简直像是泼妇骂街式的，把柳公英骂得无以回应。柳公英真是怕了这个无赖的堂弟，遇见他能躲就躲，也不再催促他交风险抵押金。而柳公权头两年的经营效益勉强过得去，虽然交通运输成本高，但柑橘价格尚可，可他就是拖拖拉拉地交承包金。柳公英后来不想干支部书记，与柳公权的胡闹也有相当的关系。再后来到"橘贱伤农"时期，初始还会请人采摘，后来，亏怕了，柳公权干脆彻底放弃了果园，更不用说缴纳什么承包金了。现在果园重现生机，柳公权又眼红了，他知道找侄儿柳海生，可以发一通脾气，甚至可以恶狠狠骂一顿，无非出出气，解决不了问题。现在村里管事的是新来的书记。他几次找陆道要求延续他的承包权。陆道说，要延续可以，把早几年的承包金都补上。柳公权说这是在故意刁难他，明知道他早些年果园没有收入，还要让他交承包金。柳公权急了，又开始泼妇骂街，直接指着陆道的鼻子发狠话："你一个外乡人，敢在我们村里横行霸道？走着瞧，你不会有好下场的。"

　　陆道笑笑："公权叔，你讲话得讲道理啊，你当年撇下果园不管，现在看见果园有效益了，又想来承包，这个理你说不过去呀！"

　　柳公权又吼道："那合同上不是也写着，遇到不可预测的天灾人祸，甲乙双方共同协商解决。你说，当年，那橘子贱的送人都没人要，是天灾，还是人祸？"

　　陆道仍然笑笑："你说得没错，这种情况是要双方共同协商解决，可你当初来协商了吗？据我了解，当时村部主动找过你，同意给你减免部分承包金，可你避而不见，而且村部做出收回果园经营权时，你没有提出反对意见，也算是默认了吧？现在你看果园生意好了，再来要承包经营权，这在理吗？"

　　柳公权气咻咻地丢下一句话："你不会有好果子吃的。"

　　约莫过了半个多月的一天傍晚，陆道正在公司办公室里看着报表，柳海生急匆匆地闯到他办公室，气喘吁吁地说道："书记，不好了，县纪委派人来调查你了，说是有人实名举报你。现在人在村部呢，说到时还要找你谈话。"

　　陆道倒是很镇静，想起那天柳公权说的话，自然明白这"实名"是谁了，他抬头跟柳海生说："他们没说是否要在这吃晚饭？找我谈话，你这算不算正式通知了？"

　　柳海生跺脚道："咳，这时候了，你还管他们吃不吃饭，赶紧想想办法怎么应对吧，他们可能会查你什么问题？会是谁告的？"

陆道依然冷静地抬起头说:"海生,你那五叔柳公权应该找过你吧?他为了继续承包果园也找过我多次,还威胁我,让我不会有好下场。你想,这事还能有谁告呢?"

柳海生恍然大悟:"哦,是他呀?那他能告你啥呢?"

陆道说:"我哪知道他告我啥?只是他说过,我一个外乡人却在村里横行霸道。有一条我们要做好挨批评,甚至要检讨的准备,那就是,我们许多决定,没有召开两委会,只是我们俩碰头完就定了。这不符合组织程序呢。"

柳海生漫不经心道:"这有什么好告呢?我以前还经常一个人就定了,何况,我们现在还有两个人商量。客观条件限制,不是我们不开,是开不起来,总不能误了事吧?"

陆道叹一声:"唉,欲加之罪,何患无辞?来就来了,逃也逃不了。怎么着?我是现在就去找他们,还是等他们通知?"

柳海生愣住,嗫嚅道:"这我确实也不知道,我回村部问问吧。"

县纪委干部老龚可是一个办案多年的"老纪检",虽然年纪也不过四十多岁,但在纪检战线上度过了近二十个春秋。现在对实名举报,每报必查,查必答复。但也很多都是举报人泄私愤的。老龚隐隐觉得这起举报有泄私愤性质,但根据县纪委领导的指示,他们还是联合镇纪委同志组成一个调查组开展工作。他们刚一进村就见柳公权纠结了一班人候在村部,又递上一封有十几个人签名的告状信。内容无非与上次举报信一样,只是这次多十几个人签名,似乎在声明没有诬告。

老龚认识柳公权,上次柳公权到纪检亲手递交举报信,当时,正是老龚接待的。他招呼柳公权等十几人到村部会议室就座,还亲自给他们倒水,并诚恳向他们保证:"我们调查组刚进村开展工作,我们一定会根据调查的客观事实情况,给你们一个公正的答复。"

柳公权似乎十分委屈地对老龚说:"龚主任,你看到了吧?这些都是受害者,他们今天都是自愿来请愿,要求严肃查处陆道的。"

老龚点点头说:"嗯,我知道了,你让他们先回去,等我们调查结果。"

柳公权向门口的人挥挥手说:"你们都先回吧。"但仍有几个人犹豫着不肯离去。柳公权大概知道这些人的意思,瞪他们一眼,就上前低声说道:"你们这些人急啥?东西会给你们的,不就是一双鞋吗?"

老龚不知道是否听清了他们说的话,只是狐疑地回望一眼,不说啥。

陆道是第二天下午才被通知去谈话。村部会议室是陆道天天经过的地方,但今天却感觉不再亲切,有些凝重,甚至有些恐怖。他认真思索自己来这两年多所言所行存在什么问题,似乎也问心无愧,好像并无存在什么大过错,但不管怎样,纪检部门介入了,自己就不能轻视。他用一个晚上时间专门准备了一份汇报稿,可也不能到时汇报照稿念,他在心里一遍又一遍地过着汇报内容,过了几遍熟悉了,又从心里骂自己,这是怎么啦?难道自己真有什么问题,为什么如此紧张害怕?要如此重视?这一夜陆道几乎没睡。

老龚第一次见陆道,看到他眼里布满血丝,身心疲惫的样子,就知道他心里压力很大,于是,拖过一把凳子,热情招呼陆道坐下,递过一杯水,问道:"看你这样子,昨天没睡好吧?今天找你来,只是核实一些情况,你不必有什么心理压力。"

陆道苦笑一下:"坦率说,我从小到大从来没被人告过,我至今也不明白,到底我做错啥了?"

老龚也笑笑:"其实没啥大事。你要相信组织,我们会调查落实的,只是想听听你个人怎么看的,比如,有人反映你作风霸道,独断专行,村里的大事都没经过村两委会讨论研究,你就擅自决定了,有这事吗?"

陆道当然也想到这一点,马上解释道:"这种情况的确存在,但不是我不愿意开,而是开不起来。实话说,我听说有七个村干部,但我只见过四个,而且是在春节期间见的,听说有两个在俄罗斯做生意,一个在以色列打工。平日里,有在下阳的村干部除了柳海生,还有一个妇女主任杨娴英,但什么事征求她意见,她都说没意见。您说,这种情况,这两委会能开起来吗?其实,我也巴不得多人商量讨论,人多智慧多嘛,且不说责任轻的问题。可有些急的事情总不能不决策,不付诸实施,如果那样,那下阳村永远也得不到发展。"

老龚点头表示赞同,继续问道:"那反映你在企业兼职挣双份工资的事呢?"

果然都是陆道所能想到的问题,他反倒十分镇定回答道:"我在企业兼职不假,但我未曾拿过企业的一分报酬。我之所以要去兼职,因为,我若不去挑头做这事,这个企业就引不进来,下阳村就少一个发展的动力。但我同样记住我是一名下派干部,我是一名共产党员,我不能借机贪图自己的私欲,所以,我坚持不拿企业的一分报酬。这点你们随时可去公司调查。"

老龚点点头,继续问道:"有人反映你擅自中止果园的承包合同,造成他们的巨大经济损失,他们要求你们赔偿呢,这怎么解释?"

陆道笑笑:"龚主任,我知道你们会问这事。这是当年柳老书记与他们签订的合同,是他们先违约,长期不交承包金,合同上明确规定,甲方有权中止合同。

其实，这期间我们多次找他们协商，鉴于一些不可抗力的因素，如果他们愿意补交，给予适当减免，谈成双方可以的协议，可他们就是不愿意来谈。果园是村集体财产，村里并没有做出违反合同规定的事。他们应该提供不出已经缴交承包金的收据吧？"

老龚办案不但经验丰富，还非常善于捕捉各种办案对象的心理。经过这两天的调查，以及对陆道今天的当面谈话求证，他心里已经很有数了，似乎不再需要了解啥了。于是，他对陆道以很严谨的组织语气说道："陆道同志，不管别人反映你什么问题，你要始终相信组织上会正确对待，客观、公平、公正地调查落实所反映的问题。只是我现在还不能给你下什么结论。鉴于你身份的特殊性，我们还要逐级汇报你的情况。你是省管干部嘛。放松心情，摆好心态，千万不要给自己平添负累，增加压力。我会把这两天我们开展的调查情况，还有和你本人的谈话情况向窦刚书记做认真汇报，你毕竟是我们窦书记亲自树立的典型。"

陆道点头感激道："谢谢组织上的关心。我会努力工作的。其实，我是很想给自己的挂职生涯画上一个完美的句号，也不知怎么会出这么档子事。唉！真是遗憾。"

老龚拍拍陆道的肩膀，说："这不是什么挫折，也许只是一种经历，或许对你今后的发展还有好处呢。"

陆道没太明白老龚说的意思，但见老龚的神态，似乎很轻松，料想不会是很严重的问题，心里也放松许多。告别老龚他还是回公司去上班。他最近几乎不在村部待着，仿佛这里有什么刺痛他的心。

大约一周后，陆道接到海昌县委办电话，要他抓紧时间去一趟县委，说是窦书记要找他谈话。陆道心里又泛起一阵忐忑不安。没想到这事会引起窦书记的关注。他会对自己说啥？自己又该怎样跟他汇报？

陆道只见过窦刚一次，那是参加耿丽丽公司的一次年终晚宴活动，闽南人称之为"尾牙"宴。一般情况企业这种"尾牙"宴政府官员是不便参加的，特别是现在"八项规定"这么严格，官员们的政治敏感性让他们都想远离这种不必要的是非。陆道作为大仁金集团的子公司——大仁金养殖公司的代表参加晚宴的。那天，耿丽丽也请来了台湾的十几位客商。据说，耿丽丽的大仁金集团公司跃居海昌第一纳税大户。可能在这些题材下，窦刚来了，但他只是和分管工业的副县长一起敬一圈酒就走了，根本不落座。期间，耿丽丽也向窦刚介绍过陆道，没想到窦刚说："知道，在海昌报上看过他的事迹。"但那次人多，匆匆一过，没有多聊，不曾想，窦书记还记着他。

窦刚的办公室是在海昌县委大院一座陈旧小楼里，石头砌的，外表看很坚固，走进里面的楼板就"咔咔"作响，似乎整栋楼里的人都知道来客人了。办公室原来的面积很大，大概超标了，所以被隔成两间，外间是个小会议室。秘书引他到会议室坐下，随即去通报，哪知等了二十多分钟，窦刚才出来，歉意说道："小陆来了。抱歉！实在太忙，刚才跟市里领导通话，让你久等了。"

陆道诚惶诚恐回道："知道您忙，我等这点时间没关系的。"

窦刚说："我一直想找时间去你们村里看看，可一直安排不过来。我在《海昌报》上看到你的事迹，也经常在《海昌每日信息》上看到你们村里所发生的变化。了不起呀！年轻人，在这么短的时间，做出如此骄人的成绩，不简单。听说，你挂职时间快到了，怎么样？有什么想法？"

陆道愣了一会儿，才结巴回道："没，没……没啥想法，大概回原单位吧！"

窦刚也沉吟一会儿说道："其实，今天找你来，就是想征求你的意见。我想把你留下来，让你担任平山镇党委书记，不知你意下如何？"

陆道这下更是半天答不上话来，这对他实在太意外，原先以为窦刚今天找他谈话是为了自己犯错的事，哪知窦书记只字不提，却告诉他这么个意思，这该怎么回答？他脸涨红了，许久才吞吐回道："感谢书记的信任、提携，只是这太突然了，能让我考虑一下吗？"

窦刚笑道："当然可以，你是省管干部嘛！我们知道你在省海洋与渔业厅时是副科级干部，你挂职完回去，转个正科也顺其自然。我是觉得在这任职，可以给你提供一个舞台，一个想干事，能干事，干成事的人是需要这个舞台的。别误会，我并不是说，你回去就没舞台，或舞台小，我只是爱惜人才，没有绑架你的意思。主要还是看你个人的价值取向。也顺便说说，县纪委的同志给我汇报了你的情况，尽管说存在一些值得探讨的工作方式方法问题，他们经过调查，总体上认为你是廉洁能干的好支书，所以，请你放下思想包袱，大胆开展工作。"

陆道连连点头称谢。从窦刚办公室出来，心里没有喜悦之情，反倒有莫名的沉重。自己到底何去何从找谁诉说？

陆道虽然很想知道张福孩是否提拔？但他知道这种人事问题是不能打听的，只是觉得要自己去接张福孩的工作，心里有些怪怪的。

再有一个多星期，陆道挂职时间就满三年了。他原先还真有想申请延长挂职时间，毕竟自己亲手创建的项目还未看到大的成果，他想要让这个养殖企业走上正轨再走。现在看来不可能了，不论是回到厅里，还是要去平山镇任职，都必须离开这里。如果回厅里那就鞭长莫及了，还在平山可能还可以过问一下。因此，他从心底更倾向留在平山。但他知道，一旦做出这个决定肯定又会遭人非议的。他顾不了那么多了，但必须跟耿丽丽沟通清楚，对企业是个交代，就个人感情嘛，似乎也要一个说法了。

现在才下午三点，约耿丽丽谈谈吧。给她发了个微信，没回，电话追过去也没接，只好决定回去了，可车开到隧道口，正要进村了，耿丽丽又来电说，她也正想约他谈谈。虽然调转车头，但心里有些不爽。

到耿丽丽办公室，陆道依然铁青着脸，耿丽丽就逗他："怎么啦？我在开会，所以关静音，没听到。这么点小事就不高兴了？小肚鸡肠。"

陆道瞪一眼耿丽丽："才不是这原因，只是好烦！"

耿丽丽笑笑："烦啥？说来听听。"

陆道不吭声，耿丽丽催紧了，他还是闷声闷气回道："不想说。"

耿丽丽佯装生气："不想说，你刚才打电话找我干嘛？"

良久。陆道才缓缓抬起头问道："丽丽，如果我留在海昌，你欢迎吗？"

这话让耿丽丽吃惊，不知道什么原因会让陆道这么快改变态度，只是她没想到的是，陆道选择的是另一条路。她有点得意地说道："我就想，我当初开出如此丰厚的条件，你会不动心？你呀，早该做出这决定了，你纵使回到厅里提拔了，还是个小科长，一个月能领多少工资？每天按部就班地重复着开会、发文件、听汇报，啥意思嘛？"

陆道知道耿丽丽误会了，但不急于点破题，他也故意逗耿丽丽："那你准备给我开多少年薪？"

耿丽丽不以为然地说："不是跟你说过，工资由你开，职位除董事长之外由你挑。"

陆道的心情不再像初始时那样郁闷，他狡黠地眨眨眼，问道："那我要一个亿，你给不？"

耿丽丽虽然知道陆道在开玩笑，但还是很正经地回答："我公司一年的纯利润也还未到一个亿，你想全公司的人都为你打工呀？想来就说句正经话，不管怎样，我都得在公司董事会过一下。"

看耿丽丽的正经样，陆道也觉得不好再开玩笑了。他也认真说道："丽丽，你知道我刚才去哪了吗？窦书记找我谈话，要我留在海昌，我只是答应考虑一下，再回复。所以，我很想听听你的意见，这对我很重要。"

耿丽丽云里雾里，思索一阵后终于明白，陆道要留在海昌，也并非要到他公司来，既然是窦刚跟他谈话，就一定继续走从政的道路，她感到莫名的失落。她多希望陆道能来帮帮她，有时，她真觉得好累，好累。但从刚才陆道含情脉脉的神情中，以及最后一句的表白，又让她燃起爱的希望。他们俩经过太多的风风雨雨，尽管彼此心里都留着各自的位置，可又由于各自理念、习惯的不同，常常争争吵吵，也许谁都没勇气接受，因此，谁也不愿去挑明。今天，陆道能主动说起这个话题，让耿丽丽感到兴奋。她笑吟吟地拍着陆道的肩，嗔道："你先告诉我，窦书记跟你说啥了？"

陆道淡然说道："他让我留下，将来接张福孩书记的班。"

耿丽丽吃惊问道："张福孩书记？就是说你一下子从村书记到镇书记？升得可够快的。那他去哪了？"

陆道说："这我哪知道，估计提拔呗，我也不便打听呀！"

耿丽丽虽然觉得陆道没按自己的意愿，来她公司为她分担事务，但毕竟陆道可以留在海昌。因此，她马上鼓励陆道答应窦书记。陆道问："那，没去你公司，你不会不高兴吧？"

耿丽丽俏皮回道："你能留下，我就很高兴。要是哪天你干不开心了。公司的大门，随时为你敞开着。"

陆道坦诚说道："其实，我对这个乡镇书记并不感兴趣，我是感念于窦刚书记的知遇之恩。当然，最重要的是因为你。虽然，我没选择去你公司，但你不觉得这样我们有机会走得更近？事实上，我们俩的个性是不适合在一起共事的，我们俩在两个体制下，各干各的可能较合适。前提是……你怎么看？"

耿丽丽撒娇追问道："前提是啥？你说呀！"

陆道轻轻揽过耿丽丽，柔声说道："丽丽，咱俩就别闹了。我知道你的心意，你也该明白我的心思，我是为你而留下。你若说声不，我立马就回绝窦书记。"

耿丽丽挣脱陆道："讨厌，人家不是鼓励你留下嘛，这在办公室，别造次。今晚想吃啥？"

陆道依然抓住耿丽丽的手，笑道："吃啥不重要，但我再也不想放跑你了。"

耿丽丽也顺势幸福地依偎在陆道怀里。陆道正要寻找耿丽丽嘴唇时，耿丽丽突然抬起头问道："你去平山当书记了，那养殖公司谁来管？"

陆道似乎有点失望地推开耿丽丽，满不在乎说道："你再派人去呗，我又不可能在那待一辈子。"一会儿，陆道见耿丽丽不高兴了，又转换语气说道："其实，现在养殖公司已经步入正常经营轨道，其中，小龙虾已经可以规模上市。你只要派个懂得日常管理的人就行了。"

耿丽丽无奈地答道:"好吧!但你要答应我一个条件,我想在下个月二十三号,搞个养殖公司成立一周年庆典,到时,你无论如何都得参加。你看,隧道建成你不搞剪彩仪式,养殖公司挂牌你也不搞仪式。现在公司出成效了,我们搞个周年庆总可以吧?"

陆道笑笑:"你要搞,我支持。以我的个性,不太喜欢搞这形式主义。"

耿丽丽认真道:"你傻呀!而今哪个领导不喜欢宣传自己的政绩?居多人奉行'三分干,七分吹'。人家没啥政绩,也要想方设法搞花架子,吹个天翻地覆,何况你做出了成绩,这对你今后的仕途,也是一个良好的铺垫。"

陆道惊异地看着耿丽丽,似乎觉得这个从商的人是个老政客。但他还是不以为然地说道:"我不觉得有啥要宣传的政绩,倒是你,作为慈善家的仁德和企业家的远见都可以去宣传一番。"

耿丽丽撇撇嘴:"懒得跟你说。你到时听我的就是。还有,我问你,我们这养殖公司占地多少亩?其中耕地多少亩?"

陆道惊异问:"你问这干嘛?当时我们的策划文案上不是都有嘛,看来你根本没去看。"

耿丽丽提高嗓门:"我每天要处理多少事,哪有空记你这些枯燥的数字?不说拉倒。"

陆道看耿丽丽生气了,讨好地回道:"我说就是了,别生气啦!我们一期占地 368 亩,其中耕地 175 亩,只是不明白你问这干嘛?"

耿丽丽其实也没真生气,她迟疑片刻说道:"你不觉得我们这个企业应该对村里有个说法。虽然现在还没有出大的效益,但我看得出这个企业的光明前景,我们不能对占用村里的土地无动于衷。我看这样,你们就按实际的 368 亩,每亩 1000 元,给予村里土地流转补偿,每年都按此标准提取。至于你们怎么分配,那是你们的事。我会交代财务总监去运作。"

陆道搔搔头皮,不好意思说道:"你们对隧道建设已经做出巨大贡献了,原先我们也提出过用三十年零地价换取隧道建设的方案,所以……所以就没好意思再提出……"

耿丽丽欠欠嘴角笑道:"一码归一码,我对隧道建设只是赞助,你们也立了芳名碑这已经足够了。企业还是按企业管理模式运作,这道理你不懂?"

陆道对耿丽丽这训人的口吻掠过一丝不爽,但毕竟耿丽丽为自己着想,因此,放松语气解释道:"不是我没想过,这方案你提出和我提出完全是两个不同的效果。我真的很感谢你能这么为我考虑。现在我对下阳的父老乡亲有个交代了。"

再次感谢！"

耿丽丽笑道："谢啥？吃饭去。"

陆道后来把土地流转补偿金一百七十五万元如数发放给被占用耕地的农民，其余作为村财收入，使下阳村财收入彻底改变了尴尬状况。收到土地流转费的农民，原本居多是抛荒的农田，意外收到这笔款自然对陆道感激不尽，陆道又收获一个好口碑。

一周后，陆道结束挂职，回到厅里报到。但仅仅又隔了一周，又提出了调动申请，要求调往海昌县工作，这在厅里引起不小的反响。处长老大姐说，怎么挂职挂出这么深的感情？是不是谈了女朋友，要在那安家落户了？刘副厅长说，是不是海昌县许诺你什么了？我的后任我倒也听说过他的作风，很珍惜人才，也很善于利用人才。我看过你的先进事迹报道，为你感到骄傲。其实，你挂职完，厅里也会适当考虑对你的安排，你可不要一时冲动。迈出这一步，回头就难了。陆道知道他们的好意，但现阶段又不好对他们解释太多，只说是海昌是自己的家乡，他想回家乡工作。厅里相关领导见陆道去意已决，就同意了他的要求。

陆道虽然已经明确回复窦刚书记，同意留在海昌任职，但因为海昌组织部门，相关程序未走完，而且，张福孩去向未明确，陆道只能把关系放到海昌县委办公室，然后又被任命为海昌县委政研室主任，四个月后，直至张福孩被任命为海昌副县长走马上任后，他才到平山镇任职党委书记。

耿丽丽真是为了陆道，精心筹备着养殖公司的周年庆。平时她真的不太管这个自己名下的子公司，因为有陆道管着，没啥不放心，主要还是想让陆道有自主经营权。现在陆道走了她不得不亲自过问，她要选个合适的人选来接陆道的班。很少到养殖公司的耿丽丽，刚到公司巡查就发现陆道这家伙原来是管理天才，虽然他只是第一次管理企业，但公司被他管理得井井有条。仅仅一年就已出良好效益。这让耿丽丽既欣慰，又怅然。终究没能留住陆道帮衬自己，好在他还能在海昌，离自己不远，总还可常见面。

大仁金养殖公司周年庆，经过半个多月的紧张筹备，终于如期举行。耿丽丽在海昌是头面人物，请来的宾客自然都是各路神仙人物，有政要，有企业家、有金融界实权人物。最令大家想不到的是窦刚会出席这种周年庆。通常情况，这种庆典主要领导出席是很慎重。也许是这些人探听到窦刚会来，因此不敢怠慢。虽然他们知道窦刚来了，他们是捞不到油水的。

表面上是耿丽丽邀请窦刚书记出席，但他真是想看看陆道所做的与宣传报道是否有出入。如果挂职干部都能做出这样的业绩，真的要好好树树这个典型。海昌每年也派出几十名下派村支书，居多都是到基层溜达溜达，挂个名，应付了事。顶多是到各部门讨点钱，然后修个桥，铺段路，也算是个政绩。能像陆道这样让一个村发生翻天覆地变化，真是绝无仅有。因此，他要亲自来看看，也算给了耿丽丽的面子。海昌第一纳税大户的面子也是不好推却的。

耿丽丽的庆典时间定在九点十八分，这也是当今时兴的做派，图个"久要发"的好彩头么。窦刚八点半左右就来到了下阳，先是看了隧道，然后视察了养殖公司、柳海生的工艺厂，还有几家农家乐。能把这个曾经要被迁走的寂寥山村，搞得像如今这样红火，实在令窦刚感到震撼。

这次庆典没有剪彩仪式，自然就没有金剪刀，没有贵重纪念品，只是一袋的资料和一个保温杯，耿丽丽太了解窦刚的作风，她犯不着吃力不讨好。窦刚来了，她不担心其他宾客不来，纵使不来也无所谓，有窦刚来，分量够足了。她只是请了窦刚一个人讲话，窦刚讲了，也就没有其他人说话的份。但她没想到的是，窦刚讲话中一句也没提到她。窦刚也没用秘书给他准备的讲话稿，也没有说些表示祝贺之类的客套话。他清清嗓子说道："我想在此先跟大家分享一首小诗，清代诗人袁枚的《苔》：'白日不到处，青春恰自来。苔花如米小，也学牡丹开。'这首小诗简直就是我们下阳村，我们的陆道书记真实写照。下阳这个白日难以见太阳的偏僻小山村，来了这么一个充满活力的青春韶华之人，虽然仅仅是个如苔花大小的一个村党支部书记，却开出了比牡丹还艳丽的花朵。一个被判定为不适合人居，交通闭塞的山村，仅仅三年时间被这个年轻人彻底改变了。这条隧道虽然仅仅一千多米，我们下阳的父老乡亲想过要打通它吗？我们的各级政府想过改变下阳的交通状况吗？你们只会一味地强调困难畏惧困难，就从来没有在转变思维上、寻找破解问题的办法上下功夫。我们的陆道书记做到了。大家看看吧，现在的下阳是怎样的下阳，随着交通的改善，企业来了，游客来了。农民的可支配收入由三年前的七千多元，提升到一万五千多元，翻了一倍还多。村财收入也达到了六十多万元，虽然目前不多，但比起三年前几乎没收入的'空壳村'，已经有了可喜的突破。而且这种态势发展下去，肯定越来越多，越来越好。今天是大仁金养殖公司的周年庆，也许我不该搅这个主题，但我觉得这机会难得，所以我把组织部门以及我们海昌部分挂职村支书的十几个人都带来了，我就是想让你们看看，同样当村支书，人家是怎么当的，你们又是怎么当的？假如我们每一个去挂职的村支书，都能有想做事的雄心，有会做事的思维，才能有做成事的成就。我们这位陆道书记是真正村支书典范。

我希望通过今天的现场会能唤起一批有责任、有担当想做事，会做事，做成事的村支书。现在，我们就欢迎陆道同志来个现身说法，大家掌声欢迎！"

　　陆道的脸"唰"地一下红到脖子。他确实没准备。当初答应耿丽丽搞这个周年庆，他就提出个要求，不讲话。他确实怕这种场合讲话，尤其是面对这么多领导。接过话筒，他迟疑了许久，才缓缓说道："其实，我真没准备要讲话，我也不知道窦书记要我现身说法说些啥。我刚来这下阳村时，确实对这里的偏、这里的穷感到震惊。我也没立过什么雄心壮志，要改变这里的状况。我到这里听到最多的一句话，就是这里路太难走了。或许就是因为交通太闭塞，也使这里太穷了。原先，镇'新农办'确实是要我们搬迁的，但因为种种原因，农民搬迁的积极性不高。既然搬迁有阻力，那就想方设法改变呗，总不能一辈子就这么穷下去。所以，我想是不是从改善交通状况入手，我就想挖通隧道，改变下阳山路十八弯的现状。大家知道，挖隧道首先就是资金问题，因此，我在此要隆重地感谢一个人，她就是大仁金集团公司的董事长耿丽丽女士。初始，我们只是想用三十年土地零地价使用方式吸引资金，但后来耿丽丽董事长直接以精准扶贫方式给了我们一百万启动资金，使我们的隧道工程得以开工。当然，董事长给我们这条隧道的支持，远不止这一百万，这在我们隧道口的芳名碑上都刻录着，也在我们下阳老百姓的心坎上刻着。隧道建设过程中，我们也得到了县里相关部门以及省交通厅等部门的大力支持。我谨代表下阳的父老乡亲，向耿董事长，向关心支持隧道建设的各位领导，各界人士表示衷心的感谢！"

　　陆道似乎话说顺了，也不再有初始的紧张。掌声过后他继续说道："路，是约束下阳发展的瓶颈，路通了，企业也愿意来投资了，游客也愿意来我们下阳享受农家乐了。如今，我们下阳虽然只有三家规模也不算大的企业，但我们下阳原先在外打工的人有百分六七十都回到自己的家门口务工，最难得的是我们有一大半原先只是守家的家庭妇女现在大多在养殖公司、工艺厂、农家乐等地方打工，这也是我们下阳人均可支配收入大幅度提高的主要原因。我不知道，这算不算窦书记说的现身说法。我只是觉得我来下阳这三年来做了自己想做，也应该做的事情，如果能得到各位领导的认可，特别是下阳的父老乡亲的认可，我深表谢意！但也感到惭愧，因为我即将离开这里，还有许多想做，却又未做成的事。我只能带着遗憾离开这了。再次感谢各位领导，感谢下阳的父老乡亲，对我三年来工作的支持！"

　　陆道这段话给窦刚留下深刻印象，他觉得当时让陆道留下的想法是正确的。只是他后来把陆道留在身边，都有些舍不得放他走了。

|245|

陆道在政研室的四个月里也就成天跟在窦刚身边，不是开会，就是下乡、下企业，不是秘书，却又像是窦刚的高参。许多事，窦刚总想听听陆道的见解。窦刚表面不表态，但决策时常常采纳陆道的建议。窦刚还真是喜欢这个年轻人，似乎有点舍不得把他放到平山去当书记，可当时许诺了，不好反悔，为了陆道的前途，他也必须让他去基层锻炼锻炼。因此，四个月后才让陆道去走马上任。

陆道在平山镇党委书记任上不到一个月，就感到压抑。过去当村支书或许走在体制的边缘，少了民主，也少有监督，或许就多了畅通，许多事情可能容易按自己的意愿操作。现在到镇里就不同了，居多自己想做的事都需党委会研究，一次不通过，两次，三次，甚至根本通不过。即使通过了，还要受各方面的监督，有纪检、监察的，有社会媒体的，有直接来自老百姓的。各种制度，各种规定，各种检查，约束的他喘不过气来。最关键的是平山镇的领导班子成员几个月前还都是陆道的上级，突然成为被陆道领导，别说他们一下子不适应，连陆道自己也不适应。以陆道年纪，资历，短期内要把班子凝聚起来，想象中有多艰难。陆道有时候真后悔答应窦刚来这当书记。

陆道在平山党委书记任上三个月时，笔者采访过陆道，于是，就有了以下的对话：

笔者：陆书记，你在下阳挂职的典型事例许多媒体都做广泛报道，我们对你在新的岗位任职更感兴趣，你能跟我们谈谈你的感想和计划吗？

陆道：我在平山镇党委书记任上时间不长，自然没有很多的感想。但有一点我不想回避，那就是，累！有些事情并非想象中可以按个人意愿去实施，因为你必须受到体制，或者人为因素的约束。怎么说呢？个人以为在镇里做一件事要比在村里更难。

笔者：为什么？能说说具体原因吗？

陆道：这个嘛……这似乎不太好说。也许，我个人的思维定式工作方式还未转变，没有及时适应新的岗位。或许……还有一些体制上的原因。我也想尽快摆脱眼前的尴尬。

笔者：陆书记，能谈谈你对未来的设想，或是……有什么计划？

陆道：（迟疑一阵）你是说我们镇里的发展规划，还是我个人的打算？

笔者：假如可以，我们都想听听。

陆道：这是我们镇里的五年发展规划，这是我们今年的工作计划，如果你感兴趣，我可以送给你，你们可以带回去做报道参考，这可不是一两句话能说清的。至于我个人嘛，既然选择了这条路，就必须走下去。世上没有后悔药，我也不愿去后悔。我更不能辜负信任我的领导和同事。

笔者：可我怎么听说，有人要高薪聘请你到企业工作，给房，给车，你不心动吗？

陆道：（愣怔许久，谁透露这消息啊？）我不知道你从哪儿得到这消息，但至少目前还没人让我有选择的机会。我觉得每一个人都有自己的价值观，都有选择自己道路的权利。就像什么样的鞋子，适合什么人穿，只有自己知道。我刚才说了，既然我选择了这条路，就得义无反顾地走下去。

笔者：能问一个私密问题吗？如果你觉得不便回答，就不勉强。

陆道：你先问吧。我不知道私密到何种程度，我可不可以回答。

笔者：我听说，你和大仁金集团公司董事长耿丽丽女士，有特殊……关系，换一句话说，你们在恋爱中是吗？

陆道：（笑）你们这些媒体人，嗅觉够灵敏的，简直无孔不入。既然你问了，我就回答你，我们是在恋爱，但我确实不敢说我们将来就一定会走到一起，毕竟我们的价值观，我们生活、工作理念都有很大的差异，也许需要很长时间的磨合，或是磨合不到一起。我理解你们的好奇，但希望把我们当普通人看待，无论将来我们结局如何，都不要对这个问题穷追猛打，追问到底。

陆道说完这些话似乎又担心笔者及同行的人不高兴，主动提出和我们同行的三个人一起共用工作餐。送别我们时，还给每人捎上一篮子杨梅。如今，人工培植的杨梅个头快赶上乒乓球了。

因为课题的原因，笔者与陆道期间还有过几次通话。直到本书即将交付出版社时，陆道还告诉笔者，今年他们镇里的几个重点项目，有的已开工建设，有的已投入生产，形势喜人。有望镇财政收入突破八千万。同时，也被省里定为生态文明建设示范乡镇。看来陆道在党委书记任上越来越上道了。只是他闭口不谈与耿丽丽的关系，或许他真有难言之隐。

祝福陆道！也许不久的将来在海昌，在新泉，或是在"大胡建"真有一颗新星冒出，期待！

后记

我每一本书出版时总有些想说的话，本书也不例外，权当多余的话。

本书书名，可能会让人产生疑惑，我主要想表达两层含义，一是想表达陆道是海的儿子，与海有较深的情感。陆道在下阳村所做的事，既不是首创，也很平凡，但毕竟闯出了一条农村摆脱贫困的新路子。笔者有许多挂职村支书朋友，经常听他们说挂职村支书很无奈，到村里想干一番事业，却又不知如何干，或是没有条件干，只好混日子，度个两三年，有个交代便罢了。文中主人公陆道敢想敢闯，不畏惧艰难，把别人不敢想的事，变成现实，着实体现"海之子"坚韧不拔，爱拼才会赢的品格。二是古文中"之"有前往之义，陆道把养殖事业从海里转移到陆上，这是养殖业的发展趋势。当然还有一点牵强的解释就是陆道与"禄到"的谐音，看到书中内容就明白了。

这本书确实是个难产儿。2013年，一种机缘，让我有机会到厦门特区工作，但总有那么一些不尽如人意之处，让我犹豫，此时我已经过五十岁了，按主管厅的人事部门领导的话说，超过五十这坎就别再想了。经过激烈的思想挣扎，2013年12月31日我终于急匆匆地来厦门海洋学院报到了。但面对时任厅领导交给我的任务，是一定要写一本与海相关的书，我心中忐忑不安。长期生活在山里的我，对海的认识茫茫然，如何下笔去写？初始的工作岗位，在一个系当书记，我还有一些时间，去找些关于海的资料，尽可能找机会去接触海，稍有些感觉后，准备切题，也初步列出要写的提纲，谁知过不久，我又被调整到办公室工作，忙得我不知白天黑夜，几乎没有多少时间可以让我静下心去创作。好在期间我有机会接触到厦门海洋学院举办的一个农民大专班，认识了一些学员，并参加了一些学员回访活动，接触到有关海，有关养殖的一些素材。于是我边收集素材，边开始创作。无数个被常人认为寂寞的夜晚，成了我思想驰骋的最佳空间。我以前的创作习惯于手写，当时太多的同事愿意帮我打字，在人人都繁忙的海洋学院，根本无法让人替你完成这项工作，只能靠自己笨拙地在键盘上逐字敲打。其实，任何事都有两面性，有好有坏，没了依靠，就得自己去实践。现在我也适应了用电脑创作，这本书二十多万字，让我开启了新的键盘生活。

创作是艰辛的，我刚出道时，也曾被人介绍说，这是个文学爱好者，我真不知道自己是否真正爱好文学。走上这条路，已经让我备受煎熬，常常是深夜思绪奔腾，想到激动处便"一骨碌"爬起，及时把想到的记录下来，生怕忘了。这么折腾几乎很少让我感受什么叫"囫囵觉"。长期的失眠、熬夜，我的身体已严重透支。或许这将是我的最后一部长篇，我的身体已无法承载。我只是觉得有时候有话没地方说，用书来"说"，还有就是为了完成任务，说不上什么爱好。

本书讲述的是一个年轻的挂职村支书，如何克服重重困难，改变了一个乡村的面貌。这种题材已经不新鲜，甚至可以说是落入俗套了。但在和一位农民大专班的学员交谈中，他把他的艰辛创业故事告诉我时，我还是被震撼了。他曾经在滩涂养殖场，养鲍鱼、养对虾等，眼看要收成了，一阵台风刮来，所有都成泡影。按他自己的话说，那些年他屡战屡败，败了所有家产，不气馁，丰收时补亏损时，跌跌撞撞养了十多年，还是没赚到大钱，只因受台风侵袭太严重了。后来，我有机会和同事一起参观了一家养殖企业，全是工厂化养殖，设备精致而又现代化，养鱼池全是立体设计，省时、省地、省资源，又可以免遭台风等自然灾害。董事长介绍说这是将来养殖业发展的趋势。我把这些因素融合，经过前期的采风、考察，收集相关的资料，蜗牛似的写了个初步框架。确实我没有太多的时间，可以从事创作工作，而且创作需要相对的连贯思维，断了一段时间，重新捡起来，就有些磕磕巴巴的，因此也拉长了本书创作的时限。书中有些人物用了真名是已经征得涉及之人同意的，所描述的某些场景与实际状况不完全一致，那是寄托了作者某些良好的愿望和期待，如，有关海洋学院的国际学术交流中心，体育馆等，尽管目前尚不存在，但我相信在不久的将来一定能够实现。我再次声明，这只是小说，是允许虚构的，请读者不要认真考究，对号入座。我对海的感悟，对养殖业的了解，以及对社会万象的思考等都有许多不到之处，书中难免存在些谬误，敬请读者以谅解的态度，看待本人和本书。谢谢！

本书即将出版时，承蒙福建省文联副主席、省作家协会主席陈毅达先生厚爱，在百忙中抽空为本书作序，实感三生有幸！同时，本书出版也得到我曾经工作过的武夷山一帮小弟们鼎力支持，在此，一并表示衷心的感谢！2020年也是我现在工作的母校建校100周年校庆，谨以此书向母校百年华诞献礼！

潘志光

2020年8月18日夜